Varujan Vosganian

# Als die Welt ganz war

Erzählungen

Aus dem Rumänischen von
Ernest Wichner

Paul Zsolnay Verlag

Die Erzählungen erschienen erstmals
in dem Band *Jocul celor o suta de frunze si alte povestiri*
2013 in der Editura Polírom in Bukarest.

Dieses Buch erscheint mit Unterstützung des Programms TPS
des Rumänischen Kulturinstituts in Bukarest.

INSTITUTUL CULTURAL ROMÂN

1. Auflage 2018

ISBN 978-3-552-05886-6

Satz: Eva Kaltenbrunner-Dorfinger, Wien
Autorenfoto: © Paul Zsolnay Verlag
Umschlag: Anzinger und Rasp, München
Foto: »Subject, object, abject, Chair, 2005« von
Jaime Pitarch © Courtesy of the artist,
Angels Barcelona and Spencer Brownstone Gallery
Druck und Bindung: GGP Media GmbH, Pößneck
Printed in Germany

FSC www.fsc.org
MIX
Papier aus verantwortungsvollen Quellen
FSC® C014496

# Als die Welt ganz war

# Ein Bund Liebstöckel

Während die Zeit verging, spürte sie, dass sie immer weniger sie selbst und zunehmend der Name war, den andere ihr gegeben hatten. Vor allem wenn ein Polizist ihre Papiere verlangte, diese genau anschaute, sie hin und her wendete, verkrampfte sich etwas in ihrer Brust und bildete ein Knäuel. Was mag darin so betrachtenswert sein, fragte sie sich, wenn Beamte lange über diesem bezogenen Karton brüteten, ihn mit ihren Blicken taxierten – dann legte sie sich eine neutrale Mimik zu, damit sie dem Foto auf dem Ausweis glich –, um anschließend wieder zu den Zahlen zurückzukehren, die ihr Wesen entschiedener erfassten und einzwängten als vier Sargbretter.

In der Dienststelle war es warm. Der Polizist hatte seine Uniformjacke aufgeknöpft, die Krawatte hing schief. Aber er hatte die Mütze aufbehalten, als wäre die Überprüfung ihrer Papiere ein Zeremoniell, das eine bestimmte Haltung vorschrieb. Und wie jedes Mal, wenn sie sich in solch eine lästige Situation gebracht sah, flüchtete sich Rada in Details. Es fiel ihr auf, dass der Tag auf dem Kalender an der Wand längst vorbei war. In der Ecke unter dem Plafond, wo die drei Kanten aufeinanderstießen, hatte sich Staub auf ein Spinnennetz gelegt, und es zitterte wie im Todeskrampf eines imaginären Insekts. Von den beiden Neonröhren funktionierte nur eine und spendete ein Licht, das zu dieser späten Vormittagsstunde vollkommen überflüssig war. Und auf der Mütze begann sich ein Schweißring abzuzeichnen wie eine unterdrückte Aura. Sie erschrak, als der Polizist seinen Blick hob und ihr schließlich die Papiere hinstreckte.

Nehmen Sie Platz und warten Sie, sagte er und wies nach hinten. Tatsächlich, das Warten. Der schwerste Teil.

Der Polizist erhob sich hinter seinem Pult, auf dem sich lediglich ein Register befand, in das er mit einem Kopierstift linkisch ein paar Großbuchstaben eingetragen hatte. Er knallte die Mütze auf seinen Schreibtisch, wischte die Schweißreste von seinem kahlen Schädel und legte sich eine feuchte Haarsträhne quer darüber. Er lächelte nicht, aber in seinem Gesicht war etwas Amüsiertes, das vielleicht von seinen eng beieinanderstehenden Augen im Kontrast zu den weit ausgebeulten Pausbacken herrührte. Und damit klar sei, dass Amüsement nur einer der beiden Seiten zustand, packte er seinen Gummiknüppel und rammte ihn dem Mädchen derart unerwartet an die Brust, dass sie das Gleichgewicht verlor. Hör mal, Häschen, zischte er und beugte sich zu dem auf dem Boden hockenden Mädchen hinab, die besten Freunde eines Polizisten sind Prügel und Warten. Was möchtest du zuerst kennenlernen?

Rada sah, wie er zu seinem Register zurückging, hineinschaute, ohne darin zu lesen, und dann ein verunglücktes Dankeschön hören ließ. Sein Kollege, den sie nur einen Augenblick gesehen hatte, streckte sich einmal und zog seinen Kopf gleich wieder zurück zwischen die Schultern der aufgeknöpften Uniformjacke. Rada presste ihre Handtasche an die Brust und setzte sich auf die an der Wand befestigte Bank. Neben ihr kauerte ein Säufer, der sich ab und zu mit dem Ärmel den Mund abwischte, immer mit dem rechten, denn der linke war mit Handschellen an das Heizungsrohr gefesselt. Als er sich beobachtet fühlte, hob er kurz die wässrigen Augen und hörte auf mit den murmelnden Selbstgesprächen. Er stützte den Kopf auf den in den Handschellen steckenden Arm, als gehörte dieser nicht mehr zu ihm.

Rada schaut einen Augenblick lang zu, und aufs Neue kommen ihr Details von früher in den Sinn. Das Blut entweicht aus ihrem Arm, er beginnt zu zittern. Sie zieht daran und hofft, die Kette würde reißen, ihr Arm zu ihr zurückkehren. Aber das passiert nicht; nur der stärkste Mann der Welt kann seine Fesseln sprengen, und dies auch nur, wenn sie angefeilt sind. In solchen Situationen ist nicht derjenige der Stärkste, der aufreißt und sprengt, das ist nicht möglich. Der stärkste Mann der Welt ist derjenige, der durchhält. Schließlich schläft der Arm ein, und sie hat das Gefühl, er gehöre nicht mehr zu ihr. Sie legt den Kopf auf die Schulter, und nun kommt alles, was sie noch spürt, von der Schläfe her, nicht vom Arm, der gefühllos ist wie eine Wand. Gäbe es da nicht das Blut, das ihr weiterhin aus den verklebten Strähnen tropft, sie wüsste nicht, wo sich der Rand ihres Körpers befindet und wo die Welt ringsum sich ihr zu widersetzen beginnt. Anfangs fiel ein Blutstropfen, wenn sie bis zwanzig gezählt hatte. Dann bis dreißig. Ein letzter Tropfen fiel, nachdem sie bis zu einer Minute gezählt hatte. Sie hatte den Eindruck, diese Dinge geschähen jemand anderem, als wären die Tropfen von einer Traufe gefallen. Die Seele löst sich leichter vom Leib ab als das Blut vom Blute.

Sie können ihn losmachen, sagte Rada, indem sie auf den Säufer wies und dabei die Worte eines anderen von vor langer Zeit wiederholte. Der kann sich nicht einmal mehr auf den Beinen halten, geschweige denn abhauen …

Der Polizist hob seinen Blick nicht vom Register, in dem sich die Menschen in nummerische Codes verwandelten, deutlicher oder blasser, je nachdem, wie gut der Kopierstift zwischen den Lippen angefeuchtet worden war. Und doch kam die Antwort sowohl von dem alten Polizisten als auch von dem neuen.

Lassen Sie es gut sein … Sie haben keine Ahnung, wozu die in der Lage sind.

Der Säufer neigte den Kopf; das war alles, was er tun konnte.

Hast du Durst, fragte ihn Rada.

Der alte Säufer rührte sich zuerst nicht. Dann schien es, als würde er jünger, und bejahte.

Er hat Durst, übersetzte Rada. Geben wir ihm etwas zu trinken.

Was der trinken will, haben wir hier nicht, grinste der Polizist.

Der Säufer hatte schon vergessen, was er wollte, neigte wieder die Stirn auf den Arm, schloss die Augen und begann zu murmeln; womit er zu verstehen gab, dass er niemandem etwas übelnahm. Starker Uringeruch machte deutlich, dass es sich dabei nicht um die erste Frage handelte, die ihm nicht gestellt worden war. Als das Telefon klingelte, schrak er keineswegs hoch, offenbar konnte ihn nichts mehr aus der Ruhe bringen. Rada hingegen spürte das Klingeln unmittelbar im Magen, wo sich das Knäuel noch nicht entwirrt hatte. Der Polizist nahm den Hörer ab und hörte nur zu; tatsächlich war das Gespräch für sie, der Uniformierte wies sie zur Tür nebenan. Sie stand auf. Schließlich, sagte sie zu sich selbst, hat mich niemand gezwungen zu kommen, diesmal hätte ich ablehnen können. Der Polizist war höflich gewesen am Telefon, alle waren sie höflich, sie aber hatte keine Zeit gehabt zu genesen. Das Zimmer war genauso leer wie das andere, nur ein Tisch und ein Stuhl, ein khakifarbener Metallschrank und noch ein Stuhl, der zu niemandem gehörte, und ganz gewiss hätte niemand an diesem Ort etwas beansprucht. Der, der hier an seinem Schreibtisch saß und sie gleichgültig anschaute, hatte das gleiche Gesicht wie der, an dem sie soeben vorbeigegangen war.

Der neue Polizist, der wie der andere aussah, wies auf den Stuhl. Rada verstand nicht, warum sie sich zum Fotografieren auf den Drehstuhl setzen musste. Das Gesicht geradeaus, die Hände auf die Knie. Das Kinn gereckt. Jetzt den Kopf zur Seite, Blick geradeaus, ich habe gesagt, geradeaus, Idiotin, schau nicht in den Apparat. Übrigens hatten sie nur damals verlangt, sie solle nach vorne schauen, und das Licht, das eine Art silbriger Regenschirm auffing und auf ihr Gesicht richtete, hatte sie ganz einfach geblendet. Ansonsten, Augen nach unten, ihr Lumpen, auf die Schuhspitzen, oder bestenfalls mit gespreizten Beinen und hochgereckten, an die Wand gelegten Händen. Rada hatte sich verstohlen umgesehen, da eine Gesichtshälfte und dort eine Miene, hatte sich aus zusammengeklaubten Einzelheiten ein kollektives Porträt geschaffen, aber das half ihr überhaupt nicht, irgendjemanden zu identifizieren. Schneller, schallte aus dem Versteck des starken Lichts heraus eine kräftige Stimme, eine, die sie geradezu anrempelte, der Nächste! Sie schaute sich um, jenseits ihres Stuhles war niemand mehr, auch hinter ihr wartete niemand. Und trotzdem war sie gefallen, vielleicht wegen des Lichts, das sie geblendet hatte, vielleicht auch wegen der sinnlosen Hast, mit der sie sich wie eine Schlafwandlerin jener Stimme unterworfen hatte. Der Schnürstiefel, der ihr in den Bauch trat, hätte nicht sprechen können. Dort aber war alles möglich, die Wände konnten auf dich einschlagen, die Worte, selbst das Blut konnte einen von innen her schlagen. Ebenso wie das blendende Licht einen anzublaffen vermochte, konnte der Gummiknüppel zwischen den Rippen oder über den Nieren stöhnen und der Schnürstiefel mit seinen kantigen Stahlkappen knirschen. Ebendeshalb hörte sie, als sie sich eingerollt hatte, die Arme über dem Bauch, und zu schützen versuchte, was nicht mehr zu ihr gehörte: Hast dich mit Drogen zugedröhnt, was? Ich habe keine Drogen genommen, seufzte sie und antwortete zum sie-wusste-auch-nicht-wievielten Male auf die Frage, die aus den Wänden kam, aus den Gittern, von den blendenden Lichtern, vom Rasseln der Handschellen oder den Schlägen aller Art, die von allen Seiten auf sie niedergingen. Dann sag mir, warum deine Augen glänzen und du dich nicht auf den Beinen halten kannst. Ich bin schläfrig, hatte sie gekeucht, schläfrig, und das hatte sie wiederholt, bis sie zu weinen begann.

Den Ausweis braucht es nicht mehr, meine Dame, sagte der Polizist.

Rada lächelte verwirrt, tatsächlich, er hatte ihn nicht verlangt, sie aber war darauf vorbereitet, hatte die Papiere in der Hand.

Außerdem, und dabei steckte sie den Ausweis mit einem Klicken in eines der Fächer ihrer Handtasche, wissen Sie, wer ich bin, schließlich haben Sie mich bestellt …

Wissen wir, nicht wahr, fragte der Mann und schob sich mit zwei Fingern den Schirm der Mütze über die Stirn. Dabei war kein Strähnchen zu sehen, wahrscheinlich waren alle seine Haare zum linken Ohr hin gebündelt, und nun würde er gleich die Mütze abnehmen und sie mit der Handfläche über dem Schädel verteilen. Oder aber, wir müssten es wissen, fügte er hinzu. Und doch brauchen wir noch eine Erklärung von irgendjemandem, der sagt, dass es wahr ist. Und weil Sie uns gerufen haben …

Eigentlich nicht ich … die Verwalterin, Madame Gavrilescu. Sie … sie passt auf alles auf, was ringsum geschieht, ihr entgeht nichts. Ich hätte Sie niemals aufgesucht, hätte sie noch hinzufügen können.

Frau Gavrilescu hat Sie angerufen, wiederholte sie. Ich habe ihr gesagt, es könne sich auch um einen Zufall handeln, ein alter Mann, der sich auf einer Bank ausruht, aber sie bestand darauf …

Es gab keine Bücher im Zimmer. Alles, was man hier liest, besteht nicht aus Subjekt und Prädikat. Auf das Subjekt folgt statt des Prädikats der Doppelpunkt. Name, Doppelpunkt. Vorname, Doppelpunkt. Geburtsort, ebenso. Vor allem gibt es keine attributiven Verben. Adjektive sind eine Weise, Dinge zu klären; hier aber sind die Dinge schon geklärt. Der gegenwärtige Polizist blätterte in einem alten Personalausweis mit mausgrauem Umschlag und bemühte weder Verben noch Adjektive, denn an dem, was einem mitgegeben ist, lässt sich nichts mehr zurechtrücken, und Vergleichsebenen gibt es keine, sobald man allein und abgeschnitten vom Rest der Welt auf diesem Stuhl sitzt, wie beim Verhör. Dieser Personalausweis alten Formats war tatsächlich schwerer zu lesen als der glänzende Pappkarton, den der vorherige Polizist um und um gewendet hatte. Und wie zum Beweis fragte er, nachdem er ihn schließlich mehrmals durchgeblättert hatte, um sich zu überzeugen, dass er alles bestens verstanden hatte:

Dieser Name, Avădanei Pavel, sagt der Ihnen etwas?

Als durchwühlte sie in aller Eile ein paar Schubladen, dachte Rada einige Augenblicke lang nach.

Ich habe noch nie von ihm gehört.

Er sagt, er kennt Sie …

Ich weiß nicht, was ich sagen soll, ich bin keine Person, die man so … Wie erklären Sie es sich?

Seltsam, tatsächlich, sie war es nicht gewohnt, Fragen zu stellen, vor allem nicht an einem Ort wie diesem, und der Polizist seinerseits war es nicht gewohnt, Rede und Antwort zu stehen. Darum zog er die Augenbraue hoch, wobei er lächelte, ein Zeichen dafür, dass er eher amüsiert denn aufgebracht war.

Sehen Sie, gnädige Frau, hier ist man es eher gewohnt, andere zu kennen, und nicht so sehr daran, dass diese uns kennen ... Deshalb weiß ich nicht so recht, was ich Ihnen sagen soll. Vielleicht haben Sie es vergessen ... Wann waren Sie zum letzten Mal im Schiltal?

Rada erstarrte, sie spürte, wie ihre rechte Hand, die an den Heizkörper gefesselte, sich von der Schulter her versteifte.

Warum fragen Sie mich nach dem Schiltal?

Der Polizist zuckte mit den Schultern. Zu viele Fragen. Er langweilte sich.

Nur so ... Es ist ein Ort wie jeder andere.

Ich war noch nie im Schiltal.

Er wirkte nicht überrascht.

Viele waren noch niemals im Schiltal. Sie hätten dort auch nichts zu suchen.

Sie schwiegen. Sie schaute sich um, als erwartete sie, dass ein Nächster eintrete, dem sie ihren Platz hätte anbieten können. Es hätte auch wieder der böse Polizist hereinkommen und ihr den Gummiknüppel in die Brust rammen oder ihr über das Kreuz hauen können, wie damals, als sie beim Besteigen der Wanne gestolpert war. Aber das einzige Geräusch kam vom Ventilator in der Ecke, den sie nun erst bemerkte, wie er eher die Zeit denn die Luft bewegte.

Ich weiß nicht, was wir mit ihm tun sollen, fügte der Polizist noch hinzu. Er sagt nur, dass er mit Ihnen sprechen will. Ansonsten ist er stumm wie ein Fisch.

Der Alte will mit mir sprechen, wiederholte Rada, um sicherzugehen, dass sie verstanden hatte.

Der ist gar nicht so alt. Etwa fünfzig. Aber wollen Sie mit ihm reden?

Wenn es sein muss.

Das muss es nicht ... Ich dachte, Sie wollen wissen, warum

ein Mann eine ganze Nacht lang Ihr Apartmentfenster anstarrt … Wir werden ihn laufenlassen müssen, deswegen können wir ihn nicht hierbehalten, es ist nicht verboten, auf einer Bank vor einem Wohnblock zu sitzen. Dafür gibt es keinen Stundenplan, wie etwa für das Teppichklopfen. Nur dass … Er hatte das Herumblättern beendet. Legte den Ausweis auf den Tisch und bedeckte ihn mit der Hand.

Nur dass Sie den hoffentlich nicht gleich wieder dort vorfinden … Solche Fälle hatten wir schon.

Wie meinen Sie das, sagte Rada.

Er scheint nicht gefährlich zu sein. Wir haben uns seine Sachen angeschaut, haben seine Taschen geleert … gewöhnliche Dinge … Nur dass er so ziemlich ins Leere schaut, aber auch dessen kann man nicht sicher sein. Darum sag ich …

Was siehst du dort, wenn du so ins Leere schaust, hätte Berti gelacht und ihr zart wie eine Liebkosung mit der Hand die Wange getätschelt. Wo, hätte sie plötzlich erheitert zurückgefragt. Nicht wo, hätte Berti mit seiner schönen Stimme geantwortet. Vielmehr wann … Wenn sie allein blieb, hätte sie geantwortet, wenn sie in der Lage gewesen wäre, dies zuzugeben. Der Blick ins Leere gab vor, dass sie eigentlich niemals allein blieb.

Der Polizist stand auf, und sie folgte ihm zu einer anderen Tür. Da gab es kein Schildchen mit Namen, auch keine sichtbare Spur, dass es früher einmal eines gegeben hatte, denn dahinter befanden sich die Zellen, und Namen hatten hier keinerlei Bedeutung.

Möchten Sie, dass ich bei Ihnen bleibe, fragte der Polizist und hantierte an seinem Schlüsselbund.

Rada schaute durch die Gitterstäbe. Der Alte saß eingesunken da und murmelte etwas. Das ist der Säufer von vorhin, wollte sie sagen, aber das konnte nicht stimmen. Als er sie sah, erhob sich der Alte und wartete höflich. Die Frau empfand keinerlei Furcht.

Nicht nötig, sagte sie.

Ich bin hier, wenn Sie mich rufen. Ich höre Sie, fügte der Polizist noch hinzu. Und die vergitterte Tür aufschließend, erklärte er: Ich habe Sie nach dem Schiltal gefragt, weil dieser Mann aus Petrila ist. Dachte, vielleicht waren Sie mal dort.

Sie schauten einander an, aber neugierig war nur sie. Sie erinnerte sich an die Worte des Polizisten. Tatsächlich, aus der Nähe betrachtet wirkte er nicht so alt, nur äußerst erschöpft. Aber es war keine Erschöpfung, die beim Schlafen vergeht. Sein dichtes Haar war noch nicht weiß, sondern eingestaubt, es hatte die Farbe von Mehl und Kleie, man hätte es schütteln wollen. Er kämmte sich offenbar nur mit den gespreizten Fingern, denn die Strähnen wollten sich nicht fügen, folgten der Hand, mit der er darin seine Furchen zog, und der Eile, mit der dies geschah. Seine Brauen waren dicht und geschwungen wie ein Schnurrbart, der seinen Ort verfehlt hatte und seine Abwärtskrümmung nach oben reckte. Die Augen waren derart schwarz, dass sie das Licht nicht nur verschluckten, sondern geradezu verschlangen. Und damit man wisse, wo ihr Heißhunger herrührte, fächerten sich seine Augenwinkel in zahllosen Fältchen auf. Und seine Lider hingen wie von einem Nadelstich angeschwollen herab. Seine Gesichtszüge strebten spitz nach oben und hinterließen tiefe Linien, als hätte ihm jemand mit einer Siele ungeschickt die darunterliegende Haut zusammengenäht. Der seit etlichen Tagen nicht rasierte Bart vermochte die tiefen Furchen auf den Wangen nicht zu verdecken, ja, er ließ sie noch stärker hervortreten. Und das Blut, das sich durch die Engpässe jener an den Knochen klebenden Wangen zwängte, staute sich zur Nase hin und verstreute sich in roten Äderchen über die rundlich flache Spitze. Seine

Kleider waren zerknittert, aber man sah, dass er sich bemüht hatte, sich möglichst sauber anzuziehen, nur dass sich die Kleider von der Müdigkeit des Körpers hatten anstecken lassen, den sie zu bedecken hatten. Die alten und eingerissenen Schuhe waren reichlich eingecremt worden, aber die Wärme hatte die Farbe ausgedünnt und entlang der Risse im Leder aufplatzen lassen. Er hob eine leicht zitternde Hand ans Kinn, um das Zittern zu beenden. Die Oberlippe war eingefallen, lag schmal über dem zahnlosen Kieferknochen, während die Unterlippe feucht war wie die eines Menschen, der nach Worten sucht. Und alles, was er zu sagen wusste, war:

Küss die Hand …

Rada grüßte ihn kurz, als hätte sie mehr erwartet.

Sie kennen mich nicht, fragte er zögerlich, als tastete er mit der Schuhsohle eine Eisfläche ab.

Rada schüttelte den Kopf; noch wusste sie nicht, wie sie ihn ansprechen sollte.

Hat es Ihnen der Herr Hauptmann nicht gesagt?

Ist er Hauptmann, fragte sie und geriet unmerklich ins Gespräch.

Ich kenne die Grade, erwiderte der Mann wie für sich. Ich habe in Caracal gedient, bei der motorisierten Truppe. Waren Sie schon mal in Caracal?

Und wo sonst noch, dachte die Frau.

Nein, da war ich noch nicht. Das heißt, ich bin einmal mit dem Zug vorbeigefahren, am Bahnhof …

Ja, genau dort ist es, freute er sich. Wenn Sie den Bahnhof verlassen, wenden Sie sich nach rechts. Man kann die Einheit vom Zug aus sehen … kann die Amphibienfahrzeuge zählen …

Dann drehte er sich auf den Absätzen um und suchte nach einem Stuhl, den er ihr hätte anbieten können. Sie saß eingesunken auf dem Boden. Sie waren aneinandergezwängt, nickten mit dem Kopf auf den Schultern der daneben Kauernden ein, wie ins Gatter gepferchte Schafe. Wie man eben zwischen zwei Runden Stiefeltritte und Hieben mit dem Gummiknüppel einnicken konnte. Jeweils zu acht wurden sie hinausgeführt … Vielleicht erschießen sie uns, sagte einer. Sie führen uns vor eine Wand und erschießen uns je acht … Sie erschießen uns nicht, sagte ein anderer, sie haben etliche ins Krankenhaus gebracht, welchen Sinn hätte es denn, wenn sie uns letztlich doch umbringen, uns vorher noch verbinden zu lassen? Vielleicht haben sie die gar nicht ins Krankenhaus gebracht. Doch, doch, sagte Rada wie im Traum, mich haben sie in der Wanne mit einem hergefahren, den sie im Krankenhaus abgesetzt haben. Sie sagte nicht, dass der Arme mehr tot als lebendig war, blau wie die Pest und mit klaffender Schädeldecke. Und dass es ein Wunder wäre, wenn er noch den Morgen erlebte. Jetzt ging es schon auf Mittag zu, durch die dicken Fensterscheiben drang ein gelbliches Licht herein, das sich wie eine Maisbreischmiere über das zerrupfte Haar des Mannes legte. Er zuckte mit den Schultern, es gab keinen Stuhl, dafür machte er ihr Platz auf der harten Pritsche aus ungehobelten Brettern, die ein Bett sein sollte. Sie setzen sich nebeneinander, schauten geradeaus, hatten die Hände auf den Knien liegen, die Blicke gingen durchs Zellengitter, jeder den eigenen Streifen vor Augen.

Ich war noch nie im Gefängnis, sagte er und rutschte auf der Bettkante herum.

Ich war schon mal, antwortete sie, als hätte er sie gefragt.

Wie ist das, fragte er, und weil diese Frage an solch einem Ort gestellt wurde, klang sie unangebracht.

Ihr Gefängnis war anders. Eigentlich war es der Hangar einer Militäreinheit. Es gab keine Zellen und auch kein Gitter.

Wahrscheinlich wurden dort sonst Flugzeuge abgestellt. In jener Nacht hatte er sich mit Menschen gefüllt, ein paar hundert geschockte Leute, die nicht verstanden, was ihnen geschah. Man musste sie nicht einmal bewachen. Die Angst erstickte jedwede Form des Aufbegehrens. Die einander zugeflüsterten Geschichten derer, die an ihren Körpern die Spuren der gleichen Schläge und die gleiche Fassungslosigkeit in ihren Blicken feststellten, glichen sich. Jemand hatte mit dem Finger auf sie gewiesen und etwas geschrien, das offensichtlich war. Dass sie Mähnen trügen, Miniröcke oder Bluejeans, oder etwas, das niemals bewiesen werden sollte, etwa dass sie Drogen genommen hätten, Legionäre seien oder eben wunders was mit Falschgeld gekauft hätten. Und das hatte genügt, um über ihnen einen Regen von Schlägen, Stöcken, mit Schrauben gefüllten Fahrradschläuchen oder Faustschläge und Fußtritte niedergehen zu lassen. Mitunter besänftigte ein etwas Mitleidigerer seine Gefährten, ansonsten erbarmte sich bloß Gott, und sie hielten ein, oder aber sie ermüdeten schlicht und einfach und langweilten sich beim Anblick ihrer wie Lumpen daliegenden Opfer, die weder ihre Unschuld beweisen noch sich schützen konnten. Dann wurde der zu Boden Gesunkene von starken Händen hochgehoben, sodass er nicht einmal mehr mit den Fußspitzen den Boden berühren konnte. Der eine oder andere kam dann von hinten, befand, es reiche noch nicht, und verpasste ihm noch einen Stockhieb oder Fußtritt. Die Fotos und Filmbilder von damals zeigen, dass der Geschlagene oftmals keinerlei Reaktion mehr zeigte, die ersten Hiebe müssen so wirkungsvoll gewesen sein, dass die Leute die Besinnung verloren und die nachfolgenden Schläge nicht mehr spürten. Der Schläger jedoch empfand das Bedürfnis, es weiterhin zu tun, als hätte er eine Pflicht zu erfüllen gehabt. Dann wurden die Geschlagenen der Polizei übergeben, die, um das volle Vertrauen der Angreifer zu erhalten, mit den Schlägen fortfuhr, bis die Gefangenen, einer über dem anderen liegend, zu den einzelnen Polizeistationen gebracht wurden.

Es ist schlimm, antwortete Rada, schloss die Augen und ballte die Finger zur Faust, wie sie es damals gemacht hatte, als man ihr den Tuschekasten zugeschoben hatte, damit sie ihre Fingerspitzen darin zur Abnahme der Fingerabdrücke einfärbte, und das Licht blitzte, um sie regelkonform zu fotografieren, beide Ohren sichtbar. Vor allem wenn man nicht weiß, ob man jemals wieder daraus entlassen wird. Aber für Sie ist es einfacher, Sie haben nichts getan, haben keinen Grund, sich zu ängstigen …

Sie sagen, Sie wissen nicht, wer ich bin, wiederholte der Mann, als beschäftigte ihn jetzt sein Schicksal hier im Gefängnis kaum. Ich meine ja, es ist gut, wenn Sie sich nicht mehr erinnern. Aber ich bin trotzdem gekommen …

Rada war mit ihrer Antwort hinsichtlich des Gefängnisses noch nicht zu Ende. Sie erinnerte sich, wie sie allmählich unter Schmerzen wieder aufgewacht war. Um die Hüfte hatte sie ein Eisenring umfasst, sie wäre gerne auf die Toilette gegangen, aber ein Mann nebenan hatte ihr geraten, dies zu unterlassen, denn diejenigen, die hinausgelassen worden waren, sich an einer Bodenwelle hinter dem Hangar zu erleichtern, hatte man bei ihrer Rückkehr mit Stockschlägen auf den Rücken und Eisenstangen auf die Schienbeine begleitet. Diese Eisenstangen ließen die Blutgefäße platzen, und die Beine wurden blau und hart wie Stein. Außerdem bellten die ganze Nacht über die Wolfshunde vor den Türen, man hatte sie mit rohem Fleisch angefüttert, es war zu wenig, als dass sie sich daran gesättigt hätten, es reichte eben, sie auf den Geruch von Blut und Schweiß scharf zu machen. Gegen Morgen gingen die

Türen auf, und wer sich noch auf den Beinen halten konnte, begann sich aufzurappeln. Aber auch die taten einen Schritt zur Seite, drückten sich an die Wände und traten fassungslos auf die Körper der anderen. In den weit geöffneten Türen standen die gleichen mit Knüppeln bewaffneten Männer in Arbeitsmontur und schauten, die Menschen in der Halle rudelweise abschätzend, über ihre Köpfe hinweg. Sie fielen nicht wieder über sie her, mussten nicht noch einmal zuschlagen, die Wunden begannen von allein wieder zu bluten und zu schmerzen. Den Sonnenaufgang im Rücken, warfen sie lange Schatten und zerschnitten damit den Hallenboden zu Küstenstreifen, auf denen die zerschlagenen, blut- und urinverschmierten Leiber sich kaum aufrecht halten konnten. Sie werden wiederkommen, stammelten einige, als sich die Türen schlossen, und stellten entsetzt fest, dass, wiewohl die Männer gegangen, ihre Schatten wie dunkle Grenzlinien zurückgeblieben waren. Grau war jene Fläche voller Körper. Die einen lagen stöhnend auf dem Boden, andere versuchten, sich auf die weniger in Mitleidenschaft gezogenen Gliedmaßen zu stützen, und wieder andere drückten sich schutzsuchend an die Wände. An den Rändern gab es einige Bewegung, aber das Ganze wirkte reglos. Es bedurfte keiner Riegel, denn man konnte nirgendwohin fliehen, Schrecken und Angst herrschten hier wie dort. Und die Gitter erhoben sich im Inneren, ungebremst, wie emporschießende Zähne, die die Gesichtsknochen durchstoßen und ins Hirn dringen.

Rada wandte sich ihm zu und schaute ihn an. Der Mann hatte darauf gewartet, denn er senkte seinen Blick und schaute auf seine Hände. Für diesen schmächtigen Körper waren sie sehr groß.

Wenn der Herr Hauptmann es Ihnen nicht gesagt hat, warum sind Sie dann gekommen?

Er hatte eine trockene Stimme, die aus einer trockenen und staubigen Kehle hervorkam. Ebenso der Husten, der ihn schier erstickte.

Weil sie mich zur Polizei bestellt haben, damit ich jemanden identifiziere. Offenbar Sie. Zum Glück hat es mir die Hauswartsfrau gesagt, Madame Gavrilescu. Sie war ziemlich erschrocken.

Ich habe ihr nichts getan. Habe niemandem etwas Böses getan.

So ist sie eben, sie erschrickt schnell. Oder, mag sein, dass sie sich auch nur vorstellt, erschrocken zu sein.

Wieder schwiegen sie. Er begann rasselnd zu atmen, als habe er eine Pfeife verschluckt, und das pfeifenartige Geräusch war bei jeder Luftbewegung zu hören, beim Aus- wie beim Einatmen.

Ich müsste Sie anschauen, wenn Sie sprechen, sagte der Mann leise. Ich höre nicht mehr so gut. Ich habe von den Lippen lesen gelernt.

Warum schaust du mich dann nicht an?

Vielleicht hatte er nicht gehört, was sie gesagt hatte, denn er war weiterhin mit seinen Händen beschäftigt. Schließlich griff er mit einer Hand in seine Brusttasche.

Ich bin gekommen, Ihnen das zu geben …

In der Handhöhlung hatte er, eingerollt wie eine kleine Schlange, ein Goldkettchen mit einem Medaillon liegen. Rada griff sich unwillkürlich an den Hals. Erst auf der Wache hatte sie gemerkt, dass sie es nicht mehr hatte. Es war das einzige Mal, dass sie alle ihre Kräfte zusammengenommen hatte. Gebt es her, schrie sie und packte einen Polizisten an der Jacke. Der zog sie seitlich weg und schlug ihr ins Gesicht, sie aber hielt ihn verzweifelt fest: Mein Medaillon, es gehört mir!, hatte sie geweint, während die ihre Hände losrissen und sie ans Heizungsrohr fesselten. Das haben sie euch dort bei der Bauernpartei gegeben, drang ihr in die von den Ohrfeigen pfeifenden Ohren, Gold und Valuta? Haben sie euch das gegeben, damit ihr Feuer legt und Bomben werft? Ich habe nichts geworfen … Wer denn sonst, dein Väterchen, der Legionär? Aber sie antwortete nicht mehr, sie schwieg lange, denn sie hatte sich den Ehering in den Mund gesteckt, um ihn zu hüten. Sie nahm das Kettchen und entwirrte es. Sie öffnete das Medaillon, das sie extra dafür gekauft hatte, das winzig kleine Bild dessen zu bergen, das unterwegs war. Das Medaillon war leer und würde es auch bleiben.

Woher hast du das, fragte sie ihn barsch, allein deshalb hörte er sie. Vielleicht hatte er sie auch nicht gehört, diese Frage aber erwartet.

Von Ihnen, antwortete er. Ich habe es dir vom Hals gerissen …

Und was hast du sonst noch getan?

Ich war der Erste, der auf Sie eingeschlagen hat …

Du lügst mich an, nicht wahr? Mehr wusste sie nicht zu sagen.

Denn es war nicht bloß ein Schlag, es waren mehrere gleichzeitig, zu viele für die zwei Arme, mit denen sie sich zu schützen suchte. Die einzige Art, in der sich der Körper zu schützen entschieden hatte, war, mit über dem Bauch gekreuzten Armen niederzuknien. Die mit Drogen Zugedröhnte in den Jeans!, hatte jemand gerufen, aber sie hatte ihre Schritte nicht beschleunigt, jemand anderes konnte gemeint sein, wie auch immer, davonzurennen bedeutete, unweigerlich verurteilt zu werden, nur sie hatten das Recht zu rennen, sie waren die Richter, alle anderen, die rannten, waren schuldig, ihr Davonrennen wurde gestoppt, als wären sie beim Versuch, davonzukommen, stets an eine Glastür gestoßen. So schnell man auch gerannt wäre, es fand sich auch für dich ein Knüppel, der dir die Knie zerschmetterte oder das Kreuz brach. Vielleicht wirkte sie so, als habe sie Drogen genommen, sie hatte die ganze Nacht nicht geschlafen, war in der Architektur-Fakultät und hatte Barrikaden errichtet. Das bringt nichts, hatte Alexandru gesagt, als sie beide aus dem Fenster schauten und die in geordneten Kolonnen vom Boulevard herkommenden Einheiten sahen, die etwas von Arbeit und Ordnung grölten. Noch war es nicht hell geworden, man hatte die Arbeiter aus der Nachtschicht geholt, schlafwandlerisch und wütend waren sie, aufgehetzt von den am Rande Stehenden, die die Kolonnen anleiteten. Wie kurz das nur gewährt hat!, fügte Rada hinzu und schaute verloren auf die Kolonne, die wie Lava vorrückte. Vielleicht hat es dies ja gar nicht gegeben. Und noch immer hatte sie nicht alles gesehen, der Vulkan sollte etwas später ausbrechen, mit dem Anbruch des Morgens.

Berti kann beunruhigt sein, sagte Alexandru zu ihr, der sie weiterhin für beide liebte. Er ist mit Hilfstransporten für ein paar Dörfer in der Moldau unterwegs. Du bist immer noch verärgert über ihn. Wer übrig bleibt, liebt am meisten, dachte er, aber er sagte: Lass uns abhauen! Einige waren noch geblieben, um die Barrikade mit ein paar Tischen und Stützen zu verstärken, aber auch sie wussten, dass es vergeblich sein würde, und wenn die Barrikade standgehalten hätte, wäre das Übel noch größer ausgefallen, denn die Angreifer hätten, wenn die Türen blockiert geblieben wären, die schaufenstergroßen Fensterscheiben im Erdgeschoss eingeschlagen. Alexandru kannte die Fakultät gut, in letzter Zeit hatte er unter dem Vorwand, bis spätnachts arbeiten zu müssen, in einer Kammer übernachtet. Seine Eltern stammten aus einem Dorf am Salzufer des Pruth, er war von dort abgehauen, einfach in einen Nachtzug gestiegen und hatte in den Depots von

Grivița gearbeitet, bis er es auf einen Studienplatz in Architektur schaffte. Er zeichnete für andere und lebte davon. Er kannte das Gebäude am besten, die Ateliers, die Fluchttreppen und Kellerräume, auch wusste er, wie man ungesehen in das Gebäude hinein- und wieder hinauskam.

Und so hielten sie es auch diesmal, nur dass sie sich auf dem Bürgersteig inmitten eines beängstigenden Gewusels wiederfanden. Es waren nicht mehr die zu Kolonnen geordneten Arbeiter von vorhin, die hier trugen eine andere Art Arbeitsmontur, hatten Bergarbeiterhelme auf, und in ihren Gesichtern vermengten sich Kohlespuren und Bartstoppeln, aber vor allem waren sie mit Knüppeln bewaffnet, mit einer Art Gummischlauch, allerlei Werkzeugen, die man ansonsten in Haus und Garten benutzte, und die jetzt drohend über den Köpfen geschwungen wurden. Bewaffnet. Gegen wen, Alexandru, wollte sie fragen, aber er war nicht mehr an ihrer Seite, es hielten ihn einige an den Armen fest und zerrten an ihm, während andere von hinten mit Knüppeln auf ihn einschlugen. Sie sah nur noch, wie er in die Knie ging, aber sie zerrten weiterhin an ihm, und man konnte nicht wissen, warum sein Kinn auf die Brust herabgesunken war, im verzweifelten Versuch, sich zu schützen, oder aber weil er nicht mehr in der Lage war, den Kopf aufrecht zu halten. Sie rief nach ihm, gleichzeitig aber spürte sie die ersten Schläge auf den Rücken. Die zugeschlagen hatten, meinten, ihr Ruf sei ein Schmerzensschrei, also fühlten sie sich ermutigt weiterzumachen. Einen Augenblick lang hatte sie Bruegels Bild vom Kindermord vor Augen. Immer gibt es jemanden, der davonkommt, war ihr letzter Gedanke, bevor sie die Besinnung verlor.

Aber was frag ich denn, ob Sie mich noch kennen, sagte der Mann, schaute weiter auf seine leere Hand und versuchte, seinen Gesichten zu entkommen. Sie konnten mich nicht kennen, schließlich war ich von hinten gekommen. Und habe auch von hinten zugeschlagen …

Warum?

Heute weiß ich das nicht mehr … So war es damals …

Rada war nicht darauf vorbereitet, das Gespräch fortzusetzen. Sie spürte, dass es besser war, sich zu beherrschen. Sie stand auf. Der Mann schaute immer noch in seine leere Hand, auch er wusste nicht, wonach er in den tiefen Schicksalslinien suchte.

Gut, dass du immerhin daran gedacht hast, mir das Medaillon zu bringen, sagte Rada, und dabei konnte sie nicht einmal selbst glauben, was sie da von sich gab. Jetzt aber nützt es mir nichts mehr.

Ich meine, Sie haben keinen Grund, mir zu danken, sagte er zwischen zwei Hustenanfällen. Ich hatte daran gedacht, es meiner Tochter zu schenken, als sie achtzehn Jahre alt wurde. Aber dann dachte ich, dass sie keine Schuld hat.

Was hättest du zu ihr gesagt, dass du es für sie gekauft hast?

Tja, eben …

Rada schloss ihre Handtasche. In ein Fach hatte sie die Medaillonkette verstaut. Sie ging zwei Schritte zur Seite, das Zellengitter war nicht verschlossen, sie ging hinaus, schaute über den dunklen Flur, und weil sie niemanden dort sah, entfernte sie sich, ohne sich noch einmal umzusehen. Der Mann wollte noch etwas sagen, aber der Husten kam seinen Worten zuvor.

Der zweite Raum war leer, also kehrte sie ratlos in den ersten Raum zurück, wo der Polizist, als er sie sah, seine Haarsträhne glattstrich und die Dienstmütze wieder aufsetzte. Der Säufer döste, den Kopf in eine Hand gestützt, vor sich hin. Laut strömte ihm die Atemluft durch die Lippen. Rada wartete geduldig, bis der Polizist, den Kopierstift im Mund anfeuchtend, die Zeile darüber abgeschrieben hatte. Er schaute auf die Uhr und fügte schließlich die Uhrzeit hinzu.

Muss ich etwas unterschreiben, fragte die Frau, darauf vorbereitet, wiederum ihre Papiere vorweisen zu müssen.

Müssen Sie nicht, antworteten die Polizisten, die wieder einer geworden waren. Ich habe das hier aufgeschrieben.

Muss ich nichts erklären?

Sie müssen nichts erklären, schließlich ist es Ihre Angelegenheit.

Wieder spürte sie den Knüppel, der ihr auf das Brustbein stach. Der Alte sprang durch den gedrungenen Hals des Mannes hier und beugte sich über sie. Du wirst nichts sagen, denn die werden dich wieder holen kommen! Wenn du gefragt wirst, sagst du, dass wir dich aus Versehen verhaftet haben und gut mit dir umgegangen sind. Los, wasch dir in dem Waschbecken dort das Gesicht, ordne deine Kleider, und ab mit dir! Sag, Glück gehabt. Freu dich, dass du diesmal noch mit einer Geldstrafe davonkommst! Glück gehabt, hatte sie wie schlaftrunken wiederholt, hatte gemeint, das gehörte sich so. Für ihre Unterwürfigkeit hatte sie jedoch eine Ohrfeige gefangen, die sie umkippte, und schnell folgte zudem der Schlag mit dem Handrücken, der sie wieder aufrichtete. Mach dich nicht lustig über mich, Flittchen, fauchte er. Und tatsächlich, nach einem Monat kam die Mitteilung, dass sie ein Bußgeld in Höhe von tausend Lei zu bezahlen habe. Dann schlich sich der alte Polizist zurück, wurde kleiner und dünner, als schlüpfte er durch einen Trichter.

Was glauben Sie, fragte er und schaukelte auf den Hinterbeinen des Stuhls. Was sollen wir mit ihm tun?

Na, laufenlassen, antwortete Rada überrascht von der Frage. Was könnten Sie denn sonst tun?

Der Polizist hörte mit dem Stuhlschaukeln nicht auf, schob

sich mit zwei Fingern die Mütze auf den Hinterkopf und wiederholte, damit die Frage nicht von einer anderen Seite gestellt werde:

Was wir sonst tun könnten? Alles, gnädige Frau … was auch immer … Aber wenn Sie die Verantwortung übernehmen, lassen wir ihn laufen …

Rada legte die Stirn in Falten, sie war mit diesen Dingen nicht vertraut:

Wenn ich die Verantwortung übernehme …

Also wenn Sie uns nicht mehr anrufen, weil er wieder bei Ihnen dort auf der Bank sitzt oder sich vor Ihrem Treppenhaus aufgepflanzt hat, denn wir kommen ihn nicht mehr hopsnehmen. Er mag verrückt sein, aber dann ist er Ihr Verrückter …

Vielleicht haben Sie recht.

Wie Sie meinen. Ich schreibe hier hin, dass Sie ihre Beschwerde zurückgezogen haben …

Ich habe mich nirgendwo beschwert …

Wie man so sagt, meinte der Polizist froh, zu einem Ergebnis gekommen zu sein.

Der Säufer wachte auf, und als er sah, dass sie an ihm vorüberging, begleitete er sie mit einem langen Blick.

Sie kennen sich aus?, rief der Polizist, ohne sich vom Stuhl zu erheben. Auf den Flur, nach rechts und dann über jene schmale Treppe. Waren Sie schon mal bei uns?

Bei der Tür bog das Heizungsrohr nach oben ab und folgte dem Türrahmen.

Ja, ich war schon mal hier, vor langer Zeit …

Dann ist's in Ordnung, hier hat sich nichts verändert, wir haben nur mit ein bisschen Kalk geweißelt … Warum waren Sie damals hier, mit dem Ausweis, nicht? Zur Änderung Ihres Ausweises?

Rada wandte sich in der Tür noch einmal um und grüßte, aber es antwortete ihr niemand mehr. Auf dem Flur blieb sie stehen, dort gab es ein Waschbecken. Sie drehte den dünnen Strahl auf, wartete, bis sich die Handhöhlungen mit Wasser gefüllt hatten, und wusch sich dann ausgiebig das Gesicht.

Erst als sie den bewölkten Himmel sah und die ersten Tropfen spürte, merkte sie, wie lange sie sich dort aufgehalten hatte. Sie blieb ein paar Augenblicke auf dem Gehsteig stehen, die Straße war leer, das Leben ging ruhig weiter. Die Polizeidienststelle hatte ein kleines Firmenschild aus Glas, das wahrscheinlich nachts beleuchtet war, ein Firmenschild wie jedes andere, ein kleines Lebensmittelgeschäft oder eine Patisserie.

Rada kramte in der Handtasche nach dem Autoschlüssel und zuckte zusammen, als sie auf das Medaillon stieß. Sie ließ den Motor an, dachte ein paar Augenblicke nach, dann kreuzte sie die Arme über dem Lenkrad, lehnte die Stirn auf die Arme, schloss die Augen und wartete. Sie hatte den Eindruck, alle wüssten, was mit ihr los war, vielleicht aufgrund ihres unsicheren Ganges, bei dem sie sich an den Wänden abstützte, und man weiche ihr deshalb aus und vermeide es, sie anzusehen. Heller Sonnenschein nach dem diffusen Licht im Hangar, die Welt war wie mit Goldfäden durchwirkt. Und dieser ungewöhnliche Glanz verlieh ihr etwas Unwirkliches. In den paar Tagen, da sie geschlagen, zur Polizei gebracht und dann zusammen mit Hunderten anderen ihresgleichen in den Hangar verbracht worden war, wo sie auf dem Betonboden kauerten, hatte sie das Gefühl, diese Welt, die drohte, schlug, schrie, Blut fließen ließ und zerschmetterte, sei zwar unverrückbar wirklich, aber dies alles geschehe nicht ihr, sondern jemand anderem, durch dessen Augen sie schlangengleich schaue, wie in der Kindheit im Kino. Dann, auf den von Goldstaub überzogenen Straßen mit Taxis, die nicht anhielten, wenn man ihnen winkte, und den Menschen, die wegschauten, hatte sie das klare Bewusstsein der eigenen Realität, während die Welt um sie herum ihr wie eine Halluzination vorkam. Unter all dem, was ihr geschehen war, war die Unstimmigkeit zwischen ihr und der sie umgebenden Welt der Zustand, dem sie noch nicht ganz entronnen war.

Diese Nichtsynchronisation, in der das Porträt und der Hintergrund sich nacheinander belebten, ließ sie hochfahren. Sie hob das Gesicht und starrte reglos in den Rückspiegel. Bis sie den Uniformierten, der dem alten Mann Anweisungen gab, aus der Polizeiwache heraustreten sah. Er schien streng mit ihm zu sprechen, denn der Mann nickte bei jedem Satz zustimmend und zerknautschte den Tragebeutel in den Händen. Der Polizist wies zum Boulevard Lascăr Cartagiu und dann nach rechts. Der Mann dankte, aber da war keiner mehr, der ihm darauf hätte antworten können. Er schien eine kurze Weile nachzudenken und ging dann mit kleinen Schritten los, den Kopf gesenkt, sodass er die Autotür, die sich vor ihm öffnete, nicht sah.

Wo gehst du jetzt hin, fragte Rada.

Zum Bahnhof. Er hat gesagt, wenn ich die Straße da runtergehe und dann nochmal frage, ist es nicht weit. Ich habe Zeit, muss erst zum Nachtzug.

Und was tust du bis dahin?

Nichts, warten. Am Bahnhof ist es besser, man wartet, denn der Zug wartet nicht auf einen.

Rada hatte sich am Lenkrad vorbei hinausgebeugt, um mit ihm zu reden. Selbst so, von unten her betrachtet, wirkte er schmächtig.

Hast du Hunger? Komm, iss etwas …

Wo?

Bei mir zu Hause. Der Mann zögerte. Rada lächelte und wies auf den Beifahrersitz: Du kennst es schließlich, warst doch schon mal da …

Ich schäme mich, zu Ihnen nach Hause zu kommen …

Warum hast du mich dann ausgerechnet bei mir zu Hause gesucht?

Ebenfalls aus Scham …

Er stieg unbeholfen ein, setzte sich zuerst, richtete sich dann auf und zog die Beine nach. Legte den Sicherheitsgurt nicht um, rutschte unruhig hin und her, da er nicht wusste, woher der Ton stammte, der dies anzeigte. Rada wollte ihm zeigen, was zu tun war, überlegte es sich aber anders. Sie fuhr langsam los, aber nach ein paar Metern, kurz vor der Einfahrt auf den Boulevard, bremste sie und wandte sich ihm zu:

Woher wusstest du, wer ich bin?

Ich wusste es nicht. Da waren andere, die das wussten. Ich kannte sie nicht, aber sie sagten, wir sollten uns nach ihnen richten. Einige von unseren Leuten haben sie an Orte geführt, wo Falschgeld gedruckt wurde und Drogen lagerten. Andere, und zu denen gehörte ich, schickten sie los, den Platz vor der Universität zu räumen. Sie fuhren uns mit Lastwagen und hatten uns gesagt, wir sollten unterwegs die Knüppel über unseren Köpfen schwingen und viel Krach machen. Ich habe gesehen, dass dies den Leuten auf den Bürgersteigen gefallen hat. Aber die, die uns gefahren haben, habe ich nicht gekannt, der eine oder andere von denen rief, los, auf den da, und wir legten los. Schauen Sie, um die Wahrheit zu sagen, einige von unseren Leuten schlugen begeistert zu, sie hatten sich im Zug schon einiges genehmigt.

Nicht danach hab ich gefragt.

Der Alte zuckte mit den Schultern, als wüsste er nicht, was er sonst sagen sollte.

Wie du mich gefunden hast, fragte sie nun noch einmal. Wie ich heiße, wo ich wohne …

Anfangs habe ich das nicht gewusst, das war ein Zufall. Aber ich hab mich an Sie erinnert, wegen des Medaillons. Es hat mir dann leidgetan, dass ich es genommen hatte, aber ich wusste nicht mehr, wie ich es zurückgeben könnte. Ich habe Sie vor zwei Wochen im Fernsehen gesehen … Sie haben ein paar Häuser vorgeführt, von denen Sie sagten, die würden sich im Winter aufwärmen. Aber ich hab Sie sofort erkannt, wissen Sie, selbst wenn ich Sie damals eher von hinten gesehen habe und seitdem zwanzig Jahre vergangen sind. Ich weiß nicht, woran genau, aber ich hab Sie erkannt. Sagte, sie ist es!

Zu wem hast du das gesagt?

Zu niemandem, wem sollte ich das sagen … Sagt man halt so. Anfangs freuten wir uns, dass Iliescu uns allen gedankt hat, dass die Arbeiter das Land vor den Legionären gerettet hatten. Aber nachher war es nicht grad so, und selbst Iliescu hat einen Rückzieher gemacht. Wir haben damals angefangen, nicht mehr davon zu erzählen, und wenn man heute ins Tal geht und davon erzählt, wird man schief angeschaut. Aber ich hab es niemandem gesagt, hab nur mit mir selbst geredet, weil ich hin und wieder grad so mit mir rede, dass eben nur ich das weiß. Und da war auch unten im Fernseher Ihr Name hingeschrieben. Ich bin zur Post gegangen und hab im Telefonbuch nachgeschaut. Diesen Namen hat es nur einmal gegeben, ein zweiter war da nicht.

Er hatte recht. Maroni. Berti hielt viel auf seinen Namen, Steinmetze aus Kalabrien, die vor mehr als hundert Jahren gekommen waren und sich in den Dörfern um Târgoviște niedergelassen hatten. Roberto Maroni, sanft und stets unterwegs in der Welt, wie ein Apostel. Rada fädelte das Auto auf dem Boulevard in den Verkehr ein und wendete zur Piața

Romană hin. Der Regen hatte zugenommen, an der Ampel fuhren die Autos eng auf. Dem Mann war vom vielen Reden der Rachen trocken geworden, und er begann neuerlich zu husten.

Du hast dich erkältet … Und da wolltest du bei diesem Regen noch zu Fuß bis zum Bahnhof gehen.

Ich habe mich nicht erkältet … Aber so ist diese Krankheit, sie sammelt sich und tut mir in der Brust weh. Wenn ich gehustet hab, scheint sie sich ein klein wenig aufzulösen, und es vergeht mir. Dann packt es mich wieder … Ich glaube, ich hab zu viel geredet.

Sie hatten die Piața Romană überquert und waren in den Boulevard Magheru eingebogen. Die Passanten hatten Mut gefasst, der Regen hatte nachgelassen, über die Autofenster rannen die Tropfen wie Körner. Die Scheibenwischer bewegten sich träge im Halbkreis und hinterließen konzentrische Streifen auf der Windschutzscheibe.

Warst du seitdem nochmal in Bukarest, fragte Rada, während sie das Fenster herunterkurbelte, um den Rückspiegel abzuwischen.

Zwei Mal, sagte er. Einmal, als ich mit der Tochter zur Prüfung gekommen bin, und das zweite Mal, als ich sie zur Fakultät gebracht hab, denn sie hat es aufgrund ihrer Note geschafft, da wollte ich im Heim vorsprechen. Jetzt ist es das dritte Mal. Ihre Mutter hat dünnere Kleider für sie eingepackt, für den Sommer. Aber hier im Zentrum war ich seit damals nicht mehr. Sie haben mich absichtlich hierher gebracht, nicht?

Hätte ich dies tun müssen, fragte Rada und schaute aus den Augenwinkeln auf die Reihe Autos, die Stoßstange an Stoßstange fuhren. Hattest du Angst, ich schreie dich an? Ich schlage auf dich ein?

Vielleicht, wäre möglich gewesen, sagte er leise.

Ich wohne hier in der Nähe, fügte sie hinzu, um die Dinge zu klären. Am Universitätsplatz werden wir links abbiegen. Es ist eine kleine Straße mit alten Wohnblocks. Aber warum sag ich dir das, als wüsstest du es nicht selbst …

Das Taxi hat mich auf einer anderen Strecke hergebracht.

Du bist mit dem Taxi zu mir gekommen?, wunderte sie sich.

Ich hatte Angst, nicht herzufinden.

Und wie viel hast du gezahlt?

Vom Bahnhof bis hierher fünfzig Lei. So viel stand auf dem Apparat …

Der hat dich übers Ohr gehauen … hat dich absichtlich in der Gegend herumgefahren, um dir mehr Geld abzunehmen.

Er hat gemerkt, dass ich von weither komme, gab der Mann zu, der nun zunehmend älter wirkte.

Dann war er still, schaute nur durch die Windschutzscheibe.

Ich bin nicht absichtlich mit dir hier herumgefahren, sagte Rada, wiewohl er ihr nicht mehr zuhörte. Wozu sollte das gut sein? Wir haben nicht die gleichen Erinnerungen.

Bei alledem aber schauten sie, in die nach dem Regen gestaute Autoschlange eingereiht, auf die gleiche Stelle. Jetzt gab es dort einen kleinen Kiosk, in dem ein Mann, nachdem er sich vergewissert hatte, dass der Himmel aufklarte, begonnen hatte, seine Waren für den Verkauf zu arrangieren. Damals war Rada vor allem überrascht, als sie in die Knie ging und die Hände auf den Bauch presste. Wie konnte so etwas geschehen, sie wollte ihnen Einhalt gebieten und es ihnen erklären, aber das ging nicht. Und auch sie erwarteten keinerlei Aufklärung, zumal ihre Hiebe die Dinge außerordentlich klar erscheinen ließen, und ihr Stöhnen vermochte sie nur zu bestärken. Schluss jetzt, denn sonst bringst du sie um!, hörte sie noch, bevor sie ohnmächtig wurde. Vielleicht hatten sie geglaubt, die Aufforderung, mit den Schlägen aufzuhören, sei zu spät erfolgt, denn als sie merkten, wie zugerichtet sie war, zerrten sie sie an den Armen bis zum nahe gelegenen Springbrunnen, in dessen Becken lediglich noch eine versumpfte Wasserhaut an dessen Sinn und Zweck erinnerte. Und nicht die anderen Körper, die man über sie geworfen hatte, ließen sie wieder zu sich kommen, sondern die fortdauernde Berührung mit dem Wasser, dessen grün-samtige Oberfläche aus Krötenseide ihr seinen sturen Beharrungswillen gegen das Licht mitteilte. Einige Augenblicke meinte sie, es sei Nacht, und die weichen öligen Spuren auf ihren Fingern gehörten zum Gewebe einer feuchten Finsternis. Erst als sie zählte und merkte, dass es zu viele Finger waren, als dass sie alle zu ihr gehören könnten, stellte sie fest, dass sie lebend begraben worden war. Aber sie hatten keine Erde über sie geworfen, sondern weitere Körper. Manch einer wog schwer und hatte steife Glieder. Andere wiederum hatten, wie sie selbst, noch weiche Gelenke, und zwischen denen konnte sie sich Platz schaffen. Wo auch immer sie sich hinwandte, stieß sie an Brustkörbe, Hände und Füße, Köpfe, die auf ungewöhnlich verdrehten Hälsen saßen, und Augen, die es kaum glauben konnten, dass sie fortan nach hinten schauen mussten. Sie stützte sich auf, um sich zu erheben, und dachte dabei, dass sich unter ihren Sohlen möglicherweise nicht der Brunnenrand, sondern das Gesicht oder die Brust von jemandem befinde, und bei diesem Gedanken wurden ihr die Knie weich. Als es ihr gelungen war herauszukriechen, atmete sie tief ein, verschlang die Luft geradezu wie nach überstandener Ertrinkenspanik. Auf die Ellbogen gestützt, schleppte sie sich ganz heraus und schaute anschließend lange mit starr trockenem Blick in den Himmel. Als sie die Kraft gefunden hatte, auf das zu schauen, was sie zurückgelassen hatte, fand sie sich in einem stumpfen Lichtspektrum wieder, von dem man bestenfalls die Ränder sehen konnte, rot und violett. Unter der zerfetzten Kleidung hatten die Schläge das Fleisch anschwellen lassen und blau verfärbt. Die Haut war zu einer dunklen Kruste angeschwollen, und die Kleider waren vom darauf getrockneten Blut steif geworden. Sie kroch zur Seite, als erlebte sie einen Albtraum, und wollte sich schützen, indem sie nur noch auf eine Wand schaute. Wenn es denn bloß eine Wand gegeben hätte, sie zu beherbergen, dort jedenfalls suchte sie diese vergebens. Der junge Mann erinnerte an die Apostelbilder der Fresken, Haare und Bart hatten die Farbe von Maisseide, sein Gesicht war länglich, und die Augen lagen in tiefen Höhlen. Das Gesicht war von einer Blässe, als hätte es gar keine Farbe abbekommen, und um die Backenknochen, die sich blau verfärbt hatten, war das Blut anscheinend schon lange gewichen. Es war ihm dickflüssig aus dem aufgeplatzten Schädel geflossen und hatte seine Haare verklebt. Der Kontrast zwischen dem reinen und blassen Gesicht, wie frisch mit einem eingeseiften Waschtuch gewaschen, und dem wie Morast auf seinem Schädel klebenden Blut, das ihm auch hinter den Ohren bis auf die Schultern hinabgeflossen war, verlieh ihm das Aussehen eines Märtyrers, denn er wirkte hinsichtlich seiner selbst ganz und gar unbekümmert.

Rada sah alles entstellt, und ihr Gehör war dumpf, als befände sie sich mit dem Kopf unter Wasser. Gern hätte sie um Hilfe gerufen, aber ihre Brust fühlte sich von den Schlägen wie zerquetscht an, und in ihrem Bauch brannte eine andere Art von Tod und machte sich darin breit. Die Hilfe kam jedoch nicht so, wie sie es erwartet hatte. Packt sie je zwei in einen Rettungswagen, hörte sie eine Stimme. Die da, die zu sich gekommen ist, schafft ihr auf die Wache, damit die sie dort richtig wachrütteln. Und den anderen dort, ich muss euch nicht mehr sagen, wer er ist, bringt ihr in die Leichenschau. Sie sollen gleich die Papiere ausstellen, sollen schreiben, was sie wollen. Wahrscheinlich war sie noch einmal ohnmächtig geworden, denn sie kam erst im Auto wieder zu sich. Der Rettungswagen war durch ein paar Schlaglöcher geholpert, und dabei hatte der auf die Bahre geworfene Blonde gestöhnt, dessen Arme kreuzartig abstanden. Ein Fluch war zu hören, und Rada sah den schlagbereit erhobenen Gummiknüppel. Dann schauten sie sich an, der Mann in Uniform und sie, den erstarrten Schrei in der Kehle. Sie hatte nie begriffen, welche Macht ihr Blick plötzlich bekommen hatte, denn der über der Bahre erhobene Knüppel sank gemächlich herab, und der Polizist rief durch die Fensterluke in die Fahrerkabine: Kehr um, wir fahren nicht mehr ins Leichenschauhaus! Fahr zur Notaufnahme, der Tote ist auferstanden. Und dann zur Wache auf der Ana Ipătescu mit der Verrückten da. Als man sie nach ein paar Tagen aus der Kaserne in Măgurele entließ, man hatte sie einzeln freigelassen, damit sie sich auf der Straße verstreuten und nicht wieder versammelten, schaute Rada sich in einem Schaufenster an und versuchte, ihren festen und entschlossenen Blick zurückzuerlangen. Das Gesicht, das sie da sah, war jedoch verwirrt und fremd. Sie zählte dreiundzwanzig Jahre und war gealtert.

Wir haben nicht die gleichen Erinnerungen, wiederholte Rada, durchfuhr den Kreisverkehr und bog in den Boulevard Carol ein.

Der Mann schaute durch das Fenster, erkannte die Örtlichkeiten wieder und hätte ihr dies gerne gesagt, aber er begriff, dass es ein Fehler wäre, und schwieg. Er schüttelte den Kopf, als hätte er zugleich gefragt und geantwortet.

Wenn Sie mich fragen – und wahrscheinlich waren dies die imaginären Fragen, auf die er sich selbst geantwortet hatte –, ich erinnerte mich damals auf eine bestimmte Weise und nun, nachdem ich Sie im Fernseher gesehen habe, wieder anders. Früher war alles ein großes Durcheinander, wer auch immer erzählte, es war immer das Gleiche. Wir wussten nicht, wen wir verprügelt hatten, als hätten wir niemanden verprügelt, man konnte die Schuld auf einen anderen schieben oder auf gar keinen von uns. Aber seitdem ich Sie gesehen habe und weiß, wie Sie heißen … ist es so, als sprächen Sie mit mir, und ich kann dem nicht ausweichen … Und darum bin ich gekommen, Ihnen das persönlich zu sagen, und nicht auf Umwegen.

Jetzt weiß auch ich, wie du heißt, sagte Rada und mühte sich, das Auto einzuparken. Pavel Avădanei oder wie man bei der Polizei sagt: Avădanei Pavel. Das ist kein Name aus dem Schiltal, nicht wahr?

Bei uns in der Moldau heißen viele so, nach dem Namen der Mutter, denn die Männer sind immer weggegangen. Aelenei, Adomniței, Afierăriței, Avădanei. Wenn wir in der Schule aufgerufen wurden, begann die Hälfte der Namen mit A*. Vater ist zur Arbeit ins Tal gezogen, und wie ich die vierte Klasse beendet hatte, bin ich ihm mit Mutter nachgefolgt. Bei den Bergleuten ist es so Brauch, wenn einer in der Grube stirbt, tritt der älteste Sohn an seine Stelle. Vater haben sie nicht mehr gefunden, als das Gas in der Grube explodiert war, sie haben einen leeren Sarg für ihn begraben, haben ein paar Sachen von ihm und eine Ikone hineingelegt, damit er sie bei sich hat.

Rada wartete, dass er sein Husten beende, dann ging sie voran, stieg die paar Stufen hoch und schloss die Apartmenttür auf.

* A: der, als weibliches Possesivpronomen dem Mutternamen vorangestellt.

Schneller, ermahnte sie ihn, damit uns Madame Gavrilescu nicht sieht, denn sonst ruft sie wieder bei der Polizei an.

Er erschrak ... lächelte zum ersten Mal, dieser Pavel Avădanei, noch im Flur stehend.

Na, wenn sie gesehen hat, dass du dich die ganze Nacht nicht gerührt und immer nur die Fenster angestarrt hast ...

Was hätte ich denn sonst tun können? Ich wusste, wenn ich ging, würde ich nie mehr zurückkehren ... Aber was für eine schöne Wohnung Sie haben ...

Komm herein, musst nicht in der Tür stehen bleiben.

Soll ich die Schuhe ausziehen?

Lass sie an, streif sie gut ab, und dann ist's gut.

Rada trat ins Speisezimmer, legte ihre Jacke und die Tasche auf einen Stuhl und zog die Vorhänge beiseite. Das Licht belebte die schön gedrechselten Möbel, die weichen Samtbezüge auf den Lehnstühlen. Gewohnheitsmäßig warf sie einen Blick in den Spiegel, aber sie richtete sich die in Auflösung befindliche Frisur nicht. Sie hatte ins Schaufenster geschaut und es kaum glauben können: die Unterlippe aufgerissen, das linke Auge halb zugeschwollen, die Wangen abgezehrt von der Schlaflosigkeit. Dann hatte sie ihr Gesicht betastet, noch war sie sich nicht sicher, wieder in die Wirklichkeit zurückgekehrt zu sein, ihr Fleisch war erstarrt, und ihre Eindrücke passten nicht zu dem, was sie im Glanz des Schaufensters sah. Erst danach, nachdem sie ins Krankenhaus gefahren war, begriff sie, dass es um die Dinge in ihr drin viel schlimmer stand. Sie benötigte ein paar Wochen, um, Schultern und Wangen berührend, in ihren eigenen Körper zurückzufinden. Und noch sehr viel mehr Zeit, um dem eigenen Spiegelbild wieder begegnen zu können.

Was tust du? Sie lachte amüsiert.

Der Mann streifte sich noch immer die Schuhe auf dem

kleinen Teppich im Flur ab, dabei schaute er sich hin und wieder die durchlöcherten Schuhsohlen an.

Willst du den ganzen Tag dort stehen bleiben?

Ich möchte keine Ungelegenheiten verursachen, sagte er, während er sich zur Küchentür führen ließ.

Wir werden uns da hineinsetzen, beschloss sie. So werden wir miteinander sprechen können, während ich das Essen vorbereite. Setz du dich dorthin, ans Kopfende, ich setze mich hierhin, nahe beim Gasherd und der Spüle. Was möchtest du trinken?

Das habe ich mitgebracht, sprang der Mann hoch, erfreut, dass es ihm wieder eingefallen war. Und aus seiner Tragetasche holte er eine mit einem Stückchen Maiskolben verkorkte Flasche hervor.

Es ist ein Schnaps von uns, fügte er angesichts ihrer ablehnenden Geste schnell hinzu. So etwas haben Sie hier nicht. Er ist aus den Pflaumen vom Friedhof gemacht, der beste Schnaps, den es gibt. Die reifen sehr spät, auch muss man ihre Wurzeln nie wässern, die ziehen sich alles, was sie brauchen, aus dem Boden. Auch die auf dem Boden liegenden Pflaumen werden eingesammelt, die sind die besten.

Er goss in die beiden Gläschen und fügte stolz hinzu:

Schauen Sie mal, wie viele Perlen der macht, wie ein Truthahn.

Er hob das Glas, um männlich anzustoßen. Aber seine hochgereckte Hand blieb in der Luft hängen, als er sah, dass ihn die Frau reglos anschaute. Auf Tote stößt man nicht an, schien sie zu sagen. Der Mann presste die Lippen zusammen und ließ seine Hand langsam sinken. Dann überlegte er es sich anders, führte das Glas an den Mund und kippte sich den Inhalt in den Rachen. Nun packte ihn ein heftiger Husten, der ihn zusammensacken ließ. Rada war reglos stehen geblieben, reichte ihm weder ein Glas Wasser, noch stand sie ihm sonst irgendwie bei. Schließlich beruhigte sich der Mann und wischte sich den Mund mit dem Ärmel ab. Dann griff er nach der Flasche und goss sich noch ein Glas ein, das er jedoch nicht mehr trank.

Mir geht es noch gut, sagte er und löste die Hustenreste im Rachen. Wenn man bei uns die Sechzig erreicht, ist das eine große Sache. Der Staub und die verdreckte Luft bringen einen um. Darum heiraten wir früh, damit wir unsere Enkel noch zu sehen kriegen. Mit vierzig Jahren ist man alt. Das will was heißen, wenn sie einen da nicht in Rente schicken.

Rada setzte sich ihm gegenüber, sie war entschlossen, das Glas zu ergreifen und ihre Lippen daran zu netzen. Es schmeckte ihr, und sie kostete noch einmal.

Müsste ich Mitleid mit dir haben, fragte sie.

Dazu gibt es keinen Grund, meine ich. Wir wussten das, als wir uns haben anstellen lassen. So war es immer. Jetzt, da fortwährend Gruben geschlossen werden, haben die Leute kaum mehr Arbeit. Und als es was zu tun gab, waren es allein die Gruben. Und die Gewerkschaft. So war es. Die Gewerkschaft schickte einen in die Schule, die Gewerkschaft stellte einen ein, und sie war es auch, die einen begrub und sich um die Waisen kümmerte. Und der Staub war überall, nicht nur in der Grube. Wenn es bei uns schneite, in Petrila, in Uricani, Vulcan oder Aninoasa, musste man, hui!, in den Himmel schauen nach dem Schnee, denn bis er auf die Erde fiel, war er schwarz, der wurde zu so einer Art nasser Asche.

Und auch hierher hat euch die Gewerkschaft gebracht, willst du das sagen, fragte Rada. Und weil Pavel Avădanei sich von ihrem Blick eingeschüchtert fühlte, stand sie auf, suchte sich im Kühlschrank einiges zusammen und werkelte dann mit dem Messer auf dem Hackbrett herum.

Uns haben sie direkt von der Schicht mitgenommen, sagte der Mann, der zu altern fortfuhr, auch wenn er noch einen Schluck trank. Sie haben uns wie beim Militär eingereiht und zum Bahnhof geführt. Da war ein Zug nur für uns. Durch die Lautsprecher am Bahnhof sagte jemand, in Bukarest gebe es einen Staatsstreich, und wir müssten die Revolution verteidigen. Einige unserer Kameraden waren auch im Januar dort, und die erzählten uns von bei der Bauernpartei gefundenen Waffen und von den Drogen und den falschen Dollars bei den Liberalen … und dass dies alles Legionäre waren … Sie zeigten das auch uns …

Das waren keine falschen Dollars, wandte sich Rada um und ließ das Messer auf den Brotscheiben liegen. Die haben euch getäuscht. Das waren auf dem Kopierer abgezogene Geldscheine.

Wenn Sie das sagen …

Wenn ich das sage?! Und wenn ich dir das nicht sagte, wie wäre es dann? Jenes Geld war nichts als bunte Papierstreifen, das war rein gar nichts wert. Nirgendwo in Europa hätte man damit auch nur eine erfrorene Zwiebel kaufen können.

Aber wer war schon in Europa?

Rada stellte ihm seufzend den Teller hin. Pavel rührte das Essen erst an, als sie ihn zweimal dazu aufgefordert hatte. Die Frau schaute ihm zu, wie er die Brotscheiben übereinander neben den Teller legte, wie er verlegen die Salamischeiben aufs Brot legte und dann mit weichem Zahnfleisch zu mümmeln begann. Als er fertig war, wischte er mit einem weichen Stückchen Brot den Teller sauber und kaute dann ausgiebig, als wollte er alle anderen Geschmäcke zusammenströmen lassen. Schließlich machte er das Kreuzeszeichen und blieb sitzen, die Hände im Schoß, wartend, was da komme.

Und wie war das mit den Drogen? Habt ihr viele gefunden?

Ja, viele, bestätigte Pavel Avădanei, ohne den Ton der Frage zu verstehen. In Glasbehältern haben wir sie gefunden und überall sonst, auch in der Universität und dort, wo die Leute unten durchgehen, wenn sie die Straße überqueren, dort waren sie in einigen Räumen versteckt.

Gut, gut, Mann, aber Drogen sind Pulver, die bewahrt man nicht in Gläsern auf. Das werden die Leute euch so gesagt haben, als sie euch aufhetzten, das waren keine Drogen. Wer weiß, was das war.

Es waren aber Gläser, beharrte der Mann widerborstig. Es waren viele, auch Nadeln waren dabei.

Pavel Avădanei dachte nach, vielleicht war er wieder in einen inneren Dialog getreten. Rada hielt es für angebracht, ihn sich selbst zu überlassen, vielleicht konnte er sich diese Fragen nun auch selbst beantworten; sie räumte die Teller ab. Dann schenkte sie ihm ein Glas Wasser ein, das der Mann atemlos austrank. Anscheinend war es ihm jedoch nicht gelungen, eine Antwort zu finden, denn er fragte:

Und wenn das keine Drogen waren, was hatten die dann genommen?

Welche die, fragte Rada und hielt dabei die Teller unter den feinen Strahl des Wasserhahns.

Die vom Universitätsplatz …

Sie wandte sich um und wischte sich die Hände an der Schürze ab. Er war von ihrem unerbittlichen Blick derart überrascht, dass er sogar vergaß, die Augen zu senken. Ihre Blicke ließen sie für einen kurzen Augenblick jünger erscheinen. Pavel Avădanei hatte nun eine Wut gepackt, die sein Gesicht rauer wirken ließ, noch nicht so faltenzerfurcht, der schwarze unrasierte Bart verlieh ihm eine wilde Kühnheit. Die Muskeln hatten sich wieder über seine Knochen geringelt. Das Blut pochte in den Venen, die sich auf dem Handrücken und an den Armen wie Schlangen verdickten. Der Staub war vom Schädel geschüttelt, und die Haare wuchsen ihm mit einem Mal schwarz-glänzend und hingen ihm in schweißgetränkten Strähnen in die Stirn. Seine Augen waren rot vor Schlaflosigkeit, vom Alkohol, dem drängenden Blut, das die feinen Äderchen nicht mehr zu fassen vermochten. Die schwarzen Pupillen standen, den Blick auf einen Punkt hin konzentriert, nahe an der Nasenwurzel. Seine Brust bebte, platzte beinahe vor entfesselter, nutzlos aufgepumpter Männlichkeit.

Rada war schlank, auch wenn sie um die Mitte etwas rundlicher wirkte. Sie hatte eine jugendliche Ausstrahlung, schmale Hüften, kleine Brüste, gerade mal so viel, dass sie eine Sektschale füllten, der Pony lugte schulmädchengleich unter einem Stirnband hervor. Die Backenknochen lupften ihre Augenwinkel leicht an, sodass das leuchtende Grün, der Schatten der sich kräuselnden Wimpern und die krumme Nase ihr die Anmutung eines kleinen, Witterung aufnehmenden Katzentiers verliehen. Sie trug ein weites, ihre Schultern verdeckendes Shirt und Jeans, die Zeichen der Weiblichkeit schienen zu schlummern, man hätte sie zum Weinen bringen müssen, um die Frau zum Vorschein kommen zu lassen.

Dann trübten sich die Wasser des Spiegels nach und nach ein, seine Schultern sanken herab, das Fleisch ermüdete auf den trockenen Knochen, und seine Haare wurden stumpf, warfen das Licht nicht mehr zurück. Und das kleine Katzentier aus ihrem Gesicht zog sich gemächlich zurück in einen hinteren Winkel. Doch den Augenblick, da sie sich wiedererkannten, schaute ihn Rada unnachgiebig an:

Wer hat dir diesen Unfug mit den Drogen in den Kopf gesetzt?

Und wenn sie keine Drogen genommen hatten, antwortete er, während seine Haare noch nicht wieder weiß geworden und die Venen auf seinen Armen noch nicht eingeschrumpft waren, was suchten sie dann auf dem Universitätsplatz? Warum sind sie dann nicht mit den anderen gekommen, die uns mit Blumen empfangen und Essen gebracht haben?

Die Befreiungsarmee, platzte Rada heraus. Nicht alle Menschen sind gleich. Aber was die unter Drogen betrifft, da glaube ich, du hast das nicht so richtig verstanden … Komm, ich zeige dir etwas.

Sie war kurz hinausgegangen, man hörte, wie eine Schublade herausgezogen wurde, und Rada kehrte mit einer Schachtel zurück, in der normalerweise Familienfotos aufbewahrt werden. Sie öffnete sie, ohne etwas herauszunehmen, sagte:

Die Menschen bewahren solche Dinge nicht auf, sie ziehen es vor, sie wegzuwerfen. Aber wenn du zu vergessen versuchst anstatt zu verstehen, ist dies vergeblich, die Ängste kehren wieder. Nur dass ich und meine Ängste in zwei Welten lebten und niemals simultan, aber sie waren miteinander verbunden. Wie die zwei Hälften einer Sanduhr, wenn du weißt, was das ist.

Pavel Avădanei wirkte überrascht vom Beweisstück zu dieser Erklärung, die er übrigens kaum verstand: einem Stein, den Rada mitten auf den Tisch legte.

Manchmal holte sie ihn hervor und schaute ihn an, wobei sie sich an die Wand lehnte oder auf die Seite legte, die Knie angezogen. Wenn sie sich einkrümmte, schützte sie ihren Bauch besser, davon war sie überzeugt. Stellungen, in denen sie bis zur Erstarrung im Hangar von Măgurele ausgeharrt hatte. Sie hatten ihren eigenen Sinn, hatten ihre Welt einigermaßen beschützt. Anfangs hatte Berti dem Steinritual kaum Beachtung geschenkt, aber als er sah, dass es sich wiederholte und stundenlang hinzog, wusste er, dass sie miteinander zu sprechen hatten. Er schob den Stein beiseite und versuchte, ihre Reaktionen zu antizipieren. Weil Rada jedoch ungerührt blieb und ihn weiter ausdruckslos anstarrte, wie zuvor und an der gleichen Stelle den Stein, erschrak er. Vielleicht hatte ihre Krankheit einen Namen, vielleicht waren auch andere erkrankt. In der Geschichte der Medizin waren ja nicht die Kranken, sondern die Ärzte in den Enzyklopädien gelandet. Sie benötigte eine andere Art Arzt, dem sie erzählen konnte und der zuzuhören verstand. Und dessen Heilmittel nicht in den Medizinbüchern standen.

Gleichmütig akzeptierte Rada diese Begegnung; in erster Linie ging es ihr darum, weitere solche Bemühungen von Berti zu vermeiden. An einem nebeligen Morgen fuhren sie in den Băneasa-Wald am Stadtrand. Ein Mann erwartete sie dort, hockend an einen Baum gelehnt. Ohne sich mit den Armen aufzustützen, so, als hätte ihn ein im Blattwerk verborgener Mechanismus hochkatapultiert, sprang er auf. Schaute man ihm in seine verzehrenden Augen, sah man dahinter eine silbrige Aura, wie ein Kopftuch aus Seide. Hast du jemals einen Baum geliebt, fragte er. Sie wandte sich um zu Berti, erwartete Aufklärung über diese seltsame Art einer Konsultation, aber ihr Mann war schon weg, wartete an der Straße beim Auto. Such dir einen Baum aus, sagte er, nimm ihn in die Arme, schließ die Augen, horch auf die darin fließenden Säfte und aufs Herz, wie es schlägt. Wenn du seine Seele spürst, sage ihm, dass du ihn liebst. Wie soll ich es ihm sagen? Das spielt keine Rolle, in Gedanken oder laut, er wird es verstehen.

Und du sagst, die anständigen Leute hätten euch am Bahnhof erwartet?

Am Bahnhof, ja, beeilte sich Petru Avădanei zu antworten. Auch unterwegs, auf den Gehsteigen und beim Pavillon, bei der Ausstellung, wo wir zuerst hingegangen sind, überall. Sie haben uns mit Blumen erwartet, wir wussten gar nicht, was wir damit anfangen sollten, auch haben sie uns zu essen gegeben, Brot und Wurst.

Schau an, sagte Rada. Sie haben euch Blumen überreicht. Uns, den anderen, haben die anständigen Leute das gegeben.

Sie schob ihm den faustgroßen Stein hin. Er war abgerundet, offenbar war er sorgfältig ausgewählt und in verschnürtes Papier verpackt worden.

Es war in der Nacht vor den Wahlen, vom 20. auf den 21., sagte Rada noch. Damals sind wir Abend für Abend zum Universitätsplatz gegangen. Wir meinten, wir sind viele. Und dabei haben wir nicht gemerkt, dass wir immer die Gleichen und wie wenige wir tatsächlich waren. Rumänien war anderswo, bei den anständigen Leuten, die dich mit Blumen empfangen haben. Sie wussten das besser als wir, wussten, dass wir wenige sind und ohnmächtig, aber nicht einmal so nahmen sie uns hin.

Auch ich habe einen Stein mitgebracht, sagte der Bergarbeiter. Ich wusste nicht, wie ich es Ihnen sagen soll, aber jetzt kann ich es sagen. Er kramte wieder in seiner karierten Tasche und holte einen Stein von etwa der gleichen Größe heraus: Man nennt ihn Mondstein. Es ist ein weißer Felskristall, aber wenn man ihn ins Mondlicht hält, wird er rot, er hat ein paar Fäden, da könnte man meinen, er blutet innen.

Er hielt ihn Rada hin, die ihn von der flach ausgestreckten Hand nahm. Sie hob ihn ans Fenster und schaute hindurch, suchte einen möglichst passenden Winkel.

So kann man es nicht sehen, sagte der Mann. Ich weiß nicht, warum, aber der Stein spürt, welches die Sonne und welches der Mond ist. Und er blutet nur im Mondlicht. In der Nacht tut es ihm mehr weh.

Nachts, vor allem gegen Morgen, pflichtete Rada weiterhin bei, ohne den Blick von den verzehrenden Augen des Arztes abwenden zu können. Wenn ich nicht mehr weiß, ob ich schlafe oder wach bin. Ich fühle mich umzingelt, aber ich kann mich nicht wehren. Die mich angreifen, erinnern mich an jene Leute, ein paar Silhouetten, die sich gleichen, mit dunklen Gesichtern. Ich höre auch den Lärm von damals, die Schreie, von denen ich nicht weiß, ob es unsere oder die der Leute sind, die über uns herfallen. Ich glaube, so klingen die Jammerschreie der Ertrinkenden bei einem Schiffbruch. Ich empfinde das so. Wir befanden uns alle auf dem Deck eines Schiffes, das unterging, aber nur ein paar haben das damals gemerkt.

Ich kann mich nicht verteidigen, meine Arme nützen mir nichts, die Schläge spüre ich innen, im Unterleib, im Brustkorb, innen im Kopf. Und die auf mich einschlagen, sind, wiewohl sie in meiner Erinnerung Menschen waren, Entitäten, keine Körperwesen, sondern Träger von Ängsten. Da ist nichts außen, was mir Angst einflößt. Das Böse steckt in mir, wie die von einem Fisch verschluckte Angel.

Du hast recht, sagte Rada. Das Blut kann man nicht sehen.

In den Tagen der Revolution hatten sie mit zugezogenen Vorhängen dagesessen und aus Angst vor den gepanzerten Fahrzeugen der Securitate, von denen das Gerücht ging, sie kämen aus Ploieşti, um sich über die Hauptstadt herzumachen, nur die kleinen Nachttischleuchten eingeschaltet. Und nur abgekochtes Wasser getrunken, denn die Terroristen hatten angeblich das Wasser vergiftet und schossen, vor allem nachts, aufs Geratewohl mit Zielfernrohr-Gewehren durch die Fenster. Berti hatte über ihre Sorge gelacht, mit der sie die Fenster gegen sämtliche Lichtstrahlen, die ein- oder ausfallen konnten, gesichert hatte. Diesmal aber gab er zu, dass die lange eingeübte Behändigkeit, mit der sie die Übergardinen zuzog, ihren Sinn hatte. Jemand ist ins Haus eingedrungen, flüsterte er, als sie hochfuhren, aufgeschreckt vom Geräusch zerbrochener Fensterscheiben. Nachdem sie den Stein gefunden hatten, brauchte es einige Augenblicke, bis sie begriffen hatten, was geschehen war. Rada hatte den Bindfaden aufgeknüpft und das Papier auf dem Tisch glattgestrichen.

Das ist eine andere Art Blut, sagte sie zu Petru Avădanei, der den Sinn des aufgefalteten Stücks Papier nicht verstand. Schau hin!

Er las mit einigen Schwierigkeiten, buchstabierte. Die Buchstaben waren groß, Versalien, sollten die erkennbare Handschrift ihres Autors verschleiern: HE, LEGIONÄRE! HAUT AB, SO WEIT EUCH DIE BEINE TRAGEN!

Schau, sagte Rada und klopfte mit dem Zeigefinger auf das Papier, schau, was die anständigen Leute gemacht haben, wenn sie euch nicht mit Blumen empfangen haben. Sie haben mit Steinen auf uns geworfen.

Es waren anständige Leute, versuchte es der Mann noch einmal.

Frau Gavrilescu, sagte Rada. Und ihr Mann. Ein Junge von gegenüber hat sie gesehen, er hat nachts dagesessen und für seine Prüfungen gelernt. Ihr Mann hat den Stein geworfen, stell dir das mal vor, aber ich wette, dass es ihre Schrift ist. Sie sind von irgendwo hergekommen, aus der Moldau, haben im Röhrenwerk in Colentina gearbeitet. Auch sie mochten die Bukarester nicht, vor allem nicht die auf dem Universitätsplatz. Sie hatten nicht mehr vor, nach Hause zurückzukehren, und sie fanden sich unseretwegen nicht zurecht.

Sie hob den Stein hoch.

Schau, durch diesen sieht man nichts, fügte sie hinzu. Er ist ganz und gar undurchsichtig.

Auch ich stamme aus der Moldau, sagte er.

Ich weiß.

Woher wissen Sie das?

Du hast es mir schon mal gesagt.

Ja, vielleicht, und er schüttelte langsam den Kopf. Als man anfing, die Gruben zu schließen, habe auch ich daran gedacht, nach Hause zurückzukehren. Ich erinnerte mich nicht mehr so gut, wo unser Haus stand, irgendwo neben einem Bahnwärterhäuschen, ein paar Schritte von der Schranke entfernt. Aber es gab die Bahnstation nicht mehr, auch die Schranke war nicht mehr da. Selbst die Schienen hatten sie gestohlen und als Alteisen verkauft. Das Haus war eingefallen, hing nur noch schief da, den Boden hatten andere unter sich aufgeteilt. Umsonst war ich in mein Dorf zurückgekehrt. Es gab nichts mehr, wohin ich hätte zurückkehren können. Da war nichts, wo ich hätte bleiben können, es gab keine Arbeit, nichts. Es gab auch noch andere, die sich in der gleichen Situation befanden. Ich weiß nicht, was dieses Schiltal so an sich hat, aber wenn man kommt und eine Weile bleibt, kann man nicht mehr weggehen. Es hat etwas, das einen festhält. Auch die Zeit vergeht anscheinend anders. Es ist wie in der Geschichte, als der Held ins Tal kommt und sich an die Welt erinnert, aber vergeblich, denn die Welt hat sich so sehr verändert, dass er sie nicht mehr erkennt. Ja, mir gefällt es im Tal mit den Bergen ringsum. Auch die Steine mag ich. Die Erde ist wie eine Mutter, und sie sind die Knochen der Erde. Wir sehen das so, denn wir leben auf der Erde, aber es ist nicht wahr.

Wieder fing er an, leicht zu husten. Er suchte etwas in den Tiefen seiner Brust, fand es aber nicht.

Die Erde ist gut, fügte er hinzu, schließlich deckt sie am Ende alles zu.

Rada legte beide Steine nebeneinander, den undurchsichtigen und den durchscheinenden. Dann faltete sie das Papier und verschnürte es wieder. Sie packte das Päckchen in die Schachtel, wollte auch für den anderen Stein Platz schaffen, aber sie überlegte es sich und schloss den Deckel. Der Kristall wirkte tatsächlich lebendig, er nährte sich vom Licht wie die Pflanzen.

Wie ist es dort, fragte sie. In der Grube.

Sie müssten einmal kommen, es sich anschauen … Ich führe Sie, ich kenne dort alle Wege.

Ich mag keine geschlossenen Räume. Als ich klein war, sperrte mich meine Großmutter in den Kleiderschrank. Ich hatte Todesangst. Lange Zeit dachte ich, sie könnten glauben, ich sei gestorben, und würden mich lebendig begraben. Jemand hatte uns von einer Verwandten erzählt, die man nach sieben Jahren, als man sie ausgrub, mit dem Gesicht nach unten im Sarg vorgefunden hatte. Es hieß, sie sei eigentlich nicht tot gewesen, sie hatten sie bloß für tot gehalten, und sie sei dann im Sarg wieder erwacht. Ich sagte ihnen, wenn ich sterbe, sollten sie sichergehen, dass ich tot bin. Andererseits, sagtest du nicht, Pavel Avădanei, wir beide würden uns niemals wiedersehen?

Der Mann hatte ihre letzten Worte nicht gehört, er schaute auf den Mondstein mitten auf dem Tisch.

So sagt man, aber das sieht dort nicht wie ein Grab aus. Dort gibt es so hohe Galerien, dass man meint, die Sterne sehen zu können, wie am Himmel. Nur dass man wissen muss, wie man sich zur Erde zu verhalten hat, man darf nur nehmen, was sie einem geben will. Denn wenn man mehr nimmt, als sie einem erlaubt, stürzt sie sich über einen. Sie kann sich jederzeit ärgern, und dann gibt es keine Rettung mehr.

Trinkt ihr deshalb so gerne?

Wir trinken nicht aus Angst, wir trinken wegen des Staubs. Wenn wir aus der Schicht kommen, ist unsere Zunge so angeschwollen vom Staub, dass man kaum reden kann. Da trinkt man weiter, und wenn die Zunge wieder weich ist, denkst du, vielleicht wird nun auch die Lunge ausgewaschen. Das geht aber nicht, die Lunge vertrocknet trotzdem. Darum haben sie mich, als ich aus der Moldau zurückgekehrt bin, nicht wieder zugelassen. Sie haben mich krankheitshalber in Rente geschickt. Ich gärtnere noch in einem Garten, den es da am Stadtrand gibt, einen anderen Posten habe ich nicht mehr gefunden. Du findest keinen Arbeitsplatz mehr und wunderst dich, wovon die Leute im Tal leben. Ich hab noch Schnaps vom Friedhof verkauft … Jetzt aber geht auch der zu Ende; sie haben nämlich angefangen, die Pflaumenbäume zu fällen, es ist kein Platz mehr da für sie. Jetzt geht's um uns, und da herrscht einiges Gedrängel. Weißt du, was ich dachte?

Soll ich dir einen Kaffee machen, fragte Rada angesichts dieser unvermittelten Vertraulichkeit.

Ich trinke kaum Kaffee, aber ich sage nicht nein. Hätten Sie auch Tee, welchen auch immer?

Dann kehrte er zu sich selbst zurück, als hätte er etwas entdeckt, das er nicht vergessen wollte.

Ich dachte an meine Kumpels, nahm Pavel Avădanei seine Rede wieder auf.

Auch ich habe daran gedacht, sagte Rada, aber nicht an einen bestimmten, ich habe keines eurer Gesichter behalten, nur Gesten und Stimmen. Deshalb hätte ich dich nicht wiedererkannt, wie ich überhaupt keinen von euch wiedererkannt hätte. Und was die Namen angeht, diese erst recht nicht.

Dem Namen nach kannte ich viele, ich kannte auch ihre Familien, wer in welcher Grube arbeitete. Da waren auch einige, die ich nicht kannte, aber die gehörten offenbar nicht zu uns, sie waren nicht angezogen wie wir und benahmen sich auch nicht wie wir. Unsere Leute waren aufgebracht, die nicht. Ich dachte, dass von denen, mit denen ich aus Petrila, direkt vom Grubenausgang weg im Zug nach Bukarest gefahren bin, heute mehr als die Hälfte tot ist. Vielleicht waren sie deshalb so, wie niemand es verstehen konnte. Sie wussten, dass sie früher sterben würden als die anderen Menschen.

Ihr hattet nicht das Recht dazu, sagte Rada. Niemand hat euch ein Recht dazu erteilt.

Pavel Avădanei begann neuerlich zu husten. Er schaute nach einem Wasserglas, aber Rada rührte sich nicht.

Versuch nicht, mich zu langweilen, wiederholte sie. Ich habe kein Mitleid mit dir.

Sie schaute ihn direkt an und fuhr fort:

Alexandru ist danach nicht mehr zurückgekehrt. Ich habe nichts mehr von ihm gehört und auch niemanden gehabt, den ich nach ihm hätte fragen können.

Vielleicht hatte der hustende Mann ihre Worte nicht verstanden, denn er fragte nichts.

Haben Sie keine Bilder, fragte er schließlich. Wir haben einen ganzen Rahmen voll, ich habe sie alle gesammelt, alle, die wir mitgebracht und dann noch im Tal gemacht haben. Mit Großväterchen in der Moldau als Soldat und bei seiner Hochzeit, mit Vater und seinen ersten Kumpels, ebenso ich und meine Frau und unsere Tochter, als sie klein war. Ich hab sie vor allem für sie machen lassen, denn sie hat die Zeit ja nicht mehr erlebt. Bei jedem habe ich hinten draufgeschrieben, wann er geboren wurde und wann er gegangen ist.

Und wenn das Todesdatum vor dem Geburtsdatum gelegen hätte, was hättest du dann getan? Was hättest du da für ein Foto genommen?

Das geht nicht. Wie kann man sterben, bevor man geboren wird?

Berti, der sich sonst nicht fürs Rechnen interessierte, hatte errechnet, dass die Geburt im November stattfinden würde. Dann hatte er gelacht und auf einen Zettel 11.11.2011, 11 Uhr, geschrieben. Wir werden ihn nach Amerika schicken, und genau in der Stunde wird er nach amerikanischem Gesetz volljährig werden. Mit 21 Jahren kann er in eine Bar gehen und selbst ein Getränk bestellen! Als er sie im Krankenhaus fand, wohin sie es, über die Treppen stolpernd, grade noch auf ihren eigenen Beinen geschafft hatte, fragte Berti sie nichts mehr. Wie er sie so eingekrümmt liegen sah, die Hände auf dem Bauch und das Gesicht zur Wand, hatte er verstanden, dass alles, was sie sich vorgestellt hatten, keinen Sinn mehr hatte.

Wie alt ist deine Tochter, fragte Rada.

Nun, wie alt wohl, zwanzig. Sie ist im gleichen Jahr geboren worden. Meine Frau hatte eine schwere Geburt, aber das Mädchen war gesund. Gott hat uns beigestanden.

Gott, sagst du? Glaubst du an ihn?

Wie sollte man denn sonst jeden Tag in die Grube einfahren, ohne zu wissen, ob man wieder herauskommt? Du allein kannst nichts tun, kannst nirgends hin fliehen. Plötzlich beginnt ein Rumoren, und du weißt nicht, von welcher Seite es kommt, um dann in die andere Richtung zu fliehen. Und wenn du davonrennst, ist's umsonst, der Steinschlag holt dich ein. Wenn er dich wenigstens richtig zerschmettert, denn du kannst auch in einem Spalt eingeschlossen werden und stirbst dann ganz langsam, ohne Atemluft. Also schützt dich allein Gott, damit du lebend wieder herauskommst. Auch die heilige Varvara, die für uns eine Art Muttergottes ist.

Gehst du in die Kirche? Beugst du dein Haupt und betest zu Gott, damit er dir deine Sünden vergibt?

Pavel Avădanei zuckte mit den Schultern, die Antworten kamen ihm selbstverständlich vor, sodass er den Sinn ihrer Fragen nicht verstand.

Ja, ich gehe, gehe, sagte er. Und wir sprechen das *Vaterunser* und das *Glaubensbekenntnis*. Wir haben auch in den Schächten den einen oder anderen Altar in die Wände gehauen, und der Pope ist heruntergekommen und hat sie geweiht.

Weißt du was, Pavel Avădanei, sagte Rada und verschränkte die Arme über der Brust. Ich glaube, du bist hierhergekommen, um mir die Wahrheit zu sagen. Sonst hätte es keinen Sinn gehabt, dass du diesen langen Weg zurücklegst. Du sagst die Wahrheit, auch wenn du dich verneigst und das *Vaterunser* sprichst. Auch ich spreche diese Gebete, das *Vaterunser* und das *Glaubensbekenntnis*. Wir sprechen die gleichen Gebete, aber wie man sieht, glauben wir nicht immer das Gleiche.

Ich frage mich, hatte ihre Großmutter gesagt, ob sie deinen Großvater mit einem Popen begraben haben. Bei der Menge, die sie dort in Stalingrad zu begraben haben, weiß ich nicht, ob sie Zeit hatten, jedem eine Kerze anzuzünden. Dort hatten sie Militärgeistliche, beruhigte sie Rada, verstand aber nicht recht, was es mit der Furcht vor einem Tod ohne Segnung und Kerze auf sich hatte. Wenn nicht auch die gestorben sind, hatte die Alte zweifelnd erwidert. Sonntag für Sonntag waren sie in die Kirche gegangen, um den Leuchter für die ohne Kerzen Gestorbenen anzuzünden. Das war der erste Gedanke, der ihr in den Sinn kam, als sie umgeben von reglosen, wie in ein Massengrab geworfenen Leibern in der Umfassung des Springbrunnens zu sich gekommen war. Die neuen Ängste gesellten sich zu den alten. Wahrscheinlich verständigten sich die Toten wie die Bäume durch die Wurzeln. Rada wusste nicht mehr, welches ihr Körper und welche die anderen waren, sodass sie, als sie hinauskriechen wollte, die Ränder ihres Körpers nicht finden konnte, um ihn dazu zu bringen, dass er sich bewegte. Vielleicht hatte erst der Anblick des blonden schlanken Mannes mit dem gespaltenen Schädel und dem wie eine Kapuze über seinen Ohren trocknenden Blut ihr zu ihrem ersten hellen Moment verholfen. Ich kann nicht er sein!, war ihr durch den Sinn gegangen. Später hatte sie erfahren, wer er war, sie konnte sich nicht erklären, welche Kraft aus der Blässe seiner Wangen hervorschoss, vielleicht hatte ihr Blick im Rettungswagen ihn gerettet, als der Knüppel des Polizisten, von seinem Stöhnen angestachelt, vollenden wollte, was die Axt nicht vollbracht hatte. Jedenfalls würde er es nie erfahren, sie hatte ihn später einmal im Fernsehen gesehen und ihm gegenüber eine seltsame Vertrautheit – derer, die sich ein Massengrab geteilt haben – empfunden.

Eine Zeitlang hatte sie die Toten des Bergarbeiterüberfalls gesucht. Nicht die, von denen man wusste. Sondern die namenlosen Toten, unter denen auch sie selbst sich eine Weile befunden hatte. Berti hätte diese Unternehmungen nicht gern gesehen, deshalb tat sie alles heimlich, fragte sich von einem zum anderen durch und las in alten Zeitungen die Zeugnisse der Überlebenden. So war sie mit einem Bündel Kerzen von der Großmutter, die den namenlosen Toten in den Massengräbern gewidmet waren, auf dem Friedhof von Străulești gelandet. Der Verwalter des Friedhofs hatte sie misstrauisch angesehen, schnell den ihm zugesteckten Geldschein in der Tasche verschwinden lassen, sie aber nicht begleiten wollen. Er hatte ihr lediglich gegen den Rand hin den Platz gezeigt, an dem die Armen beerdigt waren, die sich in den Metroschächten oder unter den Brückenköpfen versteckt hatten, um allein zu sterben. Die aufs Geratewohl gesetzten Kreuze trugen keine Namen. Jedes konnte Alexandrus Grab sein. Rada hatte für alle eine Kerze und sprach ihr Gebet.

Dann erzählte sie ihm die Geschichte ihres Lebens:

Seit ich denken kann, haben mich zwei Männer geliebt. Ich habe nur einen von ihnen geliebt. Der andere hieß Alexandru. Und weil er mehr verdient hatte als bloß dies, habe ich ihm versprochen, dass mein Sohn ebenfalls Alexandru heißen wird. Letztlich hat dann keiner von beiden mehr diesen Namen getragen. Und ich konnte keine Kinder mehr bekommen.

Pavel Avădanei hatte das Ende der Geschichte nicht recht verstanden, er hatte lediglich gemerkt, dass es eine traurige Geschichte war. Es war dunkel geworden. Rada zog die Vorhänge zu, machte aber kein Licht. Sie schob ihm die Schnapsflasche und das Glas hin. Er trank gemächlich, achtete darauf, nicht wieder zu husten.

Ich, sagte er nach einer Weile, ich glaube, ich muss jetzt gehen. Gut, dass Sie keine Fotos reingetan haben, vielleicht hatten Sie eines aus der Zeit, als Sie noch ein Kind waren, und das sehe ich besser nicht. Wie ich schon gesagt habe, bin ich gekommen, Ihnen das Medaillon zu bringen, und jetzt, da ich es Ihnen gegeben habe, gehe ich, damit ich den Nachtzug erreiche. Mit den Plätzen gibt es kein Problem, bis dorthin fährt kaum jemand, und erst recht nicht mit dem Personenzug …

Du bist nicht deswegen gekommen, nicht wahr, fragte Rada unerwartet. Du bist nicht gekommen, mir das Medaillon zurückzubringen. Das war nur ein Vorwand, um ins Gespräch zu kommen.

Pavel Avădanei schaute sie nicht an, und vielleicht hatte er sie deswegen auch nicht gehört.

Am schönsten war es bei uns in der Moldau, wenn der Weizen geschnitten und Strohballen aufgeschlichtet wurden, sagte er. Dieser Geruch ist einzigartig, kein anderer gleicht ihm, vielleicht noch am ehesten das frische Brot. Ich meine, wenn man stirbt, begegnet man denen, die nicht mehr sind und die auf einen warten. Wenn ich sterbe, werde ich zurückkehren nach Costești, in unser Dorf am Pruth. Ich war seit 1997 nicht mehr dort, und damals kannte mich niemand mehr, nicht einmal die Hunde.

Rada setzte sich Pavel Avădanei gegenüber, sie wollte

sichergehen, dass er sie sah und von ihren Lippen ablesen konnte, was sie ihm sagte:

Deshalb bist du gekommen, stimmt's? Du fürchtest dich vor dem Tod. Hast Angst, mit kranker Seele zu sterben. Du schämst dich vor denen, denn die werden dich befragen, und du wirst nicht wissen, was du ihnen sagen sollst. Bist gekommen, damit ich dich heile …

Als sie sich überzeugt hatte, dass er den Blick nicht mehr senkte, rückte sie ihren Stuhl näher an seinen.

Hast du dich nicht gewundert, dass ich dich hierher eingeladen habe? Warum habe ich nicht das Medaillon genommen und dich gehen lassen, so weit dich deine Füße tragen? Ich habe dich nicht deinetwegen hierhergebeten, sondern meinetwegen. Ich wollte wissen, ob ich geheilt bin. Auch ich war krank, weißt du … Für mich haben sich diese Dinge nicht nur damals zugetragen, sie geschahen auch später noch vielmals, wenn mich allerlei Gestalten umzingelten, auf mich einschlugen und mich zu anderen warfen, die ebenso zusammengeknüppelt worden waren wie ich. Ich sagte mir, wenn ich weiterhin kämpfe, wird es vergehen. Ich bin in die Politik gegangen, habe Plakate geklebt, die Leute überzeugt, geglaubt, ich hätte gesiegt. Nach ein paar Jahren habe ich entsetzt festgestellt, dass die Leute ihre Rettung genau von denjenigen erwarteten, gegen die wir gekämpft hatten. Dann vermengten sich die Dinge, die Menschen sind in einer Weise durcheinandergeraten, dass man nicht mehr wusste, welche Seite die gute ist und welche die böse, die man bekämpfen muss. Dann habe ich mir selber meinen Weg gesucht. Ich glaube nicht, dass es etwas Schwereres gibt, als sich die Ängste selber zu schaffen, um sich von ihnen zu heilen. Es ist, als wollte man Selbstmord in dem Wissen begehen, dass er tödliche Schmerzen verursacht, man aber nicht daran stirbt.

Dem Mann stand der Mund offen. Es fiel ihm schwer, ihr zu folgen, aber er wagte es nicht, etwas zu fragen. Auch traute er sich nicht, sie zu unterbrechen, um sie zu bitten, sie möge das Licht einschalten, damit er ihre Lippen sah und davon lesen konnte. Ab und zu pflichtete er ihr bei, verstand, dass sie eigentlich nicht mit ihm sprach.

Berti hatte recht, fuhr Rada fort. Man kann sich von nichts heilen, das weder Gestalt noch Namen hat. Deshalb habe ich dich hergebeten, damit ich mich davon überzeuge, dass ich geheilt bin. Ich bin mir dessen keinesfalls sicher, vielleicht werde ich morgen früh oder an einem anderen Morgen, wenn ich aufwache, mich umdrehen können mit dem Gesicht zur Wand und wieder einschlafen, dann bin ich wirklich genesen.

Pavel Avădanei griff nach der Flasche und schenkte sich noch ein Gläschen ein, seine Zunge fühlte sich staubig an, auch sein Gesicht hatte sich anscheinend durch Kohlestaub verdunkelt.

Du bist nicht meinetwegen gekommen. Rada hielt inne, kramte in einer Schublade nach einem Kerzenstummel, drückte ihn auf ein Tellerchen und entzündete ihn. Deinetwegen bist du gekommen, bist gekommen, damit ich dir verzeihe. Aber umsonst verzeihe ich dir, auch habe ich kein Recht dazu. Die dir verzeihen müssten, sind nicht mehr auf dieser Welt, ich habe nicht das Recht, dir in ihrem Namen zu vergeben.

Das schien Pavel Avădanei zu verstehen.

Ich bin gekommen, Ihnen zu sagen, wer ich bin, und Ihnen das Kettchen zurückzubringen. Ich bin damit zufrieden.

Die Kerze leuchtete all jenen diesseits und jenseits, die sich nach ihr sehnten. Rada stand auf und ging zur Tür.

Gut, dass ich dich kennengelernt habe, sagte sie. Und jetzt fahr zurück nach Hause.

Pavel Avădanei stopfte umsichtig die Flasche zu.

Die sollten Sie verschlossen halten, sagte er. Wenn Sie die nicht zustopfen, entweicht die Kraft, und der Schnaps erwacht. Es wäre schade drum, wenn er verröche, denn er ist aus den Pflaumen vom Friedhof …

Er stand auf und ging unsicheren Schrittes auf die Tür zu.

Du sagtest, du habest fünfzig Lei für das Taxi bezahlt, sagte Rada. Schau, nimm hier hundert Lei, damit es bis zum Bahnhof reicht.

Aber wann soll ich Ihnen die denn zurückgeben?

Sagen wir, du bist nicht nur deinetwegen gekommen, sondern für uns beide. Dann machen wir halbe-halbe, du zahlst den Zug, ich das Taxi.

Und während der Mann noch zögerte, nicht wusste, was er sagen solle, faltete Rada den Geldschein und steckte ihn in seine Brusttasche.

Ich will Ihnen nicht wieder etwas schuldig bleiben, sagte er und langte ziemlich unschlüssig an seine Brusttasche. Ich habe Ihnen doch gesagt, ich wäre nicht gekommen, aber als ich sah, wie Sie heißen, fand ich keine Ruhe mehr. Es lastete mir auf der Brust, zusätzlich zu dem, was mir schon vorher darauf lastete, dieses Trockene da in den Lungen. Beim Röntgen war es weiß, aber das ist kein Grund zur Freude, sagte mir der Arzt, denn je weißer die Lungenflügel auf dem Bild sind, umso schwärzer und vertrockneter sind sie in Wirklichkeit. Nicht mehr lange, und sie werden zerbröseln wie verbranntes Papier. Darum hab ich mir, als man Ihren Namen im Fernseher gebracht hat, gesagt, da gibt es noch etwas, was ich tun muss, solange ich es noch kann.

So ist es nun mal, sagte Rada mit einem traurigen Lächeln. Jetzt erst hast du die Wahrheit gesagt. Ihr habt nicht gewusst, wer wir sind, also musstet ihr auch mit niemandem Mitleid haben. Wir haben nicht gewusst, wie ihr heißt, um zu wissen, wen wir zur Rechenschaft ziehen könnten. Letztlich war es so leichter zu vergessen. Jetzt haben wir beide im Unterschied zu so vielen anderen Namen erhalten. Wenn die Leute Namen haben, werden die Dinge komplizierter. Nun werden wir lernen müssen, damit zu leben.

Vielleicht werde ich Sie noch einmal im Fernseher sehen, sagte der Alte.

Wer weiß …

Pavel Avădanei blieb in der Tür stehen.

Legen Sie das Medaillon wieder an … Ich habe das Kettchen repariert, wo es gerissen war.

Tastenden Schrittes stieg er die paar Stufen hinunter. Er ging bis zur Holzbank und hielt sich dabei am Maschendrahtzaun fest. Mit hängenden Schultern wandte er sich um, hustete lange und ließ sich auf die Bank sinken. Rada schaute ihm vom Fenster aus zu, wie er zusammengesunken dasaß und ab und zu mit den vornübergebeugten Schultern zuckte. Wie er sich dann schwerfällig erhob, wobei er sich an der Lehne festhielt. Ihre Blicke folgten ihm, bis er sich im Dunkel verlor. Und noch ein bisschen länger, bis das Licht der Straßenlaterne auch seinen Schatten noch eingesogen hatte. Einen Moment lang fielen ihr die langen Schatten der Bergarbeiter ein, die in der Türöffnung aufgetaucht waren, als sich die Türflügel des Hangars geöffnet hatten. Sie hatte sie angeschaut, wie sie dort im schrägen Licht aufgereiht standen, und dann ihre Schatten, länger als die der anderen Menschen.

Berti sollte in der Nacht kommen. Er hätte das ohnehin nicht verstehen können. Für ihn waren Mitgefühl und Mitleid, Vergessen und Vergeben jeweils das Gleiche. Gewiss, in alten Zeiten hätte Berti einer der Apostel sein können. Jetzt war er bloß ein rastloses Wesen; das Schicksal war ihm keine zweimal am gleichen Ort begegnet, sodass es ihn sich hätte merken und ihn treffen können.

Und um ihn vor belastenden und unnützen Erklärungen zu verschonen, wischte Rada den Tisch gründlich ab, spülte das Geschirr und stellte es zurück in den Schrank. Sie hob die Schnapsflasche hoch und nahm einen Schluck, den sie eine Weile im Mund um und um wälzte. Er war tatsächlich gut, hatte einen seltsamen Geschmack nach Pflaumenkernen und destilliertem Tod. Dann nahm sie die Flasche unter den Arm, besann sich, kehrte zurück und griff nach dem Mondstein. Den Stein in der einen, die Flasche in der anderen Hand, ging sie hinaus. Es war richtig dunkel geworden, nach dem mittäglichen Regen hatte der Himmel aufgeklart. Es war Vollmond, die Bäume vor dem Wohnblock waren hell wie Birken. Rada stellte die Flasche ab und legte den Stein auf den Boden. Sie umarmte einen Baum und legte das Ohr an seinen Stamm. So blieb sie stehen, bis sie die Säfte darin hörte, wie ein Wasserfädchen, das zwischen Sandkrümeln hindurchrinnt. Der Baum wies ihr den Weg zu den Wasseradern und verband sie mit allen anderen Wurzeln. Rada löste sich bedauernd, bückte sich nach dem Stein und schaute ihn sich im Mondlicht an. Anfangs gelb, durchscheinend, durchzogen ihn nach und nach feine rote Äderchen. Fasziniert betrachtete sie, wie nach langer Zeit sich die Welt mit Blut verwob. Dann legte sie den Stein neben dem Baumstamm auf den Boden. Die Blutäderchen verschwanden, die Mondstrahlen erhielten die gewöhnliche silbrige Blässe der flüchtigen Blicke zurück.

Sie griff sich die Flasche, die Flüssigkeit war dunkel, das Mondlicht hatte nicht genügend Kraft, sie zu durchdringen, und der Schnaps wurde nicht von Blutäderchen durchzogen. Sein kräftiger Alkohol kam vor allem aus den Knochen der Toten, und zu ihnen musste er zurückkehren. Die Bäume kommunizieren miteinander, die Wurzeln verknüpfen sich mit anderen Wurzeln, und dergestalt kann jeder seine eigenen Toten suchen. Rada neigte die Flasche und goss den Inhalt langsam aus. Sie schloss die Augen und sog tief die Nachtluft ein, in der ein vager, antiseptischer Geruch nach Alkohol zu spüren war. Sie blieb eine Weile so stehen. Anfangs hörte sie die Schritte nicht, die über die Allee kamen, erst die Stimme schreckte sie auf.

Gott, hab ich mich erschreckt!, war die Stimme einer Frau zu hören. Sie sind es, Frau Rada?

Die Frau war gedrungen und rundlich, sie war mit an die Kehle gelegter Hand stehen geblieben, eine Geste der Verteidigung.

Guten Abend, Madame Gavrilescu, sagte Rada, ohne ins Licht zu treten. Und dann fügte sie, um eine andere Frage zu vermeiden, hinzu: Wie geht es Ihnen?

Man weiß nie, sagte Madame Gavrilescu, als sie sich etwas gefasst hatte, heutzutage weiß man nie ... Die fallen einen am helllichten Mittag an, erst recht nachts. Wie soll es mir schon gehen, schau, ich war bei ein paar Verwandten auf dem Land. Die kommen auch ab und zu, wohnen bei einem, wenn sie zum Arzt müssen, da fährt man dann auch hin, wenn man ein paar runde Paprika und Gurken zum Einmachen braucht, du weißt ja, eine Hand wäscht die andere. Ist der Vagabund von heute Nacht nochmal aufgetaucht?

Ich hab ihn nicht mehr gesehen.

Gut, dass ich ihn der Polizei gemeldet hab. Wie der schon aussah, wie ein Gespenst, Gott vergib ... Was hat der bloß gewollt, fällt dir dazu etwas ein?

Wer weiß das schon? Wer fragt denn danach?

Ja, man weiß heutzutage gar nicht mehr, was man fragen soll ... Früher war es besser, die Leute hatten mehr Angst.

Madame Gavrilescu stellte ihre Tragetaschen auf der Treppe ab und wühlte nach den Schlüsseln.

Aber weißt du, worum ich dich bitten wollte, fügte sie hinzu. Ich hätte dich ja nicht gestört, aber wo ich dich schon treffe … Hast du nicht vielleicht ein Bündchen Liebstöckel? Diese Verwandten hatten kein Blatt im ganzen Garten, kann man kaum glauben … Kann auch getrocknet sein, ich tu es ja in die Suppe.

Ich werde nachsehen, ich glaube, ich habe einen Bund … Mag sein, dass es schon vertrocknet ist. Wenn man es ins Wasser gibt, frischt es sich etwas auf …

Wie die Menschen, lachte Madame Gavrilescu.

Wie die Menschen, pflichtete Rada bei.

Schließlich fand sie die Schlüssel. Sie plagte sich mit ihren Tragetaschen über die paar Stufen zum Eingang hinauf.

Ich lasse unsere Tür auf, rief sie ihr noch hinterher, damit du nicht klingeln musst und Zeit vertust. Wir anständigen Leute brauchen uns nicht voreinander zu hüten.

Sie sagen es, Madame Gavrilescu, flüsterte Rada für sich.

Der Mond war in die Himmelsmitte gestiegen. Rings um ihn wuselten die Sterne. Die Welt hatte sich mit einem neuen Licht überzogen, das sie immer noch unvorbereitet vorfand. Rada bückte sich und berührte mit den Handflächen das Erdreich rings um den Stamm der Birke. Es war trocken und zerbröselte zwischen den Fingern. Der Boden hatte die Gedenktropfen aufgesogen, als hätte es sie nie gegeben.

# Als die Welt ganz war

Einsamkeiten kann man nicht zusammenfügen. Zwei kleine Einsamkeiten ergeben keine größere Einsamkeit. Ebenso wie man sie nicht zusammenzählen kann, lassen sich die Einsamkeiten auch nicht voneinander abziehen. Zwei Einsamkeiten minus eine Einsamkeit ergeben nicht eine Einsamkeit. Vielleicht hat allein die Multiplikation einen Sinn. Mehrere einsame Menschen, die sich über den Weg laufen, fühlen sich um vieles einsamer.

Coltuc schaute mit großen Augen auf die Menge, die seinen Blick jedoch nicht erwiderte. Und wenn dies trotzdem geschah, wandten sich die Blicke sogleich wieder von ihm ab, wie ein Schritt, der aus Versehen danebengeraten war. Er ärgerte sich nicht, im Gegenteil, er war der Welt dankbar, denn es gab immer etwas zu sehen, zu verstehen oder zu errechnen. Schau, beispielsweise um diese Uhrzeit, wenn man nachzählte, kamen mehr Leute zur Piața Unirii herunter, als hinauf in Richtung Piața Universității gingen. Am Nachmittag verhielt es sich umgekehrt. Wenn man die Geduld aufbrachte hinzuschauen, war das Gewusel der Menge kein in eine Richtung Strömen, wie es die fließenden Gewässer tun. Aber selbst dort geschahen mitunter Wunder.

Die Leute hielten beim Gehen gewöhnlich den Blick gesenkt. Ihre Kleidung wirkte grau, selbst wenn hie und da auch mal ein Farbfleck zu sehen war. Die meisten trugen Einkaufstaschen, manchmal zwei ineinander, damit sie der Last standhielten. Sie schienen nicht an Wunder zu glauben.

Coltuc jedoch war das Wunder des Schauens geblieben. Er hätte sich endlos diese Welt anschauen können, in der er allerlei Sinnfälligkeiten erkannte. Mitunter gab es den Tag der Vogelmenschen. Manch einer erinnerte, wenn man genau hinsah, an einen Vogel. Vor seinen Augen zogen schmale und gebeugte Störche vorbei, Lämmergeier mit verstohlenen Blicken, Gänse mit wiegenden Hüften, Pelikane mit klappernden Schnäbeln, Kernbeißer mit gedrungener Nase, Adler mit krummer Nase und Pinguine, die sich hintereinander aufreihen. Coltuc schaute hinauf zu diesen Mengen wie zu Vogelschwärmen, die sich am Himmel abzeichnen. Und sogar die Jahreszeiten anzeigen: Wenn sich die Störche und Drosseln vermehrten, kam der Frühling, wenn die Leute ein Verhau von Krähen waren, gab es Schnee, und dann, wenn es schon Spätherbst war und die Drosseln trotzdem nicht wegflogen, folgte ein milder Winter.

Ein andermal gab es das Defilee der Tier-Menschen. Die meisten waren Haustiere, bereit, sich dahin und dorthin lenken zu lassen. Aber es gab auch Fuchs-Menschen, Wolfs-Menschen oder solche mit länglichen Gesichtern, die nach schnellen Dachsen oder Wieseln aussahen. Man sah auch Gazellen, die auf dünnen Stöckeln hüpften, schwere und großmäulige Nilpferde, Tapire mit herabhängenden Nasen, als wären ihre Spitzen mit Schrotkugeln vollgestopft gewesen.

Andererseits war vieles anders eingerichtet, als es hätte sein müssen. Die Vogel-Menschen und Tier-Menschen oder gar Wörter-Menschen betrachtend, gelang es ihm nicht, der Menge eine einzige Gestalt zu verleihen oder sie dahin zu bringen, dass sie in ein einziges Wort passten.

Hör mal du, Coltuc, keifte ihn der Lahme an und wechselte von einer Krücke auf die andere, denn von einem Bein aufs andere zu wechseln wäre zu viel für ihn gewesen. Was ist das denn für ein Name?

Coltuc zuckte mit den Schultern, das konnte er tun.

Ein Name eben, antwortete er. Damit man den Kopf umwenden kann, wenn jemand nach einem ruft.

Ist es etwa ein Spitzname?

Ein Spitzname ist es nur, wenn man auch einen anderen Namen hat, befand Coltuc. Ich habe keinen anderen Namen, also …

Aber er hielt plötzlich inne, jemand hatte sich ihm genähert, heute hatte der Junge den Leuten noch keine Gestalten verliehen, also konnte es ein Reiher oder ein Luchs oder sonst etwas sein, jener beugte sich herab und legte ihm einen Apfel in die Büchse, die er am Hals hängen hatte.

Schau, Bruder, wie das ist, erwog der Lahme jetzt, da er sich besser postiert hatte und seine Schultern ihn nicht mehr so schmerzten. Ich heiße Constantin, so hat mich der Pope getauft. Dass man mich auch der Lahme nennt, dafür kann ich nichts … Du kannst dich nicht über die ganze Welt ärgern. Man nennt mich eben Costică Ologu. Das ist also mein Künstlername. Der andere da heißt Ştefan, auch ein erstklassiger Name. Seit er den Blitz gesehen hat, nennt man ihn Fane den Einäugigen. Also nicht den Blinden, selbst wenn er blind ist wie die Nacht, du kannst ihn tagsüber all das machen lassen, was er genauso auch bei Nacht tun würde. Auch er hat einen Bühnennamen, wir sind beide Künstler, gib uns eine Bühne, und du wirst staunen! Also gut. Der Pope hat uns schöne Na men gegeben, christliche. Wer mag der bekloppte Pope gewesen sein, der dich Coltuc getauft hat?

Costică Ologu, der Lahme, hatte die Frage genüsslich in die Runde geworfen. Die Passanten aber nahmen keinen Anteil an seinem Wissensdurst. Es war kalt geworden, sie hasteten dahin, als triebe sie von hinten jemand an. Ganz und gar häusliche Mienen, in Wollstoffen und mit sanften Augen, aus Tiertagen.

Mich hat kein Pope getauft, sagte der Junge.

Das glaube ich, stimmte der Lahme zu. Mit einem Namen wie diesem … Sowas hat es früher auf Bezugsschein gegeben.

Das hat nicht am Namen gelegen … Der Pope hat gesagt, ich sei ohnehin nicht geeignet, getauft zu werden. Er müsse einem die Stirn und die Achselhöhlen salben …

Was soll das, Bruder? Dann soll er dich eben salben.

Er hat gesagt, das geht nicht … Ich hätte keine Achselhöhlen …

Costică schaute ihn so aufmerksam an, als sähe er ihn zum ersten Mal.

So ist es, bei meinem Schwanz, sagte er. Du hast keine Achselhöhlen …

Und irgendwie beklommen schob er seinen Blechteller etwas weiter nach vorne. Beinahe hätte er damit einen Fußgänger zum Stolpern gebracht, der aber wich aus, ohne stehen zu bleiben.

Nun halt auch mal die Schnauze!, plusterte sich der blinde Fane auf, der eben, weil er einäugig und blind war, das Gehör eines Windhundes hatte. Auch verfügte er über eine tiefe Brummstimme, die ihm im Verbund mit dem ungepflegten Bart und den weißen Strähnen, die ihm unter der Mütze hervorquollen, das Aussehen eines Patriarchen verliehen. Die Leute glauben, wir sind zum Schwatzen hier …

Sei's drum, es ist ein blöder Tag, grummelte Costică der Lahme. Man wundert sich geradezu, wo die alle hinrennen.

So weit die Augen reichen, fügte Fane der Blinde hinzu.

Jeder hat, was ihm fehlt. Er, Coltuc, was konnte er schon sagen … Er saß unter und bei ihnen, bestens auf den Brettern aufgepflanzt, die so eine Art Wägelchen mit Rädern bildeten. An der Stelle, wo die Beine hätten beginnen müssen, waren die Hosenbeine eingerollt und mit Haken fixiert, damit ihn das Holz nicht aufrieb. Aus den Schultern sprossen ihm ein paar krumme Finger, wie Vogelkrallen. Sie waren allein dazu gut, das jeweilige Ende der Schultern einzufassen, wie Drahtenden, die man hatte hängen lassen, nachdem der Sack gut verschnürt worden war. Da er weder in die Höhe noch in die Breite wachsen konnte, hatte sich sein Körper im Leib selbst verdichtet. Sodass, ging man von der Breite seiner Brust aus, Coltuc ein großer und kräftiger Jüngling hätte sein müssen. So aber maß er kaum zwei Ellen, und da rechnen wir die Kapuze und alles andere hinzu, auch das Wägelchen und die Kugellager darunter. Gedrungen, aber nunmehr mit männlicher Statur, einer ebenso männlich krummen Nase und wie Weinranken gekringelten, spärlichen Barthaaren. Coltuc sah aus wie ein altes Kind. Und gerade deshalb hatten sich seine Augen darauf versteift, kindlich zu bleiben. Mit den Blicken eilte er die Straßen entlang, schlängelte sich durch die Menschen hindurch, hüpfte zwischen den Autos einher, hängte sich an die Hochspannungsleitungen, als hinge er an einer Trapezstange, wo er Possen riss, er drehte sich um die eigene Achse und empfing, das Gesicht nach oben gereckt, den verspäteten Raureif des Novembermittags.

Etwas aber gefiel ihm an jenem Ort nicht.

Schau, die Passage, sagte er. Ich sehe die Leute hin und her rennen und die Autos und die Straßenbahnen, Bewegung ist der allerschönste Anblick. Und diese Passage verschlingt sie anscheinend alle …

Gäbe es keine Bewegung mehr, gäbe es auch keinen Tod mehr, erwiderte der Blinde mit seiner von tief innen kommenden rauen Stimme.

Da fickste doch!, rief bewundernd der Lahme, Costică Ologu … Und dann, den Hals in Richtung Ampel an der Piața Unirii gereckt, schrie er: Die Polizei auf sechs Uhr …

Er schaute kein zweites Mal hin, um sich etwa zu vergewissern, dass er sich nicht geirrt hatte. Besser zweimal geflohen als einmal erwischt. Er schnappte sich seinen blechernen Teller vom Boden, drückte ihn an die Brust und knöpfte die Jacke darüber zu. Der Blinde griff tastend nach der Schnur von Coltucs Wägelchen. Sie wussten, in welche Richtung sie sich zu wenden hatten, den Ort hatten sie sich am frühen Morgen schon ausgesucht, dort würde sie niemand finden. Allein, sie mussten die Ecke gegenüber erreichen, bei der Moşilor Vechi, und dann durch die Gänge der aufgelassenen Häuser.

Schneller, keuchte Costică Ologu, aber auch er wusste, dass es nicht schneller ging.

Vorneweg ging der Blinde gemessenen Schrittes und mit emporgereckter Stirn, als genieße er die rußige Luft. Mit der einen Hand umfasste er den Knauf des Stockes, mit dem er seine Schritte ankündigte, indem er gegen das Straßenpflaster schlug, und mit der anderen zog er an der Leine das Wägelchen hinter sich her. Dem Blinden folgte Coltucs Körper, dem sämtliche Gelenke fehlten bis auf den Hals, den er stets hin und her drehte, um erschrocken mal auf die eine und mal auf die andere Seite zu schauen. Den Abschluss aber bildete der Lahme, der seine Sohle auf das Pflaster stemmte, um die Krücken nachzuziehen, dann den Körper vorwarf, sodass er, in die Krücken gestützt, eine Pendelbewegung vollführte. Der Blinde ging immer nur voran, und wenn er den Kopf umwandte, dann nicht etwa, um etwas sehen zu können, sondern um besser zu hören, wie Wölfe es tun. Coltuc, der seinen Hals allein bewegen konnte, sah lediglich nach rechts und nach links, nicht aber zurück, und Ologu schaute nicht zur Seite, damit ihn nicht die Angst plötzlich übermannte.

Bordsteinkante nach drei Schritten, rief er von hinten, und Fane Chioru reckte zum Zeichen, dass er verstanden hatte, den Stock hoch. Fünf Schritte rechts, rief er wiederum, und der Blinde fuhr mit dem Stock an der Wand entlang, bis er ins Leere ragte. Und jetzt zählst du zehn Schritte.

Keuchend blieben sie stehen. Die Atmung des Blinden ging pfeifend und verriet die durchlöcherten Lungen. Der Lahme ließ die Krücken seitlich auf den Boden fallen, setzte sich auf einen Holzklotz und massierte sich das eine verbliebene Knie.

Folgen sie uns?, flüsterte der Alte und riss die leeren Augen weit auf.

Bei ihm war alles anders. Die Menschen schlossen die Augen, wenn sie ruhten. Für ihn, der lediglich bewegliche Schatten sehen konnte, wie hinter einer aufgespannten Leinwand, bedeutete Wachsamkeit, die Augen zu schließen. Sodass er nun, da er sich ausruhte, die Augen weit aufriss, damit die Lider ihrerseits sich auch erholen konnten.

Nema, sagte der Lahme. Sie haben uns verloren …

Vielleicht scheint es dir nur so, sagte Coltuc. Oder aber sie sind in unsere Richtung gekommen, aber gar nicht wegen uns.

Doch, unseretwegen sind die gekommen, Stummelchen!, fiel ihm Costică ins Wort. Ich hab sie gut genug sehen können, bin doch nicht blind.

Als er aber sah, wie der Alte zusammenzuckte, verstummte er.

Das heißt, sie wollten uns bloß verscheuchen, fügte Coltuc hinzu. Warum sollten sie sich mit solchen wie uns abgeben?

Wir werden schon auch zu was gut sein, überlegte Costică. Du bist noch neu hier, hast keine Ahnung, was es heißt, von denen mitgenommen zu werden aufs Revier …

Auch die sind Menschen, beharrte Coltuc.

Eben drum, weil sie Menschen sind … Wer, mein Federkiel, hat schon Spaß daran, Toiletten und Fußböden zu schrubben?

Keiner kann einen Fußboden besser schrubben als ein Blinder, verkündete Fane in seinem getragenen Tonfall.

Und unsereins ist der König der Toiletten, brüstete sich Costică. Frag mich bloß nicht, wie das Zepter aussieht.

Mit mir können sie nichts anfangen, überlegte Coltuc.

Jeder ist zu etwas gut, wenn man ihn erniedrigen will, sagte der Blinde gemächlich.

Ja, genau so ist's, stimmte Costică zu. Beispielsweise würde sich der Junge da ganz gut als Wischmopp machen …

Der Blinde ließ sich an der Wand herabgleiten und umfasste seine Knie mit den Armen. Der Lahme hatte die Kniemassage beendet und bemühte sich nun, bei Wahrung des auch auf seinem Holzklotz für ihn prekären Gleichgewichts, seinen Knöchel zu behandeln.

Vielleicht haben sie ja doch etwas Mitleid, begann Coltuc nach einer Weile wieder, der sich im Unterschied zu den beiden anderen nirgendwo anlehnen konnte und reglos auf seinem Brett saß.

Mitleid, hast du gesagt?!, herrschte ihn Ologu an. In welcher Welt lebst du, Pimmelchen? Glaubst du etwa, die geben dir aus Mitleid angewidert die paar Groschen oder den Brotkanten, den sie dir hinwerfen wie einem Hund?

Die Leute geben dir das Geld aus Überdruss, nicht aus Mitleid, fügte der Blinde würdevoll hinzu.

Bravo, Alterchen, gut gesagt! Sie geben uns diese Krümelchen aus Selbstmitleid, nicht weil sie mit uns Mitleid hätten. Können dir die Zähne eines anderen wehtun, fragte der Hinkende, zog seine Lippen zurück und ließ in dem bläulichen Zahnfleisch zwei gelbe Backenzähne sehen. Nein, können sie nicht. Auch kannst du kein Mitleid mit jemand anderem haben, nur mit dir selbst. Also sagen die sich: Wenn ich dem nicht einen Krümel abgebe, kann es geschehen, dass es mir den ganzen Tag über schlecht ergeht … Oder aber er verwünscht mich, und Gott bewahre dich vor dem Fluch eines Versehrten. Was allein für diejenigen gilt, die dich sehen, denn die meisten sind blinder als Fane, dieser alte Sack, wenn sie zu dir hinschauen.

Ich sehe Schatten, verteidigte sich der Blinde.

Die Schatten sehen sich ähnlich, beschloss der Lahme. Vielleicht kriege ich eines Tages mit, wie du statt einem Weib eine Straßenbahn umarmst.

Er bückte sich und klopfte Coltuc auf die Schulter: Kannst dich freuen, niemand hat Mitleid mit dir. Das Betteln ist ein Geschäft. Sie geben uns Geld oder sonst etwas, und von uns kriegen sie dafür ihre Ruhe.

Wie man früher Ablassbriefe kaufte, beendete Fane Chioru das Gespräch. Und der Lahme stimmte zu, obwohl er nicht so recht wusste, was Ablassbriefe waren.

Ich meine trotzdem, sie haben uns nicht schnappen wollen, nahm Coltuc das Gespräch wieder auf. Sie konnten uns doch gar nicht verfehlen.

Mit einem Blinden vorneweg und einem Lahmen als Schlussmann, meinst du wohl?

Das wollte ich nicht sagen, verteidigte sich Coltuc. Aber wir sind immerhin anders als der Rest der Welt.

Costică wirkte nicht verärgert. Jetzt schaute er sich zum ersten Mal aufmerksam um. Sie befanden sich in einer Art Innenhof. Das Gebäude hinter ihnen, ein Wohnblock mit zwei Stockwerken, schielte nur noch vor sich hin, die Scheiben in den Fensterrahmen waren allesamt zerschlagen. Und doch noch ein guter Ort, sich bei Gefahr oder Regen zu verkriechen. Und selbst vor der Kälte, wenn man bedachte, dass man aus den Holzstücken in dem Schutt Späne machen und damit ein ganz ansehnliches Feuerchen unterhalten konnte.

Überleg mal, sagte Costică der Lahme, als wollte er jemandem einen unerwarteten Vorschlag machen. So mangelhaft wir auch geraten sein mögen, wenn man von jedem von uns etwas nähme, käme ein ziemlich vollständiger Mensch zusammen! Mit meinen Augen, deinen Ohren, Blinder, und deinen festen Schritten und – er zögerte einen Augenblick – dem Verstand des Stöpselchens, was würden wir da für eine Menschenware abgeben! Aber so sind wir ziemlich viele und ziemlich unvollendet angesichts dessen, was wir so zu bieten haben.

Und dann würden wir den Bettlern auch etwas geben, meinte der blinde Fane.

Nein, nichts würden sie kriegen, die Unglücksraben des Gehörnten, lachte Costică Ologu.

Ich, sagte nun Coltuc, sehe das so. Also die Welt, die sehe ich ganz. Wie sie wäre, wenn man sie nicht verstümmelt hätte, wenn sie gewissermaßen nicht jemand versehrt hätte …

Hab ich dir nicht gesagt, wandte sich Costică an den Lahmen, dieser Kleine hat was in der Birne!

Fane stimmte zu. Begnügte sich jedoch wie üblich mit wenigen, klar und mit Nachdruck ausgesprochenen Worten.

Wenn man so ist wie wir, ist's gar nicht so gut, gescheit zu sein. Es nützt dir gar nichts, wenn du was verstehst.

Der Lahme griff sich die Krücken und ruckte hoch auf die Beine. Er hüpfte bis zum Ende des Ganges und schaute auf die Straße und in den Hof der St.-Georgs-Kirche, dann gab er ein Zeichen:

Frei! Los, zurück an die Arbeit …

Diesmal ging es gemächlich voran, der Blinde war entschlossener, denn nun kannte er den Weg, auch wenn er ihn verkehrt herum las, Coltuc schaute zum Eingang der Kirche hinüber, dann zur großen Uhr an der Straßenbahnhaltestelle, und der Lahme hüpfte fröhlich auf seinen Krücken einher und trällerte ein Lied, das so gar keinen Sinn zu haben schien.

Die Leute gingen um diese Uhrzeit eher in Richtung Universitätsplatz. Schon hingen die Girlanden quer über den Boulevard; mit der einsetzenden Abenddämmerung begannen die Glühbirnen darin zu glosen, was noch lange keine Feiertagsstimmung entstehen ließ, eher an einen verdorbenen Feiertag erinnerte, an dem keine Gäste gekommen waren. Unter den spärlichen Passanten erblickte Coltuc die weiße Mütze, die sich aufgeregt bemühte, ihn ausfindig zu machen.

Es ist meine Schwester, Melania, erklärte er den anderen. Sie kommt, um mich nach Hause zu holen.

Nimmst du mich auch mit, Schwesterchen?, wollte Ologu traurig lächelnd wissen, weshalb ihm das Lächeln nur zahnlos-bläulich geriet.

Frag sie doch erst einmal, ob sie einen Mann hat, riet Fane Chioru.

Hast du einen Mann?, fragte Costică Ologu, als wäre dies das letzte unerledigte Problem gewesen.

Ich würde meinen, besser, du weißt es nicht, antwortete Coltuc anstelle seiner Schwester, der man ansehen konnte, dass sie sich nicht wohlfühlte in ihrer Haut.

Der Lahme nahm die Mütze vom Kopf und schwenkte sie wie auf dem Bahnhof über dem Kopf, wobei er ihnen nachschaute:

Deine Sache! Hast keine Ahnung, was dir entgeht …

Coltuc ließ sich in die Arme nehmen und bis an die Wand tragen. Er hatte ihr zugeschaut, wie sie sich an der Schnur abplagte, die durch die Kugellager geführt war, die hier Räder ersetzten. Der Weg über die Moşilor Vechi, dann durch die Vasile Lascăr bis zur Piaţa Galaţi und von dort durch die

Precupeţilor-Vechi-Gasse dauerte etwas über eine Stunde. Coltuc fühlte sich beschämt, als er Melanias hängende Schultern sah, ihr schönes, abgearbeitetes Gesicht, das sich zu ihm umwandte, um ihn zu fragen, ob es ihm gutgehe. Und er, dessen Hüften, besser, so viel er davon hatte, ihn bei jeder Unebenheit des Straßenpflasters vor Schmerzen beinahe zum Schreien brachten, wusste nicht, was er zu ihrer Beruhigung hätte sagen sollen. Er liebte sie so sehr, aber es schien ihm lächerlich, ihr dies zu sagen, wenn er doch gar nichts tun konnte, es ihr auch zu beweisen. Wenn sie ihn in die Arme nahm, um ihn von hier nach dort zu befördern, oder ihn in den Zuber setzte, um ihn zu waschen, bevor sie ihn für die Nacht einwickelte, und er sie vor Anstrengung stöhnen hörte, brach ihm jedes Mal das Herz.

In Gedanken dankte er dem Postboten, dass er ihr geholfen hatte, ihn über die hohen Bordsteinkanten rings um die Löwenstatue auf der Mihai Eminescu zu hieven. Der Postbote war jung und schmal und trug seine Uniform ganz leger, er grüßte alle und wusste vieles. Denjenigen, die nicht mehr gut sehen konnten oder sich sonst schwertaten mit den Buchstaben, las er die Briefe vor, oder er erklärte ihnen geduldig, was die amtlichen Papiere besagten, die er ihnen zuzustellen hatte. Ein guter Postbote bringt gute Nachrichten, sagte er und lachte. Das süße Früchtegelee aß er, indem er das Löffelchen gründlich ableckte, und winters war er einem Gläschen Schnaps nicht abgeneigt. Er wusste über jeden eine Menge Dinge, er hörte zu, klärte auf, aber er tratschte nicht. Ich bin der Pfarrer für zwischen den Sonntagen, lachte er und klatschte in die Hände. Manchmal gingen sie beide in den Park zur Statue, dann erzählte der Postbote, dessen Rolle sonst die des Zuhörenden war. Aber Coltuc verschwieg Melania schon seit einer ganzen Weile, was ihm der Postbote gestanden hatte.

Vielleicht war das nicht richtig, dachte er, als er mit anschauen musste, wie sie sich mit den Holzspänen herumplagte, die das Feuer im Ofen zum Lodern bringen sollten.

Melania wandte ihm das Gesicht zu, ihre Wangen waren von der Glut gerötet. Mit ihren grünen Augen, den weichen und langen Haaren, die im Nacken mit einem Strumpf zusammengebunden waren, in ihrem Hauskittel, der ihr kaum Knie und Schultern bedeckte, sah sie sehr schön aus, und Coltuc lächelte ihr zu.

Komm, sag, Brüderchen, wonach riecht es?

Nach einem Kartoffelgericht, sagte der Junge, um sich an ihrem Spiel zu beteiligen.

Melania schüttelte den Kopf und mimte Enttäuschung.

Ob es Erbsen sind? Oder Kraut?, tat er neuerlich verwirrt.

Sie schüttelte den Kopf heftiger. Dann kniff er die Augenlider zu einem Schlitz zusammen und schnupperte aufs Neue:

Sag bloß, es ist Porree mit Oliven!

Melania klatschte in die Hände, und beide lachten. Er wusste nicht, was es heißt, jemand anderen zu lieben. Sie litt seinetwegen, und er schämte sich dafür. Die Mühen seiner Schwester, die ihn anzog, ihm das Essen bereitete, ihn fütterte und ihm dabei immerzu die Krümel wegwischte, die ihm von den Lippen aufs Kinn fielen, sowie die Brühe, die er nur zur Hälfte hatte schlucken können, die stets neue Bücher für ihn suchte und die angefeuchteten Seitenränder wieder glättete, verursachten ihm großes Leid. Deshalb hatte er nicht gemurrt, als Golea ihn eines Tages auf die Holzplatte mit den Kugellagern gesetzt und ihn vor dem Cocor-Kaufhaus zum Betteln abgestellt hatte. Er freute sich über jede noch so kleine Münze, die ihm die Passanten in die Blechdose warfen, die er an einem Bindfaden am Hals hängen hatte. Dies wird ihr das Leben erleichtern, dachte er dabei. Deshalb freute er sich auch über den süßlichen und zugleich stechenden Geruch des Gerichtes aus Porree und Oliven, der sie an ihre so überaus schnell vergangene Kindheit erinnerte.

Bis ich Holz geholt habe, sagte Melania zu ihm, während sie sich die wattierte Jacke umhängte, wallt es noch einmal auf und ist fertig. Sitzt du gut?

In der Ecke zwischen Bett und Wand sitzend, wurde Coltuc von beiden Seiten abgestützt. Es bestand dadurch keine Gefahr umzukippen, was in seinem Fall bedeutete, dass er gut saß. Wenn jedoch niemand in der Nähe war und er umfiel, konnte er sich aus eigener Kraft nicht mehr aufrichten, er war unbeweglich wie ein auf dem Rücken liegender Maikäfer.

Er schloss die Augen und genoss das Einnicken bei der Hitze der Schüssel und dem sämigen Duft des Essens. Er stellte sich vor, wie seine Schwester im Dunkeln den Kerzenstummel ertastete, den sie in einem Winkel anzündete. Dann, die Holzscheite auf dem Klotz aufgeschlichtet, maß sie mit den Augen das gespaltene Holz und schätzte, wie lange es wohl reichen würde. Am Ende der Strada Busolei befand sich eine Schreinerwerkstatt. Im Tausch für eine Flasche Schnaps kriegte Melania dort einen ganzen Schubkarren voll Leisten und Späne. Früher hatten sie mehr Glück gehabt. Sie achteten darauf, wenn ein Haus abgerissen wurde, und gingen frühmorgens gemeinsam hin. Coltuc passte am Straßenende auf, und Melania plagte sich ab, die Fensterkreuze und Türrahmen herauszuzerren, die sie dann nach Hause schleppte. Ihre Straßen schafften es nur schwer in diese neue Welt, die Häuser, eines ans andere gelehnt, waren erschöpft, hin und wieder kippte plötzlich eines zur Seite und fiel in sich zusammen. Ebenso die alten Linden und Akazien am Rande der Bürgersteige. Aber die Regen, welch ein Segen! Die Gewitter, die den Himmel spalteten und die Baumstämme bogen, die Äste ihnen vom Kopf fegten oder wie krumme Finger verdrehten. Wenn Melanias Angst vor den Blitzen vorbei war, gingen sie beide hinaus in den anhaltenden Regen. Das gefiel ihm am allerbesten, er fühlte sich gebraucht, wenn er in dem gläsernen Dunkel nach dem Gewitter die auf dem Boden liegenden Äste erspähte. Es waren dies die einzigen Augenblicke, da er sich seiner Schwester gegenüber nicht schuldig fühlte, denn seinetwegen hatte sie sich gezwungen gesehen, das Gymnasium zu verlassen und sich mit der Hilfe zu begnügen, die er bekam, sowie den paar hundert Lei für sie selbst als seine Betreuerin. Deshalb hütete er sich wohl, mehr von ihr zu verlangen, als sie ihm gab. Sie freuten sich gemeinsam über das leise Blubbern der Porreespeise mit den Oliven, und er versuchte, sich gut aufzupflanzen, denn ihr Stöhnen, wenn sie ihn aufrichten oder von hier nach dort schleppen musste, brach ihm das Herz.

Also döste er nur halb ein, damit er nicht etwa vom Schlaf übermannt umfiele. Aber er schreckte alarmiert hoch, als er die Eingangstür schier aus den Angeln fliegen und Melanias unterdrückte Schreie hörte. Golea hatte sie an den Haaren gepackt und den Kopf so weit nach hinten gezerrt, dass er ihr das Eisen des Beils unter das Kinn drücken konnte. Der Mann drehte die Klinge um und drückte nun mit dem breiten Rücken des Beils der Frau auf den Hals, die, vom Schrecken der Beilklinge befreit, durchdringend schrie.

Wo ist er, Elende?, keuchte der Mann. Wo hast du ihn versteckt, ich bringe ihn um, damit du Verstand annimmst …

Wen denn?, stammelte sie. Wen soll ich …

Weißt du nicht, was? Er schrie und drückte ihr das Eisen unter das Kinn, dass ihre Zähne klapperten. Wer hat dich denn hierher begleitet? Glaubst du, ich habe euch nicht gesehen? Glaubst du, das weiß nicht schon alle Welt? Wo ist er, der unglückselige Postbote? Hab ich dir nicht gesagt, dass er in meiner Abwesenheit dieses Haus nicht betreten darf? Hab ich das gesagt oder nicht?

Aber die Wärme im Haus übermannte Golea mit einem Mal. Der Schweißgeruch der jungen Frau, seine Hand, die auf den Rock drückte, unter dem man den nackten Körper vermuten durfte, verbunden mit ihrer Angst, wühlten eine andere Wut in ihm auf. Er ließ das Beil fallen und drehte sie zu sich, zog ihr die Jacke aus und griff nach ihren Brüsten.

Ich bring dich um, hörst du?, knurrte er mit blutunterlaufenen Augen.

Dies aber war eher eine Selbstermahnung und eine Weise, den Schrecken der Frau zu mehren, deren Zittern ihm die Sinne nahm. Was ihm jedoch nicht gefiel, waren ihre Augen, die ihn ohne alle Unterwürfigkeit anschauten, ja ihn geradezu von sich stießen. Und darum drehte er sie um und umfasste ihren Hinterkopf wie in einem Schraubstock. Und damit sie begriff, was er von ihr wollte, verpasste er ihr einen Stoß, sodass die Frau sich beugte und in die Knie ging. Er stieß sie bis an den Bettrand und drückte ihr Gesicht ins Leintuch. Dann schlug er ihren Rock über die Hüften, riss ihr das Höschen weg und warf es in eine Ecke.

Was tust du? Sie schrie und schaute dabei ins schreckensstarre Gesicht ihres Bruders. Er sieht uns, hör auf!

Er sieht uns?, knirschte er. Jetzt schämst du dich plötzlich. Soll er doch! Alle sollen sie wissen, wem du gehörst … wissen sollen sie's …

Er hielt einen Augenblick inne und nestelte ungeschickt mit der linken Hand an seiner Hose herum. Dann drang er stöhnend in sie ein.

Bemüht, tief und schmerzhaft in sie hineinzustoßen, verfielen seine Worte zu einem Gestöhne, das irgendwie der Ertüchtigung und Kraftzufuhr dienen sollte. Beide Hände in die Bettdecke geklammert, schluchzte sie, ohne zu begreifen, dass ihr Weinen ihn nur noch mehr aufreizte. Als er spürte, dass das Mädchen keinen Widerstand mehr leistete, löste er seinen Griff an ihrem Nacken, packte sie an den Hüften und erleichterte sich. Einen Augenblick verharrten sie noch so, sie mit im Halse stecken gebliebenem Weinen, er mit den Händen auf ihren Hüften. Die Frau begann erneut zu weinen, es klang wie ein langer, kurz nur unterbrochener Seufzer. Er löste sich von ihr, und während er sich aufrichtete, schubste er sie wie angewidert zur Seite. Dann erst, als er ihren stummen Blicken folgte, sah er Coltuc. Golea näherte sich ihm. Aus der offenen Hose baumelte sein Glied weich und feucht wie die Zunge eines Jagdhundes in der Sommerhitze.

Was schaust du so, hä?, zischelte Golea und packte ihn an den Haaren.

Coltuc wankte, aber die Hand, die ihn an den Haaren gepackt hatte, hielt ihn aufrecht und ließ ihn nicht fallen.

Lass ihn in Ruhe, schrie Melania, ohne aufstehen zu können. Rühr ihn nicht an!

Golea schaute mit einem Rest von Interesse auf ihre nackten Schenkel, dann wandte er sich wieder dem Jungen zu und drückte ihn an die Wand.

Hörst du, Kerlchen, ich soll dich in Ruhe lassen … Wer bist du denn, ha? Bist du ein Mensch? Bist du etwa ein Mensch?

Er hob die Hand. Coltuc zog den Kopf zwischen die Schultern und schloss die Augen. Die Ohrfeige strich im über die Wange, doch eher wie ein Stubser mit den Fingerspitzen.

Warum verteidigst du dich nicht, wenn du ein Mensch bist? Der Schlag mit dem Handrücken war jetzt etwas heftiger, und Coltucs Kopf neigte sich zur Seite: He, du bist kein Mensch, du bist ein Rumpf, hörst du? Bist ein Klotz, und eines schönen

Tages werde ich Späne aus dir machen und dich aufs Feuer legen, damit deine Knochen im Ofen knacken!

Die Wut der Hand nicht achtend, die sich ein weiteres Mal gehoben hatte, starrte Coltuc entsetzt auf das Beil. Melania kroch heran und schob es unter das Bett. Auch Goleas Interesse war mit einem Mal auf etwas anderes gerichtet, sodass seine Hand nicht mehr auf Coltucs Wange niederfuhr. Er griff nach der Blechbüchse, die er am Hals hängen hatte, und entriss sie ihm. Er holte den Apfel heraus und warf ihn angewidert an die Wand; an der Stelle, wo die Frucht zerplatzte, fiel ein Stückchen blattrigen Putzes von der Wand. Er warf noch ein paar Kekse und ein Stück Brot heraus und fand schließlich die Münzen. Dann drehte er die Büchse um, damit ihm bloß nichts entging, und zählte nach.

Reicht für ein Bier und einen kleinen Wodka, lächelte er erfreut, immerhin. In der Tür wandte er sich noch einmal um zu Melania: Hör mal, du bist auf jeden Fall vorbereitet, bis ich zurückkehr, vielleicht will ich nochmal …

Sie schauten sich unverrückt an, als könnte die Tür jederzeit wieder auffliegen. Plötzlich sprang Melania hoch und besann sich.

Das Essen!

Sie rührte mit dem Kochlöffel um und zog den Topf zur Seite.

Verbrannt …

Wir essen es auch so, tröstete sie Coltuc. Mit mehr Brot spürt man es nicht so stark …

Melania goss noch etwas Wasser nach, um die Brühe ein bisschen zu verlängern. Er schluckte, ohne zu kauen, damit er nicht den bitteren Geschmack der angebrannten Ränder spürte. Hin und wieder hielt das Mädchen ihm den Löffel an den Mund, und er spucke die Olivenkerne hinein. Er hatte keinen Hunger mehr, aber er scheute sich, sie zurückzuweisen, denn ihre Sorge um ihn, die Art, wie sie ihm den Löffel an den Mund hielt, ihn hin und wieder abwischte, ließ sie anscheinend den blinden Schmerz in ihrem Leib vergessen.

Es wird alles gut, sagte er, ohne dass ganz klar geworden wäre, was er damit meinte.

Sie blickte von ihrem Teller auf, in dem das Essen erkaltet war.

Und weil er merkte, dass sie wieder zu weinen beginnen würde, fügte er hinzu:

Es wird wieder regnen, wir werden Äste sammeln. Und wir werden spazieren gehen …

Sie nahm ihm die Serviette ab, zog den Stuhl bis zur Bank und legte ihn auf die Decke. Sie zog ihn ganz aus und rieb ihn gründlich mit feuchten Handtüchern ab. Dann reihte sie ihre Cremedosen auf und rieb ihm gründlich die Sohlen ein, die ihm unmittelbar aus den Hüften ragten.

Du bist eine einzige Wunde, flüsterte das Mädchen. Du kannst nicht den ganzen Tag auf diesem Brett stehen … Ich werde Golea sagen, er soll dich nicht mehr zum Betteln schicken.

Lass, sag es nicht … Ich werde mich daran gewöhnen, es wird sich auch da eine Hornhaut bilden.

Sie drehte ihn auf die eine Seite, dann auf die andere und wickelte ihn ein. Dann zog sie ihn wieder mitsamt dem Stuhl an den Tisch heran. Sie zeigte ihm den Umschlag des Buches, und er nickte zustimmend. Sie legte es vor ihm hin und schlug es auf. Er gab ihr ein paar Zeichen, bis Melania beim Umblättern einhielt und den Buchrücken niederdrückte, damit das Buch aufgeschlagen liegen blieb. Dann kümmerte sie sich um ihre Angelegenheiten, sie spülte die Teller in der Schüssel mit heißem Wasser von der Herdplatte, trocknete sie ab und stellte sie in den Schrank. Dann setzte sie sich hin und strickte.

Es war still, das Feuer erlosch allmählich, aus der Wasserschüssel stiegen aber noch immer Dämpfe auf und befeuchteten die trockene Luft. Melania summte leise und ließ hin und wieder das Wollknäuel rollen, damit sie genügend Faden hatte. Er aber las, und damit seine Lektüre gemächlich voranschreite, zerteilte er die Worte mit spitzen Lippen. Wenn er am unteren Rand der rechten Seite angelangt war, beugte er sich hinab, berührte die Ecke geschickt mit der Zunge, hob so die Seite an, schnappte sie sich mit den Lippen und legte sie in einer halbkreisförmigen Bewegung um. Lesen war die einzige Tätigkeit, die er allein verrichten konnte, von vorne bis hinten. Wenn er vor einem Buch saß, fühlte er sich nicht mehr hilflos. Mehr noch, im Unterschied zu allen anderen Menschen konnte er die Bücher auch anhand ihres Geschmacks unterscheiden. Die älteren Bücher hatten einen süßlich-trockenen Geschmack, wie Hostien. Die neueren ließen auf der Zunge einen metallischen und süßen Geschmack zurück, wie ungestocktes Blut. Damit ihm der Geschmack der Seiten jeweils frisch vorkomme, hatte Melania ihm ein Glas Wasser mit einem Strohhalm hingestellt, an dem Coltuc hin und wieder sog. Wenn er den letzten Tropfen getrunken hatte und der Strohhalm ins Leere röchelte, hieß dies, dass er fünfzig Seiten gelesen hatte und es für diesen Abend reichte.

Also zog Melania ihn auf dem Stuhl bis in das andere Zimmer, wo sein Bett – wie das eines Kleinkinds – stand. Er musste mit dem Gesicht nach oben einschlafen und konnte sich im Schlaf nicht bewegen. Deshalb träumte er mehr als andere Menschen. Der Traum war seine Weise, sich zu entkrampfen.

Letztlich, sagte der Lahme und schüttelte seinen Blechteller, weiß ich wirklich nicht, ob das der beste Platz ist. Er wies mit der Krücke hinter sich auf das Cocor-Kaufhaus. Wenn es hier teuer ist, kommen auch Leute mit Geld. Aber ich meine ja, es sind stets nur die geplagten armen Schlucker, die an unsereinen denken ... Ich schlage vor, wir gehen von morgen an weiter runter zum Unirea oder sogar auf den Markt.

Wir gehen dahin, wo uns der Chef hinschickt, leierte Fane Chioru.

Aber wir sind doch keine Angestellten, wir sind Freiberufler. Sollen wir etwa auch noch die Stechuhr betätigen?

Aber wir können nicht tun, was wir wollen, erwiderte Fane. Und du musst auch keine Anwesenheitsliste unterschreiben, aber wenn er vorbeikommt und dich nicht hier vorfindet ...

Was kann er mir schon tun?

Entzieht er dir die Erlaubnis.

Costică Ologu wippte auf der Stelle, als kümmerte ihn dies wenig.

Die Erlaubnis? Zum Betteln? Ich habe keine Erlaubnis ...

Doch, du hast eine, sagte der Blinde ebenso gelassen. Jeder von uns hat eine solche Erlaubnis, aber er merkt es nicht. Erst wenn sie einem entzogen wird, dann ... Also bleib ruhig, wo du bist und kümmere dich um deinen Job, denn sonst erschreckst du die Kundschaft.

Costică der Lahme hüpfte wie ein Spatzenmännchen. Er wollte noch etwas sagen, aber er überlegte es sich anders. Der Blinde streckte die Hände wie bei der Bergpredigt aus. Und Coltuc dachte sich weiterhin in seine eigenen Welten.

Heute gingen die Blumen-Menschen vorbei. Es war eine Art Sonnenblumenfeld. Besser gesagt, zwei Felder, zwei gekreuzte Welten. Die einen mit dem Gesicht in die eine Richtung und die anderen in die andere. Eilig, eingereiht, von hinten her angetrieben, schauten sie hinauf zur Universität oder – die anderen – hinunter zur Piața Unirii. Leute, die es eilig haben oder beunruhigt sind, ähneln einander. Wenn sie schweigen, verfallen sie in die Schneeglöckchen-Haltung, sind sie verwundert, ähneln sie Herbstblumen. Und sie tragen ihre Wurzeln wie Schleppnetze auf dem Rücken. Und die froststarren Zwiebelwurzeln an der Brust. Aber Costică Ologu sah die Dinge nicht in dieser Weise, heute ging sein Blick ins Weite, über die Menschen und Dinge hinweg. Deshalb fragte er:

Wie viele Beine mag wohl Gott haben?

Die Welt näherte sich auf vielen Stängeln und Beinen, wie ein Tausendfüßler.

Aber echt, ist doch wichtig zu wissen, fuhr er wippend fort. Und an Coltuc gewandt: Sag mal, Leser, wo steht geschrieben, wie viele Beine Gott hat?

Das steht nirgendwo, antwortete Coltuc.

Dann ist Gott vielleicht einbeinig, schlug Ologu vor. Vielleicht bin ich nach seinem Bilde geformt. Warum sollte ich dann noch traurig sein? Auf der Stelle soll ich tot sein, wenn ich nicht auch zu einem einbeinigen Gott beten würde.

Wer hindert dich denn, fragte Fane.

Weiß nicht, ich denk halt daran, und dann hab ich Mitleid mit ihm, so lahm und versehrt … Besser, ich nehme alles auf mich. Ich werde der Gott der lahmen Hinkebeine sein. Du, Blinder, wirst der Gott der Blinden sein. Jeder mit seinem eigenen Gott. Und du, Stummelchen?

Coltuc irrte zwischen seinen Blumen herum.

Ich, was, fragte er, aus seinen gekreuzten Welten gerissen.

Wessen Gott bist du?

Es wird sich schon jemand finden, der zu mir betet, sagte der Bursche verlegen.

Du kannst nicht Gott sein, beschloss Costică und wechselte die Krücken von der einen auf die andere Seite. Du kannst nicht wie wir den Teig kneten, um einen lahmen Adam oder einen blinden Adam zu formen. Du hast keine Hände und keine Beine. Du bist eine Art Engel, das bist du.

Also warteten die beiden Götter und der Engel des Herrn weiterhin auf ihre Opfergaben, doch nur die allerwenigsten blieben in der Eile kurz stehen und gaben etwas.

Wie spät mag es sein?, seufzte Fane.

Schau dort, die Uhr an der Straßenbahnhaltestelle, sagte der Lahme und grinste. Was, bist du blind?

Was ich sehe, kannst du nicht sehen, antwortete ganz gelassen der Blinde.

Es ist Mittag, mischte sich Coltuc ein, der die Tageszeit von der Neigung des Sonnenblumenfeldes ableitete.

Grade passend, beschloss der Einbeinige. Kommt, ich gebe ein Bier aus.

Was hast du denn so plötzlich, fragte verwundert – und dies völlig zu Recht – der Blinde.

Einfach so. Heut hab ich Geburtstag.

Wie, du kannst dir noch merken, wann du geboren wurdest?

Soll doch seine Mutter verrecken, wenn ich mich noch daran erinnere, gab Costică Hinkebein zu. Aber ich fühle mich wie neugeboren. Heute Nacht ist mir der letzte Zahn ausgefallen. Ich habe ihn heute Morgen auf dem Kissen gesucht und nicht gefunden. Ich glaube, den hab ich im Schlaf verschluckt.

Er reckte die Krücke siegreich empor und winkte damit zur Straßenbahnhaltestelle hinüber.

Los, Blinder, nimm das Stöpselchen ins Schlepptau und ab durch die Mitte. Dort in der Moşilor Vechi in die Bodega.

Der Gott der Blinden zog mit dem Stock einen Kreis um sie.

Dann packte er das Seil des Wägelchens und ging ausgreifenden Schrittes los. Ihm folgte der Engel mit den verstümmelten Flügeln auf seinem Brett mit den rumpelnden Kugellagern und schließlich der Lahme, der jeden Tag der Schöpfung mit einem Hinkebeinstöhnen versah.

Drei Schritte bis zum Bordstein!, rief Coltuc.

Mehr war nicht notwendig, denn durch den Geruch des brutzelnden Fetts auf dem Grill war klar, dass sie angekommen waren. Costică öffnete die Tür mit der Krücke und trat ein, den Rücken voran. Dabei klappte er die Türflügel so weit auf, dass sie offen blieben. Zu dieser Uhrzeit gab es kaum Kundschaft, der Kneipenwirt trat heran, schaute sie mit einer gewissen Abscheu an, sagte aber nichts. Er wirkte auch nicht überrascht, sie hier zu sehen, wahrscheinlich hatte der Lahme in letzter Zeit ein paar Zähne mehr verloren.

Je ein Bier und zwei Mici für uns drei hier, bestellte Costică. Dann lehnte er sich an die Wand und legte den Kopf in den Nacken: Wie schön, sich hin und wieder wie ein Herr zu fühlen! Im Warmen zu sein und von jemandem bedient zu werden …

Ein Herr bist du, wenn du dich wie einer benimmst, sagte in seinem langgedehnten Tonfall Fane Chioru, und nicht, weil andere sich so zu dir verhalten.

Lass auch andere dich mal herrschaftlich behandeln, sagte Ologu, nicht nur selber den ganzen Tag über katzbuckeln um jeden Heller. Immerzu auf diese achten, die da mit weichem und traurigem Blick auf einen zukommen, wie frisch kastrierte Kater. Hör mal, er beugte sich zu Coltuc hinab, der in Gedanken an die vornübergebeugt sich entfernende Gestalt Melanias nicht auf das Gespräch zwischen den beiden geachtet hatte, was wolltest du damit sagen, dass du die Welt ganz siehst? Wenn du beispielsweise hier aus dem Fenster schaust, siehst du dann nicht wie ich die schäbige Mauer dort auf der anderen Straßenseite?

Ich sehe Bäume, sagte Coltuc ohne mit der Wimper zu zucken.

Wieso Bäume? Und wie um sich beim Kneipenwirt zu entschuldigen, der eine Augenbraue hochgezogen hatte, als er ihm das Bier hinstellte: Dieser Junge sieht Bäume.

Über dem Asphalt, fuhr Coltuc fort. Ich sehe Bäume, die abgeschnitten worden sind …

Hör dir das an, Blinder!, wandte Costică sich verwundert um.

Bei dieser Diskussion braucht ihr nicht mit mir rechnen, beschied ihm Fane.

Komm, Prost!, besänftigte ihn Ologu.

Er schüttete das Bier nur so in sich rein, das ihm wegen der nicht vorhandenen Zähne ganz wunderbar in den Rachen floss. Als er die unberührte Flasche vor Coltuc sah, stieß er mit seiner daran und stellte sie ihm näher hin. Dann erst begriff er: Zum Teufel, sagte er, du kannst dir die Flasche nicht in den Rachen kippen …

Einen Strohhalm, sagte der Jüngling. Ich brauche einen Strohhalm …

Bedienung, rief der Lahme, einen Strohhalm für den Herrn, siehst du denn nicht, dass der Herr nicht direkt trinken kann, dass er indisponiert ist? Und er wandte sich wieder dem Jungen zu: Wie meintest du das?

Ich sehe die Welt ganz, sagte Coltuc, mit beinahe geschlossenem Mund und unbewegten Lippen, als spräche eine andere Stimme aus ihm. Ich sehe die abgesägten Teile der Bäume. Wenn sich die Wurzel noch im Boden befindet, kann ich dir sagen, was das für Bäume waren. Hier auf der Moşilor Vechi waren es Kastanien. Und ich kann dir beschreiben, wie die bis auf die Grundmauern abgetragenen Häuser hier ausgesehen haben. Wie die unzerstörte Welt ausgesehen hat, die nicht abgeschnittene, abgerissene …

Hör mal, aber …

Costică hielt einen Augenblick inne, schaute sich verlegen um und rückte näher an das Gefährt des Jungen heran. Dann fragte er schier tonlos:

Mein Bein … das andere … kannst du es sehen?

Wenn du stillstehst und nicht herumhampelst, ja.

Mein Bein, stammelte Costică Ologu mit vor Aufregung erstickter Stimme. Du siehst mein Bein? Wo ist es, zeig es mir! Hier? Und er wies mit zitterndem Finger auf den Stuhl. Da? Und sein Finger glitt etwas zur Seite. Zeig es mir, ich bitte dich …

Du weißt, dass ich es dir nicht zeigen kann, sagte Coltuc.

Costică, von der Flasche Bier gerötet, begann zu weinen.

Mein Bein, schluchzte er, mein liebes Beinchen … Komm, sag mir … Wie ist es gekleidet? Was für einen Schuh trägt es? Steht es mir gut?

Es ist … anders, antwortete Coltuc und fürchtete, ihn zu enttäuschen. Manchmal ist es kürzer und dünner, so wie es war, als du's verloren hast. Ein andermal sieht es wie das andere aus. Das hängt davon ab, wie viel Lebensenergie du in diesem Augenblick hast, ob du den abgetrennten Teil hinter dir herziehen kannst oder nicht …

Costică, nunmehr zärtlich gestimmt, streichelte seinen imaginären Schenkel, rundete die Luft mit der Handfläche. Dann führte er die Flasche an den Mund und warf sie zu Boden, völlig leergetrunken.

Aber dich selbst, mein Junge, fragte er und wischte sich die wässrigen Augen aus. Wie siehst du dich selbst?

Mich kann ich nur so sehen, wie ich tatsächlich bin. Man

kann nur die anderen als Ganze sehen, man kann nur die Welt um einen herum rund sehen. Es braucht also einen gewissen Abstand, man muss einen Raum schaffen, in dem die Welt sich wieder ergänzen kann.

Schau in einen Spiegel …

Umsonst, seufzte Coltuc. Spiegel haben kein Gedächtnis …

Der Wirt stellte den Pappteller mit den sechs gegrillten Mici mitten auf den Tisch, dazu den Senf, die Zahnstocher und das Brot. Er blieb bei ihnen, bis Costică alle seine Taschen durchsucht und die nötige Summe beisammenhatte.

Was macht dich so fickrig hier mit der ausgestreckten Hand, brabbelte Ologu vor sich hin, als er sah, wie er die Münzen vom Tisch klaubte. Hast du Angst vor Zechprellerei? Dass wir gehen, ohne bezahlt zu haben? Wo sollen wir denn hin, Chef, von hier bis zur Tür brauchen wir doch eine halbe Stunde … Auch poltern wir, klopfen und rumpeln mit unseren Krücken und dem anderen Zeug wie eine völlig bekloppte Blaskapelle …

Er winkte angeödet ab und griff sich ein Mici, an dem er herumkaute, bis sein Zahnfleisch ein Stück gelöst hatte. Das schob er dann lange im Mund hin und her, wie ein Bonbon. Fane Chioru tastete mit seinen langen Fingern, die Hände wie zwei Spinnen, über den Tisch, bis er bei der Speise landete.

Ich, sagte Coltuc, der sich damit begnügte, seinen Gefährten bei ihren Mühen zuzuschauen – der eine tastete herum, der andere nagte zahnlos –, wenn ich mich ganz sehen will, wie ich es zu Anfang war, muss gleichzeitig an dem einen und an einem anderen Ort sein. Das heißt, ich muss von etwas weiter weg auf mich schauen. Ich habe gelesen, wenn man stirbt, steige die Seele empor und schaue zurück auf den Körper, der am Boden bleibt. Dann werde auch ich mich ganz sehen können. Deshalb habe ich keine Angst vor dem Tod, denn so werde auch ich ein Mensch sein wie alle anderen, wenn ich sterbe. Wie zu Anfang …

Was soll das heißen, wie zu Anfang? Bist du nicht schon so geboren worden?

Doch, schon, aber ich spreche vom richtigen Anfang, also noch bevor ich geboren wurde …

Costică Ologu wiegte den Kopf und schaute hilflos zu Fane Chioru. Der hatte soeben aufgehört zu essen und leckte sich die Finger ab.

Jeder mit seiner Geburt und seinem Tod, sagte der Blinde schleppend. Niemand kann an deiner Stelle geboren werden. Und erst recht kann niemand an deiner Stelle sterben. Ist noch Brot da? Ich würde noch eine Scheibe essen, mit Senf bestrichen …

Ja, ist noch da, sagte Costică und zog dabei den Teller zur Seite. Aber das gehört dem Kleinen, der hat nichts gegessen, hat nur geredet. Nimm, Krispelchen, iss was …

Und weil Coltuc ihn aus großen Augen und selbstverständlich reglos anschaute, schlug sich Costică mit der Handfläche auf die Stirn.

Ich habe vergessen, dass du der Engel des Herrn bist, schließlich wirst du doch nicht wie ein Köter aus dem Teller fressen.

Er schaute sich um in der Kneipe, in einer Ecke saß eine Frau mit geblümten Röcken über einen Kaffee gebeugt und zog an der Zigarette.

Du dort!, rief Ologu. Komm, beweg deine Zigarette hierher! Das ist Panselia, erklärte er den anderen, ein gutes Mädchen aus dem Volke.

Die Frau durchquerte mit wiegenden Schritten den Raum und setzte sich zu ihnen.

Was ist los, Hinkebein, sagte sie mit tiefer und rauer, nach berstendem Eis klingender Stimme. Was schreist du einen so an?

Gib du, Mutter, dem Kleinen hier zu essen. Wir verstehen uns nicht auf sowas.

Wer bist du, fragte der Blinde und versuchte, mit seinen welken Blicken etwas zu erspähen.

Es ist Panselia, wiederholte der Einbeinige. Sie ist ebenso wie wir auf der Straße unterwegs, aber … anders …

Fane Chioru streckte die Hand nach ihr aus. Panselia wich zurück und schaute Ologu fragend an. Dieser nickte, worauf die Frau näher an ihn heranrückte, bis die Finger des Blinden sie ertasten konnten. Sie ließ ihn langsam über ihre Stirn, ihre Wangen und Lippen fahren.

Du bist schön, sagte er.

Sie lächelte verlegen und strich sich die schwarzen Strähnen hinter die Ohren.

Dann schnitt sie die Mici in kleine Stücke, ebenso das Brot, strich Senf darauf, und bevor sie den so garnierten Teller dem Jungen hinschob, nahm sie sich einen Bissen und steckte ihn in den Mund.

Warum kümmerst du dich nicht auch so um mich, fragte Costică Ologu honigsüß und schaute zu, wie die Frau Coltuc das Stück an den Mund hielt und ihm danach die Krümel vom Kinn wischte.

Ich hab Prinzipien im Umgang mit meiner Kundschaft, erwiderte ihm Panselia.

Was du nicht sagst, wunderte sich Ologu und stampfte mit der Krücke auf den Boden. Was das nun wiederum heißen mag?

Das heißt, dass ich mich nicht in die Kunden verliebe. Wenn einen in meinem Beruf die Liebe erwischt, ist man verloren, man kriegt rein gar nichts mehr auf die Reihe …

Aber wer hat denn von Liebe gesprochen?

Dann zahl eben, wenn du sowas willst. Die Zierde der Frau! Erst das Geld …

Aber warum willst du dann von diesem Buben da nichts, tat Ologu noch hoffnungsfroh.

Lass doch den Armen, sagte Panselia zärtlich und steckte ihm den letzten Bissen in den Mund. Schaust du ihn denn überhaupt nicht an? Der kann sich doch nicht einmal selber einen runterholen.

In seinem Alter, mischte sich der Blinde ein, kann man das auch im Traum machen …

Schluss, aus!, beschloss Costică und mühte sich aufzustehen. Schluss, denn sonst packt uns die Traurigkeit! Los, zurück an die Arbeit …

Er holte aus seiner Brusttasche eine plattgedrückte Zigarettenpackung hervor, suchte eine noch einigermaßen gut gestopfte Zigarette und hielt sie der Frau hin.

Nimm, damit deine Prinzipien gewahrt bleiben …

Einer nach dem anderen gingen sie hinaus, der Lahme als Letzter, er ließ die Tür langsam zufallen und schaute milde zurück:

Ach, Panselia … ein gutes Mädchen, aber glücklos …

Schau, wo das Glück war!, hörte der Lahme in seinem Rücken die raue Stimme, aber er drehte sich nicht mehr um, schüttelte bloß den Kopf und folgte den anderen, wiewohl vom Bier beschwert, hüpfend wie ein Zeisigmännchen.

Es begann allmählich auf den Abend zuzugehen, die Sonnenblumenköpfe beugten sich immer tiefer hinab, ihre Gesichter verschlossen sich, doch einige wandten sich auch dem Mond zu. Es war die günstigste Stunde, die Leute kamen von der Arbeit, jedenfalls diejenigen, die auch samstags arbeiteten, die anderen waren unterwegs zu Einkäufen. Je nach dem

Klang der Münzen in der Blechbüchse – er hatte sich für eine tiefere entschieden, damit es lauter klinge – verneigte sich Fane dankend, Costică verneigte sich nach Maßgabe der unvollendeten Gesten, mit denen ihm die Münzen ohne sehr genaues Hinsehen zugeworfen wurden. Mitunter lüpfte Ologu nun die Mütze mit einem Enthusiasmus, den er vom Bier und dem Hinweis gewonnen hatte, wenn die Welt ganz sei, würde sein fehlendes Bein je nach seiner Freude und Lebenslust entwickelt und kräftig aussehen.

Die Frau kam auf Coltuc zu. Sie war schön wie im Märchen, ihre blonden Haare trotzten dem heftiger gewordenen Wind, als wären sie rings um das weiße Gesicht herum versteinert. Ihre Augen waren klar, hatten eine violette Färbung und ließen alle anderen Pflanzen-Gestalten erbleichen. Sie war schmal, selbst in ihrem Pelz, und die Schuhe mit den hohen Absätzen ließen aus jedem Schritt eine Grazie sprühen, die einem den Atem raubte. Der Blinde hatte als Erster ihr Parfüm gerochen, das ihr wie ein Flötenton voranschwebte. Der Lahme zog sich einen Schritt zurück – den einzigen, zu dem er fähig war –, und selbst dabei drohte er, sich mit der Krücke zu verheddern und hinzufallen. Sie blieb vor dem Jungen stehen.

Jeder von uns hat sein eigenes Publikum, erklärte Fane Chioru, als sie das erste Mal aufeinandergetroffen waren. Die einen haben Mitleid mit den Blinden und können keine Krüppel ertragen; die meinen, wer lahmt oder hinkt, sei des Teufels. Anderen wiederum, die einen hinkenden Menschen zu Hause haben, die selber eine Versehrtheit oder einen krummen Knochen im Schuh verbergen, bricht es das Herz bei ihrem Anblick, und selbst wenn unsere Augen leer sind oder durchscheinend wie die von toten Fischen, betrachten sie unsereinen als Betrüger. Und was dich betrifft, mein Junge, so weiß ich nicht, was ich sagen soll. Es wird wohl auch mit solchen wie dir irgendeine Bewandtnis haben, denn sonst würden die Leute nicht allerhand arm- und beinlose Statuen auf die Denkmalsockel setzen.

Bei ihm werden sie es leicht haben mit der Büste, sagte Costică und entblößte sein blaues Schimpansen-Zahnfleisch. Wird originalgetreu.

Halt die Klappe, fiel ihm der Blinde ganz gegen seine Art ins Wort. Du hast überhaupt nichts verstanden.

Es gab auch darüber hinaus nichts zu verstehen. Coltuc schaute sie mit einem Blick an, der sich völlig jenseits jedes Verständnisses befand. Sie kramte in ihrer Tasche, holte eine große Orange heraus, eine leuchtende Weltkugel, und hielt sie ihm hin. Dann, begreifend, legte sie die Orange in seine Sammelbüchse, fuhr ihm mit dem Handschuh, der nach regenwassergespülter Minze duftete, über den Kopf und ging davon. Sie war nicht allein, es wartete jemand auf sie, Coltuc hatte nicht den Blick zu sehen, ob es ein Mann oder eine Frau war. Sie sagte etwas zu der anderen Person, dann schaute sie wieder zu ihm hin und winkte. Coltuc krampfte die gespreizten Knöchelchen an seinen Schultern spinnengleich zusammen. Plötzlich hatte er das Bild des an der Wand zerschmetterten Apfels vor Augen und überlegte deshalb, die Orange besser zu verstecken, damit Golea, wenn er wieder in seiner Büchse herumsuchte, sie nicht fand. Doch bevor Melania aus der Tiefe der Straße auftauchte und gebeten werden konnte, die Frucht in Sicherheit zu bringen, packte ihn eine riesige Hand am Kragen und ließ die Kugellager leicht hüpfen. Die Menschen hatten plötzlich keine Köpfe mehr, und unmittelbar vor ihm zischte die Stimme wie Blut aus einem durchtrennten Hals:

Was suchst du hier?

Um ihn herum wurde es finster, die Stimme kam von überall her, als hätte jemand eine riesige Glocke über ihm aufgehängt und schlüge nun mit aller Kraft den Klöppel dagegen. Die Wasser, die ihn wie eine Schutzdecke bedeckt hatten, zogen sich zurück, er spürte die Kälte an Schultern und Hüften, und die Stellen, an denen die Beingelenke hätten sein müssen, brannten ihm. Immer noch hielt die riesige Hand seinen Hals umfangen.

Wer hat dich hierher gebracht, hä?

Coltuc versuchte, ein Wort hervorzubringen, aber der Klammergriff des anderen ließ keines durch.

Seine Schwester bringt ihn am Morgen, sagte der Lahme, als er sah, dass der Kleine rot anlief und vor Atemnot seine Augen aus den Höhlen quollen.

Deine Schwester, was? Und mit wem arbeitet deine Schwester zusammen?

Mit niemandem, mischte sich der Blinde ein. Sie bringt ihn, weil sie nichts zum Leben haben … Es sind arme Leute …

Ach wirklich, Maulwurf? Sie haben nichts zum Leben … Und wenn alle, die nichts zum Leben haben, das Gleiche machen wie diese Missgeburt, wovon leben wir dann noch, du Klappersack? Starr mich nicht mehr so an wie eine besoffene Nachteule und halt zum Teufel nochmal die Schnauze … Und du sagst deiner Schwester, sie soll dich von hier wegbringen. Das ist mein Platz. Hier habe nur ich nichts zum Leben. Ich und meine Leute … Du kannst überall sonst, wo dir danach ist, nichts zum Leben haben. Hast du verstanden, du Schreckgespenst?

Der Hüne vor ihm löste allmählich den Klammergriff und nahm dabei auch die Büchse vom Hals des Jungen. Wollen doch mal sehen, was da drin ist, sagte er und langte hinein. Nicht schlecht für einen Anfänger. Vielleicht wirst du eines

Tages für mich arbeiten können. Sag deiner Schwester, sie soll mich mal aufsuchen.

Unter dem entsetzten Blick des Jungen jonglierte er die Orange in seiner Hand. Er hatte das Kleingeld, das jener in seiner Tasche verschwinden ließ, keines Blickes gewürdigt, die Orange aber in schierer Verzweiflung angestarrt.

Nun gut, schloss der Hüne und legte die Orange zurück in die Büchse. Die bringst du deiner Schwester und sagst ihr, dass sie von mir ist. Wie, sagtest du, heißt sie?

Coltuc schluckte einmal trocken und schloss die Augen in Erwartung der Ohrfeige, die er aufgrund der trotzig verweigerten Antwort verdient hatte.

Nun ist gut, mischte sich der Lahme ein und stupste mit der Krückenspitze den Hünen am Stiefel. Du hast dir genommen, was du nehmen konntest. Jetzt lass uns in Frieden …

Und mit einem Mal verschob sich das Interesse des Unholds. Er beugte sich über den Lahmen und trat unvermittelt gegen eine der Krücken. Costică wankte bedrohlich, aber er fand das Gleichgewicht wieder.

Weißt du, was nachts ein paar Schritte von hier entfernt, rings um die Piața Chirigiu passiert? Hast du nie die Hunde bellen gehört? Du weißt doch, warum sie so bellen, oder?

Costică wusste nicht, worauf diese Frage zielte, also zog er es vor, nicht darauf zu antworten. Der Riese stieß ihm einen Finger unter das Kinn, wie eine Bajonettspitze, und erhob seinen Kopf so, dass er seinem Blick nicht mehr ausweichen konnte.

Sie bellen vor Hunger, zischelte er. Wir können dich ja mal dort lassen, unter ihnen. Und damit alles klargeht, werden wir dir das Hosenbein mit etwas Blut vom Metzger einschmieren. Oder besser noch, wir ritzen dir die Hände und Wangen etwas auf. Was meinst du, willst du dich auf ein Wettrennen mit den

Hunden einlassen, wer Erster wird? Das heißt, welcher Hund als Erster an dir dran ist, schließlich hat jeder von denen viermal mehr Beine als du … von den Zähnen im Mund nicht zu reden … Und die sind spitz … Wär's nicht ein Jammer, wenn nicht auch sie jetzt so kurz vor den Feiertagen eine Schweineschlacht feiern könnten? Er wandte sich dem Blinden zu, der anscheinend aufmerksam den Worten des Hünen gefolgt war: Das gilt auch für dich, du wandelnde Leiche …

Und bevor er wieder ging:

Morgen geht's zur Mitropolie, am Fuße des Hügels, wenn man raufgeht, rechts, dort ist unser Sektor. Da kannst auch du hinkommen, Venus von Milo. Allmählich finde ich Gefallen an dir. Zusammen werden wir gute Geschäfte machen, dir muss ich nichts mehr in den Taschen lassen, wie diesen beiden hier … Den Ertrag durch eins teilen ist am allerbesten. Da bleibt kein Rest …

Hol dich der Aasgeier!, platzte Costică Ologu heraus, als er meinte, der Unhold habe sich weit genug entfernt, um nicht mehr gehört werden zu können. Ansonsten ein Kerl mit Studien, Ingenieur … Aber was kann man mit dem Ingenieursberuf heutzutage schon anfangen?

Um so gemein werden zu können, braucht es eine gewisse Bildung, fügte der Blinde hinzu.

Auch die Welt ist anscheinend nochmal etwas gemeiner geworden, klangen Coltuc die Worte des Einbeinigen in den Ohren, als er Melanias gebeugte Schultern auf dem Bürgersteig der Strada Viitorului erblickte. Sieh an, wie wir uns vermehrt haben, all die Gespenstergestalten dieser Welt: die Krüppel, Blinden, Lahmen und Erbärmlichen. Hier läuft das Geschäft andersrum, mit dem Arsch in der Sonne: je mehr Bettler im Schaufenster, also auf den Bürgersteigen, umso mehr Armut in den Regalen und Gemeinheit auf den Tresen.

Es reicht aus, uns zu zählen, die Versehrten, die um eine milde Gabe bitten, da brauchst du kein Schneidermaß mehr, um nachzumessen, um wie viel böser die Welt geworden ist.

Coltuc aber hatte Melania von alledem kein Wort gesagt. Er hatte schweigsam und aufrecht auf seinem Wägelchen gesessen und bei jedem Holpern, das ihm das Steißbein erschütterte, die Augen geschlossen. Ihr Schmerz war ihm bewusst, als er sah, dass sie sich für den längeren und mühsameren Weg über den Bürgersteig mit den breiten Betonplatten und der höheren Bordsteinkante der Strada Viitorului entschied, um die Strada Eminescu zu vermeiden, denn sie fürchtete offenbar, dort wieder dem Briefträger zu begegnen. Melania hatte das Beil gut versteckt, aber sie wusste, dass Golea bei einem Wutanfall jederzeit etwas anderes finden konnte, wenn nicht gar das Messer, das er, die Klinge in einen Lappen gewickelt, in seinem hohen Lederschuh gleich neben dem Knöchel stecken hatte.

Als sie zu Hause ankamen, bat sie der Junge lediglich darum, auf seine Orange aufzupassen; Melania hatte sie ihm unter das Kopfkissen gelegt, ohne sich weiter nach diesem ungewöhnlichen Wunsch zu erkundigen. Bis dahin hatte es außer den Büchern, die sie auf das Regal stellte, wenn sie einmal gelesen waren, keine weiteren Gegenstände gegeben, auf die sie hatte achten müssen. Er wiederum hätte sich nicht in der Lage gesehen, irgendetwas, das ihm gehörte, vor dem Verlorengehen oder vor allfälligen Begehrlichkeiten zu bewahren.

Die Zeit war gekommen, sich über das Buch zu beugen. Er bückte sich hinab, schnappte sich mit der Zungenspitze die Seitenecke, legte sie im Halbkreis um, wobei er sie zwischen den Lippen festhielt, und begann eine neue Seite, ohne die vorherige beendet zu haben.

Wenn er las, hatte er das Gefühl, von einer Atmosphäre der Versöhnlichkeit umgeben zu sein. Diese Welt entfernte sich auf Zehenspitzen, und die erste Welt kehrte zurück, in der er es liebte, zu schwimmen und die Beine auszustrecken. Seine vagen Erinnerungen reichten bis in die Zeit zurück, als er nichts als ein Auge mit einer grünen Iris war. Dann hat sich der Ring um das Auge verdickt, hat eine schuppige Haut bekommen und sich an dem einen Ende in einer Art Schwanzfortsatz verlängert, dünn wie ein Zwirnsfaden. Die Welt ringsum, eine weite Stube mit feuchten Wänden, betrachtete ihn mit ähnlichen Augen, die aber nicht mehr wuchsen. Er hatte das Gefühl, als befände er sich in sich selbst und außerhalb seiner selbst zugleich, das Auge, das in ihm wuchs, konnte sich mit den anderen Augen verständigen, die ihn von überall her anschauten. Er nährte sich aus einer Streichelbewegung, jede Berührung war sättigend. Durch alle seine Poren sog er etwas ein, auf diese Weise atmete er auch, alles befand sich im Wasser, die Luft ebenso wie die Speisen und das Ungestüm. Es war nicht wirklich still, die Welt ringsum pulsierte wie ein Wiegen, es beschützte ihn jemand, sagte ihm kein Wort – das war auch nicht nötig, denn sie verstanden sich auch so, indem sie das innere Pulsieren mit dem äußeren zusammenlegten, das sich wie eine Wasserschlange durch die feuchten Wände wand.

Als er zum ersten Mal die dröhnende Stimme vernahm, die das Wasser spaltete und pulverisierte, die Wände wie ein seiner äußeren Hülle entkleidetes Haus vibrieren, die Rhythmen sich schneiden und überlagernd verstärken ließ, krümmte er sich zusammen. Zum ersten Mal auch fühlte er sich hilflos, er konnte sich nicht schützen und wusste nicht, wohin er hätte fliehen sollen. An den Wänden, als schwitzten sie, bildeten sich Blasen und große Wassertropfen, dann aber trocknete das Wasser ganz schnell weg, und es raschelte wie ein frisches Leintuch, wurde rau und schneidend scharf. Seine Welt erbebte in den Grundmauern, jemand schlug dagegen, die Wände, bis dahin freundlich und bergend wie zwei gewölbte und geschlossene Handflächen, rückten enger zusammen und drückten ihn wie Zangen. Seine Gelenke brannten, er schrie, und sein Mund füllte sich scheinbar mit Sand. Als die Schläge anhielten, wurde die Welt wieder etwas weicher, aber das klare und nährende Wasser war weg, dafür gab es nun ein trübes mit blutgetränkten Venen, das nicht verbergen konnte, was für immer versehrt worden war.

Er konnte sich an seinen verschwundenen Vater nicht erinnern, allein an eine Stimme, die gegen die bergenden Zimmerwände geschlagen und die sprechenden Augen wie Samenkapseln von Tulpen unter Stiefelabsätzen zertreten hatte. Jedes Mal, wenn die ihn umgebende Welt stürmischer und bedrohlicher wurde, bekam er ein anderes Aussehen; die Stimme verschwand nie, auch nicht die Schläge, die er in den noch weichen Knochen verspürte. Ein Teil seines Körpers schrie, verriegelte sich. Dann schmerzten seine Schultern, brannten die wie Sohlen breit geformten Oberschenkel; einmal, es war lange her, da schwamm er in einem äußerst freundlichen Wasser, nun wusste er, dass er nicht mehr fliehen, sich nirgendwo mehr verkriechen konnte, sein wahrer Körper war in einen anderen, einen unvollständigen Körper eingesperrt.

Golea hatte wahrscheinlich recht, wenn er sagte, er sei nur ein Rumpf. Wurzellos, geradezu umgepurzelt. Sein wirklicher Vater, den er nicht kennengelernt hatte, war in neuer Gestalt aufgetreten. Golea brüllte im Nebenzimmer, ohne zu wissen, dass seine Stimme nicht seine Stimme war, sondern die von früher, die die nährenden Wasser getrübt hatte, und dass er einen anderen Kopf über und zwischen seinen Schultern trug, der gar keiner Gesichtszüge bedurfte, um schreckenerregend zu wirken. Und vor allem, da er mit stumpfen und heftigen Hieben auf die Gelenke des Jungen schlug und ihm den Körper im Körper zusammenstauchte, hatte Golea vollkommen recht. Er hatte die Büchse des Jungen ausgekippt und nichts als ein Stückchen vertrockneter Brotrinde vorgefunden, sodass er wütend brüllte:

Der ist zu nichts zu gebrauchen! Keinen Heller, keine einzige elende Münze … Die Leute sehen sich sein Elend an und haben kein bisschen Mitleid mit ihm … Wenn ich das meinen Jungs erzähle, glaubt mir das keiner. Oho, sagen die, du hast doch eine echte Goldader an der Hand, dieser Coltuc ist doch ein Hauptgewinn. Alle anderen müssen ihre Krüppel von klein auf verstümmeln, dir hat man ihn fertig frei Haus geliefert … Und dann bringt er mir einen Krümel Trockenbrot, als wär's ne Hostie …

Lass ihn, den Armen, hörte er Melanias Stimme, siehst du denn nicht, wie niedergeschlagen er ist? … Was willst du denn noch von ihm?

Ich will, dass er arbeitet! Lang genug hat er gefaulenzt, jetzt ist er alt genug, Schluss mit dem Durchfüttern …

Er kann nicht arbeiten, versuchte es Melania … Darum kriegt er eine staatliche Rente …

Hast du schon mal nachgerechnet, was dich die Medikamente kosten? Und das Essen, und die Windeln? Und der Blödsinn mit dem Abonnement bei der Bibliothek?

Ich kriege die Bücher umsonst …

Umsonst, ja? Und dieses? Sie hörte etwas zu Boden fallen: Er braucht neue Bücher, denn er kann das Papier nicht anlecken, wenn es schon von anderen befingert worden ist!

Golea schwieg, wahrscheinlich aß er, denn Melania war zu hören, die um ihn herumwerkelte. Es war noch nicht lange her, dass Golea bei ihnen untergekrochen war, nachdem man ihn aus dem Gefängnis entlassen hatte, aber Coltuc konnte schon allen seinen Bewegungen in Gedanken folgen. Das war auch nicht schwer, denn er kam abends, aß etwas und ging in die Kneipe ein paar Straßen weiter, in die Rote Schlange. Nach Mitternacht kam er wieder und hielt ihnen verworrene Vorträge darüber, wer Golea wirklich war, und dass die Welt noch von ihm hören würde. Dabei stolperte er immerzu an den Tisch- und Stuhlbeinen und schlief oftmals auf dem Fußboden ein, noch bevor er es bis ins Bett geschafft hatte. Jedenfalls an Melanias glücklicheren Tagen, sonst aber zerrte er sie unter sich und stieß ungeschickt in sie hinein.

Dann stürzten die Wände wieder über ihm zusammen …

Der hat auch eine Art, einen anzuschauen, war nun wieder Golea zu hören, so eine Teufelsplage, dass man ihm am liebsten nur auf die Augen hauen wollte. Wenn er so die Leute auf der Straße anschaut, kann ich gut verstehen, dass sie ihm aus dem Weg gehen. Da steckt etwas Widerspenstiges drin, vielleicht hat er bei all seiner Versehrtheit zu viele Augen?

Wage es nicht!, war nun Melania stöhnend zu hören.

Er lachte, war stolz auf das, was er eben gesagt hatte.

Nur ein Scherz. Wir wollen uns doch auch ein bisschen erheitern … Um dann zu rufen:

Nicht wahr, Coltuc?

Der Junge antwortete nicht, er lauschte dem Dröhnen in den Ohren, die trichtergleich die Stimmen in seinen schwächlichen Körper strömen ließen, wo sie strudelnd an die viel zu engen Ränder stießen.

Ich bin weg, kündigte Golea an. Der Apotheker aus Deutschland ist gekommen. Mal hören, was er so sagt. Und schau, ich hab da ein paar Säcke gebracht, heb sie gut auf. Die Jungs werden Ware besorgen, die müssen wir ein paar Tage hier lagern, bis sie losgeschlagen wird. Dann fuhr er sich mit dem Zeigefinger rasch über den Kehlkopf: Kein Wort, verstanden?

Warum nimmst du das Buch mit?

Ich lese auch mal was, darf ich das etwa nicht? Außerdem will ich den Jungs zeigen, was die Missgeburt von einem Schwager so liest, denn schließlich ist er doch sowas wie mein Schwager, auch wenn wir nicht verheiratet sind.

Du bringst es aber wieder zurück …

Warum hat Golea so gelacht? Weil sie nicht verheiratet sind? Weil er eines Nachts in ihr Haus eingedrungen ist, dem Mädchen das Messer an den Hals gehalten und gesagt hat: Versteck mich? Sie kannte ihn, denn sie hatten ihre Kindheit zusammen verbracht, und weil sie wusste, wozu er fähig war, hatte sie stumm eingewilligt und die Vorhänge zugezogen, was nicht nötig gewesen wäre, denn ihre Wohnung befand sich ganz hinten im Innenhof, und der Zaun war um einiges höher als die Blicke der Passanten. Er versteckte sich in der Vorratskammer, wenn der Postbote mit der Rente kam, vielleicht hatte er deshalb solch eine Feindschaft gegenüber diesem armen Jungen entwickelt. Manchmal verschwand er auch zu Mitternacht und kam völlig erschöpft im Morgengrauen wieder. Eines Nachts ist er weggegangen und erst nach einem Jahr wieder zurückgekehrt. Das Gesicht wirkte nun gegerbt, und in seinen Augen lag etwas Feindseliges, wie es der Blick von Zuchthäuslern so an sich hat. Jetzt versteckte er sich nicht mehr, er hatte seinen Weg kennengelernt und wusste auch, dass Melania und Coltuc sonst niemanden auf der Welt hatten, der sie beschützt hätte. Eines Tages wird auch er sich besänftigen, dachte das Mädchen.

Golea aber lachte, und wenn er lachte, geschah dies ohne Heiterkeit, als wäre in ihm etwas in Aufruhr geraten, etwas schlecht Gefügtes, das ihm keine Ruhe ließ.

Ich werde es bestimmt wieder zurückbringen, sagte er.

Was selbstverständlich hieß, dass auch er zurückkehren würde. Coltuc berührte mit der Zunge die Ecke einer weiteren ungelesenen Seite und hob sie an. Als Melania die Tür öffnete, tat er so, als sei er tief in die Lektüre versunken. Sie setzte sich zu ihm. Wenn die Welt ganz wäre, würde er sie jetzt an der Hand fassen und ihr Mut zusprechen. In der jetzigen Welt aber schaute er sie nur an, ohne die passenden Worte zu finden. Das Mädchen streichelte ihm über das Gesicht und schob ihm die Haarsträhne aus der Stirn.

Erinnerst du dich noch an die Zeit, als wir Kinder waren, fragte er. Wie wir gespielt haben?

Das Spiel, als die Welt ganz war?

Genau das. Du hast auf eine Stelle gewiesen, und ich habe dir erzählt, wie diese Stelle als Ganze aussehen würde. Und du zeichnetest die Welt rund, unversehrt.

Das haben wir schon lange nicht mehr gespielt, flüsterte Melania.

Macht nichts, sagte er weich. Das ist ein Spiel, dessen Spielzeug niemals verloren- oder kaputtgehen kann. Auch kann es dir niemand entwenden …

Am liebsten waren mir die Linden und die Kastanien und der Jasminstrauch hinten im Garten.

Erinnerst du dich noch, wie gut der duftete, vor allem so um Pfingsten …

Ja, er duftete wunderbar, und man hatte einen gelben Flaum auf der Nasenspitze …

Du lügst, lachte Coltuc. Wie willst du seinen Duft riechen, wenn es ihn für dich gar nicht gibt, und dann auch noch eine gelbe Nasenspitze …

Ich glaube alles, was du sagst, entschuldigte sich Melania. Du warst stets gescheiter als ich. Schau an, wie viele Bücher du gelesen hast … Darum hat Mutter dich auch mehr geliebt …

Ich denke immerzu an sie, flüsterte Coltuc. Wie es gewesen wäre, wenn wir gespielt hätten …

Sie hat niemals mit uns gespielt, ihr war nicht nach Spielen. Sie gab sich alle Mühe, nicht zu sterben, bevor wir nicht groß waren. Wie jung sie noch war, als sie starb, wir werden niemals mehr groß werden …

Aber ich spiele mit ihr, sagte Coltuc wie zu sich selbst. Ich spielte auch mit ihr, als die Welt ganz war. Als sie die ganze Welt war …

Und wo warst du?

Ich war drin, ich wuchs und schwebte in einem Wasser, das so wohlig schmeckte wie Milch.

Steht das so in deinen Büchern?

In den Büchern steht nicht genug … Auch in ihnen gibt es abgebrochene Stellen, ich lese vor allem diese. Von oben nach unten, wie die Japaner …

Leg dich schlafen, flüsterte sie unverständig. Wenn Golea zurückkehrt, soll er dich nicht mehr wach vorfinden …

Wenn Golea zurückkehrt, ist er selber nicht mehr wach. Dann fragte er, wiewohl es ihm gleich darauf leidtat: Warum bleibst du bei ihm?

Er ist mein Mann … Ich hatte nie einen anderen …

Aber du bist nicht seine Frau …

Niemand kann so sein, wie wir beide sind, du und ich …

Es wäre auch nicht gut, wenn … Dann würden wir umsonst das Spiel von der versehrten Welt spielen …

Du musst mir noch einiges zeigen, sagte das Mädchen.

Dies geschah vor allem nach einem Gewitter, wenn es im Hof nach frisch vom Regen gewaschenen Gräsern roch. Und man den Teil, der die Dinge vervollständigte, aufgrund der

Feuchtigkeit, die die Luft dichter und die Konturen sichtbarer machte, besser erkennen konnte.

Nicht einmal die Endlosigkeit ist ganz, flüsterte Coltuc. Um die Dinge ganz und rund sehen zu können, musst du durch mehrere Welten gleichzeitig reisen können.

Steht das so in diesen Büchern, fragte Melania ungläubig.

Nein, daran erinnere ich mich …

Nicht alles waren Erinnerungen an ferne Zeiten. Die Erinnerung, die der Geruch der Orange unter dem Kissen hervorrief, war so nahe, dass sie sich scheinbar noch nicht einmal ereignet hatte. Er erwartete sie, mit ihren Augen, die das Licht verzehrten, mit ihrer Haut so weiß wie ein Marmorhäutchen, ihrem wippenden Gang, über den die Erde keinerlei Macht hatte … Er schloss die Augen, im Schlaf konnte er an die Tür gehen, den Riegel zurückschieben und sie öffnen …

Vom Fuß des Hügels her betrachtet wuselte die Menge durcheinander, aber man hätte nicht mit Bestimmtheit sagen können, dass sie sich in die eine oder andere Richtung bewegte. Unweit des Mitropolie-Turms rutschten ein paar Frauen auf den Knien aufwärts. An den Stellen, an denen bündelweise Kerzen angezündet worden waren, erhob sich dichter Rauch, der den Menschenstrom eher wie eine Totenwacht denn eine Wallfahrt aussehen ließ. Die Kirche war nicht groß genug, die Leute standen gedrängt auch in der Vorhalle und davor auf den Stufen, traten jedoch beiseite und streckten die Arme aus, um zumindest das Gewand des einen oder anderen Bischofs berühren zu können, die nacheinander mit ihrem Gefolge heraustraten. Der Himmel war bleigrau und traurig, als hätten die von hier unten hinaufsteigenden Gebete den Herrgott selbst gedemütigt.

Wir haben nicht geglaubt, dass du nochmal kommst, sagte

Costică Ologu, während er nach einer Stelle suchte, um die Krücke sicher abzustützen.

Ich kenne nur euch beide, sagte Coltuc. Andere Freunde habe ich nicht …

Freundschaft, sagte Fane Chioru gedehnt. Ich habe schon vergessen, wann ich dieses Wort zum letzten Mal gehört habe … Schließlich kann man auch nicht wissen, wem mehr Mitleid zustünde. Demjenigen, der gibt, oder dem, der bettelt?

Derjenige, der gibt, klärte ihn der Lahme auf, muss selber auch woanders betteln. Und nach einer Weile: Wenn ich es mir recht überlege, sind wir doch keine x-beliebige Truppe. Klingt die Münze nicht beim Lahmen, gibt man dem Einarmigen. Und was für ein Einarmiger, erstklassig! Gefällt dir der Einarmige nicht, so macht der Einäugige den Sack zu. Wir können jeden Geschmack bedienen.

Die Zeichen für den heutigen Tag standen günstig. Der Blinde und der Lahme kippten sich mehrfach den Inhalt ihrer Tellerchen in die Taschen und ließen lediglich eine Münze – als Samenkorn – zurück. Coltuc bekam auch etwas zu essen, schließlich erlaubte seine Büchse eine größere Vielfalt der milden Gaben.

Die großen Glocken der Mitropolie läuteten. Ologu schob sich die Krücke unter die Achsel und bekreuzigte sich mit großer Geste, die Augen zum Himmel gerichtet. Auch Coltuc schlug mit der Zungenspitze drei Kreuze.

Ich gehe nicht zur Kirche, sagte der Junge. Als ich noch klein war, bin ich hingegangen, aber die Leute haben mich böse angeschaut, sie glaubten, ich sei zum Betteln gekommen. Damals habe ich zu meiner Schwester gesagt, es sei besser, nicht hinzugehen …

Genauso ist's, bestätigte Ologu. Die Versehrten bleiben vor

der Schwelle. In der Kirche dürfen nur Menschen mit zwei Armen und zwei Beinen betteln. Das aber ist ein Gebettele!

Ich muss überhaupt nicht in die Kirche gehen, fügte der Blinde hinzu. Für mich ist die Kirche überall. Und was sollte es mir nützen, Kerzen anzuzünden?

Die Kerzen sind nicht für uns, sagte Coltuc, die zündet man für die Toten an …

Dann erst recht, fügte der Blinde hinzu. Ich bin der einzige Tote, den ich kenne …

Wenn ich es recht sehe, wirst du dich demnächst nicht einmal daran mehr erinnern können, grinste der Lahme.

Halt's Maul, Klappersack, fiel ihm der Blinde ungewohnt heftig ins Wort. Dein Verstand ist offenbar auf das Niveau deiner Beine herabgesunken …

Costică Ologu zuckte mit der Schulter. Dies tat er ziemlich oft. Er bewegte Arme und Schultern, was auch in ihm selbst den Eindruck hervorrief, unversehrt zu sein.

Der Gottesdienst näherte sich dem Ende. Leute traten heraus und kamen gemächlich den Hügel herab. Andere standen in der Schlange, um zum Sarg mit den Gebeinen des heiligen Dimitrie dem Neuen zu gelangen. Sie hätten auch an einem anderen Tag kommen können, wenn die Mitropolie-Kirche so gut wie leer war, aber es heißt, die Gebeine wirkten an Feiertagen stärker. Und es ist gut, in der Schlange zu warten, ein Zeichen der Demut. Man bekommt nichts geschenkt. Was uns erlöst, gehört uns allen, was mich umtreibt, nur mir allein.

Mich treibt nur die Angst um, überlegte Ologu. Ich habe Angst vor den Polizisten, die lassen einen den Boden schrubben in ihrer Dienststelle. Ich hab keine Angst vor der Strafarbeit, aber sie nehmen mir die Krücken weg, und ich muss wie ein Wurm herumkriechen, ja schlimmer noch, ich fühle mich wie diese Schleimspuren, die ein nasser Lappen hinterlässt, als wäre ich eine Nacktschnecke. Dann fürchte ich mich noch vor den Hunden, und ihr habt gesehen, dass diese Angst nicht unbegründet ist. Auch hab ich Angst, dass mich dieses eine Knie, das ich noch habe, ebenfalls im Stich lässt. Besser, ich wäre als Baum geboren worden, dann müsste ich mich nirgends anlehnen. Auch könnten mir die Hunde dann nichts anhaben, schlimmstenfalls mich anpissen.

Wenn man danach geht, wie viel Angst in der Welt ist, sagte beinahe leiernd der Blinde, dann müsste die Welt von Lahmen überfüllt sein.

Ich bin mit dieser Angst geboren worden, flüsterte Coltuc, der kann ich nicht entkommen. Ich werde sterben und noch immer nicht geheilt sein.

Jene, die hinaufgingen, und die Herabsteigenden vermengten sich. In der Luft schwebte ein zarter Duft nach Weihrauch und Basilikum. Die bei den Gebeinen Anstehenden kamen nur ganz langsam voran, die Leute dösten in ihren dicken Kleidern und gingen wie im Schlaf hintereinander her. Zwei junge Burschen mit langen, zu einem Pferdeschwanz zusammengebundenen Haaren und ungekämmten Bärten in Mönchsgewändern baten um Spenden für die Renovierung des Klosters.

Schau dir diese Taschendiebe an, sagte Ologu.

Was nicht unbedingt an Fane Chioru gerichtet war.

Da sind welche, die machen auf Mönche, klärte ihn Costică auf.

Und die Leute glauben es ihnen, wollte der Blinde wissen, ohne den Kopf zu wenden.

Kann man wohl sagen, konstatierte der Hinkende. Um die Wahrheit zu sagen, sie sehen lumpig aus, Hungergesichter, spielen ihre Rollen gut. Nun ja, man braucht zwei Arme und zwei Beine, um sich anständig verstellen zu können. Wenn man zwei Beine hat, ist es leicht, den Einbeinigen zu mimen. Aber wenn du ein Krüppel bist wie ich, kümmert es keinen, ob du ein Bein hast oder gar keines. Du bist der fertige Mime …

Der Lahme redete gegen die Kälte an. Die Sonne war wie ein umgedrehter Teller in dem bleigrauen Himmel auszumachen. Der Wind zerfetzte sich in den Ästen und verscheuchte die Krähen. Plötzlich hüpfte der Lahme, er war der Größte von ihnen und konnte am weitesten sehen, und hieb mit den Krücken aufs Pflaster.

Das Auto der Gendarmerie kommt, rief er. Los, machen wir, dass wir wegkommen von hier!

Die Gendarmen haben uns noch immer in Ruhe gelassen, sagte der Blinde, und schnupperte in der Luft herum, als könnte er die Gefahr riechen.

Meinst du nicht, dass die auch Fußböden haben, die geschrubbt werden müssen?

Sie haben angehalten, bemerkte Coltuc. Wir könnten ohnehin nicht abhauen, wir müssten an ihnen vorbei, um hinunterzugelangen. Denn weiter hinaufsteigen, um auf der anderen Seite hinunterzukönnen …

Dann haben sie noch ein weiteres Auto oben auf dem Hügel stehen, zeigte sich der Lahme beunruhigt. Sie haben uns umzingelt!

Für wen hältst du dich? Der Blinde klickte verächtlich. Meinst du, die müssen uns umzingeln, wenn sie uns schnappen wollen?

Wir werden zu Weihnachten deren Fußböden schrubben müssen, seufzte Costică. Und es ist erst heilig Andreas, morgen haben wir den 1. Dezember …

Die Gendarmen machten sich an ihrem Auto – eigentlich eine Art Lastkraftwagen – zu schaffen. Sie schlugen die Plane beiseite, damit die Männer absteigen konnten. Auf der Ladefläche und auf einem Anhänger konnte man ein paar Kessel sehen, aus denen runde Dampfwolken aufstiegen.

Es duftet nach Bohnen, meinte der Blinde ausmachen zu können, der wie die Fledermäuse alle Beigaben der Luft erspüren konnte.

Ich habe eher Bratendünste in der Nase, fügte der Lahme hinzu, Würste …

Die Aromen verbanden sich und wälzten sich über den Köpfen der Passanten den Hügel hinauf. Da richteten sich die Schultern auf, die Köpfe wandten sich um.

Die verteilen Essen! Costică Ologu begriff es und hüpfte vogelgleich auf der Stelle. Lasst uns auch hingehen!

Der Blinde tastete auf dem Boden nach dem Seil des Wägelchens, auf dem der Junge aufgepflanzt saß, und wandte sich talwärts. Der Lahme hüpfte um das Wägelchen, um den tastenden Gang des Blinden zu beschleunigen. Sie waren jedoch nicht die Einzigen, die begriffen hatten, was da geschah. Waren die Leute bisher den Hügel hinauf- und hinuntergegangen, so hatte sich nun von der Höhe bis hinunter ein einziger Menschenstrom gebildet, in dem sich die Menge drängelnd ins Tal hinabbewegte. Die Leute hatten ihren Platz in der Schlange aufgegeben, die seligen Gebeine in ihrem Sarg einfach Gebeine sein lassen. Die Flammen der bündelweise angezündeten Kerzen flackerten und trübten sich. Im Luftzug der Mantelschöße, der stolpernd eilenden Schritte, der sich Luft schaffen wollenden und anrempelnden Ellbogen waren viele der Lichter erloschen, dafür waren unzählige andere in den leuchtenden Augen aufgegangen, die gierig den Abstand bis zu den dampfenden Kesseln bemaßen. Wie eine riesige, von einer gewaltigen Macht vorangeschobene Mauer wälzten sich die Massen den Hügel hinab, eine dickflüssige Lava, die von allen Seiten heranströmte. Der Erste, den es traf, war

Costică Ologu. Seine Krücken flogen beiseite, noch hielt er sich eine Weile aufrecht, denn die von allen Seiten drängenden Leiber stützten ihn.

Halt, gute Leute, haltet an, rief der Lahme, aber nicht einmal er selbst konnte sich noch hören.

Denn mit den filzdicken Speisedämpfen drangen nunmehr auch die knatternden Megafonstimmen zu ihnen durch.

Kommen Sie heran, werte Pilger! Der Herr Bürgermeister wünscht Ihnen zum Nationalfeiertag beste Gesundheit … Bohneneintopf mit Grillwürsten für alle …

Den wählen wir, vernahm Coltuc, während die zu Tal hastenden Leiber ihn so brutal anrempelten, dass es ihn von seinem Wägelchen fegte und er mit dem Gesicht nach unten zu Boden fiel.

Die sollen uns nochmal was geben, riefen andere und traten ihm auf die Schultern, in den Nacken, auf die unvollständig gebliebenen Hüften, zerquetschten ihm Lippen und Wangen auf dem Straßenpflaster.

Treten Sie näher, liebe Leute, rief das Megafon, und der Duft der gebratenen Würste legte sich über den Weihrauchduft, der Herr Bürgermeister gibt sich die Ehre, vergessen Sie das nicht! Und die lieben Leute strömten schubsend und um sich tretend dahin.

Der Blinde konnte mit der Spitze seines Stocks nicht mehr auf den Boden treffen. Er traf auf die Schienbeine irgendwelcher Leute, dann trafen die Schienbeine ihn, haben Sie doch Mitleid, rief er, ich bin doch blind, aber die Gier kannte nur ihre eigene Großzügigkeit, die keine Zeit mehr zu verlieren hatte mit Lahmen und Blinden. Die Körper der versehrten Bettler blieben auf dem Pflaster liegen, waren von unterschiedlichstem Schuhwerk durchgeknetet worden wie Teig. Coltucs Nacken drehte sich einen Augenblick lang um, was ausreichte, ihm die Büchse vom Hals zu nehmen. Die entfesselte Menge war darüber hinweggezogen, zurück blieben umgestürzte Verkaufsstände, zerfetzte Basilikumsträuße, Fetzen und Streifen von Kleidungsstücken sowie hie und da ein einzelner Schuh. Die Gendarmen kamen mit dem Austeilen der mit den Kellen gefüllten Plastikteller kaum hinterher. Es gab nicht wenige, die verdrückten sich zur Seite und löffelten die Speise mit den Händen, schlangen alles unzerkaut hinunter, um sich gleich wieder rings um die Lastwagen unter die Wartenden zu drängeln und eine zweite Portion zu ergattern. Als Erster berappelte sich der Lahme, er stemmte sich auf die Ellbogen und zog das Bein wie einen Eidechsenschwanz zu sich heran, dann ertastete er die Krücken. Er ging in die Hocke und schaute lange auf die Menge, die sich einen Augenblick lang zerstreute, um dann wieder mit hochgereckten Tellern zusammenzuströmen. Der Blinde tastete auf allen vieren nach seinem Stock. Coltuc lag auf der Seite, den Mund in ein zwischen den Pflastersteinen gesprossenes Grasbüschel gedrückt. So helft mir doch, Leute, flüsterte der Blinde fortwährend und versuchte nach Gehör herauszukriegen, in welche Richtung er seine Bitte sprechen sollte. Um sie herum war es nun allerdings menschenleer geworden, allein das Durcheinander von zerrissenen Kleidungsresten, verlorenen Schuhen und zerstörten Gegenständen erinnerte noch an die eben hier hinabgerollte Walze. Etwa zwanzig Meter hangabwärts kratzten ein paar Gestalten in weißen Kitteln, die aus dem Auto der Gendarmen gestiegen waren, mit den Kellen auf dem Grund der Kessel, um den letzten Andrang der Menge zu befriedigen. Wo man etwas bekommen hatte, wurde mit den leeren Tellern gewedelt, und dort, wo man noch leer ausgegangen war, gestikulierte die Menge mit ausgestreckten Armen und weit geöffneten Handflächen.

Für Coltuc, der auf der Seite liegen geblieben war, den Geschmack von blutgetränkter Erde im Mund hatte, mehrfache Tritte mit den Sohlen schwerer Schuhe hatten ihm die Lippen aufgerissen, bemühte sich die Welt wieder, sich zu ergänzen. Die Luft füllte sich mit einem belebenden Duft, den der Junge sogleich erkannte. Eine weiche Hand packte ihn an der Schulter und drehte ihn um, das Gesicht nach oben. Sie entfernte vorsichtig ein paar vertrocknete Grasfäden von seiner Wange und schüttelte ihm die Erde aus dem Haar. Coltuc lächelte verloren und beschämt in seiner Hilflosigkeit. Seine Blicke umfingen sie, legten sich wie eine Aura um ihre blonden Haare und verflochten sich mit ihrem heiteren Blick. Er fühlte sich so glücklich, dass ihm Tränen in die Augen traten.

Hast du Schmerzen, Stöpselchen, hörte er eine raue Stimme fragen, die keinerlei Lippenbewegung in dem Gesicht erkennen ließ, in das er schaute, als hätte jemand hinter einer Maske gesprochen.

Hör mal, du Brachschwalbe, wär nicht schlecht, wenn du auch mir ein bisschen zur Hand gingest, sagte mit verlöschender Stimme Ologu. Und gib auch dem Blinden hier seinen Stock, damit er nicht ewig hier auf allen vieren und mit hängender Zunge herumkriecht.

Panselia brachte es nicht über sich, Coltuc in diesem Zustand zu belassen. Sie schürzte ihre bunten Röcke, strich einen Rand glatt, netzte ihn im Mund und wischte damit dem Jungen das getrocknete Blut aus den Mundwinkeln. Weil ihre Kräfte nicht reichten, ihn hochzuheben und auf das Wägelchen zu setzen, beschloss sie, auf Ologu zu hören. Sie packte ihn unter den Achseln und lehnte ihn an einen Pfosten, dann reichte sie ihm die Krücken. Wie er sie so nahe bei sich spürte, und ermutigt durch den Halt, den ihm die Krücken verliehen, streckte Costică Ologu die Hände nach den Schenkeln der Frau.

Halt dich zurück, Schwächling, wies ihn Panselia mit ihrer Nussknackerstimme zurecht. Pass nur auf, ich steck dir die Krücke in den Arsch, dass du hier losrast wie ein Komet …

Der Blinde kriegte seinen Stock, er stützte sich darauf, und von der Frau angeleitet, packte er den Jungen an den Schultern und lupfte ihn auf das Wägelchen. Der Lahme schaute zum Fuß des Hügels, wo die Leute des Bürgermeisters die Kessel einpackten, auf den Laster der Gendarmerie luden und die Abfahrt vorbereiteten. Die Menge verharrte in einer linkisch wirkenden Ratlosigkeit, nicht wenige mäkelten am Bürgermeister herum, der ihnen an einem heiligen Tag wie heute etwas mehr hätte bieten können. Hinter ihnen auf dem Boden lagen die Teller herum. Ein Schwarm weißer Vögel. Die Pilger hatten vergessen, zu ihrem Heiligen zurückzukehren, der geduldig auf sie wartete, doch leider mit leeren Händen, denn das himmlische Manna war schon vom Bürgermeister verteilt worden.

Schau doch mal, Panselia, vielleicht ist ja in dem einen oder anderen Teller noch was übrig, bat sie Costică Ologu und ließ seinen Blick über das Durcheinander unter ihnen schweifen.

Die Frau ging mit großen Schritten den Hügel hinab und überblickte die Szenerie, die Hände in die Hüften gestemmt. Sie stieß mit den Fußspitzen in die Tellerhaufen, bückte sich hin und wieder, um einen der Teller umzudrehen, und zuckte mit den Schultern, dann winkte sie ihnen zum Abschied zu und entfernte sich mädchengleich mit beschwingten Schritten.

Nichts, knirschte der Lahme und lehnte sich an einen Laternenmast. Was ist das bloß für eine Welt?

Was fragst du noch, seufzte der Blinde und stocherte mit

dem Stock nach seinem Blechgefäß. Jede Welt hat die Bettler, die sie verdient.

Nein, pardon!, schwang sich jetzt Costică Ologu auf. Wir sind zu gut für diese Welt. Ihr verdient uns nicht, ihr Fresssäcke, ihr rachenweite Gierbolzen! Dies schrie er ins Tal hinab, aber es antworteten ihm lediglich die Krähen, die sich zwischen den Plastiktellern niedergelassen hatten und nach einzelnen Bohnen pickten.

Du kannst ja mal streiken, bemerkte der Blinde.

Einen Dreck kann ich, erwiderte der Lahme mit säuerlicher Miene. Siehst du denn nicht? Auf dieser Welt geht das Betteln sogar ohne Bettler munter voran …

Melania erschrak, als sie ihre Köpfe über den Zaunlatten sah. Aber noch größer war ihr Schrecken, als der Blinde das Wägelchen herbeizog und sie neben dem Torpfosten das mit getrocknetem Blut übersäte Gesicht Coltucs zu sehen bekam. Sie gaben sich keine Mühe mehr zu erzählen, was geschehen war, denn sie waren sich sicher, der Junge würde es ausführlich tun. Sie nahmen auch nichts an außer je einer Scheibe in Öl getauchten Brotes und entfernten sich mit dem Gehüpfe des einen und der Gemächlichkeit des anderen, wobei sie von den Sünden dieser Welt redeten, die sie, da sie nun mal bettelten, auf sich zu nehmen hatten.

Das Mädchen goss etwas Spiritus in eine Schüssel mit warmem Wasser und reinigte sein Gesicht eher abtupfend denn wischend, um ihm nicht noch weitere Schmerzen zuzufügen. Die Wunden in den Mundwinkeln und an den Ohren blieben offen und verliehen ihm ein Aussehen, als habe ihm jemand mit einem Pinsel das Gesicht einer clownesken Schießbudenfigur verpasst.

Als sie befand, dass vorerst an den Wunden, die von den

Schuheisen stammten, nichts mehr getan werden konnte und mehr als das, was der Junge mühsam und bruchstückhaft berichtet hatte, nicht zu sagen war, stellte ihm Melania den Teller mit dem Essen hin. Er wusste, das Mädchen würde zu weinen beginnen, wenn er es anschaute, deshalb gab er sich die größte Mühe, beim Essen stets nach unten zu schauen. Erst als die Tür mit einem gewaltigen Schwung aufflog, trafen sich ihre angsterfüllten Blicke, in denen es keinen Platz mehr für Tränen gab.

Was sucht der zu Hause?, brüllte Golea. Es ist noch nicht einmal dunkel! Warum bist du nicht beim Betteln, wo ich dich hingeschickt habe?

Sie haben ihn geschlagen, flüsterte Melania. Haben ihn mit Füßen getreten …

Nun erst schaute Golea ihn etwas aufmerksamer an. Aber sein Blick huschte nur ganz schnell über die Wunden im Gesicht und an den Lippen, die vor Beunruhigung wieder zu bluten begannen.

Wo ist deine Büchse, fragte er.

Melania erschrak, daran hatte sie gar nicht gedacht.

Sie haben sie mir gestohlen, sagte Coltuc leise.

Die Wände des Zimmers hatten sich um ihn herum zusammengedrängt, er vermochte es kaum, die paar kehligen Worte hervorzubringen. Die verkrüppelten Gelenke begannen ihn zu schmerzen, das Blut pochte in den verknoteten Adern. Das Blut allein hatte sich noch nicht damit abgefunden, sich mit verstümmelten Schultern und gekappten Hüften begnügen zu müssen. Coltucs Blut unter den getrockneten Hüllen war nur schwer zu besänftigen, deshalb bluteten seine Wunden auch stärker.

Du wagst es, ohne deine Büchse nach Hause zu kommen, du Schreckgespenst, fauchte Golea.

Die Wände wurden zu einer bronzenen Glocke, und die Stimmen versammelten sich zu einem Knäuel, das darin mit der Glockenspeise anschlug. Was mit solcher Wucht geschah, dass Coltuc ein Blutfaden aus den Ohren rann.

Lass ihn in Frieden! Melania sprang auf die erhobene Hand zu. Siehst du denn nicht, in welchem Zustand er sich befindet?

Der ist sowieso zu nichts gut, knirschte Golea immer noch wütend.

Besser, als ihn nach der Büchse zu fragen, gäbest du ihm sein Buch zurück, fasste Melania Mut, als sie sah, dass seine erhobene Hand innehielt.

Ach so, das Buch, grinste Golea, als habe er sich mit einem Mal erinnert. Er suchte seine größeren Taschen ab, zog es schließlich hervor und warf es auf den Tisch. Hier hast du dein Buch, nimm es und leck es ab …

Melania drückte es sich an die Brust und blieb so lange bei ihnen stehen, bis Golea, plötzlich etwas besänftigt, sich in die andere Ecke setzte.

Gib mir was zu essen, verlangte der Mann und schlug mit der flachen Hand auf den Tisch. Und schaff den Mistkerl da weg, er soll im anderen Zimmer lesen, ich will mir nicht länger anschauen, wie er mit dieser Eidechsenzunge die Blätter umwendet.

Ungerührt schaute er zu, wie Melania sich abmühte, ihren Bruder auf das Wägelchen zu setzen und im anderen Zimmer ihn wieder hochzuheben auf den Stuhl ohne Rückenlehne. Die Frau schlug das Buch auf, drückte seinen Rücken nieder, damit es aufgeschlagen liegen bleibe, dann schloss sie leise die Küchentür.

Coltuc lauschte eine Weile, aus der Küche drang kein Laut mehr zu ihm, was darauf schließen ließ, dass Golea sich beruhigt hatte. Die Typografie dieses Buches gefiel ihm, die

Buchstaben waren schön gerundet, die Initialen zu Beginn jedes Kapitels waren größer und blumenumrankt. Er blätterte die Seite mit der Zungenspitze um. Das Papier war porös, als betrachtete man die Haut mit einer Lupe. Auch hatte es einen neuen, seltsamen Geschmack, wie zerdrückte Kelchblätter von Frühlingsblumen. Die Geschichte fing mit langen, müden Sätzen an, die sich nach drei, vier Seiten zu wiegen begannen. Die Buchstaben verdrängten sich gegenseitig, die Anfänge keimten auf und wuchsen unvorstellbar schnell, wie zartgliedrige Stängel, dann kräftigere Stiele mit gekerbter Rinde. Die zerquetschten Blütenblätter stammten von einem Aprikosenbaum, einem Mandelbaum, und selbst die mit der Zunge umgewandten Seiten schmeckten nach Aprikosenkern oder Mandel.

Dann war die Geschichte nicht mehr zu lesen, sie erzählte sich von allein. Melania rannte um ihn herum, sie waren nur ein einziges Mal auf dem Festplatz von Colentina, hatten sich auf einer begrünten Fläche voll bunter Blumen niedergelassen, Schmetterlinge mit gezackten Flügeln flatterten kreuz und quer. Melania war ein kleines Mädchen, und plötzlich tauchte auch ihre Mutter auf, und sie tanzten beide, lachend die Köpfe in den Nacken geworfen, im Kreis um ihn herum. Wie schön die Mutter war. Sie hatte das weiße Kleid an, das sie sonst nur anzog, um sich vor dem Spiegel zu kämmen und sich ins Bett zu legen, wobei sie den Kindern erlaubte, ihr ein Blumensträußchen in die gefalteten Hände zu stecken und bei ihr zu wachen. Melania war nun ein Kind, sie schaute ihn verwundert an, sie stieß die Wiege an, glaubte, das Wiegen würde seine Beine und Arme wachsen lassen. Sie hielt ihn für ein Spielzeug, obwohl man ihr gesagt hatte, er sei mehr. Als der Tunnel sich öffnete und ihn verschluckte, konnte er Melanias Blick sehen, ihre runden, staunenden Kinderaugen, und sein Schrei verklang in der trockenen Finsternis. Er wollte nicht mehr dorthin zurückkehren, zwischen die engen Wände und zum Schmerzensschrei seiner Mutter, die ihren Bauch vor den Fußtritten der furchterregenden Stimme zu schützen suchte.

Dann wurden die Wände plötzlich feucht, Stille senkte sich herab, zahllose Augen schwebten ringsum und schauten ihn freundschaftlich an. Er konnte schwimmen, das Wasser war warm und pastos, wie ein mit Milch verdünnter Teig. Die Wände rundeten und die Welt vervollständigte sich, Coltuc war glücklich, noch hatte man die Wörter nicht erfunden, aber er konnte vibrieren, und seine Vibrationswellen kreuzten sich mit den Linien der Erde und des Himmels. Er begab sich in die Seele der Steine und der funkelnden Kristalle. Alles war gut und nützlich, selbst – eingewickelt in eine weiße Tunika, die noch keinen Nadelstich kennengelernt hatte – der Tod. Er hatte goldenes Haar und lebhafte Augen, und er verströmte ein derart durchdringendes Parfüm, dass auch die finstersten Winkel wahrhaft zu leuchten begannen. Auf der Straße gingen gruppenweise Leute vorbei, die schauten, aber es waren keine Tier-Menschen mehr, Vogel-Menschen oder Blumen-Menschen, sie hatten keine Gesichter, wiewohl sie in gewisser Weise allesamt sein Gesicht trugen. Sie hielt ihm die Orange hin, Coltuc fühlte sich gehemmt und wies mit den Augen auf seine nur in Ansätzen vorhandenen Handgelenke, schien jedoch vergessen zu haben, dass er die Grenze zu jenem Bereich hin überschritten hatte, in dem keine Maßeinheiten mehr gelten, dort gab es weder Hände noch Beine, sondern lediglich Rhythmen und Energien. Darum lachte das bleiche Gesicht beim Anblick seiner Gehemmtheit und warf ihm die Orange zu, die, immer langsamer werdend, als rollte sie über Sand, auf ihn zurollte, bis sie schließlich anhielt.

Dann begann er zu schweben und schaute bewundernd auf die Welt, die sich zu lockern begann, ja, vor allem konnte er von oben auf sich selbst herabschauen. Mit einem Mal jedoch zerriss Melanias Schrei den Zauber. Wie versteinert stand sie in der Tür und schaute auf ihren Bruder, dessen Kopf auf den zerknüllten Buchseiten lag, die Augen weit aufgerissen, doch ohne jedes Leuchten, die Lippen krampfartig verzerrt und in den Mundwinkeln das Blut seiner Gesichtswunden vermischt mit einem grünlichen, nach Gallenflüssigkeit aussehenden Schaum. Golea stieß sie beiseite und ging zum Tisch. Er packte Coltuc an dessen breiter Schulter und schüttelte ihn. Der versehrte Körper neigte sich bei diesem neuerlichen Schubser zur Seite und fiel wie ein Holzklotz zu Boden. Nun erst begriff Melania die Ungeheuerlichkeit und stürzte, ihn beim Namen rufend, auf ihren Bruder zu. Weil er nicht antwortete, sondern nur noch einen Rest des Schaums von sich gab, der ihm den Rachen gefüllt hatte und nun beim Hinabstürzen ungehindert über seine Wangen geflossen war, wusste Melania nicht mehr, was sie sonst noch tun könnte, außer sich seinen Kopf in den Schoß zu legen und ihn zu wiegen. Golea richtete sich mit der Entschlusskraft dessen auf, der viel zu tun hat.

Schluss mit dem Gejammere, sagte er. Da Melania ihn gar nicht zu hören schien, schüttelte er sie kräftig an den Schultern: Komm, steh auf, sagte er mehrfach, wir haben zu tun!

Was … Was haben wir zu tun?, stammelte das Mädchen und wiegte den steifen Kopf des Bruders in ihrem Schoß.

Schau, dieses Buch hier, meinte Golea. Lauf und wirf es auf den Müll!

Melania löste sanft ihre Arme vom Kopf des Bruders, hatte ihm aber zuvor schon ein Kissen unter den Hinterkopf gelegt. Benommen stand sie auf.

Wegwerfen?, wiederholte sie. Warum sollten wir es wegwerfen?

Hast recht, antwortete Golea ihr unverhofft, besser, wir werfen es nicht weg. Dann findet es so ein erbärmlicher Hund, leckt daran herum und bringt noch jemanden auf dumme Gedanken, wenn man seine grüne Zunge sieht. Gib her, wir verbrennen es im Ausguss …

Er packte das Buch mit zwei Fingern und ging damit zurück in die Küche. Dort goss er Brennspiritus darüber, zündete es an und betrachtete die Flammen. Dann drehte er den Wasserhahn auf und ließ so lange Wasser laufen, bis die aufgeweichte Asche weggespült war.

Was hast du getan?, flüsterte Melania entsetzt.

Der Apotheker ist echt gut, antwortete Golea und schüttelte seine Hände wie nach einer bestens erledigten Arbeit. Der allerbeste …

Nun erst begriff Melania.

Du hast ihn umgebracht!

Er war sowieso mehr tot als lebendig, zuckte Golea mit den Schultern. Wie sollte man so etwas denn umbringen können?

Melania warf sich auf ihn und drosch mit den Fäusten auf ihn ein. Der Mann wartete ab, dass sich die Wut der Frau besänftige, aber schon nach wenigen Augenblicken hielt er es, eher gelangweilt, für angebracht, diese Szene zu beenden, also schlug er mit dem Handrücken dermaßen zu, dass sie zu Boden fiel.

Wo hast du die Säcke hingetan, fragte er.

Und als es ihm wieder einfiel, ging er hinaus, um in der Vorratskammer nachzusehen. Er kam zurück, faltete einen auseinander und nahm Maß.

Er ist groß genug, sagte er. Passt hinein. Komm und hilf mir!

Weil sie an der Wand sitzen blieb, beschloss Golea, es

allein zu machen. Er wandte sich noch einmal um und suchte in den Schubladen nach einer Schnur. Als er wieder hinausging, zog er den Sack hinter sich her.

Nimm ihn mir nicht, schrie Melania und umklammerte seine Beine.

Aber was willst du denn tun, blöde Kuh, herrschte Golea sie an und schleuderte sie von sich. Willst du ihn zur Gerichtsmedizin bringen? Oder einen Popen holen, der ihn begräbt, sodass ihn alle Welt mit dieser Entengrütze im Mund sehen kann?

Er warf sich den Sack auf die Schulter und hielt ihn an der Verschnürung fest.

Wehe, du verlässt das Haus, bevor ich zurück bin, zischte er.

Erst die Kälte, die durch die offene Tür hereindrang, weckte Melania vollends. Sie erhob sich schwerfällig, wischte sich die Tränen ab, strich das Tischtuch glatt, als tastete sie nach den Spuren vom Gesicht ihres Bruders, und hob das Kissen auf. Nun kullerte die Orange aus dem Bett. Sie war jetzt etwas trockener, ihre Schale war härter und dünner geworden, aber hier im Halbdunkel leuchtete sie wie ein Lichtbündel. Melania setzte sich, an den Bettrand gelehnt, auf den Fußboden, sie legte sich die Orange in den Schoß und weinte.

Der erste Schnee. Vielleicht ist er deshalb ganz dünn und bemüht, bis auf den Boden zu gelangen. Die schwarzen Zweige an den Bäumen glänzten, eingehüllt in ein Häutchen von Nacht. Melania hatte das Feuer im Herd geschürt, die Pfanne verströmte eine erstickende Wärme. Golea schob die Vorhänge beiseite und setzte sich.

Ich hab Hunger, sagte er, etwas anderes war ihm nicht eingefallen. Haben wir was zu essen?

Da ist noch ein Rest von gestern, antwortete Melania leise, ohne ihn anzuschauen.

Gib her! Was ist in der Pfanne?

Etwas Porree mit Oliven …

Plötzlich hatte er keinen Hunger mehr.

Hau dieses Zeug zum Teufel, Porree mit Oliven, ich will nie wieder etwas davon hören, der Fraß ist eklig …

Aufgebracht ging er im Zimmer auf und ab. Vor der Eingangstür blieb er stehen, er hatte ein Klopfen vernommen. Nun schaute er Melania an, die mit den Schultern zuckte. Der Postbote stand auf der Schwelle. Golea maß ihn mit den Augen und versuchte, seine Wut zu unterdrücken.

Wie bist du hier hereingekommen? Etwas anderes zu fragen war ihm nicht eingefallen.

Der Briefträger blieb auf der Schwelle stehen und antwortete verlegen: Das Tor war offen … Ich glaube, das steht schon seit letzter Nacht offen …

Und was suchst du hier?, fuhr Golea ihn an.

Ich habe Coltucs Geld gebracht … Heut werden die Renten ausgezahlt …

Golea trat beiseite. Der Postbote setzte sich, öffnete seine Umhängetasche und holte die Kladde heraus, dann hakte er eine Zahl ab und zählte das Geld. Golea streckte die Hand aus. Der Postbote schaute Melania fragend an, weil aber die Frau keine Anstalten machte, darauf zu reagieren, ließ er Golea das Geld einstreichen.

Das war's, sagte der Postbote und erhob sich. Frohe Feiertage, wir sehen uns dann im nächsten Jahr wieder …

Von nun an kannst du das Geld auf der Post lassen, sagte Golea. Wir gehen dann selber hin, es abheben.

Wie's beliebt … Der Postbote blieb in der Tür noch einmal stehen. Wo ist Coltuc, fragte er.

Drüben, antwortete Golea schnell. Aber was kümmert's dich?

So ist's gut, erwiderte der Postbote, ihr solltet ihn nicht mehr zum Betteln rausschicken …

Gewiss nicht, rief ihm Golea hinterher und schlug die Tür zu.

Er schaute durch das Fenster, bis er sich sicher sein konnte, dass der Postbote zum Tor hinausgegangen war. Nun zählte er das Geld noch einmal ganz genau.

Schau, wo die Büchse war, lachte er und steckte das Geld in die Tasche. Dann überlegte er es sich und warf einen Schein auf den Tisch. Geh und kauf etwas Anständiges zu essen. Und vom Rest kaufst du noch ein Buch … Er wieherte: Damit die Leute nicht sagen, es liest keiner mehr …

Der Schnee blieb allmählich liegen. Der Himmel sank in gestirnten Wattebäuschen herab. Der vom Frost aufgerissene Asphalt ließ die Bäume wieder aus den sohlenbreiten, unter der Straßenbefestigung liegenden Wurzeln emporsprießen. Die alten Mauern erhoben sich aufs Neue, und der Boden genas von all den Übeln und Ängsten, die ihm die Zeitläufte beigefügt hatten. Von oben her konnte man die Welt allmählich in ihrer ganzen Klarheit sehen, sie war wieder ganz, rund …

# Jacob, Sohn des Zevedei

Das Licht ist das, was die Differenz herstellt.
Frei zu sein verbindet sich mit einem bestimmten Licht. Völlig anders ist das, was sich dem Eingekerkerten zeigt. Das Licht in der Freiheit ist rein, als tränke man direkt aus der Quelle. Mit den Lippen am Gewebe des Wassers, wie die Hirsche. Kühle Tropfen springen dir auf die Wangen, du fährst dir mit nassen Händen durchs Haar, hast ein Gefühl der Frische.

Das Licht im Gefängnis ist so, als tränkest du aus einem sandigen Tonkrug. Krümeliges und trübes Wasser. Wie das Wasser kann auch das Licht fließend oder abgestanden sein, klar oder trüb. Wie das Wasser hat es keinen Geschmack, aber es kann schmackhaft sein …

Im Gefängnis schmeckte das Wasser nach Rost, wie mit Blut vermischt. Wenn es sauber ist, hat das Wasser keinen Geschmack. Ebenso das Licht, wenn es sauber ist, hat es keine Farbe. Das Licht im Gefängnis war gelb und kränklich. Anfangs fiel uns das nicht auf. Aber nach und nach laugte uns jenes verquälte Licht aus. Wir waren blasser, unsere Gesichter waren weißer als das Licht. Wenn sich die Dunkelheit herabsenkte, sahen wir wie Gespenster aus. Und wenn man sich das recht überlegt, waren wir vielleicht welche.

Von Gespenstern sagt man, im Unterschied zu den Menschen hätten sie kein Spiegelbild. In unserer Umgebung gab es keinen Spiegel. Nicht eine glänzende Scherbe, in der wir unserem eigenen Antlitz hätten entgegentreten können. Manchmal sagte ich mir, wenn ich mir selbst begegnete, würde ich mich nicht wiedererkennen. Als ich aus dem Gefängnis kam, merkte ich, wie recht ich hatte. Ich berührte meine Wangen, und die Haut raschelte wie ein Zeitungsblatt, meine Nase war spitz geworden und die Lippen schmal. Ich erkannte nichts mehr an mir wieder, aber ich schrieb dies meinen zitternden Fingern zu, nicht den Wangenknochen, die spitzer geworden waren, oder der Haut, die alle Mühe hatte, mich zu bedecken, als wären die Knochen darunter gewachsen. Als ich mich im glänzenden Schaufenster eines Geschäfts erblickte, hätte ich mich beinahe gegrüßt wie einen Fremden. Da begriff ich, dass die Finger völlig schuldlos waren.

Aber es gab noch einen Grund dafür, dass unsere Gestalten als Gespenster durchgehen konnten. Was uns hilft, aber wir merken es erst, wenn es uns fehlt, ist die Tatsache, dass etwas in uns sich mit unserem Schatten ausruht. Man könnte sagen, der Schatten, den unser Körper wirft, ist erholsam. Eine Weise, auf den Beinen zu schlafen. Der Schlaf ist eine Verschmelzung mit unserem eigenen Schatten. Aber der Schlaf reicht nicht aus, ab und zu muss sich ihm im Wachzustand das Dösen des Schattens hinzugesellen. Je länger der Schatten ist, umso besser fühlt sich der Leib. Nicht umsonst besingen die Dichter vor allem den Sonnenuntergang und den Sonnenaufgang. Welche Kraft hätte die auf dem Rand des Horizonts aufliegende Sonne ohne den tiefen Schatten, an den man sich lehnen kann?

Dies ist die Energie des lebendigen Lichts, die dem Körper das Recht auf einen Schatten einräumt. Lach nicht. Einen Schatten zu haben ist eines der grundlegenden Rechte des Menschen. Erst wenn er dir geraubt wird, stellst du fest, wie grausam das sein kann.

Ich habe dies erst sehr spät begriffen, hatte mich immerzu gefragt, warum mir die Gefängnismauern so eng vorkamen, und warum wir uns erschöpft fühlten, obwohl mitunter ganze Tage vergingen, an denen wir nichts anderes taten, als uns reglos und unruhig wie Eidechsen gegenseitig anzuschauen. Das Licht war zu krank, als dass es unsere Leiber hätte hervorheben können. Wie eine Welle, die dir gerade mal bis zu den Fußsohlen schwappt. Darum hatten unsere Körper keinen Schatten. Es war eine Welt ohne Schatten, wir selbst waren unsere eigenen Schatten. Die Körper wuchsen und schrumpften anstelle unserer Schatten. Unsere Gelenke knackten, die Münder öffneten sich gähnend, die Wangen höhlten sich aus. Ein andermal verflachten die Schädeldecken, die Knochen drückten in den Gelenken, die Fußsohlen wurden breit, wie bei den Schnecken, und wir schrumpften. Stell dir ein ewiges Prokrustesbett vor, dessen Maßen wir fortwährend auf die eine wie auf die andere Weise nicht entsprachen.

Ich sehnte mich stärker nach dem Schatten als nach einer Frau. Ich saß mit dem Gesicht zur Wand und stellte ihn mir vor. Ich wäre mit dem Kopf gegen die Wand gerannt und hätte ihn mir eingeschlagen, wenn ich gewusst hätte, dass mit dem Blut auch mein Schatten dort zurückgeblieben wäre.

Aus diesem Grund fehlten einige Farben. Das Lichtspektrum war wie ein zahnlückiger Kamm. Anscheinend fehlten die Farben von den Enden des Spektrums, ich kann es nicht einschätzen, aber ganz gewiss fehlten Weiß und Schwarz. Statt schwarz sahen wir bloß grau. Und das kühnste Weiß war eine Art Gelblich, wie tröpfelndes Eigelb. Die einzige Möglichkeit, das Schwarze zu sehen, wäre die Finsternis gewesen, aber in unseren Zellen war es niemals dunkel. Immerzu brannte eine fahle Glühbirne, gerade mal ausreichend, um nachts, wenn man aufwachte, zu sehen, wo man sich befand, ausreichend auch für diejenigen, die durch das Guckloch schauten, was drinnen vorging. Und auch ausreichend, um zu wissen, dass man kein Recht hatte, sich allein zu fühlen, dass es keine Möglichkeit einer Versöhnung mehr gab.

Als sie uns das erste Mal hinaus in die Sonne führten, war mir, als habe mir jemand das Licht mit dem Eimer über den Schädel gegossen. Meine Augen schmerzten, die Pupillen hatten sich verengt, sie schafften es kaum, etwas von dem vielen Licht aufzusaugen. Meine Augen hatten sich verkleinert wie ein zusammengeschrumpfter Magen, der nur ab und zu noch eine Handvoll Nahrung erhielt. Ich rieb mir die Arme und die Wangen mit diesem Licht ein, als hätte ich mich mit Brunnenwasser gewaschen. Und auf die gleiche Weise habe ich mich mit meinem Spiegelbild angefreundet, das, wiewohl es nicht mit mir im Gefängnis war, die Beweise meines dortigen Aufenthaltes auf sich genommen hatte. Und vor allem habe ich mich mit meinem Schatten angefreundet, dem Einzigen, was jenseits aller Qualen, denen ich unterworfen wurde, und die meinen Leib ausgezehrt und meine Wangen zerfurcht haben, unverändert geblieben ist. Sodass ich mich bei der Wiederbegegnung mit meinem Schatten, auch wenn die Leute nach meiner Rückkehr aus dem Gefängnis einen Leerraum um mich herum entstehen ließen, nicht so allein fühlte.

Filip saß mit der Füllfeder in der Hand da. Der Alte schaute zum Fenster, wo sich das Licht unter der Gestalt eines weißen Vogels auf dem Fensterbrett verstreute. Aber er dachte länger, als nötig gewesen wäre, an den Vogel, und der flog davon. Dann wandte sich der Alte lächelnd um:

Was tust du? Schreibst du nicht?

Cosmina wusch sich lange die Hände, bis das Wasser im Waschbecken sich geklärt hatte. Sie benetzte auch die Ränder, wo noch ein paar Blutstropfen geblieben waren, sie zogen sich zusammen wie Spinnen, bevor der Wasserstrahl sie auflöste.

Faszinierend, flüsterte sie. Das aus dem Körper schießende

Blut beharrt darauf, lebendig zu bleiben … welch vergebliche Mühe …

So wirkte es auch, wenn man den blutverschmierten Kittel des Chirurgen sah. Der Arzt nannte sich Pantelimon, was keine Bedeutung hatte. Mitunter vergaß er sogar selbst, wie er hieß. Er raffte den Kittel seufzend im Schoß zusammen und hielt ihn in den Armen wie ein krankes Kind. Wir wissen nicht, ob er alt war, seine Haare waren weiß, und die Stirn hatte er gesenkt.

Das Blut ist so lange lebendig, als es sich in anderes Blut ergießt, sagte er. In dieser Hinsicht bedeutet jeder Halbkreis den Tod.

Doktor Pantelimon erhob das Gesicht, und nun konnte man sehen, dass er überhaupt nicht alt war, er hatte schwarze Wimpern, glatte Haut und runde, strahlende Augen. Lediglich das Haar war mit seiner Aura vorausgeeilt. Das Mädchen setzte sich neben ihn auf das Bett.

Wir sind müde, nicht wahr?

Der Mann zündete sich eine Zigarette an. Dann zögerte er, er reichte sie Cosmina und zündete sich noch eine an.

Wird er durchkommen?

Ich weiß nicht, antwortete der Chirurg, der Pantelimon hieß. Ich habe seine Brüche zusammengefügt, so gut ich konnte. Wir werden in ihm noch einiges zu richten haben. Andererseits, ich weiß nicht, was ich dir auf deine Frage antworten könnte. Wir sagen, wenn er durchkommt, heißt dies, dass er leben wird. Von seinem Gesichtspunkt aus ist Durchkommen gleichbedeutend mit Sterben. Es ist eine Tür, von deren Schwelle aus er hinübergehen will, wir aber ziehen ihn zurück.

Vielleicht wollte er sich gar nicht umbringen … ist einfach von der Balustrade gerutscht …

Pantelimon holte eine Münze aus der Tasche und ließ sie schnell von einem Finger zum anderen wandern. So pflegte er zu scherzen … Der Arzt ohne Silberlinge, der behände mit einer Silbermünze spielt. Für ihn jedoch auch eine Weise, seine Nervosität oder Langeweile zu vertreiben, seine Finger hinzuhalten, wenn er das Bedürfnis verspürte, sich eine Zigarette an der anderen anzuzünden.

Ein Mensch, der aus Versehen ausrutscht, und einer, der sich absichtlich hinunterstürzt, die fallen nicht beide gleich.

Heißt das, man kann einen Selbstmörder aufgrund des Umrisses erkennen, den sein Körper auf dem Asphalt hinterlässt?

Pantelimon ließ die Münze ein paarmal durch die Finger wandern, dann warf er sie hoch und legte, als sie herunterfiel, die Hand darüber.

Vielleicht. Aber da gibt es noch etwas. Als ich dort ankam, waren die Leute zusammengeströmt. Selbstverständlich auch die Frau, die uns angerufen hatte. Du weißt schon, so eine Gesprächige, die in ihrem ereignislosen, unspektakulären Leben nun einen Augenblick des Triumphes erlebte. Antwortete auf Fragen, die ihr niemand gestellt hatte. Sie hatte einen dumpfen Aufprall auf dem Bürgersteig gehört, unter ihrem Fenster. Es war still, und plötzlich – buff! Als hätte jemand aus einem oberen Stockwerk einen Sack Kartoffeln fallen lassen, genau so sagte sie es, es habe sich angehört wie jene Kartoffelsäcke, die ihr Großvater auf dem Land in den Keller geworfen hat. Mit anderen Worten, unser Mann hatte nicht geschrien, was ihm geschah, schien ihn nicht zu überraschen …

Was weißt du über ihn?

Zurzeit nur, was die Analysen zeigen. Mit Gewissheit weiß ich, wie viel Zucker er im Blut hat, aber ich weiß nicht, wie er heißt.

Cosmina drückte die Zigarette aus und schaute ihn an, wie

er über die auf der Tischplatte liegende Hand herabgebeugt dasaß.

Letztlich hat der Name nichts zu bedeuten … Er ist der Henkel, an dem einen die anderen anfassen. Er hat mit dem Inhalt des Gefäßes überhaupt nichts zu tun …

Pantelimon lächelte.

Kopf oder Zahl?

Zahl, kann mehr Köpfe haben.

Der Mann hob die Hand langsam.

Die Silbermünze des Doktors ohne Silberlinge besagt, dass er leben wird.

Seine Welt begann dort, wo die Welt der anderen endete. Was nicht heißt, dass er im Zwischengeschoss hinter der vergilbten und ausgefransten Gardine lauerte. Er hütete sich nicht mit voller Absicht, und manchmal mochte er sogar das Tageslicht, vor allem im Spätherbst, wenn das Licht Honig war und körnig wurde, man konnte es in die Handhöhlung nehmen und zusammenpressen wie einen Schneeball. Allein, wenn er in der Menge umherirrte, fühlte er sich wie eine andere Art Robinson Crusoe, über alle Maßen einsam auf einer bewohnten Insel. Jenseits der Grenzlinie aber empfand er sich als Herr seiner eigenen Einsamkeit, was ihn nicht betrübte, im Gegenteil, er betrachtete die Einsamkeit als zur selbstverständlichen Ordnung der Dinge gehörend, ein Sinnesorgan wie das Tasten oder das Sehen. Vom Hören nicht zu sprechen, war es doch der Weg, durch den er über seinen Teil der Welt herrschte. Wenn alle anderen Geräusche aufhörten, war es eine Freude, der Seele der Welt zu lauschen.

Vor allem der Seele des Hauses. Absolute Stille gibt es nicht. Vielleicht nur im luftleeren Raum, aber, wie man unschwer verstehen kann, vermag dies niemand zu bezeugen.

Und wenn es eine absolute Stille nicht geben kann, gibt es davon viele, die sich voneinander unterscheiden. Der Unterschied zwischen Stille und Lärm besteht darin, dass man den Lärm hört, man muss gar nicht auf ihn achten, im Unterschied zur Stille kann Lärm einen unerwartet treffen, und er kommt stets von außen. Für Lärm gibt es keine Empfindungslosigkeit. Während man zum Hören der Stille vorbereitet sein muss. Wie die chinesischen Weber, die bis zu hundert Nuancen von Schwarz unterscheiden können. Die Stille eines Felsens hört man auf diese Art, anders das Schweigen eines Baumes. Und immer so weiter, wenn man mit geschlossenen Augen in tiefer Stille verharrt, kann man wissen, ob man die Stille eines Gewässers oder die eines Feldes vor sich hat. Die Stille gehört zur Hälfte der einen umgebenden Welt, und zur anderen Hälfte ist sie dein Vermögen. Die Menschen sind umso stärker, je mehr sie fähig sind, die Stille zu hören.

Erst dann wird aus der Stille Ruhe.

Wir können nicht einmal wissen, ob er reglos war oder dies seine Art war, sich zu bewegen: mit überkreuzten Beinen, den Händen auf den Knien, in entspannter Haltung. Die geschlossenen Augen ließen einen dunklen Blick vermuten, was von der kräftigen Wurzel einer geschwungenen Nase noch unterstrichen wurde. Weich flossen die schwarzen Haare zu beiden Seiten des Gesichts herab, wie dicke Pinselstriche, vom Schädel über die Schläfen.

Wir halten ihn für schmächtig und mit eingesunkenen Schultern, aber er unternimmt keinerlei Anstrengung, sie gerade zu rücken. Nur seine Stirn bleibt hoch und der Kopf leicht nach hinten geneigt, damit die Augen unter den herabhängenden Lidern immerhin noch den Eindruck vermitteln, sie schauten in die Richtung des dritten Stocks. Er atmet lange und selten ein, als wollte er die Luft in die verborgensten

Winkel seines Leibes pressen und sie von dort aus machtvoll herausstoßen. Seine Nüstern verengen sich, bis sie schier aneinanderkleben, dann öffnen sie sich starrend wie die Kiemen eines Wasserlebewesens. Dann beschleunigt sich die Atmung plötzlich, als hätte der Leib zu rennen begonnen, die Luft strömt durch die halboffenen Lippen, der Mann atmet stöhnend, als wäre jeder Atemzug ein Faustschlag in die Magengegend. Seine Augäpfel unter den geschlossenen Lidern bewegen sich schnell, sie sehen etwas, das nicht von dieser Welt ist, denn trotz der Unruhe, welche die aufschnellen wollenden Lider verraten, bleibt der Körper reglos und abwesend. Und genau so, wie sie begonnen hatte, beruhigt sich die Atmung wieder, und die Lippen schließen sich.

Auf diese Weise nach seinen Regressionen auf die Erde zurückkehrend, lauscht er der Seele des Hauses. Er spürt, wie die Luftzüge an den Fenstern zum Stillstand kommen, wie es durch die Traufen atmet, wie sich die Balken – wie Herzwände – entspannen. Wie die Spinnen ihre Netze in den Winkeln aufspannen und die Rohre sich mit dem Glucksen aus den großen Leitungen unter dem Pflaster anfüllen. Wäre nun Winter, das Schweigen wäre noch reicher, vermehrt um die Dämpfe, die durch die Poren der Fensterläden und Türspalten dringen. Und weil dies nicht reicht, schält der Mann seinen kümmerlichen Leib heraus, richtet sich gemächlich auf, legt mit genauen Bewegungen seine geflickte Leibweste an und zieht sich ein Stirnband auf den Kopf, das seine weichen Haare zu beiden Seiten der Stirn festhält, dann steigt er die paar Stufen des Halbgeschosses hinauf und ist bereit, das weitläufigere Schweigen der Straße zu vernehmen.

Die ist eigentlich eine Allee, begrenzt von niedrigen Zäunen, hinter denen sich Gartenflecken mit vereinzelten Bäumen und alten Häusern aus der Vorkriegszeit mit nur einem

Geschoss und ziegelgedecktem Spitzdach befinden. Zu jener Zeit waren die Leute, die sich Häuser errichteten, wohlhabend, die Wohnungen verfügten über große Räume, die reichverzierte Kandelaber fassten, und Zimmer für Dienstboten, sei es in der Mansarde oder im Souterrain. Er selbst wohnte in solch einem Raum, den einer seiner mondsüchtigen Vorgänger vom Rathaus bekommen und er beinahe unbemerkt geerbt hatte. Für die Passanten sind diejenigen, die nachts im Müll herumstochern, Gestalten, vor denen man sich besser fernhält.

Er hatte sein Zimmer, das schon zur Hälfte ein Kellerraum war, mit dem Meister geteilt. Weil die anderen Bewohner des Hauses ihnen einen anderen Ausgang direkt auf die Straße eingerichtet hatten, machte sich niemand die Mühe, die dort Ein- und Austretenden zu zählen, zumal deren Rücken ihnen ebenso gebeugt vorkamen. Eines Tages begann sein Meister eine Meditation, bei der sein Atem sich zunehmend verlangsamte. Auf seinem Gesicht war ein starres Lächeln zurückgeblieben, als hätte er sich längst seiner größten Macht versichert: Der Tod ist gekommen, als er ihn gerufen hat. Oder aber er war davongegangen, bevor jener ihn suchen gekommen war, und er hatte seinen Körper zurückgelassen, wie man ein Kleidungsstück am Garderobenhaken zurücklässt – man hat es nach Beendigung der Vorstellung schlicht vergessen.

Mit kurzen Schritten spazierte der Mann die Boulevards auf und ab, er suchte andere seinesgleichen, die aufgrund der Dunkelheit wie Illuminierte wirkten. Hin und wieder bückte er sich nach einem Gegenstand, der im Licht der Straßenlaternen funkelte, wischte mit dem Ärmel darüber, und wenn er dieser Erkundung standhielt, steckte er ihn in die an seiner Schulter baumelnde Jagdtasche. Geduldig durchwühlte er die Abfalleimer und Mülltonnen.

Spät erst kehrte er in seine Stube zurück. Damit das elektrische Licht kein sinnloses Leuchten hervorrufe, zündete er eine Lampe an. Dann schüttete er seine Jagdtasche aus, nahm ein Handtuch und band es sich eng um den Leib. Er goss Wasser in eine Waschschüssel und begann, jene Bruchstücke vergangener Geschehnisse und Dinge zu waschen und mit dem Handtuch abzutrocknen.

Jacob Zevedei. Es ist verwunderlich, dass du beim Hören deines eigenen Namens lächelst. Eigentlich war ihm nicht der Name an sich so ungewöhnlich vorgekommen wie der schier erschreckende Eigensinn des alten Zevedei, seine Söhne Ioan und Jacob zu taufen, eher, sie so zu nennen, denn was das Taufen anging, so hatte er sie nicht getauft, nicht einmal mit einem heimlich ins Haus geholten Popen, dem Wäschezuber als Taufbeckenersatz und zugezogenen Vorhängen. Es verlangt nach der Taufe, sagten die alten Weiber mitunter, wenn sie ein kleines Kind sahen, das niemand von seinem Weinen abbringen konnte. Aber Jacob Zevedei war ein schweigsames Kind, das nur weinte, wenn es allein war. Dann weinte er überhaupt nicht mehr und begriff dabei, dass für ihn neben seiner eigenen Einsamkeit die Einsamkeit der anderen ein ebenso wertvolles Geschenk war.

Er musste sie nicht suchen, denn die Stimme war überall zu hören. Mithin: Cosmina.

Jacob Zevedei willigte ein und versank im Sessel. Er zündete sich die Zigarette an, und durch den Rauch hindurch tönte die Stimme gedämpft: Alter, achtundzwanzig Jahre. Größe, ein Meter siebzig. Gewicht, etwa fünfundfünfzig Kilogramm.

Ist sie schön, fragte Jacob, Zevedeis Sohn.

Was heißt schön?

Also wenn du sie so anschaust ... Wie ist sie dann?

Ich habe keine Rubrik für Schönheit …

Ginge auch nicht. Dafür gibt es keine Maßeinheit. Du bräuchtest mehrere Rubriken gleichzeitig.

Dann verhält es sich wie mit der Gesundheit, beschloss die Stimme.

Wo hast du denn das wieder her? Jacob lachte.

Warum musst du immer lachen, wenn du etwas nicht verstehst, fragte die Stimme. Wie sieht deiner Meinung nach eine gesunde Nase aus?

Ich denke, gerade, damit sie so gut wie möglich atmen kann.

Die Augen?

Klar, damit sie möglichst viel Licht einfangen können.

Die Wimpern?

Lang, damit sie den Blick beschützen.

Das Haar?

Dicht und gewellt, damit es vor der Sonne wie vor Kälte bewahrt.

Die Lippen?

Voll, damit sie Geschmäcke und Gefühle besser unterscheiden können.

Dann hast du's getroffen. Sie ist schön.

Und was ist sie noch?

Ärztin. Anästhesistin in der Unfallklinik. Eigentlich noch Assistenzärztin. Sie hat einen Führerschein und einen ganzen Stapel Strafbefehle wegen Geschwindigkeitsüberschreitung. Also hat sie auf das Auto verzichtet.

Also ein ungestümes Wesen …

Dafür habe ich keine Rubrik …

Jacob Zevedei nahm das Blatt Papier vom Tisch. Er las es noch einmal durch, dann lehnte er sich an die Sessellehne und versuchte die Vibrationen der Stimme einzufangen. Zerknüllte das Papier. Die Stimme ließ einen verwunderten Schrei vernehmen, erwartete offenbar, dass die Papierkugel auf den Boden geworfen werde. Aber Jacob Zevedei lächelte wieder und wog sie wie einen wertvollen Gegenstand in der Hand. Dann legte er sie auf den Schreibtisch und begann, sie aufzufalten und mit dem Handrücken glattzustreichen.

Nun denn, sagte er und schlug mit dem Finger auf das zerknitterte Papier. Mich interessieren keine Rubriken. Was gemessen, gewogen oder erkundet werden kann, interessiert mich nicht. Ich will wissen, was es mit diesen Linien auf sich hat, wenn man alles zusammenknüllt und vermengt. Welche Bücher sie liest, was ihr gefällt und was nicht – Blumen, Süßigkeiten, Obst –, was würde sie mögen, aber nicht dürfen, und was darf sie und mag es nicht, was wollte sie einmal werden, wenn sie erwachsen ist, woran erinnert sie sich, und was hat sie vergessen, wiewohl sie es nicht hätte vergessen dürfen, wen hat sie geliebt, ohne zurückgeliebt zu werden, wer hat sie vergeblich geliebt, wovor fürchtet sie sich, und welches ist ihr Lieblingstier …

Und was noch?, seufzte die Stimme.

Was zeichnet sie, wenn sie sich langweilt …

Es war eine Art Drache. Ähnelte zwar eher einem geflügelten Dinosaurier, spie Feuer durch die Nüstern, und die Pupillen, durch je einen schwarzen Strich durchtrennt, funkelten. Die Welt war ins Jahr des Drachen eingemündet, und Cosmina öffnete ihr Heft, wenn sie zu warten hatte, und zeichnete Drachen. Das hatte vermutlich mit Geschmacksgründen zu tun, denn im Jahr der Schlange hatte sie keine Schlangen gezeichnet und im Jahr des Affen keine Affen. Ja selbst in jenen Jahren hatte sie so manch einen schuppigen, mit gezackten Flügeln geschmückten Rücken hingestrichelt.

Filip hatte gelächelt, als er ihr Notizheft durchblätterte. Was hat es mit dieser Drachenmanie auf sich, hatte er gefragt. Drachen bekriegen sich nicht und sind keine Tiere, hatte Cosmina geantwortet, es sind Gedanken. So haben sie die alten Chinesen beschrieben: Der Drache ist das Wesen, das sich jetzt auf dem Erdboden befindet und im nächsten Augenblick zwischen den Wolken, aber man weiß den Weg nicht zu bestimmen, den er nimmt, um von der Erde in den Himmel zu gelangen. Diese Gedanken, die da Feuer durch ihre Nüstern speien, sind nicht sonderlich anheimelnd, gab Filip zu bedenken. Sie erwiderte im nachsichtigen Tonfall eines Mädchens, das seine Adoleszenz unter Büchern zugebracht hatte: Das Feuer ist eine Seinsweise der Energie. Auch der Gedanke ist eine Art Energie, sodass selbst die Melancholie Feuer durch die Nüstern speien kann. Er prustete los: Das lernt ihr beim Medizinstudium? Sie schubste ihn sachte weg, hatte gemerkt, dass er unter dem Vorwand dieses Gesprächs ihr mit seinem Gesicht zu nahe gekommen war: Das lernt man nicht in der Schule.

Filip war kurz davor, über ihren Lerneifer zu scherzen, sie einen Streberprofi und nicht bloß eine Streberin zu nennen, also eine wahrhaft Professionelle, was das gründliche Lernen betrifft. Es bewahrte ihre Nächte vor der Versuchung der Clubs und Vergnügungen, dafür wurden es jedoch unerbittlich weiße, über den Seiten ihrer Uni-Vorlesungen zugebrachte Nächte. Unter den Blicken der Drachen zog Filip sich schulterzuckend zurück und nahm den mittlerweile gewohnten Verweis, auf Distanz zu bleiben, nicht ohne eine gewisse Traurigkeit hin.

Cosmina zeichnete währenddessen weiter an ihrem Drachen. Sie hatte die Akte des Selbstmörders danebengelegt, Pantelimon hatte immerhin zur Hälfte recht behalten. Sie mussten ihn schlicht und einfach zusammenflicken. Die Röntgenaufnahmen zeigten, dass sie es gut gemacht hatten, aber da würde noch einige Zeit vergehen müssen, bis der Körper das verzeihen und nach so viel Unbesonnenheit in sein angestammtes Fahrwasser wird zurückkehren können. Allein sein Name war ganz geblieben, unberührt: Ionuţ Penescu. Er hatte sorgfältig alles aus seinen Taschen entfernt, was seinen Namen trug, als hätte er beim Sturz über die Balustrade den Namen nicht benötigt, eine geliehene Sache, die er nun zurückgab. Vielleicht war ihm Ionuţ auch als der Name eines Kindes vorgekommen, was für ein Einfall, einem Kleinkind den Namen eines Kleinkinds zu verpassen, als wüchse dieses nie heran, ein schiefer und verzärtelter Name, wie der Holzschuh am Fuß der Chinesin.

Für sie war er ein Unbekannter, der die Begegnung mit dem Straßenpflaster, das den Schwung des fünf Stockwerke währenden Flugs gestoppt hatte, vielleicht für das bemerkenswerteste Ereignis seines Lebens hielt. Warum glaubst du dies, hatte Pantelimon gefragt, sich hingesetzt und die Silbermünze über die Fingergelenke wandern lassen.

Es hatte zwar keine unmittelbare Beziehung dazu, trotzdem waren sie am frühen Morgen, als die Bereitschaftsnacht geendet hatte, noch einmal an jenen Ort gegangen. Vielleicht erwarteten sie, dort eine Umrisszeichnung auf dem Bürgersteig vorzufinden, vielleicht macht man dies so, wenn ein Mensch stirbt. Welchen Sinn sollte es haben, mit Kreide den Umriss festzuhalten, dieser Mensch bewegte sich, stell dir vor, er griff immer wieder krampfhaft nach den Grasbüscheln, in den Lücken zwischen den Pflastersteinen, als habe er nicht fallen, sondern irgendwo hinaufklettern wollen ... Sie schauten hinauf und zählten die fünf Stockwerke, die Balkonbrüstung war leicht zu überwinden, wenn der Mann einigermaßen fit war. Cosmina fragte sich einen Moment lang, ob er sich vor dem Sprung draufgesetzt hatte oder mit den Füßen draufgestiegen war. Im Treppenhaus hing ein dumpfer Geruch nach ungelüfteten Kartoffeln, der wahrscheinlich aus dem dunklen und feuchten Kellergeschoss heraufkam. Etwas weiter oben roch es anders, ein Zeichen dafür, dass einige der Bewohner die Gesellschaft von Katzen vorzogen. Im fünften Stock stand eine Tür einen Spalt weit offen. Er ahnte wohl, dass wir kommen werden, sagte Pantelimon und schob den Spalt mit den Fingerspitzen weiter auf.

Dürfen wir, fragte Cosmina.

Und Pantelimon antwortete in gewohnter Weise: Wir haben schon deutlich mehr als hier und jetzt in seinem Leben herumgestochert.

Eine kleine Einzimmerwohnung, etwa zehn Quadratmeter, die es einem gerade ermöglichte, darin zu leben, die einem jedoch mit dem nach Osten weisenden Balkon über die gesamte Breite der Wohnung eine großzügige Gelegenheit bot, sein Leben zu beenden. Ansonsten ein schmales Bett, ein Tisch mit zwei Stühlen, der zweite zwischen Schrank und Wand zeigte an, dass dieses Zimmer keine Besucher empfing. Ohne Fernseher, kein Kühlschrank, nur ein Abspielgerät für CDs.

*Das zweite Konzert für Violoncello* von Penderecki, las Cosmina. Kennst du es?

Es ist großartig, antwortete Pantelimon. Der Tod kommt die Treppe hoch und klopft an deine Tür …

Denk dir jetzt nichts aus, nur weil wir sind, wo wir sind …

Es ist großartig, ich meine es ernst, wiederholte der Chirurg ohne Silberlinge und wog die Münze in der Hand. Wenn der Tod nicht wäre, was er ist, oder, nun ja, was wir glauben, dass er ist, dann wäre er geradezu der erste Teil dieses Konzerts.

Er kam näher und streckte seinen Arm an ihrer Hüfte vorbei, um an das Gerät zu gelangen.

Traust du dich?

Cosmina bejahte, und Pantelimon schaltete das Gerät ein. Alle drei hörten sie zu, Cosmina, die Stirn in die Handflächen gestützt, der Chirurg lag im für ihn zu kurzen Bett und ließ die Schuhe baumeln, und der Tod. Dann verschwand der Tod genau so, wie er gekommen war.

Meinst du, das hat etwas zu bedeuten, fragte das Mädchen, als die Musik geendet hatte.

Könnte durchaus sein, antwortete Pantelimon und stöberte abwesend die Papiere durch, die er auf dem Tisch gefunden hatte.

Womit ich sagen will, dass wir wissen wollen, warum er es getan hat, könnte uns behilflich sein, ihn zu heilen.

Unter einer Bedingung, sagte der Doktor, während er die Münze hochwarf und sie in immer kleiner werdenden Kreisen auf dem Boden tanzen ließ. Dass nämlich die Münze recht hatte und der Mann die Augen aufschlägt.

Das heißt?

Dass er begreift, auf welcher Seite der Grenzlinie er sich befindet, und nicht versucht, sträflich auf die andere Seite hinüberzuwechseln. Das Krankenhaus ist kein Hotel, das ihn mit einem »Herzlich willkommen« begrüßt. Und selbst wenn es dies wäre, müsste man ihm ein stichhaltiges Argument dafür liefern, dass er bleibt. Schau dir das an! Vielleicht fällt dir etwas ein …

Sie schaute sich das Gesicht im Ausweis an, das sich sichtlich verkrampft bemühte, eine ernste Miene aufzusetzen, die Augen weit offen und beide Ohren sichtbar.

Ich glaube nicht, dass er mal wieder so aussehen wird, sagte Cosmina. Ansonsten hübsch.

Lass das, schau da drüben. Gestern hat der Junge sein dreiunddreißigstes Jahr vollendet … Ich hab keine Ahnung, was ihm nicht gefallen haben mag. Auch sehe ich nirgendwo die Geburtstagstorte.

Sie stellten und legten alles wieder an seinen Platz. Cosmina ließ einen weiblichen Blick durch den Raum schweifen und strich dann die Überdecke auf dem Bett glatt. Sie gingen hinunter und durchschritten dabei wieder die Miasmen. Die Tür zu einem Apartment im Erdgeschoss stand offen, eine Alte, in einen Hausmantel gehüllt, schaute sie unverwandt an.

Sind Sie von der Polizei?

Pantelimon versuchte sich zu erinnern, ob es die Frau war, die er schon zu Mitternacht gesehen hatte. Die hier wirkte älter, aber vielleicht lag es nur am Tageslicht.

Wir sind vom Krankenhaus …

Sind Sie gekommen, ihm seine Schlafanzüge zu holen?

Er benötigt nichts, hat alles, was er braucht.

Und warum sind Sie dann hier?

Ja, genau. Penderecki. Wie erklärt man das?

Wissen Sie, vielleicht haben Sie eine Vorstellung … warum, fragte Cosmina, womit die Frage der Alten zur Hälfte beantwortet war.

Also warum er gesprungen ist?

Die Alte schaute sich ringsum, dann nach oben, das Treppenhaus hinauf. Keine Menschenseele. Dann winkte sie sie näher heran.

Ich weiß es, flüsterte sie. Er wollte sich in den Himmel stürzen. Traf es aber anders …

So etwas können nur Drachen. Und ich weiß nicht, warum, wir verstehen das nicht, sagte Konfuzius. Das übersteigt unsere Kräfte, sagte Laozi. Cosmina schaute in das blau angelaufene Gesicht des Kranken, dessen Schläfen mit Verbandstoff umwickelt waren. Die Pupillen unter den geschlossenen Lidern wirkten reglos. Koma. Als ginge man über ein Seil, und darunter gähnte der Abgrund. Schaut man nach unten, in den Abgrund, so schaut dieser dich an, und du bist verloren. Cosmina beendete ihre Drachenzeichnung, schrieb »Gedanke« darunter, dann suchte sie vergeblich, im Gesicht des Kranken eine Regung zu entdecken, und komplettierte die Unterschrift: »Gedanke an den Tod«.

Die Geräusche markieren Grenzlinien. Man kann beispielsweise sagen, Schweigen heißt Abwesenheit jedweden Geräusches. Aber man kann nicht sagen, Geräusch heiße Abwesenheit jedweder Stille. Sagen wir einmal, Sumpf bedeckt die Grasbüschel. Bedeutet dies etwa die Abwesenheit von Gras? Oder der Himmel zieht sich dunkelblau wolkig zu. Bedeutet dies etwa die Abwesenheit der Sonne? Gewissermaßen ist das Leben ein Verputz, in dem die Fresken oftmals verdeckt werden, sodass sich darüber der bröckelnde Putz zeigt.

Manchmal dringt das Schweigen durch die lärmenden Sumpftümpel. Ebenso wie du dich im Gefängnis nach deinem eigenen Schatten sehnst, sehnst du dich auch nach dem Schweigen. Das durch die Venen strömende Blut war der letzte Ort geblieben, an dem es noch Schweigen gab, und selbst dort nicht immer. Wenn unsere Finger zu klamm waren vor Kälte, legten wir sie uns auf den Kopf, schmiegten wir sie an den Schädel, wo das Haar bis zur ersten Entlausung, also dem Kahlgeschorenwerden, zwei bis drei Zentimeter lang war. Wenn dich aber der Lärm überwältigte, war dir danach, dich ins eigene Blut zu versenken. Bloß waren die Gefängnisregeln von der Art, dass sie einem jede Begegnung mit dem eigenen Blut unmöglich machten.

Wenn du kein Geräusch hörtest, das du hättest identifizieren können, fühltest du ein gewisses Dröhnen, das durch die Art und Weise, in der sich die Mechanismen des Gefängnisses bewegten, hervorgerufen wurde. Ein ununterbrochener Lärm, als strömte jenseits der Mauern ein tosender Fluss über die aufreißenden Felsbrocken, nur dass man nicht wusste, woher er kam, von unter uns oder über uns. In den ersten Tagen konnte ich wegen diesem Getöse nicht schlafen, es hat mich schier taub gemacht; um es zu überdecken, hätte ich am liebsten aus Leibeskräften geschrien. Wir durften nicht schreien, solange wir uns in der Umerziehung befanden, durften wir eigentlich nichts anders tun, als was uns befohlen wurde. Wir kauerten auf unseren Betten, die Köpfe gebeugt und die Arme um die angewinkelten Knie gelegt. Wir konnten uns nicht einmal die Ohren mit den Händen zuhalten, es wäre ohnehin vergeblich gewesen, denn der Lärm drang uns nicht in die Ohren, wir spürten ihn in den Poren der Haut vibrieren, in den Haarwurzeln, in den nichtvernarbten Wunden. Dann hörten wir ihn plötzlich nicht mehr. Er hatte nicht aufgehört, gewiss nicht, wie eine Wasserader strömte er weiter, aber ich hatte mich daran gewöhnt. Wie ich mich an das fade Essen, die mitternächtlichen Schläge oder die Schmutzkruste gewöhnte, die an meinen Gelenken abblätterte. Man hätte meinen können, da ich den Lärm nun nicht mehr hörte, in dem ich wie in einem giftigen Teig versunken war, hätte ich nun endlich die Stille gespürt. Aber dem war nicht so. Dort, wo sich meine Empfindungen trafen, sie waren schon zu abgestumpft und hatten ihre frühere Sensibilität eingebüßt, also dort, wo ich nunmehr angelangt war und mich an all dies gewöhnt hatte, existierte keine Stille mehr.

Die Hintergrundgeräusche stauten sich wie ein Druck auf der Brust, aber in diesem Gefängnisverlies waren nicht sie am unerträglichsten. Oder, um mich restlos verständlich zu machen, in solch einem Raum erreicht man niemals das Limit, immerzu hat man das Gefühl, es könne nichts Grausameres mehr geben, und jedes Mal täuscht man sich.

Die diffusen Geräusche gehörten zur Kategorie der erdrückenden Geräusche, die einen überziehen und schier ersticken. Andere wiederum beängstigten einen, und dies waren die Geräusche, die etwas ankündigten. Besser, das heißt genauer, wie man sich leicht vorstellen kann, kündeten sie etwas Böses an. Die Gefängnismauern sind so gebaut, dass die Geräusche ungehindert durchdringen können. Ja, schlimmer noch. Wenn man auf dem freien Feld etwas ruft, selbst wenn man die Hände trichterförmig um den Mund legt, ist der Ruf nicht sonderlich weit zu hören, er verweht. Die Gefängnismauern ließen die Geräusche nicht bloß ungehindert durch, sie vervollständigten sie noch, indem sie mit ihnen schwangen. Und das Allerübelste kündete das Geräusch zugeknallter Türen an.

Du hörst ihre Schritte, als näherte sich eine Bestie, aber du kannst nicht fliehen. Weißt nicht, was geschehen, wer sich auf der Schwelle einfinden wird, versenkst das Kinn noch tiefer zwischen die Knie und wartest. Du würdest meinen, dieses Kauern ist höchstens langweilig, nicht aber erschöpfend. Weit gefehlt, jede Unterwerfung zu langanhaltender Reglosigkeit ist eine Qual. Die, von der ich hier spreche, ließ deinen Nacken erstarren und krümmte dir den Rücken. Wenn wir die Erlaubnis bekamen, zwischen den Betten herumzugehen oder unsere Bedürfnisse zu verrichten, gingen wir gebeugt, mit herabhängenden Schultern, das Kinn auf der Brust, als befänden wir uns in Schützengräben und unter Granatenbeschuss.

Die Türen der Zellen waren aus Metall, darüber befand sich noch ein Gitterrost. Zack, wurde das Gitter geöffnet. Dann schloss der größere Schlüssel die Metalltür auf. Dann war nur noch das bleierne Fließen der Wasseradern zu hören, denn alle versuchten nun mit angehaltenem Atem und gespitzten Ohren, zu verstehen. Und alle zählten wir still. Eins, zwei, drei, vier, fünf. Dann wurde die Tür wieder mit durchdringendem Krach verschlossen, als hätte sich der Gott der Gewehre entladen. Danach, zugeworfen, das Metallgitter. Und wiederum klackend das Schloss, das in die Ösen fuhr. Die lauernden Gefangenen atmeten erleichtert auf, wenn sie hörten, dass sich das Ritual der Türen wiederholte. Also war es eine Routinekontrolle. Konnte man jedoch länger zählen, gab es keine Gewissheit mehr. Alles konnte passieren, da wurden einige herausgeholt, um in andere Folterräume gebracht zu werden. Andere wurden weggebracht, ohne je wiederzukehren. Und der Lärm kam immer näher, knirschte auf riesigen Sohlen, klirrte mit den Schlüsseln und dem Metall, mit den Ketten. Wenn sich der Krach entfernte, waren die im andern Flügel dran, ihn mit banger Seele zu erwarten. Was zurückblieb, war der Aufschub zwischen zwei Vorankündigungen. Das Böse schwebte über unseren Köpfen mit seinen schuppigen Fledermausflügeln.

Ich weiß nicht, wie ich die anderen Geräusche nennen soll. Ich könnte sagen, sie seien beängstigend gewesen, aber die Angst hat ihr eigenes Ritual, man hat nicht das Recht, überhaupt Angst zu haben. Außerdem geht die Angst dem Schrecken voraus und folgt ihm auch häufig. Dieser Krach ging ihm nicht voraus, er war der Schrecken selbst. Übrigens hat alles so angefangen. Wir waren viele, die sich in einer Zelle im Kellergeschoss auf die Pritschen drängten. Plötzlich sprang einer der Gefangenen hoch auf die Beine und brüllte die anderen an: Banditen, Verräter! Nicht wirklich alle, einige von ihnen hatten sich schon untereinander verständigt. Man muss sich das mal vorstellen, bis dahin waren wir Kammeraden, wir teilten das Stückchen Brot, die gleichen Gedanken, das einzige Gut, das wir noch hatten. Mit einem Mal fielen sie über uns her und schlugen auf uns ein. Es waren keine Geräusche, die ebenso laut gewesen wären wie andere, aber, wie soll ich es sagen, ohne ohrenbetäubend zu sein, verschlugen sie einem das Gehör. Aus dem Schlaf zu erwachen und ins Gesicht geschlagen zu werden, Flüche und Verwünschungen zu hören, Klagen und das Keuchen jener, die sich bemühten, dir mit den ledernen Halbstiefeln in den Bauch zu treten, sowie derer, die sich getroffen aneinanderdrängelten und nicht genügend Hände und Arme hatten, sich in all die Richtungen hin zu schützen, aus denen die Hiebe und Tritte kamen. Sie waren für das, was sie zu tun hatten, schon instruiert worden, uns erwischte das völlig unvorbereitet. Die zerrüttenden Geräusche jener Nacht sowie die weiteren aus anderen Nächten haben uns völlig umgekrempelt. Davon haben sich viele nicht mehr erholt.

Das Gehör war ein Sinnesorgan, das uns in keiner Weise mehr beschützen konnte, es war vielmehr, als gehörte es nicht mehr zu uns, ein Terrorinstrument geworden, über das sie verfügten. Es reichte ihnen nicht, uns zu terrorisieren, sie marterten uns mithilfe einiger von uns. Sie quälten uns mit Teilen unseres eigenen Körpers, die andere Teile des gleichen Körpers quälten.

Etwas stimmt nicht mit mir, überlegte Filip, drehte das Glas in der Hand und schaute hindurch auf den beleuchteten Plafond. Ich bin ordentlich geworden. Finde mühelos meine Papiere auf dem Schreibtisch. Ja, ihr werdet es nicht glauben, seit neuestem lege ich sie stapelweise hin, was früher für mich eine größere Qual bedeutete, als an den Ohren ans Kreuz geschlagen zu werden.

Der Mayakalender wird schuld sein, bemerkte Efrem belustigt. Die Vibrationen ändern sich.

Jedenfalls war die Musik eine andere, und die Lichter in den Ecken wechselten die Farben. Die für die schnellen, ungebärdigen Tänze zu Ungeschickten nutzten die gemächlichen Rhythmen und baten ihre Partnerinnen zum Tanz. Der Tanzring war nicht weit entfernt, nichts war hier weit entfernt; wenn du zuschauen wolltest, konntest du es mühelos tun, die Tische standen im Halbkreis wie in den Theatern der alten Griechen. Ebenso wie dort trugen die Leute Masken, sie waren gekommen, sich zu amüsieren, und sie strengten sich an, es auch um jeden Preis zu tun. Die Männer gestikulierten, die Frauen lachten und ermutigten sie. Etliche Kellner sammelten leere Gläser und volle Aschenbecher ein. Die Stimmen schossen oben im Fluchtpunkt zusammen, dann kehrten sie wie ein Schleppnetz wieder. Der Menschenfischer schaukelte, in der Kuppel aufgehängt, wie eine kreisende Erdkugel, und die Leute schauten sich durch die Maschen seines Netzes an.

Ich habe einen Nachbarn, der das Gleiche sagt, mischte sich Cosmina ein.

Dass ich durchgeknallt bin? Filip lachte. Das haben sie offenbar in den Nachrichten gebracht … Er lächelte: Filip I. Moise – das war ich – ist eine große Schande widerfahren. Die Ordnungsliebe ist über ihn gekommen, aber er hatte kaum etwas, das er hätte ordnen können.

Er hat nicht von dir gesprochen, lachte Cosmina. Er kennt dich ja nicht. Das heißt, ich weiß nicht, er ist ein seltsamer Mensch, du kannst dir gar nicht vorstellen, womit er dich überraschen kann. Aber er sprach von Vibrationen. Etwas ändert sich, die Frequenzen, die einen sterben, und die anderen werden verrückt …

So ist es, seit es die Welt gibt, sagte Filip einigermaßen enttäuscht. Und was bleibt?

Immer bleibt noch etwas, beschloss Efrem.

Papi kicherte und klimperte mit ihren langen elfenbeinfarbenen Fingernägeln am leeren Glas.

Mir ist hier nichts mehr geblieben …

Efrem erhob sich, und der Regenbogen mühte sich vergeblich, sich an seine Wildlederjacke zu kleben.

Das Gleiche, fragte er, und nahm ihr das Glas aus der Hand.

Campari Orange, sagte Papi. Es ist das Getränk, in dem jeder das finden kann, was ihm schmeckt, erklärte sie.

Und du begnügst dich damit, fragte Filip.

Papi warf den Kopf in den Nacken und lachte. Dann wies sie verschmitzt zur Bar:

Ich weiß nicht, frag Efrem.

Der machte sich schmal, damit er zwischen den Leuten am Tresen einen Platz fand. Der Barmann fuchtelte mit vier Armen gleichzeitig herum, wie Shiva, und die Erdkugel stützte sich auf drei Elefanten, was mitnichten ein zufälliges Bild war, zumal gerade die Zähne den besten Ort in den Gesichtern abgaben, das Licht zu vervielfältigen, und der Anblick funkelnden Lächelns faszinierte Cosmina. Filip aber sah sich veranlasst zu gestehen:

Efrem sagt darüber nichts. Vielleicht hat er nichts, womit er angeben kann …

Und du, beharrte Papi, womit gibst du an?

Filip schaute Cosmina lange an und antwortete, ohne eine traurige Anspielung zu verbergen, wie eine kopfstehende Pyramide:

Nun, wozu sollte ich noch angeben …

Shiva schlug mit den beiden Flügeln und erhob sich über alle. Sodass der Barmann, mit seinen Eiswürfeln, Orangenscheiben und entkorkten Flaschen kombinierend und erschaffend, allen etwas von der Kraft seines Tanzes mitgab. Efrem kehrte mit dem wie von Zuckerglasur geschmückten Getränk an den Tisch zurück. Aber der Gesprächskreis über die verborgenen Gelüste Papis war geschlossen, und keiner hat ihn wiedereröffnet. Ebenso verfuhr Cosmina mit Filips Anspielungen. Sie schaute zu Shiva, der in seinem Kreis weitertanzte, und ließ auch ihren davonrollen. Dafür sagte sie:

Mein Nachbar, der …

Der in den Sternen liest, fragte Efrem, um seinen Wiedereinstieg ins Gespräch anzuzeigen.

Du kannst es auch so nennen. Zumal er nur nachts das Haus verlässt. Und wenn du bedenkst, dass er in einem Zimmer im Kellergeschoss wohnt, verstehst du, dass für ihn immerzu Nacht ist.

Hüte dich vor so einem, sagte Filip. Das kann ein Vampir sein.

Oder ein Werwolf, ergänzte Papi. Die sind noch viel schlimmer, ich habe welche in Filmen gesehen.

Kann auch ein Albino sein, meinte Efrem. Die verkriechen sich tagsüber, das Licht tut ihnen nicht gut, sind wie die Toten …

Brrr, schüttelte sich Papi und umklammerte Efrems Arm.

Cosmina schien von keiner der Möglichkeiten überzeugt.

Ihr wisst ja nicht, was er nachts tut, wenn er durch die Straßen zieht …

Was hab ich euch gesagt, fragte nun wieder Filip.

Und trotz seines triumphierenden Tons hatte er es nicht getroffen.

Er stochert und sucht im Müll herum, klärte sie Cosmina auf.

Furchtbar, und Papi verzog das Gesicht.

Er sagt, es sei eine Geste der Demut. Wie Christus sie durch seine Unterwerfung vorgeführt hat, als er vor dem letzten Abendmahl seinen Jüngern die Füße gewaschen hat.

Was hat das Herumwühlen im Müll mit Christus zu tun, fragte Papi, zog die Augenbrauen hoch und knetete zwischen den Fingern eine grüne Haarsträhne. Dieser Mann da bei dir ist reif für die Psychiatrie.

Wart's ab, sagte Efrem, der Syrer, der mit seinen zurückgehaltenen Klagen kam.

Man kann die Menschen nur erkennen, wenn man sich demütig verhält, antwortete Cosmina, wiewohl deutlich wurde, dass nicht dies ihre Antwort war.

Ein paar Augenblicke schauten sie sich verlegen an. Wie gewöhnlich fand Papi die Lösung, ihre Antwort auf verfahrene Situationen. Sie warf den Kopf in den Nacken und begann zu lachen, ein Lichtstrahl zerteilte ihr funkelnd die Lippen und ließ das Grün ihrer Haare dunkeln.

Da können wir nur noch tanzen, sagte Filip und fasste nach Cosminas Hand, die ihm das Mädchen überließ, als sie ihm folgte. Papi kam wiegenden Schrittes hinterher.

Wiewohl die Musik nicht zu solcher Annäherung einlud, fasste Filip Cosmina um die Hüfte und zog sie nahe an sich heran. Sie vermied die Nähe seiner Wangen und stützte den Kopf auf seine Schulter. Der Mann hoffte, das Mädchen würde die Augen schließen und sich enger umarmen lassen, aber er spürte ihren leichten Widerstand und flüchtete sich in die Befolgung des Rhythmus. Guten Morgen!, lachte Papi, als sie sich zwischen sie schob, und nun erst merkten sie, dass sie die Einzigen waren, die umarmt tanzten. Der Puls hatte sich nicht verändert, die Magnetlinien befanden sich an ihrem Platz, allein der Rhythmus war schneller geworden. Cosmina lächelte verlegen und deutete an, dass sie gehen wollte. Papi erhob das leere Glas in Efrems Richtung zum Zeichen, dass sie noch bleiben würden.

Filip wies auf das Auto, aber weil Cosmina schon ein paar Schritte den Bürgersteig hinabgegangen war, überlegte er es sich anders. Die Nacht war klar und warm, irgendwo musste auch der Mond sein, aber sie schauten nicht hoch.

Du sagst in letzter Zeit so seltsame Dinge, begann Filip. Du bist zu viel allein …

Ich habe kaum Zeit, allein zu sein …

Zur Einsamkeit braucht es keine Zeit. Im Gegenteil, vielleicht hast du keine Zeit, gegen die Einsamkeit anzukämpfen.

Sie waren an der Ampel stehen geblieben, obwohl zu dieser Uhrzeit die Straßen leer waren. Aber Cosmina suchte nach einem Vorwand, dem Gespräch eine andere Richtung zu geben:

Wie geht es mit dem Buch voran?

Dein Großvater ist ein außergewöhnlicher Gesprächspartner. Eigentlich ist Gesprächspartner nicht das richtige Wort, denn wir unterhalten uns ja nicht. Er spricht so, als läse er aus einem Buch.

Mir hat er niemals etwas erzählt. Als wäre er alt geboren worden. Wir sprechen nur über Dinge, die wir gemeinsam erlebt haben …

Vielleicht war er nicht vorbereitet. Und musste zuerst einmal verstehen. Wer gelitten hat, kann nicht verstehen. Wer hasst, kann nicht verstehen. Jetzt, da so viel Zeit vergangen ist, kann er über sich wie über etwas anderes sprechen. Das Gefängnis verliert seine eigenen Konturen, es könnte jedes andere Gefängnis sein. Wie Piranesis Radierungen. Die Erinnerungen deines Großvaters beschreiben auf abstrakte Weise jeden anderen Zuchthausraum.

Kann ein Zuchthausraum abstrakt sein?

Er spricht von dem, was solchen Räumen gemeinsam ist.

Über das Licht, über Blut, über Farben, über Schatten und Töne. Ich weiß, er ist in den sechziger Jahren freigekommen. Es mussten weitere fünfzig Jahre vergehen, bis er geheilt war. Ich bin nur der Schreiberling, jeder könnte meine Stelle einnehmen. Meine Anwesenheit ist zufällig.

Cosmina lächelte. Sie wusste, dass die Dinge nicht so lagen, aber sie wollte ihn nicht auf neue Gedanken bringen. Es fiel ihr wieder ein, und sie öffnete die Tasche.

Ich habe mein Buch im Krankenhaus vergessen … Ich hatte es heute Nacht mitgenommen in den Bereitschaftsdienst. Es war eine schwierige Nacht, ich bin gar nicht zum Lesen gekommen …

Irgendein Unfall?

Ein Selbstmord …

Macht ihr auch Nekropsien? Braucht es dazu eine Anästhesie?

Sie schüttelte den Kopf.

Der Mann liegt im tiefen Koma, noch wirkt er unentschlossen. Wir können ihn nicht beeinflussen, sich in dieser oder jener Weise zu entscheiden.

Eine Weile gingen sie schweigend weiter.

Was war es für ein Buch, fragte Filip. Wieder einer deiner Pataphysiker?

Einer ihrer Nachfolger, lachte Cosmina. Beigbeder, *Die Liebe währt drei Jahre*.

Erst einmal muss sie beginnen, meinst du nicht? Warum habe ich wohl den Eindruck, dass du noch nie geliebt hast?

Cosmina blieb stehen. Er wartete auf eine Antwort, die nicht kam.

Wir sind schon fast da, sagte sie. Von hier aus gehe ich allein.

Er wollte Einspruch erheben, aber sie erhob sich auf die

Fußspitzen und küsste ihn auf die Wange: Ich bin dir sehr dankbar, dass du all dies für meinen Großvater tust.

Nicht davon war die Rede, sagte er, aber er fügte nichts mehr hinzu und schaute, wie sie davonging.

Cosmina blieb vor dem Tor stehen und suchte im Licht der Straßenlaterne ihre Schlüssel. Sie spürte seine Blicke und drehte sich um. Er hatte auf dem Bürgersteig gegenüber darauf gewartet, dass sie nach Hause kam. Cosmina wirkte nicht überrascht, schließlich hatte sie vorhin von ihm gesprochen.

Wie kannst du die Welt erkennen, indem du im Müll herumwühlst, fragte sie ihn.

Das ist einfach, antwortete er tonlos. Wenn du einen Kreisbogen hast, kannst du den Mittelpunkt berechnen und den Radius festlegen, also kannst du dir das Ganze rundum vorstellen.

Er lachte trocken. Dann zeigte er ihr den Mond, den sie bis dahin ignoriert hatte. Worauf er den Deckel der Mülltonne öffnete.

Gib mir eine wie diese, und ich sage dir eine Menge Einzelheiten über diejenigen, die in dem Haus wohnen, das sie gefüllt hat. Wie viele es sind, welche Vorlieben und was sie zu verbergen haben, wie sie mit ihren Ängsten kämpfen … Jede Mülltonne ist anders, unnachahmlich wie ein Fingerabdruck.

Warum musst du all dies wissen?

Hinzu kommt, erwiderte er, als wäre er auf alle Fragen bestens vorbereitet, dass ich nicht der Einzige bin, der so etwas macht …

Seid ihr mehrere, fragte Cosmina ungläubig.

Er lachte, doch auch diesmal klang es nicht fröhlich.

Wir sind mindestens zu zweit. Vorhin hat jemand im Mülleimer vor eurem Haus herumgewühlt. Aber wir sind verschieden …

Schließlich fand Cosmina die Schlüssel und stieß das Tor auf. Sie hatte nicht gefragt, wie er darauf gekommen war. Trotzdem antwortete er: Der in eurem Mülleimer herumgesucht hat, schien nicht von Demut geleitet zu sein. Er trug, um es so zu sagen, eine Art Handschuhe …

Es war ein nicht von Menschenhand geschaffenes Tor. Es war wie der Spitzbogen einer Kathedrale gestaltet, nur dass die Säulen lebendig waren und sich die Arkaden aus den Kronen der sich vereinigenden Bäume formten. Obwohl kein Lufthauch zu spüren war, raschelten die Blätter und deuteten damit an, dass ihre Bewegung nicht vom Himmel, sondern von der mit Ungewissheiten beladenen Erde herrührte.

Er hörte die Vögel, ohne sie zu sehen. Er hatte den Eindruck, sie sind überall, als hätte sie jemand schwarmweise über ihn hinweggeschleudert. Ihr Gesang war ein Geflecht, manche Vögel, wie die Lerche, sangen während des Flugs, andere gurrten von Vordächern herab oder klagten in Glockentürmen. Auch gab es welche, die kreisten und zu einer anderen Zeit mit ihrem spitzen Schrei bedrohlich geklungen hätten, wie ein Meißel, der in den Stein fährt. Auf diese Weise jedoch, da man sie alle gleichzeitig vernahm, wirkten sie wie raschelndes Blattwerk.

Der Pfad war eben, und doch stieg er stufenweise an. Mühelos schritt er voran. Die Zeit verrann nicht, sie war ein einziger Augenblick, der mit ihm ging. Zu seinen Füßen begleitete ihn der schwarze Kater, den er vor langer Zeit, in seiner Kindheit schon, gefunden hatte, und den er, aus Angst, seine Eltern würden ihm nicht erlauben, ihn mit ins Haus zu nehmen, in der verwaisten Hundehütte versteckt hatte; in einem der alten Winter waren die Wölfe herabgestiegen und hatten den Hund zerfleischt. Er freute sich, als er ihn sah, und fragte sich nicht einmal, warum. Je weiter sie gingen, umso größer wurde der Kater, wie eine Wildkatze, dann wurden seine Augen durchdringend wie die eines Luchses und sein Gang schließlich seidig wie der des Leoparden. Er fürchtete sich keine Sekunde, das Tier, das da so nahe an seiner Seite einherging, dass er es mit den Fingern hätte zwischen den Ohren kraulen können, verströmte eine Zärtlichkeit, die ihm Kraft verlieh.

Er war mit sich im Reinen. Freudig genoss er die Welt ringsum, er sah ihr warmes Licht, ohne zu wissen, woher die Sonne schien, er lauschte den vermischten Tönen und erfreute sich am Geruch der rohen Aromen frisch vom Regen abgewaschenen Grases. Er hätte es nicht vermocht, seine Sinne zu trennen, darum gab er sich einem neuen Eindruck hin, der aus allem gleichzeitig auf ihn einströmte, als schaute und hörte und spürte und röche er mit einem und demselben Sinnesorgan. Er ging ohne Zögern weiter, an diesen Orten war er noch niemals gewesen, aber er war sich sicher, den Weg nicht zu verfehlen. Tief atmete er ein, dies gehörte einer älteren Erinnerung an, aber die Luft, die sich nur schwerfällig bewegte, füllte ihm nicht die Brust, sie ging durch ihn hindurch, wie durch ein Sieb. Er hatte nicht die geringste Absicht, zu sich selbst zurückzukehren, er war konkav, sein Schwerpunkt war wie eine schillernde Heuschrecke, die ihm vorausflog.

Die mächtigen Stämme hatten raue Rinden, und ihre nicht eben zufälligen Risse glichen Runenalphabeten. Im Grunde suggerierte jede Form, jede aus der Nähe betrachtete Verfestigung auf den Oberflächen einen Sinn, der Wald schien beladen von Symbolen und Entitäten, von einem Hauch durchweht, der nirgendwo herkam. Doch das Fremdartigste, das einiges zu dem Gefühl der Harmonie beitrug, die er mit seinem gesamten Wesen empfand, war, dass es ringsum nichts gab, das mit einem rechten Winkel begann oder in einem solchen endete. Die abgerundeten Ränder vereinigten sich an einem Punkt, aus dem man unendlich viele Parallelen zu einer Geraden hätte ziehen können.

Der Wald endete ebenso, wie er begonnen hatte, in einem Kuppeltor. Es war das Paarstück jenes anderen, vielleicht war das gar kein Wald, sondern lediglich ein Arrangement, das einen auf eine neue Dimension vorbereiten sollte. Wäre nicht der schwarze Leopard gemächlich weitergeschritten, man hätte meinen können, er erlebe nur einen stehenden Augenblick.

Jenseits des gewölbten Tors der raschelnden Birken zog sich der Zaun ihres Landhauses hin, genau so, wie er ihn kannte, mit ungestrichenen Latten, vom Wind zernagten und vom Regen abgerundeten Spitzen, auf denen hie und da zerbrochene Krüge steckten. Das Tor war wie stets mit einem Drahtring am Pfosten geschlossen. Er hob ihn an, der Ring sprang hoch und gab das Tor frei, er fiel ihm aus der Hand und rollte davon, wie ein Lebewesen, das soeben der Kette entronnen war. Gräser und allerlei bunte Blumen bedeckten den Pfad, Hahnenkamm, Portulakröschen, Schafgarbe, Klatschmohn und Margeriten. Was mag das für eine Jahreszeit sein, hätte er fragen müssen, da er die Frühlingsblumen Seite an Seite mit den Herbstblumen blühen sah. Aber in der Ekstase, die ihn erfasst hatte, als er so weich und wie auf einem dicken Teppich dahinging, gab es keinen Raum für Verwunderung. Angesichts so vieler ungewöhnlicher Dinge wunderte ihn nichts so wenig wie das Ausbleiben jedweder Verwunderung.

Ebenso das Haus. Es war sich gleich geblieben, der Putz über den aus Lehm gefügten Wänden war ungepflegt, das mit grauen Schilfrohrmatten gedeckte Dach, die niedrige Eingangstür mit der geschwungenen Klinke, als stünde es todtraurig da, die Mundwinkel herabgezogen, die Stützen des

Vordachs verliehen dem ganzen Haus den Anschein einer buckligen Frau, die das Kinn in die Handflächen senkt, die Ellbogen aufgestützt. Und doch wirkte es wie neu; alle seine blassen Farben, die verwischten Kanten und die kleinen trüben Fenster waren in strahlendes Licht gehüllt. Er öffnete die Tür, sie knarrte nicht mehr wie früher, und drinnen schwebte das gleiche helle Licht. Sie erwarteten ihn mit gedecktem Tisch. Alle waren sie dort, Großvater am Kopfende mit seinem weißen Haar, das ihm bis zum ebenfalls fahlweißen Bart hinabhing, dahinter die Großmutter mit den Händen auf seine Schultern gestützt, in der gleichen Haltung wie auf dem Foto auf dem Schränkchen, das entstand, als er von der Front zurückgekehrt war. Dann die noch jungen Eltern und sein Bruder, der mit sieben Jahren an Tuberkulose gestorben war. Alles sah aus wie damals, der Tisch aus ungehobeltem Holz, die niedrigen Stühle ohne Rückenlehnen, die kleine Truhe mit den geblümten Tüchern und der Wäsche aus Leinen, der Wandteppich mit den Rehen darauf, die zur Tränke kamen. Er konnte sich an jede Einzelheit erinnern, da er es freudig wiederentdeckte. Er war derart glücklich, dass ihm die Tränen in die Augen schossen, er konnte sie nicht zurückhalten, wollte sie auch nicht zurückhalten, freute sich, dass sie ihn weinen sahen und daran ermessen konnten, wie sehr er sich darüber freute, dass sie nun alle wieder beisammen waren. Die Teller waren gut gefüllt, auf der hölzernen Platte leuchtete der Maisbrei wie eine Erdkugel aus Licht. Sie schauten ihn an und hatten dabei das gleiche Licht in den Augen, sie blinzelten nicht, und ihre Gesichter strahlten. Der Großvater wies ihm den Stuhl neben dem größeren Bruder.

Komm an unsere Seite, sagte der Großvater, ohne dass sich seine Lippen bewegt hätten.

Er tat einen Schritt voran, wollte soeben mit feuchten

Augen antworten, ohne zu begreifen, was ihm die Tränen trocknete, die über seine Wangen rannen. Dann dachte er zum ersten Mal an seinen eigenen Körper, den er vorerst nicht spürte, lediglich wie ein Bündel Gespenster. Und darum hatte er große Mühe, wiewohl die rechte Antwort von Herzen kam, den Mund aufzumachen, als er antworten wollte. Das Bündel, das bis dahin aus der Summe seiner Gefühle bestanden hatte, löste sich auf. Als erstes erwachte sein Gehör.

Jemand klopft an die Tür, flüsterte er. Sie sagten nichts, verharrten reglos, wartend. Ich sehe nach, wer es ist, und komme wieder …

Er öffnete einen Spalt weit die Tür. Auf der Schwelle stand ein weißgekleideter Mann, die Haare ebenfalls weiß, allein seine Augenbrauen waren schwarz, eine ungewöhnliche Farbe in jener golden überstrahlten Umgebung.

Sie schauten sich einige Augenblicke an, jeder auf seine Weise verwundert. Der Mann mit den weißen Haaren neigte sich ihm zu, lächelte, wandte sich daraufhin um und ging. Er empfand das starke Bedürfnis, ihm zu folgen.

Pantelimon wandte sich dem Tisch zu und klappte das Mobiltelefon auf. Seine Stimme war klar, obwohl sie von weither klang:

Du solltest zur Reanimation kommen, Fräulein. Du wirst es nicht glauben, was wir für einen Besuch haben …

Jacob Botez*.

Der Name hatte seinen eigenen Charme. Jacob Botez, der Ungetaufte, aber er hatte keinerlei Schuld; der seine Geburtsurkunde ausgefüllt hatte, tat nichts anderes, als den Vorgaben zu folgen. Der Knabe Jacob würde den Familiennamen seiner

* Botez heißt rum. Taufe (A. d. Ü.).

Mutter tragen. Und dies vor allem, damit er unbeschwert als Jacob, Sohn des Zevedei, heranwachsen konnte.

Cosmina konnte sein Lächeln beim Aussprechen seines Namens nicht anders denn als Fortsetzung der bis dahin gepflegten Höflichkeit verstehen, vor allem an einem Ort wie diesem, wo die Menschen zu gehetzt, zu erschöpft und zu besorgt waren oder geradezu schmerzerfüllt, als dass sie noch hätten charmant sein können.

Vielleicht hatte sich im Gesicht der jungen Frau noch etwas von der Überraschung bewahrt, die ihr widerfuhr, als sie den Blicken des Patienten in der Reanimation begegnete. Sein Kopf steckte in einem großen Verband, wie ein Turban, der seitlich über die Ohren hinabreichte und unter dem Bart verschnürt war. Seine Stirn, so viel man davon sehen konnte, war blau wie die Fädchen, die sich durch die Ringe um seine Augen zogen. Die Mundwinkel hingen gealtert herab, und seine Lippen waren vom langen Schweigen schmal geworden. Bloß seine Hände mit den unversehrten schmalen Fingern lagen neben dem Körper auf der Decke. An den Fingerspitzen war die Haut verschrumpelt, wie es geschieht, wenn man die Hände zu lange in Salzwasser hält. Umso seltsamer waren seine Augen, die sie, ohne die Kraft zu haben, sich nach rechts oder links zu bewegen, mit einer solchen Neugierde fixierten, als lernte er nun die Welt von den Uranfängen her kennen.

Das kann man doch nicht glauben, wiederholte Pantelimon, der für einen Augenblick vergessen hatte, zynisch zu sein.

Was mag dies für eine Macht sein, hatte Cosmina gefragt, doch eher in Richtung jenes starren und verstörenden Blicks.

Pantelimon holte seine Münze hervor und ließ sie über seine Finger kreisen. Das Schicksal, wollte er sagen. Jemand anderer entscheidet für uns. Oder er vergisst zu entscheiden, und dann gleiten wir durch die Finger.

Wir können noch nicht behaupten, dass er davongekommen ist. Im Unterschied zur Geburt findet die Wiedergeburt in Stufen statt. Vorerst gibt es diesen Ionuţ Penescu lediglich durch Blicke. Stell dir vor, seit einer Woche reglos, und plötzlich beginnen seine geschlossenen Augäpfel zu pulsieren, wie jemand, der unter dem Leintuch tobt. Ich habe seine Lider geöffnet, und was sehen wir da … So fahl dieses Licht hier im Krankenzimmer auch ist, so angespannt waren seine Pupillen, als wäre hier alles ringsum in Goldglanz gehüllt. Er reagiert auf das Licht, also befindet er sich diesseits der Grenze. Nur dass er ein anders Licht sieht, ein anheimelnderes. Als ich seine Lider wieder sinken ließ, widersetzten sich seine Augen nicht, zogen es vor, wer weiß wohin zurückzukehren.

Der Kranke benetzte seine Augäpfel, indem er die Lider schloss, aber als er sie wieder öffnete, blieb sein Blick starr auf Cosmina gerichtet.

Wie viel mag er von dem verstehen, was wir sagen, fragte sie, ohne den Blick von jenen ungewöhnlichen Augen in der bläulichen, knochigen Maske abzuwenden.

Das eine oder andere scheint er zu verstehen, denn, sieh an, was glaubst du, hat er getan? Er hat Tränen in die Augen bekommen! Ich dachte zuerst, es kommt mir nur so vor, du weißt schon, wie bei den Fresken mit den schmalen Heiligen, wenn einen das Licht täuscht und man den Eindruck hat, die Ikone weinte. Aber ich habe seine Wange betastet, die war tatsächlich feucht, dann habe ich ihn mit den Fingerspitzen trockengewischt, und seine Augenwinkel tränten aufs Neue … Wir hielten ihn für tot, und dabei haben wir es mit einem Toten zu tun, der weint … Ich hab schon von Toten gehört, die schwitzen, aber ein Toter, der weint, ist auch für mich etwas Neues. Ich hab mit dem Stethoskop an die Bettstatt geklopft, wie wenn man einen wecken muss, damit er seine Pillen schluckt. Er hat die Augen aufgemacht, und seitdem liegt er so da, wie ein Fisch.

Cosmina konnte sich nicht von dem Blick lösen, es war ihr, als wäre dies das Einzige, was ihn noch mit der Welt verband, sie setzte sich auf das Bett, nahm seine Hand in ihre und blieb so sitzen, bis die Augen des Kranken trocken glänzten und sich hinter die Lider zurückzogen.

Er ist eingeschlafen, hörte sie in ihrem Rücken Pantelimons Stimme. Er ist müde. Merkst du, wie schwer es sein muss, eine Träne zu vergießen, wenn die Träne das Einzige in dir ist, das sich noch bewegen kann …

Weil die Münze ihre Aufgabe erfüllt hatte, steckte er sie in seine Brusttasche, dann legte er die Hand der jungen Frau auf die Schulter, ein Zeichen, dass dort nun nichts mehr auszurichten war.

Deshalb begegnen wir Cosmina nun im Imbiss des Krankenhauses, erfreut und ermuntert, dies auch den anderen mitzuteilen. Wir sehen, wie sie vor der letzten Vitrine, der mit den Süßigkeiten, stehen bleibt und zögernd hinschaut.

Nehmen Sie eine Amandine, hört sie hinter sich eine Stimme. Sie wendet sich um, ein Mann lächelt ihr zu und weist auf die Etagere, auf der die Kuchenstücke verführerisch Schlagsahne und Schokoladenglasuren vermengen: Ich habe sie gestern probiert, sie schmecken sehr gut. Sie haben den altgewohnten Geschmack.

Wie altgewohnt?

Der Mann schien um die dreißig Jahre alt zu sein. Ach ja, altgewohnt heißt, von vor der Revolution. Sie waren Kinder, damals war ihnen alles gut vorgekommen, so wenig es auch geben mochte. Der unerwartete Hinweis störte sie, und um nicht unhöflich zu erscheinen, räumte sie auch der Amandine noch einen Platz auf ihrem Tablett ein. Dann suchte sie sich einen freien Tisch und stellte ihre Teller mit dem Gedanken an den Blick des Kranken ab. Warum nennen wir ihn eigentlich einen Kranken? Woran leidet er denn? Nennen wir ihn doch ab nun einen Patienten, das wird sie Pantelimon vorschlagen. Er wird erwidern: Wenn der Selbstmord nicht auch aus einer Art Krankheit entspränge, würden die Leute wie die reifen Birnen vom Baum von den Balkonen fallen. Vielleicht aber ist die Krankheit die der anderen, nicht seine.

Gestatten Sie?

Erst jetzt merkte Cosmina, wie groß er war. Er nahm ihren überraschten Blick für zustimmend und stellte sein Tablett vor sie hin. Das Buch, das er unter der Achsel getragen hatte, legte er beiseite und bat sie um Salz und Pfeffer, die er lange und umsichtig über seine Speise streute. Cosmina prustete.

Das heißt, fragte er lächelnd.

Ich habe es kommen sehen, dass Sie auch über die Amandine Salz und Pfeffer streuen.

Nur ein bisschen Pfeffer, lachte nun er und schaute sie an.

Sie senkte den Blick in den Teller und fuhr mit dem Essen fort, bis sie seine Aufmerksamkeit spürte; sie hielt inne und schaute ihn fragend an. Er zuckte mit den Schultern:

Ich müsste nun etwas sagen, nicht wahr?

Ich denke schon … Wenn Sie mich so anschauen … Wahrscheinlich haben Sie einen guten Grund, nicht?

Einen Grund, das ist ein kompliziertes Wort. Sagen wir, es war schlicht und einfach … Sie um die Erlaubnis zu bitten, mich an diesen Tisch setzen zu dürfen, um ein paar Worte mit Ihnen zu wechseln. Ein andermal hätte ich vielleicht gezögert, aber jetzt verhält es sich anders, es ist das Jahr der großen Impulse. Man muss mutig sein … vor allem, wenn von einem Schüchternen die Rede ist, wie ich einer bin.

Würde man nicht meinen, dachte Cosmina.

Das Jahr der großen Impulse, wiederholte er. Irgendein Vorurteil? Man kann es auch so nennen, übersprang der Mann eine weitere Grenzlinie. Es ist das Jahr des Drachen. Folgt man seinen Instinkten, so klappt es. Jedenfalls heißt es so. Und für diejenigen, die von Drachen fasziniert sind, gilt das erst recht. Im chinesischen Kalender tragen alle Jahre Tiernamen. Von den Drachen kann man aber nicht sagen, sie seien Tiere. Das wäre zu wenig. Und gewiss nicht auf unsere dreidimensionale Welt passend.

Cosmina saß da, die Gabel in die Luft gereckt. Sie schob den Teller in die Mitte des Tisches, etwas anderes schien ihr nun wichtig zu sein.

Du magst also Drachen, sagte sie und vergaß einen Augenblick, dass sie keine Ahnung hatte, mit wem sie da sprach.

Als wir klein waren, hat uns der Mathematiklehrer eine Geschichte erzählt. Möchtest du sie hören?

Cosmina bejahte und stützte die Ellbogen auf den Tisch.

Eigentlich war ich nicht mehr klein, ich war auf dem Gymnasium. Wir lernten die komplexen Zahlen. Und da er die gewölbte Augenbraue des Mädchens sah, fügte er hinzu: So etwas wie die Wurzel aus minus eins. Es ist eine imaginäre Zahl, auf der Achse der realen Zahlen von minus bis plus unendlich gibt es sie nicht. Ich verstand das nicht, und da fragte ich den Lehrer: Wenn es diese Zahl nicht gibt, warum unterrichten Sie sie uns dann? Als sähe ich ihn vor mir, wir erwarteten, dass er nun die Tafel mit Formeln vollschreibt, er aber setzte sich aufs Katheder und sagte in einem völlig anderen Ton: Einmal, vor langer Zeit, gab es in China einen Mandarin … Ist das nicht seltsam?

Ich hätte mich nicht gewundert, antwortete Cosmina gefesselt. Es gibt keine Frage, auf die die Chinesen keine Antwort gefunden hätten.

Magst auch du die Drachen, fragte er und trat damit in den Kreis ein, der sie umgab.

Sie lachte verschmitzt, öffnete ihre Handtasche, holte ihr Heft heraus und zeigte ihm ein Blatt.

Das ist der letzte. Ich zeichne Drachen, damit sie mir behilflich sind zu verstehen, was ich denke. Ich lasse meine Hand frei laufen und schaue erst am Ende hin. Je nachdem, wie der Drache aussieht, weiß ich, wie ich mich fühle. Schluss, ich zeige dir keinen mehr, das ist mein intimes Tagebuch.

Er neigte sich ihr zu und schob sein Tablett beiseite.

Wenn du die Drachen magst, wird dir auch die Geschichte gefallen … Also erzählte unser Lehrer: Vor langer Zeit lebte in China ein Mandarin. Sein gesamtes Leben hatte er gelernt, wie er gegen Drachen zu kämpfen habe. Er war ein vollendeter Kämpfer geworden. Im hohen Alter jedoch begriff er, dass es in der Welt, in der er seine Gegner gesucht hatte, keine Drachen gab. Und trotzdem, damit seine Gelehrsamkeit und seine Fertigkeiten nicht verlorengingen, eröffnete er eine Schule, in der er die jungen Leute darin unterrichtete, gegen Drachen zu kämpfen. Seit damals habe ich mir vorgenommen, nun auch meinerseits die Drachen zu suchen …

Und was hat das mit der Wurzel aus minus eins zu tun?

Ebendies, dass man die Wurzel aus einer negativen Zahl in unserer Welt nicht definieren kann. Es ist eine Art Abszisse einer anderen Dimension. Wenn man sich auf den vergitterten Verschlag der drei Dimensionen beschränkt, wird man niemals Drachen finden.

Wie willst du es wissen, wenn du ihn findest?

Durch die Wunde an der Hüfte. Es ist eine Art Kampf wie der des Jakob mit dem Engel …

Wenn ich ehrlich bin, habe ich all dies eher spielerisch genommen … Aber vielleicht sind mir die Drachen genau deshalb zugesprungen. Ich werde darüber nochmal nachdenken, das verspreche ich …

Sie wollte das Heft zurück in die Tasche stecken, aber die Dinge fügten sich nicht mehr so wie davor. Sie seufzte und kramte in ihrer Tasche herum, holte das Portemonnaie heraus, dann das wiedergefundene Buch, um alles ordentlich hineinzupacken. Er lachte wieder, nahm sein Buch vom Rand des Tisches und legte es neben ihres.

Beigbeder, entfuhr es ihr. *Die Liebe währt drei Jahre!* Wir reiten auf den gleichen Drachen … lesen das gleiche Buch … Und was noch?

Ich fürchte mich zu fragen, versuchte sie zu scherzen, ohne verbergen zu können, wie verstört sie war.

Das werden wir ja sehen.

Cosmina strich sich die Strähnchen aus der Stirn. Er wies auf das Schildchen mit ihrem Namen.

Ich weiß, wie ich dich finden kann …

Und du? Wer bist du?

Habe ich dir doch eben gesagt … Ich bin Jacob.

Jacob Botez lächelte immerzu, wenn er seinen Namen hörte. Wie über ein Kleidungsstück, das ihm nicht gehörte oder das er in Eile verkehrt herum angezogen hatte.

Es war Sonntag. Sie hatte dies überrascht festgestellt, als sie sah, wie viele Leute auf den Alleen spazieren gingen. Da wäre noch etwas, das nicht dort steht, hatte Pantelimon gesagt, als er sie bat, langsam und betont den Eid des Hippokrates vorzulesen, nachdem er sie in seine Abteilung aufgenommen hatte. Cosmina war der Festakt, an dem die Ärzte und Assistentinnen der Chirurgie teilgenommen hatten, ein bisschen lächerlich vorgekommen, aber letztlich verstand sie, dass solch eine absurde Zeremonie angesichts des Absurden, dem man im

Kampf mit dem Tod auf Schritt und Tritt begegnete, keinen Misston bedeutete. Da wäre noch etwas, hatte Pantelimon gesagt. Von diesem Augenblick an nützen dir die Kalender überhaupt nichts mehr, du kannst sie wegwerfen. Du wirst keinen Samstag und keinen Sonntag mehr haben, wirst dich keiner Feiertage mehr erfreuen, wie es die anderen Menschen tun, es wird weder Tag noch Nacht für dich geben. Es wird nur noch dies für dich da sein, hatte er hinzugefügt, dabei die Silbermünze hervorgeholt und ihr beide Seiten gezeigt, als wollte er sie an die beiden Gesichter des Schicksals erinnern. Dann winkte er sie heran: Zeig mir die Uhr! Cosmina hielt ihm verwundert den Arm hin. Schön, befand er, kauf dir eine andere! Das Absurde schritt voran. Sei's drum, in der Welt des Absurden ist plus unendlich eine Zahl wie jede andere auch. Hier, klärte Pantelimon sie auf, ist das einzige Zeitmaß der Intervall zwischen zwei Herzschlägen. Du trittst ein in die Zeit, indem du die Herzschläge misst. Wenn es nicht mehr schlägt, bist du aus der Zeit raus. Diese Uhr nützt dir nichts, sie hat keinen Sekundenzeiger. Hätten wir uns nach den Intervallen deiner Uhr gerichtet, wir alle wären längst gestorben. Da die Damenuhren zumeist keinen Sekundenzeiger haben, fand Cosmina eine große silberne Männeruhr, Silber war ohnehin das einzige Metall, woraus sie sich ihren Schmuck auswählte. Bis ihr Großvater in den Schubladen herumgekramt und ihr seine alte Pobeda-Uhr geschenkt hatte. Schau nicht so, weil es eine russische Uhr ist, war sein Kommentar, die Russen haben sich immer schon darauf verstanden, gute Dinge herzustellen, vor allem, wenn sie diese von den Deutschen stehlen konnten.

Lach nicht mehr über meine Uhr, sagte Cosmina, als sie den Arm ausstreckte, um die Krümel zu verstreuen, und das Zifferblatt unter der Manschette herauslugte.

Ich lache überhaupt nicht, widersprach Papi, wiewohl ihr Gesicht das Gegenteil zeigte. Auch ich trage Kleidungsstücke von meiner Großmutter. Sie haben viel Energie in sich gespeichert, da sie so lange getragen wurden. Weißt du, der schwarze Mantel mit dem Pelzkragen und dem Muff … Nun ja, wenn man die Hände in diesen Muff steckt, erfüllt einen ein Glücksgefühl. Stimmt schon, der Mantel hat meiner Großmutter gehört, nicht meinem Großvater … Sie lachte herzhaft: Komm, Mädelchen, sei nicht sauer …

Großvater liebt diese Uhr sehr. Es war der erste Gegenstand, den er sich nach der Entlassung aus dem Gefängnis gekauft hat.

Heute ging sie nicht ins Krankenhaus, sie hätte nicht die Uhr anlegen müssen, die im Rhythmus des Herzens schlägt. Aber die Bitte des Großvaters im Sinn, hatte sie, ohne weiter darüber nachzudenken, die Uhr angelegt, als Unterpfand. Jedes Mal beschrieb er ihr die Alleen, damit sie die Bank fand, auf die sie sich setzen sollte. Und wenn sie besetzt ist? Sie ist etwas zurückversetzt, und die Rückenlehne ist nicht mehr ganz, die beachtet niemand. Und dazu gibt es dort eine weiße Taube mit grauen Federspitzen an den Flügeln, die den Schwanz halbrund aufstellt, als wäre sie ein Pfau, immerzu bleibt sie am Rand stehen, mengt sich nie unter die anderen, du musst es ihr zuwerfen, näher ran.

Schau dort, wies Cosmina, diese Taube dort ist Großpapas Liebling. Seit er das Haus nicht mehr verlässt, hat er mir die Krümelmission übertragen. Die ganze Woche sammelt er vertrocknete Rinden, sagt, es sei schade, das Brot wegzuwerfen, wahrscheinlich hat er das auch noch aus dem Gefängnis. Dann zerkrümelt er es.

Nimm sie doch alle auf einmal, Mädelchen, wieso wirfst du sie schier einzeln, als wolltest du Fische füttern?

Er sagt, man muss ihnen Krümel für Krümel zuwerfen, damit sie einen erkennen und spüren, dass man sie liebt.

Na und, sieht er uns etwa?

Großpapa kann man nicht täuschen …

Großpapa, also der größere Vater, übrigens der einzige Mensch, den sie hatte, nachdem ihre Eltern beide bei einem Autounfall gestorben waren. Der Laster war absichtlich in sie hineingefahren, sagte der Alte, wenn er sich in seinen Sessel setzte und klagte. Sie dachten, ich sitze drin, mich wollten sie umbringen.

Er fragt mich jedes Mal, fuhr Cosmina fort. Ich fürchte mich vor der mit dem radförmigen Schwanz, die ist imstande und fliegt an unser Fenster und verpetzt mich. Großvater kennt die Sprache der Vögel, musst nur mal hören, wie er pfeift …

Papi wusste nicht, ob sie lachen oder das alles ernst nehmen sollte, das heißt, ob es sie noch mehr belustigen dürfte …

Bei deinem Leben?, erwiderte sie.

Da hast du die Richtige für deine Frage gefunden … Hast offenbar vergessen, dass ich Expertin in Todesdingen bin.

Gib auch mir was davon, versuchte Papi sie abzulenken. Vielleicht liebt mich dann auch jemand …

Sie warf ihnen die Krümel einzeln hin und fand für jede einzelne Taube einen Spitznamen: Nimm hier, Wuschelkopf, komm her, Petticoat, nun hast auch du, Tante Aglaia … Sie hörte auf und wischte sich befriedigt die Hände, dann schaute sie sie eindringlich an:

Hör mal, Mädel, komm mal her!

Sie befühlte ihr Gesicht mit den Fingerspitzen, roch daran, und um nicht fehlzugehen, leckte sie mit der Zungenspitze darüber.

Bring mich um, wenn du dich nicht schminkst!

Lass das mit dem Umbringen, wandte Cosmina sich ab

und beugte sich vor, um mit ihren Brotkrümeln knapp vor die rundschwänzige Taube zu treffen.

Papi lachte und klatschte in die Hände.

Mädelchen, du bist verliebt!

Und weil Cosmina nicht reagierte, weder heftig wie sonst noch amüsiert wie über einen Scherz, nahm Papi sie am Arm und flüsterte:

Wer ist es? Kenne ich ihn?

Wie solltest du ihn kennen, ich kenne ihn ja selbst nicht …

Sag bloß, du hast dich in einen Kerl aus einem Film verliebt … Das passiert den braven Mädels, plötzlich drehen sie durch … Und seit wann bist du so drauf? Vorgestern im Club schienst du deine Sinne noch beisammenzuhaben …

Die Tauben vergrößerten den Kreis, warteten. Die rundschwänzige flog auf einen Ast, um von dort aus die Szene zu betrachten. Die Welt ähnelte einer Filmszene, in der die Statisten auf ein Zeichen hin kopfschüttelnd und gestikulierend von der einen auf die andere Seite gehen, als hätten sie sich etwas Wichtiges zu sagen. Cosmina wechselte das Gesprächsthema:

Ich habe irgendwo gelesen, dass sich dir das Schicksal durch Übereinstimmungen offenbart, und dass es dabei nur auf die Dinge ankommt, die überraschend sind.

Und dir ist das widerfahren?

Als wenn du in einen Spiegel schautest und einen Mann sähest … nicht neben oder hinter dir, sondern an deiner Stelle. Was würdest du sagen?

Das ist ja schlimmer, als ich dachte, sagte Papi und schaute ihren Finger an, auf dem ein Rest ihrer Schminke verblieben war.

Cosmina schüttelte leicht den Kopf, dann wandte sie sich um und fasste die Freundin um die Schultern.

Wie kannst du sagen, dich liebt niemand? Schau, du hast doch mich …

Und sie hatte Erfolg, denn Papi hörte auf mit der Fragerei, beendete sie sogar mit einem Seufzer:

Ach, Mädchen, nicht von dir war die Rede …

Du hast doch Efrem …

Papis Augen füllten sich mit Tränen.

Er hat mir heute Morgen gesagt, dass er nach England geht.

Und was ist daran schlimm?

Er hat einen Dreijahresvertrag bekommen … Ich glaube nicht, dass er wieder zurückkehrt …

Was ist denn in ihn gefahren?

Fragst du mich? Du kennst ihn besser als ich, schließlich hast du uns zusammengebracht … Was soll schon in ihn gefahren sein? Was hat die alle gepackt, die sich auf die Socken machen und in die Welt hinausgehen?

Warum gehst du nicht mit ihm?

Um was zu tun? Ich bin Biologielehrerin. Schau mich an, zwei Meter lange Fingernägel, grüne Haare, nicht einmal als Hausmädchen würde mich da jemand annehmen. Außerdem packt man das nicht so an … Weißt du, der idiotische Augenblick, wenn der Mann an deiner Seite plötzlich aufsteht, als hätte ihn eine Tarantel gestochen … gerade in dem Moment, da du ihn gerne noch eine Weile in den Armen hieltest, und als fiele ihm ein, dass er hier am falschen Platz ist, seine Kleider zusammensucht. Diese Geräusche nerven mich am meisten, der Gürtel, dessen Schnalle klappert, und der nun zugeschnürt wird, die Reißverschlüsse, die geschlossen werden. Und anstelle alles anderen wendet er sich um und sagt: Ich habe mir gedacht, nach England arbeiten zu gehen. In sechs Tagen muss ich dort in einem Krankenhaus antreten. Macht man das so? Und was soll ich dann sagen, komm, Bruder, ich komme auch mit … Was ist denn mein Leben? Ein Putzlappen, mit dem man Fußböden aufwischt, der ausgewrungen wird, bevor es von vorne losgeht?

Sie konnte nicht an Papis Stelle antworten. Auch sie hatte sich diese Frage seit einiger Zeit nicht mehr gestellt. Die Bücher hatten noch nie etwas gefragt. Was möchtest du werden, wenn du mal groß bist, hatte der Großpapa gefragt, als sie das erste Krönchen in der Schule bekommen hatte. Sie lüpfte den Rocksaum und antwortete zeremoniös: Ich möchte, wenn ich mal groß bin, ein Buch sein. Und so ist es dazu gekommen, dass die Wände ihres Zimmers sich stapelweise auffüllten und ihr Leben sich in einer Unmenge von Büchern vervielfältigte.

Und wozu nützen jetzt all diese Bücher, fragte Papi fuchsig und wischte sich die Tränen mit dem Handrücken weg.

Die Luft war durchscheinend und vibrierte. Wie üblich, hörte Jacob, der Sohn des Zevedei, ihn nicht hereinkommen. Er schaute hoch, musste ihn nicht einladen, sich hinzusetzen, auch andere Höflichkeiten waren nicht vonnöten.

Im Zimmer gab es keine Bücher. Hierher passten keine Kinderträume, was man einmal werden wollte, wenn man groß war. Die Wände waren leer und stets frisch geweißelt. Jede Hinzufügung war überflüssig. Auf dem Schreibtisch – Blätterstapel zwischen einfache Deckenpappen gequetscht. Auf jedem Deckel ein einzelner Name. Was nur bedeuten konnte, dass der Autor nicht den passenden Namen für das gefunden hatte, was er hier aufgeschrieben hatte, oder, eher noch, dass er sich in einem illusorischen Zustand befand und lediglich eine der Personen war, während sich der wirkliche Autor woanders aufhielt.

Zu viel Philosophie, sagte die Stimme.

Jacob achtete nicht darauf und überflog die Seiten ohne Eile, zumal die Stimme nicht wusste, was Langeweile bedeutet.

Ich dachte, das ist bloß eine Laune, sagte er, nachdem er fertig war. Er suchte den passenden Stapel und packte die Blätter auf die anderen: Die Art von Erzählung, bei der die Alten den gestrigen Tag vergessen, aber sich daran erinnern, was ein halbes Jahrhundert zuvor geschehen ist … Ich habe den Eindruck, der Journalist ist schuld …

Er will ein Buch darüber schreiben …

Viele wollen plötzlich Bücher schreiben. Zu Zevedeis Zeit dachten die Leute mehr nach, sie redeten nicht so viel und schrieben erst recht nicht. Jetzt verhält es sich genau umgekehrt. Sie reden und schreiben ohne nachzudenken. Wundert es dich da, wenn die Dinge so laufen, wie sie laufen?!

Immer wieder mal macht die Welt gewisse Dinge auf maßlos übertriebene Weise, gab die Stimme zu bedenken. Stets etwas anderes, aber immer ist es zu viel.

Das sagte auch mein Vater, die Welt kann ihren Rand nicht halten …

Darum gibt es uns, fügte die Stimme hinzu und wieherte rau.

Ich habe dich noch nie lachen gehört … dachte, du kannst das gar nicht. Woher all die Heiterkeit?

Das ist keine Heiterkeit, antwortete die Stimme aus einer anderen Ecke. Aber wenn du mehr verstehst als die anderen, kannst du so lachen. Es ist wie eine Art Vision von der Welt …

Jacob schlug mit der Hand auf die Deckel über den Papierstapeln.

Die Dinge scheinen unter Kontrolle zu sein.

Alles ist eine Frage der Biografie, fügte die Stimme hinzu. Die Macht, die du über die Welt hast, bemisst sich nach der Distanz zwischen Biografie und Autobiografie. Die Menschen denken das von sich, was sie sein möchten. Wir suggerieren ihnen, was sich gehört.

Die Materie bestimmt den Geist.

Das ist so eine Redensart, die Biografie gebe die Autobiografie vor, pflichtete die Stimme bei.

Da braucht es aber noch etwas …

Das habe ich vermutet. Ich habe die anderen Stimmen herbeigerufen. Habe sie mir angehört.

Gib mir das Stückchen Papier, bat Jacob ihn.

Er glättete das Blatt und las verwundert:

Ionuț Penescu … Ist auch der so eine Art Drache?

Er war kurz davor, einer zu sein … ein Selbstmörder vom Sonntag, etwas in der Art von Dostojewskis Figur. Ein klein bisschen anders, gewiss …

Du überraschst mich mehr und mehr! Lesen wir jetzt Dostojewski?

Ich habe ihn vor langer Zeit gelesen, mein Freund … Und er fuhr fort, als merkte er nicht, wie sich Jacobs Miene bei diesem Namen verfinsterte: Ebenso wie es Basisdaten hinsichtlich des stimmlichen und digitalen Fingerabdrucks gibt, gibt es auch den charakterlichen Fingerabdruck. Dostojewski ist da ein wahres Archiv. Dann Shakespeare, Dickens, Balzac, Flaubert, Tolstoi. Es genügt, die russischen Schriftsteller des 19. Jahrhunderts zu lesen, um zu begreifen, warum die bolschewistische Revolution hatte stattfinden müssen.

Und für den Dezember 1989, wen hätte man da lesen müssen?

Das ist zu früh gekommen. Zwei Revolutionen in einem Jahrhundert, das ist zu viel. Darum hat die Restauration die Revolution überholt. Er krächzte wieder: Aber uns, uns stört das keinesfalls, nicht wahr …

Jacob wand das Stückchen Papier zwischen den Fingern.

Was hat Dostojewski mit dieser Geschichte zu tun?

In den *Dämonen* gibt es eine Figur, Kirillow, der sich mit aller Gewalt umbringen will. Er ist darauf vorbereitet, wartet lediglich noch auf das Zeichen, damit er sich nicht ganz und gar sinnlos umbringt. Dieser Andere, von dem wir reden, wollte sich zu einem bestimmten Datum umbringen. Für ihn stand der Selbstmord im Kalender.

Was für ein Kalender?

Der christliche Kalender, selbstverständlich. Was für einer denn sonst?

Hat auch der Selbstmord seine Heiligen? Und wann feiert man den Tag dieses Heiligen der Selbstmörder?

Das hängt davon ab …

Wovon hängt das ab?

Von dem Tag, an dem du dreiunddreißig Jahre alt wirst …

Ich glaube, ich habe das Fest verpasst, flüsterte Cosmina und rückte den Stuhl nahe ans Kopfende des Bettes heran.

Ja, es wäre an der Zeit, wenn du dich rings umschaust, dass auch wir mal etwas zu feiern haben, damit sich unser Gemüt beruhigt, sagte Pantelimon, setzte die Brille auf und näherte sich dem Bildschirm. Aber ehrlich, mir fällt nichts ein.

Herzlich willkommen!, fuhr Cosmina fort. Wir hatten nichts zu seinem Empfang vorbereitet, als er zum ersten Mal die Augen aufgeschlagen hat. Er hat uns überrascht.

Pantelimon mit seinem silbernen Haar beugte sich zu ihr hin und wies auf den Bildschirm.

Bei einem Koma wie diesem überrascht dich alles, am wenigsten der Tod …

Sprich leiser, damit er dich nicht hört …

Ganz sicher hört er mich, sagte Pantelimon ohne jeden Rückhalt in der Stimme. Das Gehör ist der wachsamste Sinn, du schellst deinen Patienten ja auch mit dem Glöckchen am Ohr, wenn du sie aus der Anästhesie aufweckst. Das Gehör stirbt zuletzt, wenn das Herz schon aufgehört hat zu schlagen. Und wenn du auf die Welt kommst, ist es ebenso. Von all dem, was außerhalb des Bauches geschieht, der dich trägt, kannst du lediglich ein bisschen was hören … Die Sache aber ist, dass unser Mann zwar hört, das Gehörte aber nicht verstehen kann.

Cosmina benetzte das Handtuch mit Wasser und wischte ihm über das Gesicht, als wollte sie versuchen, die bläulichen Schatten rings um seine Augen wegzuwischen. Dann strich sie ihm über die Schläfen.

Genau dort sitzt das Problem, sagte Pantelimon. Zwischen Schläfe und innerem Ohr ist der Abstand ganz gering, nicht einmal fingernagelbreit. Aber da ist etwas, das sich nicht verbindet. Wie bei einem Dyslexiekranken. Er sieht die Buchstaben, aber er kann sie nicht lesen. So auch er, er lebt in einer Welt der Töne und Laute, die er nicht versteht.

Woher weißt du das?

Hast du vergessen, dass ich ihn hergestellt habe? Nicht einmal der liebe Gott hätte so viel Geduld aufgebracht, ihn auseinanderzunehmen und wieder zusammenzuflicken …

Cosmina konnte die Augen nicht abwenden von der bandagenumhüllten Maske, aber die Frage galt nicht dem Kranken:

Du wirst durchknallen, Professor, nicht wahr? Merkst du schon, wie du abzudriften beginnst?

Was willst du denn anderes von einem Chirurgen erwarten? Du musst richtig verrückt sein, wenn du nicht durchdrehen willst. Schau, das geht so …

Der Doktor ohne Silberlinge nahm seine Münze hervor und warf sie hoch. Sie fiel herab und kreiste in immer kleineren, vibrierenden Ringen.

Kopf, riet Pantelimon. Das ist gut. So habe ich es gehalten. Und jetzt pass auf. Sagen wir, der Mann liegt da, wo die Münze liegt, die Arme seitlich des Körpers, wie in Rembrandts *Anatomie des Dr. Tulp*. Nur dass die Dinge in seinem Kopf überhaupt nicht klar sind, ich ziehe an seinem linken, und der Tod zieht am rechten Arm. Mal ziehe ich stärker, mal er. Der arme Mensch hält sich an uns, mal auf dieser Seite der Grenze, mal auf jener. Wenn die Dinge zu entgleiten drohen, kommst auch du mir noch zu Hilfe, du ziehst mit mir, und wir holen ihn wieder zurück. Aber wenn der Tod ihn zu sich hin zerrt, zieht er auch mich hinterher. Es kommt vor, dass ich nicht weiß, auf welcher Seite der Grenze ich mich befinde, woher ich ziehe. Vielleicht wechseln wir manchmal die Plätze, der Tod und ich.

Hat er seitdem nochmal die Augen aufgemacht?

Du kennst den Blick eines Babys, wenn es den Schatten seiner Hände auf der Wand sieht. Es hat den Eindruck, eine neue Welt entdeckt zu haben, und es vergeht einige Zeit, bis es begreift, dass es unter den Schatten dort selbst auch vorhanden ist, wenn es sich bewegt. So verhält es sich auch mit deinem Mann hier. Er macht die Augen auf und schaut, als wären wir, die anderen, Projektionen auf einem Betttuch.

Er beugte sich hinunter, hob sein linkes Augenlid hoch und untersuchte das Auge mit einer kleinen Stablampe.

Die Beweglichkeit bei Licht ist gut. Ich würde sogar sagen, er schaut mit einer gewissen Gier. Aber etwas enttäuscht ihn an unserem Licht … Was soll ich denn tun, Alterchen, wandte er sich an den Kranken, wir haben kein anderes. Vielleicht war dort, woher du zurückgekehrt bist, das Licht besser, und du konntest es mit dem Löffel essen, wie Konfitüre …

Lass ihn Musik hören, riet Cosmina. Ich spüre, dass wir etwas tun sollten, aber ich weiß nicht, was …

Aber du verstehst, dass auf diesem »Ich-weiß-nicht-was«

die ganze Erde ruht? Wenn wir das wüssten, sähe die Welt komplett anders aus, und meine Silbermünze hätte nur eine Seite.

Das *Cellokonzert* von Penderecki …

Gott bewahre! Damit wiegt der Tod seine Kleinen. Das ist nicht das Wiegenlied, das er brauchen kann, er hat lange genug geschlafen …

Cosmina erhob sich:

Ein Arzt dürfte sich nicht seelisch an seine Patienten binden, nicht wahr?

Er muss ihr Bestes wollen, so sagt es Hippokrates. Du musst sie pflegen, nicht liebhaben … Die Liebe, sosehr du dich auch bemühtest, ist besitzergreifend und egoistisch, du kannst nicht ohne Grausamkeit lieben. Merke dir, was ich dir gesagt habe … Wenn du glaubst, den Tod zu betrügen, dann täuschst du dich. Je stärker du von dieser Seite her ziehst, umso kräftiger wird auch er ziehen. Je lieber du einen Kranken hast, umso lieber wird ihn der Tod haben.

Er zeigte ihr die Münze.

Du auf der einen Seite, sie auf der anderen. Kopf und Zahl, Weiß und Schwarz.

Das wäre tatsächlich ein Fehler, sagte Efrem und wies auf die Röntgenbilder, die vor der Leuchttafel hingen. Es ist nicht so einfach, wie es scheinen mag. Die Welt in Schwarzweiß ist nuancenreicher als die in Farbe. Die Farben machen es eher komplizierter, als dass sie etwas aufklärten. Kannst du das Grüne mit dem Roten vergleichen? Wo hat man schon von farbigen Prinzipien gehört? Von Wörtern, die angestrichen wären wie die Ostereier.

Cosmina trat an die großen Fotografien heran, auf denen die Schädel wie Lichtgloben aussahen. Auf dem Tisch lagen ein paar weitere Aufnahmen.

Das sind sie ebenfalls, klärte Efrem sie auf. Ich mache auch Farbbilder, da verstehe ich besser, was ich sehe.

Was muss man verstehen, Efrem?

Heidegger.

Cosmina lachte auf eine Weise, die Efrem an Papi erinnerte.

War Heidegger auch Radiologe?

Wie alle großen Philosophen. Efrem nahm ein Farbfoto vom Tisch und befestigte es neben dem Schwarzweißbild, auf dem die Augenhöhlen schwarz strahlten. Pass auf, hier: *Sein* und *Dasein**. Er wies auf die Radiografien: *Sein*. Dann auf das Farbbild: *Dasein*. Das in die Zeit, in die Welt gefallene Wesen, verschmiert von den Lichtbrechungen.

Er riss eines der Bilder von der Tafel und hielt es sich vor die Brust.

Das ist der Kern, das Wesen. Wir sind verkehrt herum gebaute Muscheln. Den weichen Kern tragen wir wie eine Umhüllung, und das, was stark ist, die Kalkschicht, der Traum, sitzt tief drinnen. Mit uns hat das Leben sich zu schützen vergessen. Schau dir diese Klischees an. Alle lächeln sie. Das *Sein*, das Wesen ist heiter, es ist stark und absolut, es ist das Lachen eines nicht enthüllten Knochens. Leider verbirgt ihn das Fleisch mit seinen Leidenschaften und seinem Leid.

Welcher ist er, fragte Cosmina, während ihr Blick über die Schädelgalerie glitt.

Erkennst du ihn nicht, fragte Efrem. Geh näher ran, hab keine Angst. Hast du den Eindruck, er gleiche dem Tod?

* *Sein* und *Dasein* sind im Original in Deutsch (A. d. Ü.).

Cosmina wies mit dem Finger auf eine der Radiografien.

Siehst du, rief Efrem. Du holst den Fotografen, und das Foto ist fertig! Lächeln, die Augen auf, Brust heraus. Bei mir musst du nicht lächeln, das Lächeln ist geschenkt. Ich mache eine Radiografie von dir, das heißt, ich fotografiere das Antlitz deines Todes … Du schaust sie dir an und freundest dich mit ihr an, legst ihr den Arm in den Nacken, und ihr streunt zusammen durch die Straßen …

Er ging nahe ran und klopfte mit dem Finger auf das dunkle Dreieck der Nasenpyramide.

Ja, mein Fräulein, der ist es! Ich beglückwünsche dich, Liebe auf den ersten Blick … Woran hast du ihn erkannt?

An den Zähnen … Alle seine Vorderzähne sind zerbrochen …

Er hätte nicht unbedingt in den Asphalt beißen müssen, um zu wissen, dass es keine Orange ist …

Cosmina betrachtete aufmerksam die Umrisse seiner Kieferknochen.

Welches ist die Schläfe?

Hier, zwischen Ohr, Auge und Gehirn. Das Bermudadreieck. Die weichste Stelle, an der man mehreres gleichzeitig treffen kann, denn da kommen mehrere Dinge zusammen. Schließlich bist du doch Ärztin, warum fragst du?

Weil ich nicht sehen kann, dass dort etwas in Unordnung ist …

Das wirst du auch nicht sehen … Du suchst Knochenbrüche und müsstest eigentlich Lichtbrechungen suchen … Dein Mann hat sich umzubringen versucht, indem er sich eine Kugel in die Schläfe gejagt hat.

Nein, stimmt nicht!

Selbstverständlich stimmt das nicht. Nur war der Schlag genauso heftig wie eine Kugel. Schau hier … Es ist wie beim

Hängen, ein kleiner Riss zwischen dem Atlas- und dem Axis-Wirbel. Sonst ist alles in bester Ordnung. Eigentlich ist nichts in Ordnung …

Und was ist da zu tun?

Das ist nicht mein Beruf. Ich bin Fotograf. Ich bilde jenes Lächeln ab, das durch das Fleisch verborgen wird. Für den Rest hast du den Doktor ohne Silberlinge. Was sagt er?

Nichts, er wirft mit der Münze …

Und was sagt die Münze?

Mal dies und mal jenes …

Efrem wiegte den Kopf.

Dann wird es so sein … Er bedeutete der jungen Frau, näher zu kommen: Siehst du diese Wand? Die Äderchen in der Wand nennen wir Risse. In einer Woche kommen sie und streichen neu an. Schluss mit den Äderchen. Ein andermal warten wir jahrelang. So auch beim Menschen. Manchmal werden die Risse durch neuen Putz verdeckt, manchmal nicht. Oder aber wir streichen drüber, und darunter bleibt alles abgeblättert.

Cosmina schaute immer noch die Radiografie an, dann drehte sie sich plötzlich zu ihm um. Efrem hatte mit seinen Aufnahmen herumhantiert.

Stimmt das, was Papi mir gesagt hat?

Alles, was Papi sagt, ist wahr. Nicht einmal, wenn sie lügen will, kriegt sie es hin.

Warum tust du ihr so etwas an?

Stell dir ein paar Eisenbahnlinien vor. Sie führen in die gleiche Richtung und trennen sich in einem bestimmten Moment, dann kommen sie wieder zusammen. Im Depot, wenn sie aufbrechen, und wenn sie zurückkehren, schließen sie die Quadratur des Kreises. So auch wir. Hin und wieder stimmt die Richtung nicht mehr, dann muss man die Weiche umstellen. Besser, als mit meiner Mutter zu leben, ohne ihr irgendwie helfen zu können, gehe ich weg und kann ihr wenigstens etwas Geld schicken. Und was Papi betrifft, sie wird bald jemand anderen finden. Sie kommt aus einer guten Sippe, die vor dem Leid noch andere Möglichkeiten kennt. Ich hätte sie ohnehin nicht mitnehmen können. Dort, wo ich hingehe, ist die Welt härter, dort kommst du nur allein durch.

Warum musst du dich für eine härtere Welt entscheiden?

Efrem nahm sie an der Hand und ließ sie vis-à-vis von ihm auf einem Stuhl Platz nehmen.

Jene Welt ist härter, weil ihre Spielregeln korrekt sind, und du bist verpflichtet, sie zu beachten. Und so haben auch die Menschen, da sie diese Regeln beachten, allen Grund, sich auch gegenseitig zu achten.

Er zog einen Umschlag aus der Tasche.

Den habe ich soeben bekommen. Darin befindet sich ein Geldschein. Die Leute wissen, dass man dem Arzt etwas zukommen lassen muss … Wenn du dir diese Radiografien anschaust, sie sind alle gleich, unabhängig davon, ob jemand dafür bezahlt hat oder nicht, der Tod verändert ihr Grinsen nicht, den kann man mit keinen Umschlägen bestechen. Man konnte sagen, es handelt sich um eine Art Honorar, aber da nun auf der Tür nichts von solch einem Honorar steht, ist es schlicht und einfach Bakschisch. Wie bei den Kellnern, den Platzanweisern im Theater oder den Jungs, die einem im Hotel das Gepäck aufs Zimmer bringen. Ich nehme das Geld an, denn ich muss es unter den Assistentinnen verteilen, die ansonsten, nur auf ihr Gehalt angewiesen, verhungern würden. Auch muss ich noch Materialien fürs Labor kaufen, mit dem, was uns das Krankenhaus zur Verfügung stellt, könnte ich jeden Monat bloß zwei Wochen arbeiten. Bei euch in der

Chirurgie bringen die Patienten sich das Verbandszeug und die Medikamente von zu Hause mit. Ich kann die Buckligen und Tuberkulosekranken nicht losschicken, Substanzen aufzutreiben, von denen sie noch nie gehört haben und die auch nicht eben leicht zu beschaffen sind. Ich rede nicht von meinem Gehalt, das gerade für drei Restaurantrechnungen reicht, und dann bleibt noch ein unbezahlter Kaffee.

Das dürfte alles nicht so einfach sein, flüsterte Cosmina. Die Erklärungen … Wenn es nur ums Geld ginge …

Ich rede nicht nur vom Geld. Ich rede vor allem vom Leben, das einem zwischen den Fingern zerrinnt. Dem der Kranken, zu deren Betreuung einem die Mittel fehlen, und vom eigenen Leben, für das einem jede Begründung fehlt. Ich lebe hier in einem Beinhaus. Der größte Teil meines Lebens spielt sich in einer Gruft ab … Und was, glaubst du, sehe ich statt des Himmels, wenn ich von hier rauskomme? Eine größere Gruft. Eine Gruft über der anderen, wie in einem Spiel mit Bauklötzen. Wie Matrjoschkas, Gruft über Gruft …

Wer weiß … Vielleicht wird sich das ändern …

Gewiss. Bis sich die Dinge ändern, bin ich alt und krumm.

Wir sind noch sehr jung, probierte es die junge Frau.

Efrem schnalzte mit den Fingern.

Hast du das Warten denn nicht satt? Oder merkst du, vergraben in deine Bücher, nicht, wie die Zeit vergeht? Besser wäre, du überlegtest dir auch, nach England zu kommen …

Nein, ich will nicht. Eigentlich habe ich darüber überhaupt noch nicht nachgedacht. Und schließlich kann ich Großpapa nicht alleinlassen …

Wie wäre es denn, wenn du ihn fragtest?

Ich werde ihn nicht fragen … Er würde sagen, ich soll nicht an ihn denken, sondern tun, was für mich besser ist. Wenn er wüsste, dass gerade er mich daran hindert, wäre er imstande, seine Medikamente ins Spülbecken zu werfen … Aber ich muss mich um ihn kümmern, darf ihn nicht in die Situation bringen, für mich zu entscheiden.

Efrem suchte zwischen seinen Fotografien herum und entschied sich für einen Karton, auf dem er zwei Zeilen notierte.

Dies ist die Adresse, an die du schreiben kannst, schickst einen Lebenslauf, und sie kümmern sich um alles Weitere …

Weil Cosmina zögerte, die Notiz entgegenzunehmen, steckte er sie ihr in die Tasche. Dann nahm er ein Zelluloid vom Bildschirm ab.

Nimm auch dies. Das Porträt des Künstlers als junger Mann. Für alle Fälle, wenn du den Bruch an seiner Schläfe heilen willst, darfst du nicht zum Maurerpinsel greifen, nimm einen feinen Pinsel. Sonst verletzt du mehr, als du heilst.

Sie ging gedankenverloren und wich im letzten Moment noch den im Laufschritt getragenen Bahren und den Krankenwärtern aus, die lauthals darum baten, Platz zu machen. Sie hüllte sich in ihren Mantel und blieb einen Augenblick an der Bordsteinkante stehen. Deshalb freute sie sich, ihn an das Auto gelehnt dastehen zu sehen. Cosmina kannte sich mit Autos nicht aus, dieses jedoch war außergewöhnlich elegant und schien funkelnagelneu zu sein mit seinem dunklen Glanz. Jacob umarmte sie, dann küsste er ihr flüchtig die Hand.

Woher wusstest du, wann ich herauskomme, fragte sie und gab auf diese Weise vor, die Begegnung für ihr erstes richtiges Treffen zu halten, das sie ebenfalls günstigen Umständen zuschrieb.

Ich wusste es nicht, sagte er, ohne ihre Hand loszulassen. Ich hätte auch noch eine Weile warten können.

Er öffnete die Tür. Die Sitze waren aus feinstem Leder, und

das Auto kam ihr riesig vor, jedenfalls hatte sie bis dahin ein solches nicht gesehen.

Wie schön es ist, rief die junge Frau aus, und es klang nach einer angenommenen Einladung. Das muss einen Haufen Geld gekostet haben, so viel wie ein Haus …

Mit Stockwerk und Garten, lachte er …

Und unbedingt einem großen Hund, fügte sie hinzu. Wir hatten einen, er war nicht böse, bloß gegen diejenigen, die er für böse hielt. Kannte sich aus mit den Menschen. Vor zwei Wochen hat man ihn vergiftet. Wer mag wohl so gemein sein, so etwas zu tun?

Jacob fand es nicht angebracht, zu antworten.

Er hieß Fidel …

Wie Castro?

Wie alle Hunde, die wir hatten. Es scheint kein sonderlich guter Name für Menschen zu sein, aber auf Hunde passt er sehr gut. Dann: Halt mal kurz an!

Wohnst du hier, fragte Jacob, der Sohn des Zevedei, als hätte er es nicht gewusst.

Ach nein! Ich wohne ein paar Straßen weiter. Ich habe es dir doch gesagt, beim Hof. Hier ist der Park, der zwischen den Wohnblocks noch übrig geblieben ist, auch ein See mit Seerosen, die haben große Blüten, wie Krautköpfe.

Ich kenne diesen Ort.

Ja? Sie wandte sich um. Wir sind uns nie begegnet. Ich würde mich erinnern.

Ich aber glaube nicht … Wir sind uns beispielsweise schon einen Tag früher im Speisesaal begegnet … Du schienst dich nicht erinnert zu haben.

Vielleicht war ich abgelenkt. Das kommt schon mal vor … Wir sehen allerhand traurige Dinge, und dann …

Es ist wie mit dem Fotoapparat. Du behältst es nur, wenn

du auf den Auslöser drückst … Die Menschen sind eher wie ein Fotoapparat denn wie eine Filmkamera. Sie brauchen das Klicken.

Sie ging wiegenden Schrittes die Allee hinab, als tanzte sie, ja, sie drehte sogar eine Pirouette mit seitlich weggestreckten Armen.

Ich komme immer hierher, sagte sie und wandte sich zu ihm um. Ich füttere die Tauben. Großpapa bereitet die Krümel aus getrockneten alten Brotresten vor. Aber was rede ich da ständig, du kennst Großpapa ja nicht.

Er aber kennt mich wahrscheinlich, sagte er und packte sie am Arm.

Was willst du damit sagen?

Die Alten wissen sehr viel mehr als wir.

Sie zeigte ihm an, er solle sich hinsetzen. Der Park war leer, zwei, drei Laternen bemühten sich, ihre Lichtkreise zu vereinigen, und ließen damit die Randzonen noch finsterer erscheinen.

Großpapa hat mich erzogen, sagte Cosmina und nahm die Handtasche auf den Schoß, die Hände darüber. Meine Eltern sind gestorben, als ich klein war, ein Autounfall. Ich erinnere mich nicht mehr an sie, kenne sie nur aufgrund von Fotos. Als ich achtzehn Jahre alt wurde, hat Großpapa mir ein sehr schönes Geschenk gemacht. Er hat mir ein Gedicht vorgelesen …

Ist er Dichter, fragte Jacob, weil ihm dies nahezuliegen schien.

Ich glaube, er hätte es gekonnt. Das Leben hat ihm seine Träume so ziemlich halbiert. Weißt du, er hat lange im Gefängnis gesessen, als er Student war … Es ist ein Gedicht von Tudor Arghezi, »Vielleicht ist es an der Zeit«. Soll ich dir die letzte Strophe vorsagen? »Lasst uns die kalte Asche auf die alten Altare packen, / Ihr noch einmal Glut verleihen, fruchtbaren Rauch, / Verstreuen ihn als Saat auf künftigen Fluren, / Auf späten Ertrag dann hoffen, trauern auch.« Also dass ich groß geworden bin, wollte Großpapa sagen, aber das machte ihn auch ein bisschen traurig, denn er hatte nicht genug Zeit, sich an meiner Kindheit zu erfreuen. Eines Tages stellte er überrascht fest, dass ich kein kleines Mädchen mehr war. Das sind Ertrag und Trauer. So geht es mir nun auch, ich habe nicht genügend Zeit, bei ihm zu sein. Wenn ich meinen Ertrag einbringe, eine andere Art Ertrag, wird es mir sehr wehtun. Großpapa wird immer kränker. Er verlässt nicht einmal mehr das Haus … Vieles belastet ihm die Seele, und das will er nicht mit sich herumschleppen … Aber sag du mir etwas über dich … Warum bist du zum Krankenhaus gekommen? Bist du krank?

Jacob lachte.

Das musst du mir sagen …

Äußerlich scheinst du es nicht zu sein … Vielleicht hast du jemanden darin als Patienten …

Ich war tatsächlich wegen jemandem gekommen. Ein entfernter Cousin. Ich bin gewissermaßen sein einziger Verwandter, die anderen wollten nicht mehr so recht etwas mit ihm zu tun haben, er hatte sich abgeschottet, lebte in einer Welt, die sie nicht verstehen konnten.

Hast du ihn gesehen, mit ihm gesprochen? Wer ist es? Vielleicht kann ich dir behilflich sein …

Ich habe ihn nicht gesehen. Das heißt, sie haben es mir nicht erlaubt. Bis er nicht aus der Reanimation raus ist.

Wenn er in der Reanimation liegt, muss ich ihn kennen. Fast alle von dort hatten mit der Anästhesie zu tun. Wie heißt er?

Ich möchte über diese Dinge nicht reden. Gib mir lieber deine Handtasche, damit wir sehen, wie du dich so fühlst …

Meine Handtasche? Kannst du in den Schminkutensilien lesen? Weißt du, ich benutze sie nicht wirklich, nun ja, heut habe ich mich ein bisschen zurechtgemacht …

Ich will nicht die Schminksachen sehen. Möchte, dass wir uns dein Tagebuch anschauen. Die letzten Seiten.

Er schlug das Heft auf.

Ist das von heute? Jacob beugte sich über die Seite, um in der Dunkelheit besser sehen zu können.

Cosmina bejahte. Sie beugte sich hinab, sie berührten sich an der Stirne.

Der ist nicht allzu fröhlich, unser Drache, und Jacob drehte das Blatt zu sich hin. Dich ärgert die Welt ringsum, am liebsten würdest du sie zurückweisen. Schau, das Feuer schießt nicht durch seine Nüstern, es kommt woandersher. Die Flügel sind größer und ausgebreiteter als gewöhnlich. Die Augen haben keine Pupillen, sie sind wie die der alten griechischen Statuen …

Was bedeutet das?

Du bist durcheinander. Das Gefühl einer gewissen Angst, immerhin besser als Todesgedanken. Vergiss nicht, es ist das Jahr des Drachen. Die Zeit der Anfänge.

Er schloss das Heft und gab es ihr zurück. Sie ließ ihre Hand in seiner.

Wie kommt es, dass dir all dies gelingt, flüsterte sie. Dass ich mit einem Mal das Gefühl habe, du bist mir so nah, als kennten wir uns schon lange. Ich muss dir gar nichts mehr über mich sagen.

Manchmal muss man sich nichts sagen, flüsterte Jacob und beugte sich zu ihrer Wange hin.

Das Mädchen schloss die Augen und empfing den Kuss, ohne die Hände im Schoß zu lösen. Dann, allmählich, stufenweise in diesen Kuss hinabsteigend, wandte sie sich um und umklammerte seinen Nacken mit den Armen. Erst als ihr die Handtasche von den Knien glitt, lösten sie sich, und er bückte sich, sie ihr aufzuheben. Cosmina legte die Hand auf den Mund.

Ich kann nicht küssen, nicht wahr?

Der Kuss ist eine Weise zu kommunizieren, antwortete der Mann. Wichtig ist, dass man etwas zu sagen hat. Du beispielsweise, möchtest du mir etwas sagen?

Cosmina nickte zustimmend. Jacob legte ihr den Finger auf die Lippen.

Sprich in Gedanken davon, wenn du mich küsst …

Er überdeckte ihren Mund mit dem seinen; angetrieben von all den Worten, die sie ihm zu sagen sich scheute, öffnete sie die Lippen.

Siehst du, es war sehr viel besser.

Wie einfach das ist … Gilt das für jede Art Umarmung, wie intim auch immer? Und sie weiter: Ach, was sage ich da … Sag lieber du …

Er beugte sich wieder zu ihr hin, aber sie stoppte ihn.

Nein, nicht das … Erzähl mir von deinem Cousin, sonst werde ich jeden Patienten in der Reanimation fragen, ob er dich kennt.

Ich fürchte, du ahnst schon, wer es ist, durch Ausschluss. Denn er wird nicht in der Lage sein, dir zu antworten. Er liegt im Koma …

Im Koma? Wart mal … doch nicht etwa … Hat er versucht, sich umzubringen?

Ich hatte gehört, man könne nichts mehr für ihn tun …

Herrgott! Ionuţ! Du bist Ionuţ Penescus Cousin …

Eigentlich sind unsere Mütter Nichten, ich weiß nicht, welchen Grades.

Was ist er für ein Mensch? Erzähl, vielleicht hilft uns das …

Hilft? Geht also doch noch etwas?

Gestern früh hat er die Augen aufgemacht. Nein, nicht doch, zuerst hatte er Tränen in den Augen. Und das war alles. Ionuţ … Das ist ja unglaublich … Ihr scheint keinerlei Gemeinsamkeiten zu haben …

O doch, sagte Jacob. Mehr, als du dir vorzustellen vermagst …

Darf ich raten?

Er beugte sich herab und küsste sie auf die Stirn. Dann flüsterte er ihr ins Ohr:

Beide sind wir in diesem Monat dreiunddreißig Jahre alt geworden …

Filip zog seinen Schemel etwas zur Seite. Er wollte nicht direkt vor dem alten Herrn sitzen, er hatte bemerkt, dass dieser sich erst wohlfühlte, wenn er beim Nachsinnen die Dinge überblicken konnte.

Eigentlich, hatte Filip zu Cosmina gesagt, habe ich den Eindruck, es ist eher eine Verlängerung seiner Einsamkeit als der Versuch, sich von ihr zu befreien.

Warum sollte er es dann tun, hatte Cosmina gefragt, als sie die mit der kleinen und ordentlichen Schrift von Filip bedeckten Seiten umgeblättert hatte.

Um zu zeigen, dass er verstanden hat. Dass sie ihn letztlich nicht besiegt haben. Sein Leben war eine Prüfung, aber nicht auch der Tod. Warum hat er all dies nicht schon vor langer Zeit getan?

Ich glaube nicht, dass du die Antwort erfahren willst …

Der Alte gab ihm mit der Hand ein Zeichen. In Gedanken versunken, hatte Filip nicht gemerkt, dass er die kleine Tischlampe verrückt hatte und deren Lichtkreis die in die Decke gehüllten Knie des Alten beleuchtete.

Es gibt etwas Schlimmeres als den Tod, sagte der Alte, nachdem er eine Weile reglos verharrt hatte, die Augen starr auf die Wand gerichtet, bis die Mauer sich zu bewegen und aufzulösen begonnen hatte. Schlimmer als der Tod ist der Tod, der nicht mehr kommt. Man fällt immerzu, aber die erlösende Erde, auf der man sich verstreut wie eine rote Meduse, verspätet sich. Du weißt nicht einmal mehr, wohin du fällst, weißt nicht, ob dort der Kern der Erde liegt, ein anderer Kern oder bloß ein taubes Dröhnen. Das ist der Abgrund oder, besser gesagt, das Nichts. Es fällt schwer, das Nichts als zum Menschsein gehörend zu bestimmen. Ebendies ist das Grauenhafte dieser Erfahrung: In dir ist nichts mehr, nicht einmal du bist mehr dort. Stell dir den jungen wartenden Apostel vor, die anderen werfen mit Steinen auf ihn, denn dort, wo sie sich befinden, weiß man nicht mehr, was Sünde und was deren Gegenteil ist. In jenem Raum gibt es Sühne, aber keine Erlösung. Und nun kommt die schreckliche Seite: Unter denjenigen, die auf dem Boden einen möglichst großen und kantigen Stein suchen, um damit auf den am Boden kauernden Apostel zu werfen, befindet sich der Apostel selbst. Wenn du dahin gelangst, dein eigenes Wesen zu belauern, zum eigenen Folterer zu werden, wo kannst du dich dann noch verbergen?

Was dich in jedwedem Winkel belauert, hinter dir her hetzt, ist nichts als eine Stimme. Es kann eine zufällige Stimme, und es kann sogar deine innere Stimme sein. Starkes Licht blendet dich, du kannst dich davor nicht schützen, indem du die Augen schließt. Du siehst nichts, das Licht stochert wie ein Operationsmesser in deinen blutenden Augen herum. Du hörst nur die Stimme, die dich nicht anherrscht, sie bleibt sich immer gleich, denn sie ist nicht zu erweichen. Die meisten Fragen sind stets die gleichen. Du antwortest selbstverständlich auf die gleiche Weise. Name, Vorname. Name des Vaters, der Mutter. Ob sie politisch aktiv waren und wo. Ob du Politik gemacht hast und welche. Wir wissen es ohnehin, aber wir wollen es aus deinem dreckigen Maul hören. Diese Fragen werden so oft wiederholt, dass du irgendwann damit beginnst, deine Antworten anzuzweifeln, vielleicht ist nicht dies mein Name, und dies sind auch nicht meine Eltern. Vielleicht bin auch ich nicht der, der ich zu sein meinte. Dann beginnt der Wahnsinn. Nicht wahr, dein Vater war ein Schuft? ... War er nicht, antwortest du ... Einmal, zweimal, die Frage schlägt dir an die Schläfe, wie auf einen Ambos. Das Eisen glüht, Funken sprühen. Ja doch, schreist du plötzlich verzweifelt, er war ein Schuft und Verräter. Und deine Mutter war eine Hure ... Ja ... Und du bist nicht einmal der Sohn deines Vaters, wer weiß, mit wem dich deine Mutter gemacht hat. Ich bin nicht, bin nicht mehr. Und deine Schwester ist gegen Bezahlung mit den deutschen Soldaten ins Bett gegangen, für ganz wenig Geld, so gut wie nichts, nur weil es ihr Spaß machte ... Ja, ja, ja, auch meine Schwester ... Auch deine Freunde müssen bestraft werden, alles Verräter! Sag uns ihre Namen, damit wir sie bestrafen ... Und die Zellengenossen, die im Schlaf den Arbeiterstaat beschimpfen und uns nicht alles gestanden haben, was sie wissen ... Und du ... fuhrst hoch: Ich? Wer ich?

Peinlich genau schrieben sie dies alles auf. Du musstest unterschreiben. Du hast überhaupt nichts mehr begriffen, sie legten dir eine ältere Erklärung vor, und du schriebst mit zitternden Fingern ein paar Zeilen ab, aus denen du nicht schlau wurdest. Unter die Handgelenke legten sie dir ein Blatt Papier, damit die Wunden unter den Handschellen keine Flecken verursachten, die Wunden hätten beweisen können, dass alles ein Hirngespinst war, das Blut hat eine Identität, die man nicht wegwischen kann, die Stimme des Blutes vernimmt man nur von Blut zu Blut; doch ihr Blut hat niemand gesehen.

Du konntest beten, nicht wahr? Selbst wenn du nicht zur Kirche gebracht wurdest und die von anderen aufgeschriebenen Gebete nicht kanntest, konntest du dir deine eigenen Gebete erfinden. Aber nicht dort, mein Lieber, dort nicht. Die Augen zu schließen und zu beten wäre zu einfach gewesen, und dann, wenn du den Erlöser suchtest, trafst du statt seiner auf eine Gestalt, die dich entsetzte. Unser Erlöser hing kopfüber, sein Kreuz war krumm, häufig fehlte ein Balken, sodass ein Arm leblos baumelte, in die Stirn waren ihm geschwungene Hörner gesteckt worden, und seine Nüstern verströmten Schwefelgestank. Damit der Ort der Gebete zu dem der Sünden werde, hielt man schwarze Messen ab. Du konntest anbeten oder lästern, nach Lust und Laune. Nur dass du dich gezwungen sahst, anzubeten, was nicht angebetet gehört, und zu verdammen, was der Verdammnis nicht mehr würdig war. Du musstest Satana anbeten und dich den mit Tierblut beschmierten und mit teuflischem Schmuck behängten Dämonen unterwerfen. Die Liturgie verwandelte sich ebenso wie die Kultgegenstände in eine Abfolge von Widerwärtigkeiten und Obszönitäten, die von den Illuminaten der Finsternis durch die Nase psalmodiert wurden. Und wir mussten das unter tiefsten Verbeugungen wiederholen. Und siehe, an einem Ostertag, welch ein Wunder, zeigte sich uns der Erlöser, den wir kannten, wie durch den Nebel. Nur dass wir uns diesmal nicht mehr niederknien durften, wir mussten der Reihe nach an ihm vorbeigehen und ihn anspucken, ihn verhöhnen, und wenn uns die Scham daran hinderte, uns am Fuße des Kreuzes zu erleichtern, wurde uns der Kübel gebracht, damit Hass und Scham nicht verpufften.

Es hätte uns schmeicheln müssen, dass Jesus mit uns litt. Aber wir schauten nicht mehr schmerzerfüllt auf die Leiden eines anderen, sondern nur noch mit der Angst, sie würden uns selbst auch ereilen. Die Folter war niemals umsonst, und ihre Leistungsbilanz war maximal. Es bedeutet Zeitverlust, nur jeweils einen zu foltern, der wird sich dann allein quälen, wenn es ihm nicht gelingt, schließlich seine Seele auszuhauchen. Die Folter musste ein kollektives Schauspiel sein. Wir anderen mussten zuschauen. Und dann die Beichte dessen mit anhören, der mit zerschmetterten Lenden, mit Fingern, aus denen das Blut von den herausgerissenen Fingernägeln troff, mit bluttränenden Augen und aufgerissen herabhängenden blauen Lippen, die die Kiefer mit den zerbrochenen und herausgeschlagenen Zähnen nicht mehr bedecken konnten, vollkommen geheilt wirkte. Und dieser, der, soweit sein aus den Fugen geratener Verstand und die zerschundenen Kiefer ihm das Sprechen erlaubten, zermantschte die Wörter und rezitierte vor den anderen seine Entlarvung. Sag, Bandit, Verbrecher, wir wissen alles, aber wir wollen es aus deinem stinkenden Maul hören, uns kannst du nicht belügen, sag, was du beim Verhör nicht gesagt hast, ja, ich bin schuldig der kriminellen Verbrechen an der Arbeiterklasse, ich danke denen, die mir geholfen haben, meine Fehler einzusehen, sowie der Partei, die, indem sie mich so bestraft, wie ich es verdiene, mir dabei helfen wird, frei und entschlossen gegen diejenigen zu kämpfen, die ihre gemeinen Ränke schmieden gegen den Sozialismus und das arbeitende Volk. Und wenn dein Vater sich unter den Feinden des Volkes befände, würdest du ihn wie einen Hund erschießen, wie er es verdiente? Wie einen Hund! Und deine Mutter? Auch die … Nein, besann er sich schnell, Mutter nicht! … Dann folgte der Tanz, die Stiefel, die ihm in den Bauch traten, das Trinken der Salzlake, ohne einen Tropfen Wasser danach zu bekommen, und derart noch einiges mehr. Verfügte der Mensch über genügend Widerstandskraft, um nicht ins Reich der Gerechten hinüberzuwechseln, so wechselte früher oder später seine Mutter zu den Kriminellen hinüber, die ausgemerzt gehörten.

Mithin werden zu einem bestimmten Zeitpunkt alle so weit sein, sich zu gleichen. Alle tragen sie ein Gesicht, und das ist deines. Diejenigen, die dich foltern, diejenigen, die deinen Schlaf belauern und dein Wachsein vergiften, diejenigen, die deinen Mund in den Kübel mit den Ausscheidungen der anderen drücken, die dir mit den Stiefeln die Brühe hinschieben, damit du sie auf allen vieren und ohne Löffel wie die Viecher schlabberst, diejenigen, die deine Erinnerungen verhöhnen und deine Erwartungen zunichtemachen, sie alle werden dein Antlitz tragen. Und dann kannst du nirgendwo mehr hin fliehen. Die Ränder deiner Seele, die Zügel deines Verstandes, sie fallen auseinander wie die Dauben eines Fasses, dessen Reifen geplatzt sind.

Nach so langer Zeit konnte er die Stille mit allen fünf Sinnen spüren. Manchmal betastete er sie, wie man mit dem Finger die Kante zwischen Licht und Schatten spüren kann. Ein andermal schaute er sie sich an, und dann rührte der Himmel kein einziges Blatt. Ihr Geschmack war kühl, er hätte für einen wie ihn, der erst nach dem Einbruch der Nacht das Haus verließ, auch gar nicht anders sein können. Nun beschnupperte er sie, die Stille hatte einen ganz bestimmten Geruch, der an den Duft von Quittenblüten erinnerte.

Du kannst nicht wissen, von welcher Seite die Stille kommt. Manchmal ergibt sie sich aus heiterem Himmel, wie ein Hauch. Dann wiederum erwächst sie aus den Rissen im Erdreich, oder sie senkt sich wie ein öliges Seil vom Himmel herab.

Manch einer fürchtet sich, wenn es zu still ist. Sie denken, von einem Augenblick auf den nächsten könne etwas geschehen, sie hören Geräusche, die es nur in ihrer Phantasie gibt, spüren Blicke, die ihnen in den Nacken stechen, erspähen mit überspannten Sinnen etwas hinter den Türen, die sie öffnen. Schon seltsam, wie die Stille, die doch so freundschaftlich ist, solche Zustände provozieren kann. Aber dies nicht ihretwegen, daran sind wir schuld. In dem Augenblick, da die Stille die uns umgebende Luft hell und klar werden lässt, können wir auch das eigene Antlitz deutlicher sehen, stehen wir unseren Ängsten von Angesicht zu Angesicht gegenüber. Die ungehindert aus den Winkeln hervorkriechen, unter den Fußböden zischeln, Flämmchen wie Gesichte aufflammen lassen oder uns geradewegs die Krallen zwischen die Schultern hauen.

Es wird dir nicht gelingen, dich von deinen Ängsten zu heilen, wenn du meinst, unter den Menschen lebend und in ihr Gewusel eingemengt, könnte dich die Furcht nicht mehr erreichen. Da gehst du fehl, denn tatsächlich suchen nicht die Ängste dich, sondern du bist es, der sie, ohne es zu merken, sucht. Also versteckst du dich umsonst, sie werden dich nicht suchen, aber du wirst sie schließlich finden.

Sodass ich mich entschieden habe, die Stille zu überwinden. Bis zu jener frostigen Nacht, als ich ziellos herumlief, wusste ich nicht einmal, was das bedeutet; nun ja, ich hatte auch etwas getrunken, und die ansonsten vertrauten Straßen schienen mir unbekannt, also hätte ich, ohne etwas falsch zu machen, auf jeder von ihr dahingehen können. Diese Allee ist, wie man gut sehen kann, eine Sackgasse, der, der sie geplant hat, wusste, wie er sie beginnen, nicht aber, wie er sie enden lassen könnte. Dann dachte ich mir, das war ein Zeichen, eigentlich ein erstes Zeichen, denn sehr bald folgten in schneller Folge weitere. Als ich das Zaungitter sah, das den Weg abschnitt, wäre es ein Fehler gewesen, in der Meinung umzukehren, ich hätte die falsche Richtung eingeschlagen, wie hätte ich dies tun können, wo ich doch nicht einmal wusste, wohin ich ging? Das Tor stand halboffen, ich drückte daran, aber es bewegte sich nicht. Also musste ich durchschlüpfen, in jene Welt konnte man nicht einfach so eintreten, wie man ein Ladengeschäft oder ein Kaffeehaus betritt. Ebenso die Tür am Ende jener sieben Stufen, die in eine Art Halbkeller führten. Der Raum war dunkel, ich würde sagen, sehr viel düsterer als die Nacht draußen, denn in der unterirdischen Stube mit den buckligen Wänden, eine verlassene Gruft, gab es keine Lichtquelle. Und trotzdem, das Dunkel war von einer ganz bestimmten Art, es war ungleichmäßig, weil da auf den Wänden noch dunklere Formen spielten, der Raum schien von Körperstreifen bevölkert zu sein, schwarzen Flammen, die sich wie Echsen wanden. Und in der Mitte, auf dem Fußboden liegend, aber bestens vom Dunkel abgehoben, als käme das Licht aus seinem Inneren, der Einsiedler. Anfangs verblüfften mich seine Augen. Leer, aufgerissen, schreckgeweitet und klar, dabei auf etwas schauend, das sich in der Schwebe zu befinden schien. Er stützte sich auf den linken Ellbogen, und sein rechter Arm war erhoben, sodass man nicht wissen konnte, ob dieser Arm den alten Mann schützen sollte oder das Gespenst, auf das er schaute. Mehr tot als lebendig, ließ er sich sanft in meine Arme sinken. Und ringsum war ein Gelächter zu hören, dann ein Zischeln, die finsteren Silhouetten zerrannen durch die Risse in den Wänden, wie wenn man Wasser auf heißen Sand gießt. Der Alte murmelte etwas Unverständliches, doch schließlich erkannte ich, dass er die Dämonen namentlich ansprach, diese aber wussten nicht, ob er sie, da er sie namentlich kannte und aufrief, herbeirief oder verscheuchte.

Ich sagte ihm, es sei besser, von dort wegzugehen. Er fasste nach meiner Hand und schaute mich unverwandt an: Wo willst du mit mir hingehen?, flüsterte er. Hier ist überall. Und überall ist hier. Ich schaute auf die Wände, an denen die Gesichte wie in Strömen übers Fensterglas herabfließender Regen hinabrannen. Ich blieb noch eine Weile, ohne dass einer von uns etwas sagte. Mein Leben hatte bis dahin keinerlei Bedeutung gehabt, ich hatte nichts, das ich hätte hinterlassen können, wie seltsam, das Wort zu suchen, das dir das Leben erklären soll, und es nicht zu finden.

Der Alte lehrte mich, der Seele des Hauses zu lauschen, der Seele der Straßen, wie ich das Ohr an die Baumstämme legen soll, um den Odem der Bäume zu spüren, wie ich das Ohr, als hätte ich einen Schwanenhals, auf die eigene Brust legen und meinen Herzschlägen lauschen soll. Er lehrte mich, mithilfe der Atmung in mir selbst zu reisen, in Regression und Projektion. Er lehrte mich, wie ich, im Dunkel lebend, mich vom Licht nähren kann. Wie ich, im Abfall wühlend, die Welt durch das verstehen lerne, was sie hinterlässt, und nicht durch das, was ich von ihr verlange. Er hat mir seine Erleuchtungen hinterlassen, aber mit diesen auch die Dämonen.

Nachts ergießen sie sich durch die Dachrinnen und folgen mir im Hüpfschritt. Ebenso die Gespenster und die Nattern, die aus ihren verborgenen Löchern hervorzischeln, die Hausschlangen Salamandra und Basilisk. Dies ist ein Gefolge, das die Nachtluft ihrer Ängste entledigt, das den Schlaf ruhig sein lässt und die Träume zuhanden. Je blindwütiger, schlängelnder und geschuppter die Gespenster sind, umso reiner und klarer ist die Luft ringsum. Und dann kann ich die anderen Gespenster sehen, die nicht meine Projektionen sind, sondern die einer anderen Welt, die über ihre eigenen Dämonen – wiewohl über keine Erleuchtungen – verfügt. Nachts sehe ich, wie einige auf der Lauer liegen, wie sie darauf lauschen, was die Stadt im Schlaf spricht, wie sie Spiegelscherben unter Nasenlöcher halten, um im Atemdunst die Träume der Leute zu erkennen. Doch vor allem höre ich die Stimmen. Sie schreien nicht, man würde meinen, es seien sämige Abflüsse durch Rohre oder so ein Summen wie in den Drähten der Hochspannungsleitungen. Aber es sind menschliche Stimmen, auch wenn sie keinen menschlichen Brustkörben entspringen und nicht hin und wieder innehalten müssen, um zu Atem zu kommen. Es sind menschliche Stimmen, denn es gäbe sie nicht, wenn es nicht die anderen Leute gäbe, die sie hören oder auf sich nehmen.

Er sah das schwarze Auto davonfahren und hatte den deutlichen Eindruck, es seien drei. Die junge Frau schaute nur ihn an, hörte die Stimme nicht.

Pantelimon warf die Münze hoch und fing sie mit beiden Händen wieder auf. Er öffnete sie langsam, schüttelte den Kopf und warf sie noch einmal. Diesmal drehte er die Hände um, bevor er hineinschaute.

Was treibst du da, fragte Cosmina.

Ich gebe dem Schicksal zu tun. Bei den Dingen, die ich es frage, ist es leicht mit Ja oder Nein zu antworten. Nun gut, wenn ich die Hände darüber schließe und sie umdrehe, weiß das Schicksal nicht mehr, was rauskommen wird. Es sagt Ja, und dabei bleibt es, wenn ich die Hände, schau her, so halte. Aber wenn ich sie umdrehe, wird es ein Nein. Verstehst du?

Muss ich das verstehen?

Was ist das Leben, fragte Pantelimon.

Eine Frage mit zweifelhafter Antwort, zumal in jenem Krankenzimmer, in dem der Patient in Verbandszeug vergraben, an allerlei durchscheinende Beutel und leuchtende Bildschirme angeschlossen, in seinem Bett lag. Aber Pantelimon kam mit jeder Situation zurecht. Er hatte die Münze auf seiner Seite, und er zeigte sie, zwischen den Fingern steckend, vor.

Wenn das Leben lebenswert ist, ist es eine Weise, die Welt zu verstehen. Eine Art, gegen das Schicksal anzukämpfen. Pass auf! Wieder warf er die Münze und fing sie zwischen den senkrecht aufgerichteten Händen auf: Wenn ich die Hände nach links neige, wird es Kopf oder Zahl sein. Wenn ich sie nach rechts neige, wird es Zahl statt Kopf oder Kopf statt Zahl sein. Das Schicksal gibt uns die erste Antwort. Aber die letzte Antwort ist meine. Ich bin des Schicksals Schicksal.

Vielleicht solltest du dir ein paar Tage freinehmen, sagte Cosmina und wiegte leicht den Kopf. Und diese Münze müsstest du hin und wieder in der Schublade liegen lassen.

Dies ist meine Macht über das Schicksal, sagte Pantelimon und steckte die Münze tatsächlich in die Tasche, doch nur um sich eine Zigarette anzuzünden. Mit einem Blick auf den Kranken überlegte er es sich jedoch noch einmal: Sie ist wie Aladins Lampe, fügte er hinzu. Ich reibe die Münze zwischen den Fingern, und das Schicksal stellt sich ein. Ich überlege, welche Fragen ich ihm stellen will, und es antwortet. Nur dass die Antwort nicht immer so ausfällt, wie ich es will. Auf diese Weise wechseln wir hinüber in die Zone der Götter.

Cosmina erhob den Zeigefinger und gebot Schweigen. Die Lippen des Kranken bewegten sich im Versuch, etwas auszudrücken. Er hatte die Augen geschlossen, aber die Pupillen waren wach.

Pantelimon beugte sich über ihre Schulter.

Frag nicht, flüsterte er. Er antwortet jetzt auf ältere Fragen.

Wusstest du, dass er einen Cousin hat, fragte Cosmina.

Vielleicht … In seinem Ausweis steht, dass er sogar Mutter und Vater hat. Was mir plausibel vorkommt, wenn ich bedenke, dass er irgendwann einmal geboren wurde. Jedenfalls hat niemand nach ihm gefragt.

Doch, er sagt, er habe ihn gesucht, aber man habe ihm gesagt, er sei in der Reanimation. Du lässt keinen Besucher hier reinkommen.

Und das ist auch richtig. Das hier ist Grenzgebiet, hier dürfen nur die Grenzer her. Die Patienten in der Reanimation sind fast alle im Zustand der Bewusstlosigkeit, und es ist nicht gut, sie so zu sehen, weder lebend noch tot. Wenn sich die Sache geklärt hat, den Umständen entsprechend auf die eine oder andere Weise, mögen sie kommen und sie sehen.

Du hast keinerlei Mitleid mehr, nicht?

Wie viel Mitleid soll ich denn noch haben? Auch ich habe, als ich in deinem Alter war, noch ein bisschen für diesen und jenen übriggehabt. Du holst etwas aus dir raus, dann nochmal und nochmal, bis es alle ist. Und das ist kein Brunnen, den der Regen wieder auffüllt. Wie du siehst, entleeren einen die Tränen eher …

Pantelimon knetete die Zigarette noch eine Weile zwischen den Lippen, roch daran und steckte sie ergeben wieder in die Brusttasche. Er schaute gedankenverloren zum Fenster hinaus.

Komm her, flüsterte Cosmina, den Zeigefinger neuerlich erhoben.

Diesmal versuchte der Kranke, die Augen halboffen, etwas zu sagen. Es gelang ihm sogar, denn die Lippen hatten sich nicht bloß geöffnet, sondern am Ende der Worte sogar stumm wieder geschlossen. Cosmina beugte sich hinab, bis sie seine Atmung auf ihrer Wange spürte. Er wiederholte seine Rede, aber das war zu viel für ihn, und er schloss erschöpft wieder die Augen.

Was sagt er, fragte der Arzt ohne Silberlinge.

Ich bin mir nicht sicher, dass ich ihn richtig verstanden habe. Ich glaube, er hat »seiend« gesagt. Vielleicht ist das nur ein Bruchstück aus einem längeren Wort.

Woher denn, hätte Efrem gesagt, und wäre in Tanzschritten durch sein transparentes Beinhaus getrippelt. Es ist genau das richtige Wort, das Wort, das uns beim Treppensteigen mit dem alten Herrn Heidegger noch gefehlt hatte. Und er hätte mit dem ausgestreckten Finger Cosmina direkt auf die Nasenwurzel gewiesen: *Sein*. Dann, mit seitlich ausgestreckten Armen, zum Lächeln hin, welches die Schmerzen des Fleisches nicht verbergen können, dabei erleuchtet wie in den Stummfilmen: *Dasein*. Und nun folgt unbezweifelbar das *Seiende*.

Du kannst dem alten Heidegger und Efrem ausrichten, dass die Medizin genau in dem Moment beginnt, in dem sie der Philosophie die Tür vor der Nase zuknallt. Pantelimon wandte sich lächelnd um: Gut, Freud kannst du durchs Fenster schauen lassen.

Mit Efrem musst du dich beeilen, sagte Cosmina und strich die Decke, auf der die Arme des Kranken lagen, glatt. Er wird nach England gehen, hat dort Arbeit gefunden.

Tolle Leistung … Was gibt es für einen Unterschied zwischen einem englischen Toten und einem unserer Toten?

Vielleicht gibt es für die Radiologen einen Unterschied, antwortete Cosmina und schaute mit traurigem Lächeln Pantelimons Bemühungen zu, mittels hochgeworfener Silbermünze den verschlungenen Wegen des Schicksals auf die Schliche zu kommen. Die Engländer mögen fotogener sein …

Gib mir jenen Papierschnipsel, bat Jacob. Er las ihn noch einmal, dann legte er ihn auf den Tisch: Es reicht. Ich kann allein weitergehen.

Die Stimme war wie gewöhnlich hereingekommen, ohne

Grußformel. Jacob spürte sie in den Vibrationen der Luft, sie entleerte gewissermaßen den Himmel, was ihn zwang, ganz tief einzuatmen.

Das ist nur so eine Redeweise, nicht wahr, fragte die Stimme.

Was willst du sagen?

Dass du allein weitergehst … Das ist nur eine Stilfigur. Niemand geht allein, man müsste fortwährend zurückschauen. Und auch dann würde man seine Spuren nicht erkennen. Du kannst deine Spuren nicht von denen der anderen unterscheiden. Man braucht uns, damit wir sie dir verwischen.

Keine Sorge …

Ha!, plusterte sich die Stimme auf. Noch habe ich die Spuren von einer Generation zur anderen zu verwischen, was sollen mir dann die von einem Tag auf den anderen … Immerhin ist das leichter. Die Spuren der Lebendigen riechen menschlich, die kann man erschnuppern. Es kommt nur darauf an, dass man anderen zuvorkommt, was nicht schwer ist, wenn man, im Unterschied zu den anderen, wenigstens weiß, was man sucht.

Jacob aber war der Sohn des Zevedei.

Bei den Toten ist es etwas komplizierter. Ihre Spuren muss man vor allem im Bild der anderen über sie suchen. Zu jener Zeit waren sie leichtsinniger, sie glaubten, es würde sie ewig geben. Sie verrichteten ihre Arbeit schlampig, es kümmerte sie nicht sonderlich. Sie verfolgten sie offen, ohne zu wissen, dass dies ihre große Schwäche war. Die Leute wussten es und hüteten sich. Dass man über sie hergefallen ist, dass man die Fußböden aufgerissen und die Schränke durchwühlt hat, dass man die gemauerten Herde zerschlagen und in den Gärten alles durchgewühlt hat … dass man seine Zeit mit allerlei Torturen vertan hat … mittelalterliche Dummheiten …

Die Stimme pfiff in unmittelbarer Nähe, sie war zufrieden:

Jetzt muss man sie nicht einmal mehr suchen, um sie zu finden. Man muss sie nicht rufen, sie kommen von allein. Es ist wie eine Bibliothek, in der sich die Bücher selbsttätig umblättern, man muss den Finger bloß auf die Seite legen, die einen interessiert. Bei den Toten muss man nicht allein deren Spuren verwischen, sondern auch die Spuren derjenigen, die in ihre Spuren traten. Da reicht es nicht, das Buch in der Bibliothek durchzublättern, du musst auch die Liste seiner Leser ermitteln.

Jacob, Sohn des Zevedei, schaute ins Leere.

Ich mag es nicht, so zu reden …

Ich auch nicht. Ich rede nicht gerne über Tote, wie auch immer. Es ist euere Schuld, denn ihr habt sie nicht tief genug begraben. Vor Zeiten waren die Bräuche besser. Die vornehmeren Toten wurden Seite an Seite mit den Militärs, den Höflingen und all denen begraben, die sie kannten … Von ihnen blieb nur übrig, was sie selber auf die Wände geschrieben hatten … Der Unterschied wäre nicht so groß, nur dass damals das Ritual vollzogen wurde, wenn die Erinnerungen noch frisch waren. Jetzt macht die Begehung des Rituals mehr Mühe. Und die Erinnerungen, einmal in die Welt entlassen, kriegt man schwer wieder eingesammelt … Sieh, die Beerdigung des alten Zevedei beispielsweise, nun sind mehr als zwanzig Jahre vergangen, und sie ist immer noch nicht zu Ende …

Es waren nicht viele, die ihn beweinten, lächelte Jacob.

Einen Leichenzug dieser Art stellt man nicht aus denen zusammen, die weinen kommen … eher umgekehrt … Die müssen wir zum Weinen bringen.

Jacob glättete das Stückchen Papier und las: Filip.

Filip und wie noch?

Spielt keine Rolle, wir wissen, welcher Filip. Wir brauchen keine Familiennamen. Auch unsere Leute haben keine Familiennamen, und es fällt nicht schwer, sie zu erkennen. Der Familienname ist oftmals überflüssig, wenn er die Dinge nicht noch übler durcheinanderbringt. Du weißt es besser als sonst jemand.

Meinst du nicht, dass du in letzter Zeit etwas respektlos geworden bist?

Die Stimme lachte krächzend, als schnitte man mit einem stumpfen Messer die Seiten eines Buches auf.

Stimmt schon, manchmal, wenn uns wieder einfällt, dass wir Patrioten sein müssen, verfallen wir auf Manierismen. Ich komme immer, wenn du mich rufst … Ich beantworte dir jede Frage. Ich erlaube es dir, deinen Zettel wieder an dich zu nehmen. Reicht das nicht?

Wann kann ich dir vertrauen?

Du musst mir nicht vertrauen … Dann würde ich dir nichts mehr sagen, was du nicht weißt … Ich würde dich mit nichts mehr überraschen. Wenn wir uns vertrauten, wüssten wir die gleichen Dinge, wir bräuchten uns nicht mehr gegenseitig.

Filip, wiederholte Jacob.

Genau das, was ich dir gesagt habe, lachte die Stimme.

Was ist mit ihm?

Er versteht es zuzuhören … Solche Leute nützen uns nichts. Wenn die Schatztruhen verschlossen sind, taugen die Schlüsselträger nichts. Zumal manch einer aufs Geratewohl etwas aufschließt und dabei so allerhand vorfindet.

Die Stimme hatte offenbar Jacobs Frage vorausgeahnt, sie fuhr fort:

Ein Schlüssel nützt einem nur, wenn er das passende Schloss findet. Und wenn der Schlüsselträger sich dazu in einem geringeren Abstand als eine Armlänge befindet. Wenn der Abstand größer als eine Armlänge ist, passt kein Schlüssel mehr.

Und so wenig reicht aus?

Nicht immer ist es angezeigt, Gewalt anzuwenden. Schließlich muss Schweigen herrschen, nicht Blut. Nur wenn es anders nicht geht. Es ist gut, wenn es irgendwie geht, das Blut dort zu belassen, wo es hingehört.

Hast zu altern begonnen, lachte Jacob, Sohn des Zevedei.

Ich würde mich nicht allzu sehr darauf verlassen, antwortete die Stimme gelassen. Wie die Luft altern auch die Stimmen nicht. Stell mich auf die Probe, und du wirst es sehen. Allein was das Blut betrifft, so bedeuten Vergießen und Verschwenden nicht das Gleiche. Wenn du es verschwendest, quälst du dich anschließend noch mehr. Letztlich ist nicht das unsere Rolle. Nicht wir, sondern die Dichter gehören zur Zunft der Verschwender. Etwas völlig anderes.

Jacob, Sohn des Zevedei, dachte einen Augenblick nach.

Und was gibt es über den Kranken in der Reanimation?

Was ist mit dem?

In welchem Zustand befindet er sich?

Auf dem Zettel stand nur ein einziger Name. Auf so einen kleinen Zettel passen keine zwei Namen gleichzeitig. Du musst dich damit zufriedengeben.

Sie schauten sich einige Augenblicke schweigend an. Papi rutschte auf dem Sofa herum, früher hätte sie sich an Efrems Schulter geschmiegt, jetzt zögerte sie, kauerte sich in ihre Ecke. Filip benetzte seine Lippen im Glas. Shiva breitete ihre Arme über der Theke aus, und ihre Schatten bildeten einen runden Kreis auf dem Plafond, wie die Kundalini-Schlange, die sich in den Schwanz beißt.

Wer beginnt, fragte er.

Der Anfang ist schon gemacht, sagte Cosmina und schaute zu Efrem hinüber.

Wir sind doch erwachsene Leute, erwiderte dieser.

Vielleicht hätten wir nicht hierherkommen sollen, intervenierte Papi, der man ansah, dass sie geweint hatte. Es nützt uns nichts mehr …

Quatsch, sagte Efrem. Es ist doch niemand gestorben.

Die Schlange wälzte sich über ihren Köpfen herum. Das Glitzern der Glaskugeln zeigte an, dass der Tanz beginnen konnte.

Du wirst nicht mehr zurückkehren, oder, fragte Filip plötzlich.

Efrem zuckte mit den Schultern.

Woher soll ich das wissen? Ich bin doch noch nicht einmal abgereist. Es kann ja sein, dass es mir nicht gefällt.

Du wirst dich schämen zurückzukehren, anzuerkennen, dass du einen Fehler begangen hast.

Efrem beugte sich über den Tisch.

Du weißt gut genug, dass ich keinen Fehler begehe. Hier befinden wir uns auf einem falschen Weg … Wir sprechen nicht darüber, aber die Sinnkrise wuchert wie Krötenseide. Wie willst du gegen eine solche Krise angehen, wenn du sie nicht einmal benennst? Und wie willst du sie nennen, wenn ausgerechnet der nicht vorhandene Sinn dich daran hindert, sie zu identifizieren? Der Teufelskreis kann nur auf eine Weise durchbrochen werden …

Dies müsste einen doch beruhigen, widersprach Filip. Wir aber sind beunruhigt, sowohl diejenigen, die hierbleiben, als auch die, die weggehen, eingekringelt oder auseinanderstrebend. Wisst ihr, dass in den zwanzig Jahren seit der Revolution das rumänische Volk innerhalb der Grenzen unseres Landes vier Millionen Seelen verloren hat? Im Zustand der

Freiheit haben wir mehr unserer Leute verloren als durch den Wiener Schiedsspruch, der uns damals Bessarabien und die Bukowina gekostet hat …

Warum sagst du, dass wir diese Gebiete verloren haben, machte Efrem ihn an. Dort leben Menschen mit rumänischen Namen …

Nun ja, antwortete Filip. Vor ein paar Tagen habe ich an einem Artikel über die Diaspora geschrieben, und dabei wollte ich auch etwas über die Söhne des Exils sagen. Das heißt über wichtige Rumänen, die jenseits der historischen Gefilde geboren wurden, zu denen das heutige Rumänien plus Bessarabien, die Nordbukowina und das Tal des Timoc gehören. Ich war verblüfft, mir ist kein einziger Name eingefallen. Ich habe in den Literaturgeschichten von Călinescu herwärts nachgesehen. Ich habe darin keinen einzigen rumänischen Schriftsteller gefunden, der jenseits der rumänischen Kernlande geboren und ausgebildet worden wäre. Das ist's … Wir, die Rumänen, wir haben kein Talent zur Diaspora. Einmal weggegangen, ist man richtig weg, man hat sich die Wurzeln ausgerissen und auf den Rücken gepackt. Dein dort geborenes Kind wird die rumänische Sprache zu einem Kauderwelsch verkommen lassen, und dies im günstigsten Fall, wenn es sie nicht gänzlich vergisst. Es wird seinen Namen ändern und das Herkunftsland der Eltern als einen Ort betrachten, an dem man vielleicht einmal einen billigen Urlaub verbringen oder sich die Zähne richten lassen kann.

Gut gesagt, erwiderte Efrem. Warum gehst du nicht in die Politik?

Woher willst du wissen, dass ich es nicht tun werde?

Dann hat es tatsächlich keinen Sinn wegzugehen. Unsere Ärzte sind im Ausland begehrt. Aber so, wie wir es verstehen, Politik zu machen, funktioniert das nur hier …

Schön, dass euch nach Streit zumute ist, intervenierte Cosmina.

Ich hab's satt, platzte Efrem heraus und kippte sich das Glas hinter die Binde. Seit einer Woche, seitdem ich gesagt habe, dass ich gehe, kriege ich allerlei Belehrungen. Die einen wollen mir beibringen, was ich dort tun muss, und die anderen, was hier zu tun wäre. Und ich sage dir noch etwas, guter Filip. Ich habe diesen hohlen Plural satt. Wir rechts und wir links, wir unten und wir oben. Ich möchte auch mal in der Einzahl reden. Ich habe es schließlich – wenn wir schon mal bei den Lektionen sind – in der Schule so gelernt: zuerst die Einzahl, dann die Mehrzahl. Wenn du mit der Mehrzahl anfängst, suchst du bald vergeblich nach dem Einzelnen.

Wir kann auch du und ich heißen, probierte es nun Papi.

Mit uns beiden steht es etwas anders, lächelte Efrem und legte ihr den Arm auf die Schultern.

Papi ließ sich umarmen und schaute vielsagend zu Cosmina.

Wann gehst du?

Morgen früh. Aber die Welt ist klein, nicht?

Womit misst du sie?

Mit dem Internet, lachte Efrem. Womit sonst?

Die Schlange Kundalini über ihren Köpfen schrumpfte. Bis nur noch das Elektron hell war. *Quod erat demonstrandum,* fügte Efrem hinzu, als hätte dies seiner Erklärung etwas genützt.

Es gibt Situationen, da hat man nichts mehr zu sagen, flüsterte Papi.

Besser, wir trinken, sagte Efrem und erhob das Glas, aber er musste verärgert feststellen, dass es leer war.

Eigentlich hatten wir auch nichts, worauf wir hätten anstoßen können, sagte Filip, als sie allein auf dem Heimweg waren.

Efrem war nicht sonderlich höflich, sagte Cosmina und hakte sich bei ihm ein. Vielleicht hat er gedacht, besser, er verärgert uns ein bisschen, damit wir ihn nicht in allerbester Erinnerung behalten.

Du hältst ihn für allzu raffiniert.

Pack es dir nicht auf die Seele …

Darum geht es nicht, auch ich hab meinen Kram zu tragen, aber ich wollte dort nichts davon sagen. Damit es nicht so aussieht, als gäbe ich dem Emigranten recht …

Was ist denn passiert?

Es war an der Ecke der Allee, Cosmina blieb stehen und zog langsam den Arm zurück …

Ehrlich gesagt, weiß ich es nicht, keine Ahnung. Der Chef hat mich zu sich bestellt und mir gesagt, dass er mich für eine Zeit nach Sighetu Marmației schickt.

Warum ausgerechnet dorthin?

Er versetzt mich ins siebenbürgische Büro der Zeitung. Er will, dass ich über die Kupferbergwerke schreibe, die geschlossen werden. Dann schickt er mich ins Schiltal. Ebenfalls als Spezialreporter. Ich weiß nicht, woher plötzlich dieses Interesse für die Bergwerke auf Abruf herkommt …

Hast du ihn nicht gefragt?

Er wirkte nicht so, als wartete er auf eine Frage meinerseits …

Und Großpapa? Und sein Buch über das Gefängnis?

Das ist es ja, was ich nicht verstehe. Noch vor einer Woche hat mich der Chef gefragt, wann ich damit fertig bin … Jetzt sagt er, es könne noch warten.

Und was wirst du tun?

Ich weiß nicht. Dem Alten werde ich nichts sagen … Ohnehin habe ich nicht mehr als zwei, drei Begegnungen. Ich nehme mir unbezahlten Urlaub. Vielleicht emigriere auch ich …

Bist du verrückt? Wohin denn?

Keine Ahnung … weit weg … in meine Welt …

Vor dem Tor blieb Cosmina stehen, um die Allee hinabzuschauen. Gerne hätte sie ihn etwas gefragt, aber ihr Begleiter von vis-à-vis lauschte auf das Schweigen.

Trinkend, sagte der Kranke, der, die Augen weit offen, mit dem Blick etwas zu bezwingen suchte, das er mit der Stimme nicht hinzufügen konnte.

Cosmina hielt ihm den Löffel an die Lippen. Der Mann schaffte es nicht, die Flüssigkeit zu behalten, sie rann ihm über das Kinn. Er streckte die Zunge heraus und fuhr damit gemächlich über die nassen Lippen. Das Mädchen wischte ihn ab und versuchte es noch einmal. Sie merkte nicht, dass Pantelimon hereinkam und sich einen Stuhl an die andere Seite des Bettes zog.

Jetzt kannst du ihn herzlich willkommen heißen, sagte der Doktor ohne Silberlinge. Salomons Urteil ist beendet; der Tod war die lügnerische Mutter. Er lächelte ihr zu: Und du, so scheint es, bist die gute Mutter …

Der Kranke schaute nun zu ihm hin.

Wie geht's, Alter, fragte Pantelimon, als spräche er mit einem Kind. Hat es dir bei uns besser gefallen als in der anderen Welt? Ich will dich hier kein zweites Mal mehr antreffen, sonst breche ich dir beide Beine.

Pass auf, er versteht, flüsterte Cosmina. Und zu Ionuţ: Du verstehst, nicht wahr? Der Kranke bejahte mit den Lidern. Er scherzt, fügte das Mädchen hinzu. So ist er eben, aber er ist nicht übel, gewiss nicht.

Der Kranke schaute nun wieder zu Cosmina.

Essend, flüsterte er.

Ist nicht erlaubt, antwortete das Mädchen. Noch kannst du

nicht essen, du kannst nicht schlucken. Noch ein paar Tage kriegst du's durch diese Schläuche. Jetzt bestehst du bloß aus Augen, Ohren und Lippen. Noch hast du keinen Magen.

Dies schien der Kranke nicht zu verstehen. Er fragte mit den Augen, aber Cosmina legte ihm den Finger auf die Lippen.

Du hast genug gesprochen … Jetzt schläfst du.

Wollend, flüsterte der Kranke.

Das ist gut, bejahte Cosmina. Auch wir wollen. Aber etwas später.

Pantelimon holte sein Besteck hervor und suchte nach einer Spritze. Er legte den Arm frei und fand die passende Vene. Er entleerte den Zylinder der Spritze und schlug dem in seine Bandagen vergrabenen jungen Mann zart auf die Wange.

Los, Alter, sagte er, spazier noch eine Weile dort herum, du kommst dann später mal wieder und wir reden darüber.

Ionuţ ließ den Kopf zur Seite sinken und schloss die Augen.

Wie ein Kind, das laufen lernt, sagte Cosmina und umfasste seine Hand.

Ich würde eher sagen, wie ein alter Mann, der sich zu erinnern bemüht.

Warum sollte er älter sein als vor zwei Wochen, als er dreiunddreißig Jahre alt wurde?

Die vom klinischen Tod zurückkehren, sind nicht mehr so, wie sie mal waren. Nicht weil sie mehr Jahre auf dem Buckel hätten, sondern weil sie mehrere Leben hatten.

Es könnte auch jemand sagen, sein Karma habe sich verändert …

Das heißt?

Ich kenne jemanden, der so redet. Eigentlich kenne ich ihn gar nicht so recht, eher kennt er mich …

Pantelimon spielte zwischen den Fingern mit der Münze.

Ich hatte so etwas nicht unter meinen Varianten, sagte er. Dieses Spiel ist umso faszinierender, als stets andere Varianten auftauchen. Ein Glück, fügte er hinzu, dass es diese Münze gibt, deren Möglichkeiten unbegrenzt sind. Zwei, zwei mal zwei, zwei hoch irgendwas.

Was sagt deine Münze denn jetzt?

Jetzt sagt sie nichts, es war schlicht und einfach so. Man denkt an zwei Varianten und wählt eine davon. Ein andermal wählt man, jedoch ohne die Alternativen zu kennen, weil man noch nicht darüber nachgedacht hat. Wenn man sich mit dem Schicksal anfreundet, wird es in einem gewissen Moment zur Vertrauenssache. Anfreunden ist so eine Redensart, korrekter wäre es, davon zu sprechen, dass man sich mit seinem Schicksal ausgesöhnt habe. Du hältst dich an das, was es sagt, ein andermal richtet es sich nach dir.

Und dies nur, weil du eine Silbermünze hast?

Nicht weil ich eine habe, sondern weil er keine hat … Komm lieber mit auf den Flur, wir rauchen eine Zigarette. Wenn du durch den Rauch schaust, sieht es anders aus.

Cosmina strich das Leintuch unter den gespreizten Fingern glatt.

Er redet seltsam, sagte sie.

Er redet, wie er lebt, sagte Pantelimon, steckte die Münze in die Tasche und tastete nach der Zigarettenpackung. Er ist aufrichtig, Scheinheiligkeit ist ein Luxus, den er sich nicht leisten kann. Er steht ganz am Anfang, und am Anfang war das Verb …

Aber dieses Präsenzpartizip …

Alles, was er hat, ist eine Art andauernde Gegenwart. Die Zukunft ist ungewiss, und an das, was war, kann er sich noch nicht erinnern. Wenn er sich die Vergangenheit nicht sogar neu erfinden muss, ebenso wie er wieder gehen lernt. Ich weiß bloß nicht, ob ihm jemand beistehen kann, ich kenne kein Handbuch des Sich-Erinnerns.

Die einzig mögliche Weise, dich zu verteidigen, war, dich umzubringen. Du konntest dein Leben nur durch den Tod zurückgewinnen. So gesehen war der Selbstmord ein Sieg. Er besagte, dass du dir noch eine Wahlmöglichkeit bewahrt hattest.

Nicht nur wir wussten, dass dies das einzige Türchen war, durch das wir entkommen konnten, sondern auch sie. Nirgends waren die Schlösser besser verriegelt und der Ort strenger bewacht als dort, wo wir von der Begegnung mit unserem eigenen Tod abgeschnitten wurden. Und dies bedeutet nicht, dass im Gefängnis nicht gestorben worden wäre. Dies aber nur, wenn sie es wollten. Sie waren nicht so naiv, uns bis zum Tod zu quälen, wenn sie spürten, dass wir, anstatt uns zu fürchten, ihre Wut anstachelten.

Man kann mit leeren Händen kämpfen. Aber man kann sich mit leeren Händen nicht umbringen.

Der wirkliche Gott, nicht der mit dem Kopf nach unten gekreuzigte, der besudelte und gehörnte, der verlachte und bespuckte, kann bezeugen, dass wir alles versucht haben, was möglich war. Der Wunsch, uns umzubringen, war der einzige Wunsch, der uns am Leben erhielt.

Alle Ecken waren abgerundet, deshalb gab es keine Kante, an der man sich die Schläfe hätte einschlagen können. Man gab uns kein Besteck, wir mussten das Essen wie die Tiere verschlingen. Auf allen vieren mussten wir unsere Münder in das Spülwasser versenken, das sie uns als Essen eingegossen hatten. Man konnte es ablehnen. Aber diese Ablehnung setzte dich einer neuerlichen Erniedrigung aus. Denjenigen, die das Essen verweigerten, wurden die Münder geöffnet und die heiße Brühe in den Rachen gekippt. Und danach, der Rachen eine einzige Wunde, wurde das Essen erst recht zur Tortur. Wer das Wassertrinken verweigerte, bekam dafür seine stinkende Portion aus dem Kübel mit der Notdurft. Oder aber man wurde gezwungen, Wasser zu trinken, aber nicht irgendwelches Wasser, sondern eine körnige Beize, die einem das Wasser aus den Knochen sog, bis sie so leicht waren wie ein Vogelskelett. Sodass man gegen seinen eigenen Willen um das Wasser, das man verweigert hatte, zu betteln begann. Dies war zwar kein Leben, doch starb man deswegen leider auch nicht.

Manch einer hat sich umzubringen versucht, indem er den Kopf gegen die Wand gerammt hat. Hier und da konnte man rote Male an den Wänden sehen, dort war jemand dagegen gerannt. Weil wir jedoch immerzu überwacht wurden, zwang man sie anschließend, die Blutrinnsale von der Wand zu lecken, bevor man sie mit dem Kopf nach unten aufhängte, damit das Blut dorthin zurückkehrte, von wo sie es verschwendet hatten. Und die anderen ließ man um den kreuzlos Gekreuzigten herumtanzen.

Einer von uns hat die Wände abgeschabt und den Verputz geschluckt. Ein anderer hat eine ganze Seife gegessen. Es war stets zu wenig. Und jedes Mal war die Strafe dermaßen grausam, dass der Eingekerkerte, der nicht mehr wusste, ob er tot oder lebendig war, jeden weiteren Selbstmord vergaß.

Auch gab es welche, die sich umzubringen versuchten, ohne etwas zur Hand zu haben. Wenn du deine Hände verborgen hältst, nachdem du dir mit den Zähnen die Adern aufgerissen hast, kannst du verbluten und sterben, du musst nur ab und zu die Wunde aufscheuern, damit das Blut nicht gerinnt. Nur dass diejenigen, die das getan hatten, anschließend wie alle anderen auch gezwungen wurden, ihre Arme und

Hände immerzu sichtbar zu halten; wenn man das Blut dem Gehör entziehen kann, kann man sein Fließen noch lange nicht der Sichtbarkeit entziehen.

Eine andere Variante war das Ersticken. Man konnte sich nicht selber den Rachen zudrücken, denn je weniger Luft der Körper bekam, desto stärker lockerte sich der Griff. Du konntest versuchen, deine eigene Zunge zu verschlucken, indem du sie dir in den Rachen drücktest. Der dies probiert hat, hielt seine Zunge für zu lang geraten und konnte nie wieder sprechen. Und die versucht haben, sich die Decke in den Rachen zu stecken oder die Atmung anzuhalten, schafften es nicht, so widersetzlich zu sein, wie sie es sich gewünscht hatten. Wir waren jung, und unsere Körper bestanden auch und gerade aufgrund unseres vielfach erniedrigten und verhöhnten Verstandes darauf, weiterzuleben. So kam es dazu, dass die allermeisten dieser geschundenen Leiber überlebt haben, während die Verstandeskräfte sich verloren.

Am ersten Stockwerk waren Netze gespannt, sodass auch ein Sprung ins Leere nicht zum Aufprall auf dem erlösenden Beton führte, sondern hilflos im von solcherart Menschenfischern aufgespannten Netz sein Ende fand. Menschen sind sterblich, wir aber hatten uns dies zum Ziel gesetzt. Wir lauerten auf die Begegnung mit dem Tod, er war ein warmes Nest, in das wir uns gerne hineingekauert hätten, aber wir, wir ebenso wie der Tod selbst, waren in einer Schlinge gefangen und konnten uns nur so weit nähern, dass wir einander spürten, ohne uns jedoch berühren zu können. Die Agonie bedeutete nicht das Ende des Lebens, sie war das Leben selbst.

Sie brauchten uns. Einerseits, damit wir durch allerlei verrückte Selbstbezichtigungen weitere Verhaftungen oder Bloßstellungen von schon Verhafteten provozierten. Und andererseits, damit wir dieses Trauma ein Leben lang bewahrten, wie weiche Tonerde, auf die man bei Regen mit der geriffelten Schuhsohle getreten ist, sodass unter der bald darauf einsetzenden Gluthitze dieser Abdruck ränderscharf festgetrocknet und aufbewahrt wird. Somit könntest du fragen, wovor wir uns noch fürchteten, wenn uns die Todesangst mit dem Augenblick genommen war, da wir den Tod eher als Erlösung ansahen. Was kann böser sein als der Tod? Ich kann es dir nicht sagen. Manchmal wache ich auf und habe das Gefühl, dort zu sein, doch letztlich weiß ich es nicht so genau, ich spüre, dass sich die Gitterstäbe wieder schließen können, dass ich das Gefängnis mit mir herumtrage wie ein Schneckenhaus.

Sie waren ungemein geschickt darin, uns von den Toten zu erwecken. Manchmal waren wir kurz davor, es hinzukriegen. Doch dann schlugen sie uns auf eine Weise, dass wir den Todeskrallen wieder entfuhren. Du wirst es nicht glauben, aber selbst der Tod, den wir für das uns verheißene Ufer hielten, hat uns verraten. Ja, selbst der Tod hat uns mitunter aus den Klauen des Todes gerissen, als hätte er, eingeschüchtert, sich nicht getraut, diese Dinge auf die eigene Kappe zu nehmen.

Dieses Gefühl endlosen Leids hat uns auch nach Verlassen des Gefängnisses noch verfolgt. Wir, die ehemaligen Gefangenen, haben begonnen, voreinander auf der Hut zu sein. Möglicherweise, weil wir etwas gemeinsam hatten, an das wir uns nicht erinnern wollten. Oder weil wir uns des Erlebten schämten und uns deshalb auch voreinander schämten. Wir waren ein Volk von Gespenstern, die beim Blick in den Spiegel ihr wahres Gesicht nicht mehr wiederfinden konnten. Ein Volk, dem sich die Ketten an den Fußgelenken umsonst geöffnet hatten, denn sie waren längst von einem Ohr zum anderen gewandert und rasselten uns nun im Hirn, wie aus der Halterung gezerrte Uhrfedern.

Sie haben eine seltsame Art zu sprechen, sagte Filip, als der Alte schwieg. Als hätten Sie das aufgeschrieben und läsen es jetzt vor. In diesen Worten steckt nicht die Spur von Mündlichkeit.

Ich erzähle dir nur, was nötig ist, welchen Sinn sollte es haben, das Leid auszuwalzen? Es ist sinnlos, das auszudehnen, zu übertreiben oder die Phantasie zu bemühen für ein Jahrhundert, das hinsichtlich des Leids derart verschwenderisch war. Welchen Sinn sollte es haben, sich neue Schmerzen vorzustellen, wenn einem so viele zur Hand waren?

Gut, aber jetzt, da Sie sie erzählt haben …

Es wäre zu einfach, könnte man sprechend dem Ungemach entkommen, als würde man Lasten über die Brüstung kippen. Wenn man erzählt, hat man die Chance zu verstehen, was man nicht ändern kann. Wenn du hässlich bist und in den Spiegel schaust, macht dies dich dann schöner? Du merkst kaum, wie du aussiehst.

Möchten Sie das Buch so nennen? Das Bild im Spiegel?

Der Alte machte sich eine Weile mit den Händen zu schaffen. Filip glaubte, das Treffen sei zu Ende, und war eben dabei, die Kladde zu schließen.

Es könnte das Bild im Spiegel sein, sagte der Alte unerwartet. Nur sind eben ein Antlitz und sein Spiegelbild simultan. Stell dir einmal vor, wie ein Spiegel mit Gedächtnis wäre. Du gehst, aber das Spiegelbild bleibt auf der Stelle festgenagelt. Du kehrst zurück und findest es am gleichen Ort. Das Gedächtnis ist ein Spiegel, in den zu blicken du dich fürchtest, denn eigentlich schaut der Spiegel dich an. Ihm den Rücken zu kehren nützt überhaupt nichts, du wirst seinen Blick spüren, wie er dir ins Genick zielt.

Heißt dies, die Geschichte ist vorbei?

O nein, gar nicht daran zu denken. Jetzt beginnt der seltsamste Teil. Bis jetzt haben wir über die Gefangenen diesseits der Gitter gesprochen. Jetzt werden wir vom Gefängnispersonal reden, also ebenfalls einer Art von Gefangenen, doch jenseits der Gitter.

Zevedeis Jacob lächelte und wartete, dass sie, bei ihm angekommen, ihre Hüpfschritte beendete. Cosmina wusste nicht, was tun. Er berührte ihre Lippen, sie wischte ihre Verlegenheit beiseite und legte ihre Stirn an seine Schulter:

Wie gut, dass du gekommen bist, flüsterte sie.

Ich habe doch gesagt, dass ich kommen werde.

Nein, das hast du mir nicht gesagt. Und als sie sich auf den Autositz gesetzt hatte, fügte sie hinzu: Es ist, als habest du es mir gesagt, und das ist seltsam. Mit dir ist alles seltsam. Ich muss mir keinerlei Mühe geben, du weißt alles, ohne dass ich dir etwas sagen muss.

Beispielsweise, dass sie es nicht ablehnen wird, wenn er sie zu sich einlädt. Cosmina hatte sich ein paar Worte zurechtgelegt, die sie jedoch nicht mehr fand. Sie erriet diesmal aber alles aus der Tatsache, dass er nicht mehr fragte, wohin er fahren solle. Und die Richtung war nicht die zu ihrem Haus. Alles geschah wie von selbst, als wäre sie schon einmal dort gewesen, er hielt an, umrundete rasch das Auto und öffnete ihr die Tür.

Es ist ein Wohnblock mit anständigen Leuten, sagte er, als erklärte dies etwas. Wenn man jemandem im Treppenhaus begegnet, grüßt man ihn wie einen alten Bekannten. Er wird dich nichts fragen, du fragst ihn nichts. So sind die Leute hier, hauptsächlich Angestellte. Haben kaum Zeit, sich untereinander kennenzulernen. Manch ein Apartment ist schon lange leer, die Eigentümer sind ins Ausland gegangen.

Kommen sie wieder, fragte Cosmina, statt ihn zu fragen,

warum er so viele Schlüssel am Schlüsselbund habe und warum es ihm so schwerfalle, den richtigen für die Eingangstür zu finden.

Hin und wieder in den Ferien, aber dass da jemand für immer zurückgekommen wäre, habe ich noch nicht gehört … nur dass man weggeht …

Schließlich schaffte er es, er ging voran, und sie folgte ihm etwas verwundert nach. Und weil der Mann während des Aufstiegs immerzu den Schlüsselbund absuchte, ging es an der Apartmenttür etwas schneller. Er bat sic hinein, das Mädchen blieb im Vestibül an die Wand gelehnt stehen. Er schloss ab, eigentlich schob er einen Riegel vor, merkte ihre Unruhe und wandte sich zu ihr um, wartete.

Gib mir etwas Zeit, flüsterte Cosmina. Damit ich mich daran gewöhne …

Was ist denn so ungewöhnlich, fragte Jacob und wischte ihr mit der Hand eine Haarsträhne von der Stirn.

Dann bat er sie ins Wohnzimmer. Es war kein sehr großes Zimmer, an der einen Seite ein weiches Sofa mit einem Tischchen davor für die Kaffeetassen. Eine Stufe höher stand ein Tisch, an dem den Stühlen zufolge acht Personen Platz fanden.

Auf den Regalen des an der Wand befestigten Schranks stand eine Musikanlage und lagen ein paar Plattenstapel, kein einziges Buch. Eine Tür zeigte das Vorhandensein eines weiteren Zimmers an, wahrscheinlich das Schlafzimmer. Cosmina blieb in der Mitte stehen und wartete auf einen weiteren Hinweis, der sogleich auch erfolgte und sie auf das Sofa verwies. Sie setzte sich, stellte die Handtasche neben sich und rückte etwas zur Seite, damit er neben ihr Platz fand.

Du wirst lachen, sagte sie, aber es ist das erste Mal, dass ich einfach so in die Wohnung eines Mannes gehe. Ich hatte immerhin schon zwei Freunde, mit dem einen ist es sogar etwas länger gelaufen, aber jedes Mal habe ich sie Großväterchen vorgestellt; er ist nicht eifersüchtig, er lernte meine Freunde gern kennen und ärgerte sich nicht, wenn sie über Nacht bei mir geblieben sind, du verstehst, was ich sagen will … Wir haben getrennte Eingänge, ich wohne im Erdgeschoss im Apartment meiner Eltern, zwischen den Fotografien … Es ist das erste Mal, dass Großväterchen nicht weiß, dass ich mich woanders mit jemandem treffe … Aber er wird dich kennenlernen wollen …

Hast du ihm von mir erzählt?

Noch nicht … Ich weiß nicht einmal, was ich ihm sagen soll, vielleicht kommt es mir nur so vor …

Zevedeis Jacob nahm ihre Hand. Sie standen ganz nahe beieinander, aber er schien sich nicht zu beeilen.

Warum ist es nur jetzt anders, fragte er. Obwohl es doch jedes Mal anders sein müsste, nicht wahr?

Ich wünschte, es müsste nicht jedes Mal anders sein, flüsterte Cosmina und spürte, wie ihr Atem im Rhythmus eines immer eiligeren Herzens schwerer wurde. Ich meine, es hätte mir durchaus genügt, einen einzigen Mann kennenzulernen. Ich hätte mir gewünscht, die Freuden so einfach und rein wie möglich zu erleben.

Und können sie dies nicht sein?

Er fuhr fort, sie zu streicheln, dabei fuhren seine Finger ihre Wangen hinab, folgten der Halslinie …

Die Männer haben es allzu eilig, flüsterte sie und erzitterte. Wenn man sich beeilt, bleiben ungeklärte Dinge zurück. Es ist gut, dies zu verstehen. Meine Freundin Papi sagt, es habe nichts zu bedeuten, sei es, wie es sei. Aber ich glaube, es ist nicht gut, immerzu auf der Suche zu sein, die Männer hinterlassen Spuren in der Seele einer Frau …

Lass uns Musik auflegen, beschloss er. Such du sie aus, ich hole etwas zu trinken. Was magst du?

Campari Orange, sagte sie, weil schon von Papi die Rede war.

Campari Orange soll es sein, sagte er und verschwand in der Küche.

Bevor sie sich erhob, schaute sie sich aufmerksam um. Ihre Blicke suchten etwas, und da sie es nicht fanden, stand sie auf und öffnete die Tür zum Schlafzimmer. Aus der Küche war Gläserklirren zu hören, sie schloss die Tür und kramte die CD-Stapel auf dem Regal durch.

Ich hab alles gefunden, sagte er, als er mit einem Tablett zurückkehrte, auf dem zwei Gläser und ein Gefäß mit Eiswürfeln standen. Wenn es dir zu stark ist, sagst du es mir, dann gieße ich noch Orangensaft nach.

Ich kenne mich dabei nicht aus. Ich trinke ganz selten Alkohol, er erinnert mich an den Geruch von Spiritus und Formalin, also ans Krankenhaus. Schau mal, hier!, rief sie aus und wandte sich um, eine CD in der Hand. Woher hast du die?

Er stellte das Tablett vorsichtig ab.

Was denn, fragte er und griff sich mit der kleinen Zange einen Eiswürfel.

*Das zweite Cellokonzert* von Penderecki.

Das habe ich eben. Warum fragst du?

Weil es nicht so gut zum Rest passen will ... zu gar nichts, was hier so liegt ...

Und wie wäre es richtig?

Keine Ahnung, etwas, anhand dessen man sich ein normales Leben vorstellen kann, ein detailreicheres Leben. Hier ist alles, wie soll ich das sagen, antiseptisch. Man geht auf Zehenspitzen, du hast nicht einmal Hausschuhe im Flur.

Jacob lachte.

Als wärest du meine Mutter, sagte er. Sie hat mich immerzu gepiesackt, zieh dich wärmer an, lauf nicht ohne Pantoffeln im Haus herum.

Gepiesackt? Warum nennst du es so?

Meine Eltern waren schon ziemlich alt, als ich geboren wurde. Eigentlich hätte mein Vater eher mein Großvater sein können. Mutter ist mit ihm gealtert, du weißt ja, wie das geht, zwei Menschen, die beisammen sind, ähneln sich irgendwann. Wäre es anders gekommen, es wäre besser gewesen. Vater war ein starker Mann, und Mutter folgte ihm in allem. Sie sind recht schnell einer nach dem anderen gestorben, Mutter seltsamerweise zuerst. Vielleicht steht es irgendwo so geschrieben: Wer mehr liebt, stirbt zuerst …

Er nahm ein Glas und reichte es ihr.

Vielleicht geschieht es immer so, sagte Cosmina. Die mehr lieben treten beiseite und überlassen ihren Platz anderen.

Trinken wir also auf die natürliche Auslese, sagte Jacob, und Cosmina stieß mit ihm an, wobei sie dachte, dass sie eigentlich nicht das hatte sagen wollen.

Sie benetzte kaum ihre Lippen mit dem Getränk, das sie tatsächlich als zu stark empfand.

Darf ich ins Bad gehen, fragte sie, und er wies ihr die Tür in ihrem Rücken.

Als sie zurückkehrte, hatte er sein Glas beinahe geleert. Sonst war alles unberührt, Cosmina hatte das Gefühl, sie trete in ein Gemälde ein. Sie blieb in ihrer Ecke stehen. Betrachtete sich.

Wie ist es, wenn man dreiunddreißig Jahre alt wird, fragte sie.

Es ist, als ginge man auf einem schmalen Grat, antwortete Jacob. Wenn du in die Zukunft fällst, ist auch dies wie eine Art Gedächtnis.

Ich fange an, mich vor diesem Alter zu fürchten, lächelte Cosmina, ohne recht zu wissen, was sie hatte sagen wollen. Deshalb fügte sie hinzu: Ich werde Musik auflegen.

Sie wandte sich dem Regalbrett zu. Penderecki, die Initiation in den Tod.

Weißt du, ich stelle mir den Tod wie eine Stufenpyramide vor, wie die Pyramiden in Mexiko beispielsweise. Das verheißene Land. Aber eine umgekehrte Pyramide, die man nicht besteigt, auf der man hinabsteigt, um die Spitze zu erreichen.

Er hatte sie nicht unterbrochen. Gehörte zum Bild.

Seltsam, sagte Cosmina noch und schaute unverwandt zum Fenster. Warum wundert es mich nicht, hier den Penderecki gefunden zu haben? Wieso habe ich seit einer Weile schon das Gefühl, der Tod komme die Treppen herauf und könne jederzeit an die Tür klopfen?

Aus einem Blitz schälte sich Dunkelheit heraus. Die Nachtlampe kehrte sich um, und der Himmel schoss auf jene Stelle zusammen, wo die Augenbrauen sich an der Nasenwurzel berühren. Der Alte schrak hoch, wusste nicht, von welchen Gefilden der Albtraum herrührte. Er hatte die Augen weit aufgerissen, und der Lichtkreis klebte ihm wie eine Wachsmaske auf dem Gesicht. Er stützte sich auf die Hände und versuchte, sich an die Wand zurückzuziehen. Die Farben verschwanden, weiß und schwarz blieben übrig und lösten sich in rascher Folge ab, wie in einem alten Filmprojektor. Die Maske verdeckte seine Falten, verursachte eine Blässe, die das Licht nicht mehr zurückwarf. Seine Brauen wurden schmaler und bogen sich, vergrößerten die Angst in seinem Blick, doch die Haare wurden dichter und dunkler. Über das Gesicht des Alten ergoss sich nun das Phantasma einer entstellten Jugendlichkeit. Er war es, und er war auch der, der sich anschaute. Als stünde er hinter der Leinwand und könnte die Dinge verkehrt herum betrachten. Er wusste nicht, wie er es anstellen sollte zu erwachen, streckte die Hand aus, das Licht zu löschen, aber die Nachtlampe rückte von ihm ab. Wie verbrannt zog er die Hand zurück, da kam die Nachtlampe wieder näher heran, und ihr Licht zerschlug ihm die Sicht. Es war das gleiche verdammte Licht, das ihn stärker blendete als die Dunkelheit. Er stöhnte, doch was er hörte, war der zerborstene Tonfall einer lachenden Stimme.

Wer bist du, keuchte er.

Ich bin nicht, antwortete die Stimme. Auch du bist nicht mehr …

Die Stimme klang unnatürlich, gekünstelt, wie die eines Puppenspielers hinter der Bühne. Der Alte versuchte, sich zu erheben, aber seine Beine folgten ihm nicht, das Gelenk des Puppenspielers blieb unbeweglich.

Name, gebot die Stimme.

Nein, keuchte der Alte und drückte sich die Ohren mit den Handflächen zu.

Name!, wiederholte die Stimme mit unnachgiebiger Gelassenheit. Und Vorname!

Umsonst hatte er sich die Ohren zugedrückt, denn diesmal war es das Licht, das da sprach und im Rhythmus der Silben flackerte.

Nein und wiederum nein, flüsterte verloren der Alte.

Er presste sich die Hände noch kräftiger an die Ohren, kauerte sich in den Sessel und schloss die Augen, damit ihm die Lichtkorpuskel nicht länger im Blick pulsierten. Doch der Lichtkreis ergoss sich über seinen Schädel und legte sich ihm um den Hals, als steckte sein Kopf in einer Plastiktüte, in der die Luft stetig abnimmt. Der Alte schnappte nach Luft, aber das wirkte immer hilfloser, bis die Maske ihm derart im Gesicht saß, dass Nasenlöcher und Mund verklebt und es schier unmöglich war, noch etwas von der beinahe gänzlich aufgebrauchten Luft zu erhaschen. Dann schlug der alte Mann die Augen wieder auf und atmete tief und schlaftrunken ein, als käme er eben aus einer stickigen Kammer.

Was hab ich dir gesagt?, zischte die Stimme. Was euch betrifft, habe ich immer recht, ihr niederträchtiges Gesindel. Hast gedacht, du bist entkommen …

Der Alte schaute verängstigt in die Richtung, aus der das Licht geradewegs auf sein Gesicht fiel. Er konnte den Bick nicht davon abwenden. Der Puppenspieler hielt ihn für zu schwach und lockerte seinen Griff. Da spürte der Alte neue Kraft in den Beinen und erhob sich im Versuch, aus dem Lichtkreis zu treten. Plötzlich erlosch das Licht, und das Zimmer versank in einer dichten feuchten Dunkelheit, die man, um darin voranzukommen, beiseiteschieben musste wie nasse, auf den Wäscheleinen hängende Leintücher.

Wie willst du denn entkommen, wenn du nicht einmal weißt, wer du bist? Wen willst du denn retten?

Nunmehr war die Stimme von der Seite zu hören. Der Alte wandte sich der Richtung zu, aus der sie erklungen war, das heißt, wir vermuten dies, denn wir hören nur, wie er stolpert und fällt.

Die Schlangengrube, murmelt die Stimme, die jetzt von überall her kommt. Willst du wieder in die Schlangengrube … Du bist dort noch nie rausgekommen, nicht wahr? Als du hörtest, wie Eisen auf Eisen schlug, und darauf wartetest, dass sich die Gitter öffneten … Du kannst nicht mehr bei Dunkelheit schlafen … hast Angst, dich in der Nacht im Schlaf umzudrehen …

Der Alte stützte sich auf einen Arm und stemmte die Fußsohlen auf den Boden. Die Finsternis umgab ihn mit allen ihren Geschöpfen, flüsterte, säuselte und zischelte ihn aus dem Rachen heraus an. Die Finger gespreizt, erhob er die Hand zur Verteidigung, aber das Geflüster qualmte rastlos zwischen seinen Fingern. Jetzt wäre der richtige Zeitpunkt, dachte der Erleuchtete, der auf der anderen Straßenseite das Schweigen belauschte. Jetzt müssten dich die Schüler finden, die schon lange aufgebrochen sind, dich zu suchen. Sie hätten dich mehr tot als lebendig auffinden und den Stimmen entreißen, dabei die Versuchung, wie jede Legende, auf halbem Wege zurücklassen können. Leider gibt es für dich keine Schüler, so etwas lernt man nicht, wie solltest du jemanden das lehren können, was du selbst, sosehr du dich auch darum bemühtest, nicht vergessen kannst? Es wird nicht Tag werden, ja, mehr noch, die Dunkelheit dreht sich noch einmal um, wie eine Kugel, deren Mittelpunkt man entfernt hat.

Und jetzt zu uns beiden, säuselte die Stimme mit gespaltener Zunge. Du hättest mich nicht rufen brauchen, wusstest doch, dass ich auf der Lauer liege. Du hättest dich in deinen Erinnerungen zermartern sollen, bis du eine Handvoll Staub geworden wärest … hast die Vereinbarung gebrochen …

Ich habe … ich hab nicht geschworen, stöhnte der Alte. Ich nicht …

Weil es nichts Heiliges mehr gab, auf das du hättest schwören können. Du hattest nichts mehr, das dir gehörte. Die Stimme drehte sich im Kreis, bedrohte ihn: Du wolltest schweigen und wurdest gezwungen zu reden. Und jetzt möchtest du reden und wirst gezwungen, zu schweigen …

Nun kam die Stimme von hinten. Der Alte kroch davon. Die Stimmen erlaubten es ihm, die Finger in den Fußboden gekrallt, sich mit den Fußsohlen voranschiebend, zur Tür hin zu schleppen. Dann kamen sie wieder näher:

Jetzt wirst du schweigen … schweigen wirst du …

Der Alte kroch verängstigt dahin. Plötzlich sah er sich in den Achselhöhlen gepackt und auf die Beine gestellt. Und die Stimmen versammelten sich wieder in einer einzigen, die ihn von hinten her antrieb.

Geh … bist frei … binde dich los …

Der Alte verstolperte ein paar Schritte, stieß gegen die Wand, fuhr sich mit der Hand über die Wange, und seine Finger verschmierten sich mit blutgetränktem Schweiß. Er tastete sich voran, bis er an die Türschwelle gelangte. Ging, von der Stimme dazu getrieben, hinaus, sie atmete eine Luft aus, die nicht aus der Brust zu kommen schien, sondern schrillte, als käme sie aus einer Leitung. Er machte einen großen Schritt, aber der Fußboden antwortete ihm nicht. Dieser fiel in Stufen ab, und ihm zu folgen hätte er eines Gleichgewichtes bedurft, über das er nicht mehr verfügte.

Zu solchen wie dir kommt der Tod nicht, wenn du ihn rufst, hörte der Alte noch, bevor sein Schritt ins Leere ging und sein Körper über die Stufen stürzte.

Es vergingen noch ein paar Augenblicke, ohne dass sich irgendwo etwas geregt hätte. Das Licht der Nachttischlampe blinkte vom oberen Treppenende her, die Dunkelheit wich beiseite wie ein zerteiltes Meer. Die Augen des Alten standen offen, aber sie nahmen kein Licht mehr auf.

Das Mobiltelefon vibrierte. Im Zimmer war es dunkel geworden. Sie spürte, wie der Mann langsam die Hand zur Brusttasche führte, die Klappe des Apparates aufschlug und ein paar Augenblicke auf den Bildschirm schaute.

Die Statistiken sagen, neunzig Prozent der telefonischen Mitteilungen sind erotischen Inhalts, sagte Cosmina, ohne die Augen vom Fenster abzuwenden.

Dann haben sie nicht die richtigen Leute befragt, antwortete Jacob und steckte das Gerät wieder an seinen Platz. Und schließlich: Komm an meine Seite …

Das Cello hatte seine Modulationen beendet. Im zweiten Teil des Konzerts schienen Mensch und Tod sich gegenseitig anzusehen. Sie setzte sich vor ihn.

Du hast mich nicht nach deinem Cousin gefragt …

Fragend zog er eine Augenbraue hoch, dann erinnerte er sich und nickte bestätigend.

Ja, mein Cousin, wie geht es ihm?

Er ist vorhanden. Das heißt, er ist in der Gegenwart angekommen … weiß, dass er lebendig ist, aber er weiß nicht, dass er dafür einmal geboren worden sein muss. Ein seltsames Leben, zuerst lebt er, und dann wird er geboren werden.

Und wann wird dies geschehen?

Ich werde es dir sagen … Wir werden dich zur Taufe einladen …

Du machst dich lustig über mich …

Nein, das tue ich nicht, ich bin bloß beunruhigt. Du hast keinen Rasierapparat im Bad. Und bist trotzdem gut rasiert.

Das ist mein Morgenritual. Der Barbier an der Straßenecke liefert mir auch die komplette Presseschau.

Und, rückt er die Dinge in ein positives Licht?

Er versteht überhaupt nichts. Deshalb reproduziert er alles haargenau so, wie es dasteht.

Großväterchen, begann Cosmina.

Wovor fürchtest du dich, unterbrach sie Jacob. Pendereckis Konzert ist zu Ende. Der Tod ist gekommen und gegangen.

Großväterchen, wiederholte Cosmina etwas konfus, liest keine Zeitungen. Er hört sich nur die Radionachrichten an. Nicht, dass die etwa nicht auch mal lügen. Aber Großväterchen sagt, er könne dies am Ton der Stimme erkennen. Er kennt sich aus mit den Stimmen. Was man von den Buchstaben nicht sagen kann, deren Form kein Krümelchen Ehrlichkeit aufweist, ihr Erscheinungsbild kann dir nicht behilflich sein zu entscheiden, ob du das Niedergeschriebene glauben kannst oder nicht. Manchmal denke ich, dass Großväterchen recht hat und auch die Menschen so sind wie die Buchstaben. Allein die Stimme verrät sie mitunter.

Jacob legte ihr einen Finger auf die Lippen, und die Stimme verkroch sich in die Ecken. Er streichelte ihr die Mundwinkel, dann fuhr er mit dem Zeigefinger langsam ihre Wange hinab zum Hals, spürte ihre Schlagader und drückte leicht dagegen, bis ihr Puls antwortete. An der Stelle, wo das Blut nahe unter der Haut lag, streichelte er ihr über den geschwungenen Hals und bis zum Schlüsselbein. Cosmina hatte die Augen im Genuss der Liebkosung geschlossen. Der Finger bewegte sich nun auf die Brust zu, und ihr Atem wurde schwerer, er knöpfte ihre Bluse auf, und der Finger suchte über die Kuhle zwischen den Brüsten hinweg die Warze über dem Herzen. Die Berührung war so zart, dass das leicht stöhnende Mädchen nicht mehr wusste, ob dieses Stöhnen aus ihrem Inneren oder außerhalb von ihm herrührte. Nun nahm der Mann sie fest in die Arme und küsste sie. Seine plötzlich ungeduldig gewordenen Hände machten sich nun unter ihrer Oberkleidung zu schaffen. Sie ließ einen Schrei vernehmen, aber er bedeckte ihr die Lippen eher mit einem Biss denn einem Kuss. Sie wehrte sich, aber ihr Körper, kurz zuvor aller seiner Verteidigungsmöglichkeiten verlustig gegangen, fand unter seinen kräftig zupackenden Armen, die sie auf das Sofa warfen und etwas nach unten zogen, zu gar keiner Gegenwehr. Mit der einen Hand im Nacken gepackt, das Gesicht auf dem Sofa, die Schultern gebeugt, spürte sie im Rücken plötzlich seine Wildheit. Ihr Stöhnen war angesichts seines Schreis, als er in sie eindrang, überhaupt nicht zu hören. Umsonst verschloss sich ihr Körper, der Mann fuhr mit aller Gewalt in sie, bis er sich mit einem Aufschrei aus seinen tiefsten Leibesgründen befreite. Ein paar Augenblicke verharrten sie reglos, er genoss das Vergnügen, das wie für alle Überwältiger dieser Art kurz war, und sie konnte trotz brennender Weichteile eine seltsame sinnliche Beglückung nicht verleugnen.

Jacob löste sich von ihr, ohne auch nur den Versuch unternommen zu haben, ihr den Rock über die Schenkel zu ziehen. Er schloss seine Hose und schaute mit nunmehr schier phlegmatischer Neugier auf ihre Hüften, deren weiße Rundungen sich im Dunkel abzeichneten. Cosmina ließ sich über den Sofarand gleiten, drehte sich um und zog die Knie an die Brust. Vielleicht wartete sie auf etwas. Vielleicht wusste er nicht, worauf sie wartete. Der Mann verlangte anscheinend eine Vergütung für die Wut, die ihn erfasst hatte, sie wartete darauf, dass etwas geschah, das ihr einen anderen Gang der Dinge anzeigte, trotz des glühenden Stahls, den sie immer noch in ihrem Leib spürte. Doch stattdessen begann die Musikanlage wieder zu spielen, der Tod hüpfte mal auf dem einen Bein und mal auf dem anderen, wie ein rätselhafter Mandarin.

Das Mädchen hatte Mühe, die Beine auszustrecken, sie drückte sich die Hände in den Schoß, als vermöchte sie damit das Zittern der Schenkel zu unterbinden. Er legte sich neben sie und bettete seinen Kopf in ihre nestrunden Hände. Cosmina schaute ihn gleichgültig an.

Ich will gehen, flüsterte sie.

Bleib noch, bis du dich beruhigt hast, sagte er, aber seine Stimme klang wenig überzeugend.

Es ist spät. Mach dir keine Sorgen, ich bin ganz ruhig … Großväterchen erwartet mich. Er wird wissen, was zu tun ist …

Sie schob seinen Kopf zur Seite und zog ihre Beine unter ihm weg. Auf dem Fußboden stehend, zitterte sie, bis sie ihr Höschen fand, das wie ein unnützer Flicken aussah.

Zerrissen, flüsterte sie und zerknüllte es an der Brust.

Sie hatte nicht gesagt, du hast es zerrissen, es war ihre Art, sich zu weigern, über das Geschehene zu sprechen. Und weil sich ihre Augen mittlerweile an die Dunkelheit gewöhnt hatten, ging sie langsam ins Vestibül. Auch er stand auf und folgte ihr.

Nicht nötig, flüsterte sie leicht benommen. Ich gehe allein. Ich brauche das Alleinsein jetzt, ich glaube nicht, dass ich das alles begriffen habe.

Die Nachtluft schärfte ihre Sinne immerhin so, dass sie merkte, wie unbekannt ihr die Örtlichkeit hier war, der sie beim Kommen keinerlei Beachtung geschenkt hatte. Unter den Lichtmasten erstreckte sich ein breiter, schier endloser Boulevard. Zu beiden Seiten hohe, völlig identische Wohnblocks, hin und wieder ein beleuchtetes Fenster, das sie wie ein Eulenauge anstarrte. Die Bürgersteige waren leer, da hätte man niemanden etwas fragen können, mal angenommen, man hätte etwas zu fragen gehabt. Erst an der nächsten Ecke sah sie sein Auto, das sie im Rhythmus ihrer zögerlichen Schritte begleitete.

Steig ein, sagte Jacob, und das erschöpfte Mädchen schlüpfte durch die geöffnete Tür auf den Beifahrersitz. Du hast deine Handtasche vergessen. Außerdem müssen wir reden. Ich glaube, da gibt es ein Missverständnis.

Cosmina schaute ihn ausdruckslos an, dann wandte sie den Kopf und schaute abwesend die Straße hinab.

Es ist genau so, wie ich es gesagt habe, sagte sie und überging damit seine Äußerung. Die Männer haben es zu eilig. Sie glauben, sie hätten sich vieles auf die Arme gepackt, und stoßen die Tür mit dem Fuß auf. Doch schaut man hin, so sieht man, dass sie nichts in den Händen haben …

Ihr Atem hatte die Windschutzscheibe beschlagen lassen. Sie zeichnete mit dem Finger darin, vergaß ihn völlig.

Wir sind da, sagte er, und sie schrak hoch. Oben bei euch ist Licht. Wahrscheinlich wartet der Alte auf dich.

Sie schaute ihn gleichmütig an, als sähe sie ihn zum ersten Mal.

Er schläft bei Licht … Im Dunkeln sieht er so allerhand.

Jacob öffnete das Autofenster und reichte ihr die Handtasche, die sie schon wieder vergessen hatte. Das Mädchen betrat den Hof, ohne sich noch einmal umzusehen. Er wartete, bis er das Licht im Flur aufleuchten sah. Dann trat er aufs Gas, und ihr durchdringender Schrei erreichte ihn nicht mehr …

Weil es sich um eine endokrine Sekretion handelt, sowas wie ein Netz, das man webt, um sich dann selbst darin zu verfangen, gibt es keine Maßeinheit für das Gedächtnis. Du schaust dir zwei Berge an und kannst mit einiger Gewissheit sagen, welcher der höhere ist. Du schaust dir zwei Brunnen an und kannst nicht wissen, welcher tiefer ist. Vielleicht kannst du dies nur am Geschmack des Wassers entscheiden. Um also zu wissen, wie tief das Gedächtnis reicht, musst du es leben. Und doch wirst du nicht wissen, wo es beginnt und wo es endet. Es ist wie mit der Tinte. Ein Tintenfleck auf dem Tischtuch hat eine bestimmte Form, vielleicht sogar eine leicht wiedererkennbare geometrische Form. Der gleiche Fleck jedoch an deinen Fingern nach dem Schreiben ist sehr viel schwerer zu messen, auch weißt du nicht, wie viel Tinte schon in deine Haut eingedrungen ist und ob es ausreicht, die Hände zu waschen, um sie loszuwerden.

Viele von uns, die Generation der nach dem Ersten Weltkrieg Geborenen, haben sich hin und wieder umgesehen. Weil wir nicht ganz und gar aus der Vergangenheit heraustreten können, spielen sich die Dinge immer noch dort ab. Und weil du nicht an zwei Orten gleichzeitig sein kannst, wie Persephone jedoch an beide Gefilde gefesselt bist, wird die Zukunft zu einer Form des Gedächtnisses. Was nichts anderes heißt, als dass der Blick zurück eine Weise, nach vorne zu schauen, ist. Wie der Blick nach vorne eine Art Rückblick sein mag. Die Zukunft bemüht sich, dem Gedächtnis eine Form der Heilung zu werden. Während das Gedächtnis die Zukunft versehrt. Das nimmt kein Ende.

Aber die Wahrheit, hatte Filip gefragt. Sie haben mir von so vielen Dingen schon erzählt, aber Sie haben mir noch nichts über die Linie erzählt, die das Gute vom Bösen trennt, über die Gerechtigkeit, über die Wahrheit. Stellt das Gedächtnis nicht den ersten Schritt dar auf dem Weg zur Wahrheit? *Lethe* heißt Vergessen. *A-leitheia* heißt Nichtvergessen, Wahrheit.

Und was hat er dir geantwortet, als du ihn gefragt hast, fragte nun Cosmina.

Ich habe ihn nicht mehr danach gefragt, dazu kam es nicht mehr. Gerade davon hätte als Nächstes gesprochen werden sollen … Das hatte er mir versprochen. Von den Schlössern, die, von welcher Seite sie auch immer verschlossen würden, auf der einen wie auf der anderen Seite Gefangene haben.

Hilf mir, sagte Cosmina. Sie wusste, dass er es tun würde.

Filip beschützte das Flämmchen mit den Handflächen, und es wurde lebhafter. Cosmina beugte sich hinab und steckte die Kerze in den weichen Boden am Fuße des Kreuzes. Sie blieb aufrecht stehen und wartete anscheinend auf eine Antwort.

Diese rohen Kreuze aus ungehobeltem Holz sind herzzerreißend, sagte Filip, als wären sie aus Menschenfleisch gefertigt. Vielleicht rührt dieses Gefühl auch daher, dass sie stets einen neuen Tod begleiten …

Wie lange ist ein Tod neu?

Ich weiß nicht. Bis die Erinnerung der Welt an diesen Menschen stirbt. Oder bis seine Erinnerungen an die Welt tot sind.

Und wie werden wir dies erfahren?

Er wird schon etwas unternehmen, es uns wissen zu lassen …

Filip trat an ihre Seite, legte ihr den Arm auf die Schulter und drückte sie an sich. Cosmina ergab sich geschmeidig der Umarmung.

Ist das Buch fertig, wirst du es veröffentlichen?

Ich kann es nicht veröffentlichen … Es ist erst zur Hälfte geschrieben. Jetzt beginnt die Geschichte derer jenseits der Gitter, der Gefängniswärter. Henker und Opfer können nicht unabhängig voneinander erklärt werden. Solange die Gefängniswärter unbekannt bleiben, kommen einem die Geschichten der Opfer wie ein absurdes Spiel vor. Bei dem man, statt der Empathie, die einen miteinbezieht, eher Mitleid empfindet, das einen draußen lässt.

Vielleicht musste es so geschehen, flüsterte Cosmina. Du kannst die Geschichte nicht abschließen, weil sie nicht zu Ende gelebt wurde.

Das ist Sache des Lesers. Keine Geschichte wird zu Ende erzählt. Ich komme damit noch nicht so gut zurecht, vorerst bin ich ihr einziger Leser. Jedenfalls ist das mein Eindruck.

Wie sollte es denn sonst sein?

Ich könnte es mir nicht leisten, jemanden zu bezahlen, der bei mir putzt. Die Vermieterin kommt manchmal mit dem Staubsauger vorbei, aber ihre Reinigungsanstrengungen übersteigen niemals die Tischbeinhöhe. Und trotzdem, Scherz beiseite, manchmal habe ich den Eindruck, auf meinem Schreibtisch herrscht zu viel Ordnung.

Cosmina hatte sich sachte aus der Umarmung gelöst, doch um ihn nicht zu verärgern, griff sie nach seiner Hand.

Setzen wir uns hin, sagte sie. Ich will dir etwas sagen. Du hast ihn doch stets im Blick gehabt, hast gesehen …

Er wirkte ruhig und entspannt ….

Gibt es da etwas im Zusammenhang mit dem Buch, das du mir nicht sagst?

Wie kommst du denn darauf?

Ich verstehe nicht. Warum sollte Großväterchen versucht haben, und dies gegen Mitternacht, die Treppe hinunterzugehen? Er hatte schon mehr als ein Jahr lang sein Zimmer nicht mehr verlassen … Er hatte dort alles, was ein alter Mann benötigt, das Wasser ebenso wie die Medikamente und das Tellerchen mit den Keksen. Wenn er auf den Stufen gestürzt ist, hätten seine Pantoffeln irgendwo im Treppenhaus oder im Flur sein müssen. Aber sie waren im Zimmer geblieben, der eine neben dem Sessel und der andere mitten auf dem Teppich. Es ist seltsam, als hätte er vor etwas davonrennen wollen, als habe er sich von etwas losgerissen und in dem Durcheinander seine Pantoffeln verloren.

Die Leute achten, wenn sie älter werden, nicht mehr auf solche Einzelheiten …

Trotzdem gibt es etwas, das ich nicht verstehe. Mit einem Mal war die Straße voller Polizisten, allerlei seltsame Gestalten und Rettungswagen, die niemand brauchte. Ich habe nicht begriffen, wer die bestellt hat. Ich wusste, dass ich nichts berühren durfte, und doch habe ich ihm die Augenlider geschlossen. Du kannst dir seinen Blick nicht vorstellen. Die Augen waren aus den Höhlen gequollen, riesig und voller

Grauen. Was mochte ihn derart entsetzt haben? Als wäre er vor Schrecken gestorben, noch bevor ihm die unterste Treppenstufe das Genick gebrochen hat. Diesen Blick kann ich nicht vergessen.

Du warst der Letzte, mit dem er über diese Dinge gesprochen hat, du musst es wissen.

Du sagtest, die Tür sei verschlossen gewesen … Die Polizisten waren der Meinung, da sei niemand drin gewesen, der alte Mann ist im Treppenhaus gestürzt, das kommt in dem Alter vor.

Cosmina schüttelte den Kopf.

Das Grauen in seinem Blick rührte nicht von etwas oder jemand Unbekanntem her. Nur was man kennt, kann einen auf diese Weise ängstigen.

Sprechend, hatte Ionuţ Penescu am Morgen gesagt.

In etwa das ist es, erklärte Pantelimon. Deinem Mann ist nach Reden zumute. Weil er sich noch kaum bewegen kann, redet er, um sich davon zu überzeugen, dass er nicht tot ist.

Und du, fragte Cosmina, bist du überzeugt?

Pantelimon holte die Münze aus der Brusttasche. Und als er mit ihr zu spielen begann, wirkte dies nicht wie sonst.

Jetzt denken wir an nichts. Wir befinden uns aus reiner Gewohnheit an einem Kreuzungspunkt. Wir müssen nur losgehen, aber selbst das will entschieden sein.

Er warf die Münze in die Luft und fing sie zwischen seinen Händen auf.

Also ja oder nein. Oder aber es kann auch sein …

Er warf sie noch einmal hoch, und die Münze fiel auf den Fußboden. Bevor sie sich entschied, kreiselte sie noch drei, vier Mal.

Eigentlich ist es eine Spirale, erklärte Pantelimon. Was

weder ja noch nein bedeutet, sondern je nachdem, auf welche Seite sie dann kippt, heißt es eher ja oder eher nein. Das Schicksal ist kein sonderlich gut temperiertes Instrument, es kennt allerlei Nuancen. Ich hatte gedacht, es sei einfacher, man wirft die Münze, und es antwortet. Nun siehst auch du, und es versteht sich beinahe von selbst, dass manchmal jede Wahl, die man treffen mag, etwas von den Bedingtheiten der anderen Wahl in sich trägt.

Du solltest diese Münze auch mal in Ruhe lassen, empfahl Cosmina.

Es ist, als sagtest du, ich solle ohne Kompass drauflosgehen, beharrte Pantelimon. Stell dir doch mal das Schicksal in Form einer Landkarte vor. Breite Straßen, kollektive Schicksale, Seitenstraßen, individuelle Schicksale. Die Kardinalpunkte stehen fest, da kommt keiner bei Sonnenaufgang oder zu Mitternacht vorbei, als ginge es zum Picknick. Ebendeshalb braucht man den Kompass. Und er wies auf die Münze: Diese ist unter allen anderen die einfachste. Nun ja, nicht gerade so einfach, wie sie aussieht.

Vielleicht solltest du dich ein bisschen ausruhen. In letzter Zeit hast du nicht mehr so oft operiert, und auch wenn, so hast du vor allem die zweite Hand rangelassen …

Das kommt dir nur so vor, unterbrach Pantelimon sie. Ich habe genau das getan, was nötig war. Wenn die Münze spricht, muss man auf sie hören. Vielleicht ist da nichts mehr zu tun, oder du bist nicht die Person, die tätig werden muss.

Er saß auf der Bettkante, über die offene Hand gebeugt, in der die Silbermünze wartete.

Ach, Professor, flüsterte sie und legte ihm die Hand auf die Schulter.

Das mit deinem Großvater tut mir leid, sagte Pantelimon, ohne den Kopf zu heben.

Was soll ich sagen … Irgendwann musste das ja so kommen.

Seltsam nur, dass mir die Münze gar kein Zeichen gegeben hat. Ehrlich gesagt, ich wusste nicht einmal, was ich sie hätte fragen sollen.

Frag sie doch, was wirklich geschehen ist. Warum Großväterchen das Bedürfnis verspürt hat, aus sich herauszugehen …

Pantelimon hob den Kopf und lächelte verlegen.

Das kann ich nicht. Weißt du, die Münze antwortet nur auf Fragen, die die Zukunft betreffen. Die Vergangenheit ist unsere Angelegenheit. Es mag eine andere Art Münze geben, aber die ist nicht aus Silber. Oder aber, da es etwas komplizierter ist, reicht es vielleicht nicht aus, eine Münze zu werfen. Da sind mehrere Varianten vonnöten, beispielsweise ein Würfelwurf.

In meiner Abwesenheit hat man Ionuţ aus der Reanimation verlegt.

Er hatte dort nichts mehr verloren. Er isst selbständig, kann den Löffel zum Mund führen. Mehr noch, heute Morgen hat er sich allein aufgesetzt. Es hat ihn ziemlich erschöpft, aber schließlich hat er es geschafft. Er redet immer noch im Präsenspartizip, aber ich habe den Eindruck, er beginnt aus der anhaltenden Gegenwart herauszutreten. Schlimmer ist, dass er weiß, wie er heißt, aber nicht, wer ihm diesen Namen gegeben hat.

Ich gehe ihn mir anschauen. Ich möchte allein sein mit ihm, vielleicht macht ihn das mutiger, was meinst du?

Pantelimon hob die Hand.

Ebendies wollte ich dir sagen. Über den Kompass. Du weißt, dass er dir den Norden anzeigt, aber du gehst nicht unbedingt dorthin. Du kannst nach Süden gehen, also in die entgegengesetzte Richtung. Wie kann man auf ein Ziel zugehen, während die Kompassnadel in eine andere Richtung weist? Das geschieht mit unserem Mann. Er kommt mir recht lebendig vor, aber ich weiß nicht, wie überzeugt er selbst davon ist.

Cosmina schaute ihren Patienten an und lächelte. Die Beharrlichkeit, mit der er sich bei ihrem Anblick bemüht hatte, sich auf die Hände gestützt in eine aufrechte Sitzposition zu bringen, hatte sie beeindruckt. Sie wartete ab, bis seine Atmung wieder gleichmäßig war und er sich beruhigt hatte. Dann schlug sie die Decke beiseite und enthüllte seine Schienbeine. Sie massierte seine Zehen und drückte da und dort auf die Fußsohlen, dabei achtete sie auf sein Mienenspiel.

Bist nicht überzeugt, fragte sie.

Er schaute sie mit einer solchen Ernsthaftigkeit an, dass man annehmen musste, er habe verstanden.

Viel denkend, antwortete er mühsam.

Du musst anfangen herumzugehen, sagte sie und deckte ihn wieder zu. Deine Waden sind ganz dünn geworden, du musst deinen Muskeln was zu tun geben. Sonst wirst du nicht mehr aufrecht stehen können.

Er stimmte zu, doch eher, um das Gespräch darüber zu beenden. Auch Cosmina gab sich zufrieden.

Ionuț … Darf ich dich so nennen? Sehr gut, so werden wir Freunde sein können. Woran denkst du denn so angestrengt?

Er schien einen Augenblick zu zögern, dann gelang es ihm, mit dem zweiten Anlauf zu sagen:

Ans Leben …

Das ist gut. Denk nicht mehr an den Tod …

Auch der ist Teil des Lebens, flüsterte er.

Wie das? Wenn es Leben diesseits und jenseits des Todes gibt, wozu sind wir Ärzte dann noch gut?

Gute Menschen … wissen nicht … nicht ihre Schuld …

Das ist drollig!, lachte Cosmina. Wirst sehen, wie Pantelimon lacht, wenn er das hört! Und dann mit einem Mal ernst: Sag, wenn es Leben auf dieser Seite und auf der anderen Seite gibt, woher weiß man dann, wann etwas oder jemand tot ist?

Sein Blick ging in die Ferne, nostalgisch.

Mehr Licht, sagte er. Alle lebendig. Ohne Tod, ohne Tote.

Also durftest du es erst recht nicht tun, sagte Cosmina. Es hat überhaupt keinen Sinn, dass du dich beeilst, er wartet ohnehin auf dich. Du machst das nicht nochmal, versprochen?

Ich nicht, flüsterte er, Jesus.

Er will nicht, dass du das tust.

Ionuţ schüttelte den Kopf, was seine gegenteilige Meinung bekunden sollte.

Das ist nicht wahr, Ionuţ, er liebt dich und will nicht, dass du dir etwas Böses antust. Wie kannst du behaupten, dass er das will? Woher willst du das wissen?

Er oder ich, bleibt sich gleich …

Sie brauchte etwas Zeit, um darüber nachzudenken und sich ausführlich mit Pantelimon zu beraten. Sie erhob sich.

Das Abendessen kommt, sagte sie, ich lasse dich in Ruhe essen.

Zeichnest du nicht mehr?

Woher weißt du, dass ich zeichne?

Sehend …

Du konntest das nicht sehen. Du hattest die Augen geschlossen.

Von dort, sagte er, und Cosmina schaute an die Decke.

Du warst dort oben? Und was habe ich gezeichnet?

Gedanken …

Wie konntest du das sehen?

Von oben, wiederholte er. Über die Schulter …

Cosmina trat ans Bett und fasste ihn an der Schulter.

Das heißt, du beginnst dich zu erinnern?

Ich nicht … er.

Es wäre zu einfach, ihn für schizophren zu halten, hätte Cosmina Doktor Pantelimon sagen mögen. Und dass es sich nicht um eine Persönlichkeitsspaltung, sondern um eine seltsame Veränderung handelte. Dieser Mann lebt ein Leben, das ihm anscheinend nicht gehört. Wir können nicht einmal sagen, ob das falsch ist oder nicht. Dafür hätten wir seine Erfahrungen durchleben müssen. Wissen wir, was die Differenz ist? Weißt du das, Doktor?

Durch das Fenster konnte sie sehen, wie er redend durch den Krankenhaushof ging. Es war niemand bei oder neben ihm. Pantelimon, der Doktor ohne Silberlinge, redete mit sich selbst. Eigentlich, dies begriff Cosmina nach einem aufmerksamen Blick, redete der Doktor ohne Silberlinge mit seinem Silber. Er blieb hin und wieder stehen, als wollte er es seinem Gesprächspartner ermöglichen, ihn einzuholen. Dann ließ er die Münze durch die Luft wirbeln, fing sie geschickt wieder auf und überlegte einen Augenblick lang, wie er die Hände halten solle. Und wenn die Frage zu kompliziert war und nicht zureichend, um den Weg oder die Art und Weise anzuzeigen, wie man ihn zu begehen hatte, ließ er die Münze fallen und zählte die schlingenden Kreisel, die sie vollführte.

Cosmina beschloss somit ein Gespräch, das sie noch nicht einmal begonnen hatte. Und das Doktor Pantelimon anscheinend allein mit sich selbst fortsetzte.

Die Seele ist wie ein Vogel, der einer Schlinge entkommt, hörte Cosmina hinter sich. Die Schlinge ist zerrissen, und wir haben uns gerettet.

Sie hatte eben das Tor geöffnet, nachdem sie im Dunkeln

nach der Klinke getastet hatte. Schnell war die Nacht hereingebrochen, und die Straßenlaternen brannten noch nicht. Überrascht wandte sie sich um. Die Stimme kam von sehr nahe, hatte ihr ins Ohr geflüstert. Aber es war niemand da, nur auf dem gegenüberliegenden Bürgersteig die dürre Silhouette mit den leuchtenden Augen. Sie schaute reglos herüber, bis das Mädchen sich beruhigt hatte. Das kam häufig vor, immerzu fühlte sie sich beobachtet, wenn sie nach dem Einbruch der Nacht heimkehrte. Anfangs war ihr das lästig, dann hatte sie sich daran gewöhnt. Was sie nicht verstehen konnte, war, woher er wusste, wann sie heimkam. Es fiel ihr schwer zu glauben, dass er jede Nacht auf sie wartete, auch wenn es frostig funkelte, nur um sie zu sehen. Aber er hatte noch nie so zu ihr gesprochen. Hätte er nicht so ungewöhnlich ausgesehen, mit dem Bart, der ihm unter den eingefallenen Wangen spross, den langen, in Mönchsmanier gerafften Haaren und den zerschlissen auf ihm flatternden Kleidern, wäre sie sich nicht sicher gewesen, dass er es war. Und er redete weiter:

Ein Gesang der Treppen. Die Tiefgründigkeiten verlangen von dir nicht immer, du mögest herabsteigen; manchmal kannst du auch in die Tiefe hinaufsteigen. Die Stufen aber gehören dazu, sonst gibt es keine Initiation, nur Verfall.

Warum sagst du mir diese Dinge?

Weil du mich danach gefragt hast. Wie mit den Dingen so auch mit den Gedanken – es geht kein Gedanke verloren.

Plötzlich stand er neben ihr. Das war so schnell gegangen, dass Cosmina unwillkürlich einen Schritt zurück tat. Er war nicht herangekommen, er hatte sich schlicht und einfach dort aufgepflanzt.

Die Straßenlaternen waren eingeschaltet worden, aber ihr Licht war noch schwach. Das Gesicht des Mannes blieb reglos.

Er hielt ihr ein Stück Papier hin. Cosmina faltete es auf und hielt es in den Lichtkegel der Laterne.

Was ist das, fragte sie überrascht.

Der heutige Drache.

Aber heute habe ich überhaupt keinen Drachen gezeichnet! Auch gestern nicht … Eigentlich habe ich, seit Großväterchen gestorben ist … Ich weiß nicht einmal, wo mein Heft ist. Tadelnd hob sie die Stimme: Jetzt begreife ich. Als ich nach der Beerdigung saubergemacht hab, habe ich aus Versehen das Heft weggeworfen. Und du hast wie üblich im Müll herumgewühlt und es gefunden. Stimmt's?

Hast du jemals einen blinden Drachen gezeichnet, fragte er, ohne auf die Frage sonderlich zu achten.

Cosmina entfaltete das Blatt noch einmal und schaute sich die Zeichnung genau an.

Den hab nicht ich gezeichnet.

Behalt ihn, er gehört dir. Dass du verstehen musst, hast du gedacht, nicht wahr? Dass du lange genug hingeschaut hast, dass du jetzt von dir erzählen musst. Dass du dich entscheiden musst.

Hör mal, warm sagst du mir all das?

Ich sehe, was du nicht siehst. Ich habe dir schon einige Zeichen zukommen lassen.

Du hast meinen Hund vergiftet …

Auch das war ein Zeichen. Er hat zu viel gebellt. Mich aber hat das nicht gestört. Ich hatte keinen Grund, ihn zu vergiften. Mich hat er nie verbellt.

Wen dann?

Du hast mich nicht gefragt, warum ich dir helfen will.

Ich bin davon auch nicht wirklich überzeugt.

Schließlich muss ich dich auch nicht überzeugen, es ist einzig und allein dein Problem. Und du musst mir auch in keiner

Weise danken. Wir beide haben etwas gemeinsam. Jeder von uns hatte seinen Alten. Meinen haben die Dämonen beinahe umgebracht. Deiner war kurz davor, seine Dämonen, die ihm zusetzten, umzubringen. Jeder hat auf seine Weise bezahlt.

Gibt es in unserer Straße Dämonen?

Auf dieser Welt gibt es Dämonen. Wie eine Handvoll Salz, das man ins Wasser streut. Wenn es sie an einer Stelle gibt, gibt es sie überall. Und wenn sie überall sind, befinden sie sich auch an diesem Ort.

Hat Fidel sie verbellt?

Der Meister bejahte. Sie faltete verstört das Blatt zusammen und steckte es in die offene Handtasche.

Wie kann man gegen die Dämonen kämpfen, fragte sie. Mit einer silbernen Kugel, mit Beschwörungsgesängen, mit Knoblauch, den man auf die Türschwelle reibt?

Indem du sie beim Namen nennst. Gute Geister rufst du herbei, indem du sie beim Namen nennst. Dämonen vertreibt man ebenso. Es ist nicht leicht, ihre Namen kennenzulernen, dafür muss man initiiert sein. Wie jeder Mensch, der die Grenze allen Leids überschritten hat, war dein alter Herr ein Eingeweihter.

Cosmina wandte den Kopf und schaute ihn an. Seine Stimme war so leise, dass sie wie Atem klang.

Weißt du, worin wir uns von den Bäumen unterscheiden? Ein Baum ist niemals allein. Durch ihre Wurzeln kommunizieren alle Bäume auf der Welt miteinander. Mit den Menschen verhält es sich anders. Jeder Mensch ist der Gefangene seines eigenen Leids. Dein Großvater hat nicht verstanden, dass jede Generation, die Idole hat, auch ihre eigenen Dämonen hat. Und die Dämonen haben Wurzeln, wie die Bäume, sie teilen sich in alles, weniger allerdings die Namen. Kein einzelner Mensch kann alle ihre Namen auf einmal aussprechen, um sie zu überwinden. Im Unterschied zu meinem alten Herrn hat deiner keine Schüler gehabt. Wie gesagt, jeder hat auf seine Weise bezahlt.

Hör mal, sagte Cosmina, die sich verstört gab, sich aber nicht wegbewegen konnte, ich weiß nicht, auf welche Weise du mir beistehen willst, aber ich glaube, diese Diskussion tut mir nicht gut. Was willst du mir eigentlich sagen?

Dein Großvater ist immer bei Licht eingeschlafen, nicht wahr? Und als du die Tür geöffnet und ihn gefunden hast, war die Nachtlampe eingeschaltet …

Wie üblich …

Es war nicht wie üblich. Etwa eine Stunde davor wurde das Licht ausgeschaltet und wieder eingeschaltet. Aber es war anders, wieso hast du das nicht bemerkt?

Ich weiß nicht. Wie hätte ich es denn bemerken sollen? Großvater lag tot auf der Treppe, das Genick gebrochen, die Augen aufgerissen … Alles war anders …

Aber vor allem das Licht. Ich habe von weitem zugesehen, als du ins Haus gegangen bist, durch den Türspalt ist ein Lichtfaden zu sehen gewesen. Für jemanden, der die Treppe hinabgehen wollte, wäre es ein Leichtes gewesen, das Licht im Treppenhaus einzuschalten. Warum musste der Strahl der Nachttischlampe auf die Stufen gerichtet werden? Vor allem, nachdem sie minutenlang ausgeschaltet war.

Was willst du damit sagen? Es konnte niemand sonst im Haus gewesen sein, die Tür war zugesperrt, als ich gekommen bin.

Der Drache ist blind. Niemand kann an deiner Stelle sehen. Der Mann, der dich mit dem Auto hergefahren hat, hat etliche Augenblicke gewartet, als du hineingegangen warst, und ist erst dann wieder losgefahren.

Und was heißt das?

Du hattest deine Handtasche im Auto vergessen, erinnerst du dich?

Es war ein aufregender Abend. Ich habe meine Handtasche so ziemlich überall vergessen. Aber daran will ich mich tatsächlich nicht mehr erinnern.

Der Mann hat das Fenster auf der Beifahrerseite geöffnet und dir die Handtasche gereicht. Eigentlich hat er beide Fenster geöffnet, auch das auf seiner Seite. So konnte ich sehen, dass er davongefahren ist, ohne die Fenster zu schließen.

Der Meister entfernte sich, befand sich jetzt wieder auf dem gegenüberliegenden Bürgersteig, ja sogar im Hof vis-à-vis, hinter dem Zaungitter. Seine Stimme klang allerdings so, als wäre er immer noch ganz nahe.

Ich war hier, schaute von weitem zu, und doch habe ich deinen Schrei gehört, als du eingetreten warst. Es kann nicht sein, dass er ihn nicht gehört hat. Und er ist trotzdem davongefahren …

Nein, flüsterte Cosmina, ich verstehe nicht. Wie kommt es, dass du immerzu hier bist? Dass du jedes Mal auf mich wartest?

Ich warte nicht auf dich … Du rufst mich herbei …

Jetzt können wir sie uns in aller Ruhe anschauen. Von der Seite, ohne befürchten zu müssen, dass sie uns sieht. Langsam rührt sie den Zucker in den Kaffee und ist mit den Gedanken woanders. Sie trägt ein graues Kostüm, der Rock fällt korrekt bis aufs Knie, und die Jacke ist bis zum obersten Knopf zugeknöpft. Ihre Kleidung verleiht ihr das Aussehen einer Bankangestellten, doch selbst ein frisch in unseren Club eingetretener Betrachter würde zögern, diesen Vergleich weiterzutreiben, denn unsere graziöse, kostümtragende Heldin scheint von beunruhigenden Gedanken heimgesucht zu werden, was nicht zum Wesen solch einer Bankangestellten gehört. Sie sitzt mit geschlossenen Knien da, bis ihr einfällt, dass sie im Taxi mit dem Strumpf irgendwo hängen geblieben ist, also schlägt sie die Beine übereinander und verdeckt die Laufmasche am linken Strumpfbein. Das ist eine kokette Haltung, der Rücken gerade, die Hüfte geschwungen, die Beine übereinandergeschlagen und der Schuh in der Verlängerung des Schienbeins. Manchmal vergisst sie es und kehrt in die vorige Position zurück mit den Knien auf gleicher Höhe und herabhängenden Schultern, den Blick auf etwas gesenkt, das nicht zu sehen ist. Dann können wir unseren imaginären Finger über ihr Profil wandern lassen, von der Stirn bis zum Kinn. Die Linien sind weich, der Umriss ist perfekt, es braucht eine sichere Hand, ihn mit einem Strich aufs Papier zu bannen. Voll fällt ihr das Haar auf die Schultern, aus den Strähnen weht ihn ein Duft an, der allein ihm gehört und ihn erregt. Wollen wir doch mal sehen, ob diese graziöse Frau zu jemandem gehört. Dem scheint nicht so zu sein, schließlich trägt sie keinen Ehering am Finger. Lassen wir uns jedoch noch etwas Zeit, denn eine gewisse Rolle könnte auch die Baskenmütze Pantelimons spielen, des Doktors ohne Silberlinge, die für alle – Chirurg, Anästhesist oder Assistentin vor der Morgenvisite – daliegt, damit die Ringe darin deponiert werden. Chirurgen und Pianisten leben von ihren Fingern, sagt Pantelimon, die Finger müssen herumtollen wie wilde Pferde. Also her mit den Ringen. Wo hat man schon ein wildes Pferd gesehen, das beschlagen gewesen wäre? Wir warten seine Antwort nicht ab, denn er würde nur die Münze aus der Brusttasche holen, wie er es seit einer ganzen Weile schon tut, und sie an seiner Stelle antworten lassen.

Und damit das ganze Bild ausgemalt sei, müssen wir auch die anderen beiden Personen nennen, die sich an dem Tisch befinden. Allen voran die Handtasche, der wir schon öfter begegnet sind und die uns dazu verholfen hat, da und dort ein bisschen mehr zu verstehen. Es ist eine schwarze Tasche aus weichem Leder, die man an den kurzen Henkeln halten und im Gehen schwenken kann, die kokett in der Ellbogenbeuge hängen kann, wenn der andere Arm im Arm eines Mannes eingehakt ist, oder, bei Verwendung des langen Riemchens, an der Schulter hängen kann. Die Handtasche ist abhängig von den unterschiedlichen Ausprägungen von Geistesgegenwart. Wenn die Frau Herrin ihrer selbst ist, verweilt die Handtasche so nahe wie möglich bei ihrer Herrin, wenn die Umstände diese verwirren, kann sie vergessen werden, ein Glück, dass es noch andere Personen gibt, die sich zu ihren Boten machen. Jetzt steht die Handtasche auf einem der Stühle hier am Tisch, noch wissen wir nicht, was wir glauben sollen, da wir Cosmina mit vornübergesunkenen Schultern und herabgebeugt zu den Wirbeln, die ihr Löffelchen in der Tasse verursacht, dasitzen sehen; wir dürfen durchaus befürchten, wiederum jemanden auffordern zu müssen, sie ihr zurückzubringen.

Die andere Person ist das Heft. Es folgt, wie die Drachen, rätselhaften Wegen. Schließlich hat Cosmina es wiedergefunden. Zwischen Möbel und Wand gefallen, war sein Umschlag von Kalk und Staub verdreckt. Sie schüttelte es, schlug mit der offenen Handfläche dagegen, und sieh an, da rieselte so viel Staub heraus, als hätte es dort schon seit Jahren gelegen. Vielleicht weil aufgeräumt und geputzt worden war, sagte sich das Mädchen, aber in ihrem Zimmer hatte niemand saubergemacht. Das Blatt mit dem blinden Drachen passte so gut, als wäre es von dort herausgerissen worden. Aber Cosmina hatte keinen weiteren Drachen gezeichnet, denn sie hatte sich vor ihnen zu fürchten begonnen. Was eine unnütze Vorsichtsmaßnahme war, denn wie sich letzte Nacht herausgestellt hatte, entstanden weiterhin Drachen, wie eine radioaktive Substanz, die sich auch in Abwesenheit eines Fotografen auf die Fotoplatte einschreibt. Wir könnten die Drachen zu den Dämonen zählen. Wir würden den Impuls verspüren, dieser Geschichte den Namen eines Dämons zu verleihen, aber auch das würde die Dinge kaum zur Hälfte erklären können. Denn die Dämonen gibt es nicht ohne die Menschen, und dann kehren wir zum Urgrund aller Dinge zurück und geben dieser Geschichte einen Menschennamen.

Und dieser Name wird nicht Papi sein. Und trotzdem sagt sie, was für eine gute Idee. Papi klingt wie ein Lippenschnalzen, wie ein Kuss auf die Wange. Wer käme denn auf den Einfall, dass Papi die Abkürzung von Paula Pintilie ist?

Mir gefällt dieser Name überhaupt nicht: Pintilie, sagte sie gleich, nachdem sie sich hingesetzt hatte. Ich muss heiraten.

Wieso bist du so schnell gekommen?

Nun ja, was ich eben gesagt habe … Und Papi wies auf die Straße hinaus, wo ein spektakulär gestaltetes elfenbeinfarbenes Auto geparkt war.

Gehört es dir?

Nicht wirklich … Der drinsitzt, der gehört mir … oder, nun ja, bis er sich berappelt. Wenn er noch ein, zwei Monate so weitermacht, führe ich ihn zum Altar. Es ist für mich allmählich an der Zeit, mich als Braut zu sehen, Mädelchen. Das heißt, was sag ich nur, das gilt auch für dich, schließlich sind wir doch gleichaltrig. Aber du siehst aus, als hättest du immer noch zwanzig Jahre, dich hält das Chloroform jung.

Wir benutzen kein Chloroform mehr, lächelte Cosmina.

Na, was ihr dort eben so habt … Aber hör, komm mal her. Papi beugte sich zu ihrem Ohr hin und flüsterte: Wenn er dich nach Efrem fragt, tust du so, als wüsstest du nichts.

Warum sollte er mich nach Efrem fragen?

Na ja, wenn mal von Männern die Rede ist. Ich bin sozusagen schon seit Jahren mit keinem Mann mehr ausgegangen. Habe, wie man so sagt, auf ihn gewartet …

Und sowas glaubt er dir? Mit diesem grünen Haar und deinen bajonettlangen Fingernägeln? Ich vermute, ihr habt euch nicht in der Bibliothek kennengelernt.

Wo gibt es denn sowas, dass man sich ein solches Auto durch Lesen verdienen kann? Wir haben uns wie im Kino kennengelernt. Ich war im Club und wollte gehen, er kam herein, also sind wir zusammengestoßen. Und haben uns gleichzeitig nach meiner Handtasche gebückt. Sodass wir da Schnauze an Schnauze landeten. Romantischer geht es nicht.

Scheint tatsächlich romantisch gewesen zu sein. Beide lachten sie los: Bring ihn mit zum Essen …

Sagtest du nicht, du wollest mir etwas sagen, das ich nicht weitersagen darf?

Papi bekam ihren Kaffee.

Immerhin, fuhr sie fort, er ist immer noch in der Probephase. Wenn er die Garantiezeit hinter sich hat, stelle ich ihn dir vor. Damit er mich nicht lächerlich macht …

Du bist sehr stolz auf ihn, das kann man sehen.

Was soll ich tun, meine Liebe? Wenn du suchst, findest du keinen. Wenn du fündig wirst, ist es nicht der, nach dem du gesucht hast. Siehst du nicht, wie diese Welt ist? Aber was sag ich dir, die du gefunden hast, ohne gesucht zu haben … Da sage einer noch, brave Mädchen hätten kein Glück …

Cosmina leckte ihren Kaffeelöffel ab und legte ihn neben die Tasse.

Weil ich gefunden habe, ohne zu wissen, was ich suchte, weiß ich nicht mehr, was ich gefunden habe.

Das klingt ja nicht so gut!

Aber nicht darüber will ich mit dir sprechen. Oder in gewisser Weise auch darüber. Weißt du, Großväterchen …

Papi streckte ihre Hand über den Tisch und fasste nach Cosminas Hand.

Es ist schwer, nicht wahr?

Ich weiß nicht, ob es für mich schwerer ist oder für ihn … Ich fange an zu glauben … Wiewohl, das klingt ziemlich verrückt … Vielleicht war sein Tod tatsächlich kein Unfall.

Du meinst, es hat ihn jemand die Treppe hinuntergestoßen? Mit etwas auf ihn eingeschlagen? Sag mal … fehlt etwas im Haus?

Ich rede nicht von Dieben. Auch weiß ich nicht, ob jemand eingedrungen war, wie hätte dies geschehen können? Der Gerichtsmediziner hat kein anderes Indiz gefunden als die Verletzung durch den Sturz.

Dann mag es dir nur so vorkommen. Warst du bei der Polizei?

Was soll ich denen sagen? Großväterchen hat schon seit vielen Jahren niemanden mehr empfangen. Nur Filip, und dies auch erst seit ein paar Monaten, als er ihm seine Erinnerungen an die Gefängniszeit für sein Buch zu erzählen begonnen hat.

Hast du es auch ihm gesagt?

Filip? Nein, er ist auch verstört. Dem geht es jetzt dreckig, sie haben ihn bei der Zeitung rausgeschmissen, er hat beinahe nichts mehr zu essen, und zum Ende des Monats hat ihm sein Wohnungsbesitzer angekündigt, er werde ihm seine Sachen vor die Tür setzen, wenn er seine Miete nicht bezahlt. Dazu kommt, dass er allerlei Zwangsvorstellungen hat, er glaubt, man folge ihm und jemand krame in seinen Papieren. Großväterchens Geschichten mögen schuld sein, sie haben seine Phantasie angeregt.

Ich meine, du solltest auch mit ihm reden, vielleicht erinnert er sich an etwas. Und bis dahin sagst du keinem mehr ein Wort davon, wenn du nicht zur Polizei gehen willst. Du weißt, wie die Leute sind, sie werden dich für verrückt halten.

Und du, was denkst du?

Ehrlich? Ja … ehrlich?

Papi senkte das Kinn auf die Hände.

Ich sehne mich nach Efrem. Der war ein wirklicher Verrückter. Philosophierte, indem er sich wie Hamlet Schädel anschaute. Dann platzte sie heraus: Frag mich nicht nach Hamlet, denn mehr weiß ich nicht. Nun hab auch ich ein Foto gesehen … Er sah nicht nach Lipowaner aus, aber er war ebenso blond wie Efrem. Ich frage mich immerzu, was er wohl gerade treiben mag …

Hast du noch etwas Zeit, fragte Cosmina und zeigte auf das Auto.

Ach, lass den Stockfisch, auch den kann man hin und wieder brauchen. Vielleicht ist er ja gar kein so großer Stockfisch, sondern einer von denen, die das Maul halten und anpacken. Kommt Zeit, kommt Einsicht. Weißt du, was Efrem für eine Redensart hatte, schließlich sage ich ja nicht nur aus einer Laune heraus, dass der verrückt war? Man müsste jedem die Radiografie in den Ausweis kleben, nicht das Foto. Damit wir nicht vergessen, dass wir sterblich sind. Und dass sie uns vor der Sünde des Untotseins bewahre, sagte er, was auch immer das heißen mag …

Der seltsame Mann war nicht mehr dort. Cosmina schaute sich nach allen Seiten um, bis sich ihre Augen an die Dunkelheit gewöhnt hatten, aber sie konnte ihn nicht sehen. Sie spürte jedoch, dass er sich noch kurz vor ihrem Eintreffen dort aufgehalten hatte. Sie ging auf das Tor zu, der Beutel hing an einem der Metallspieße des Zaunes. Sie stupste ihn mit dem Finger an, innen war ein Geräusch zu hören, das nach Zähneknirschen klang. Doch weil sie wusste, dass dieser Mann es nicht zugelassen hätte, dass ihr etwas Böses geschah, knotete sie den Beutel auf und schaute hinein. Dann lächelte sie traurig, es waren Stücke getrockneten Brotes. Sie hatte die Tauben vergessen. Sie schaute noch einmal die Allee hinab und winkte mit der Hand, ohne recht zu wissen, in welche Richtung, aber sie vermutete, er werde ihre Dankbarkeitsgeste sehen. Sie ließ den Beutel gleich im Flur stehen, um ihn am nächsten Morgen zum Spaziergang in den Park mitzunehmen. Die Tauben hatten einen Kreis um sie gebildet, die mit dem Fächerschwanz war auf einem Zweig sitzen geblieben, wartete ab, wollte überzeugt werden. Doch bevor sie ihnen die Krümel hinstreute, erzählte Cosmina ihnen ihren Traum, sie war sich sicher, dass sie verstanden würde, denn auch sie war in jenem Traum geflogen. Sie hatte zwar keine Flügel, aber sie war schlicht und einfach geschwebt. Manchmal näherte sie sich dem Boden, berührte ihn mit den Zehenspitzen und stieß sich wieder ab. Der Traum war farbig, aber auf ganz eigene Weise, spielte ins Sepia. Sie konnte nicht sagen, wie lange der Flug gedauert hatte, im Traum verläuft die Zeit nicht horizontal. Im Silberglanz der Daguerreotypie hatte sie die erstarrten und durchscheinenden Gestalten gesehen, als wäre ein flaches Wasser über die Fotografien geflossen. Großväterchen in seinem Ohrensessel, der zur Seite schaute und zum ersten Mal einen verschmitzten Blick hatte, wie Moses. Dann Filip, auf der Treppe sitzend und schreibend, den Kopf über dem Blatt Papier in die andere Hand gestützt wie ein Eleve der Schule von Athen. Pantelimon, wie er Anatomie unterrichtete, Efrem, aufrecht, die Hände in den Hüften und das Barett beinahe über dem Ohr. Papi mal nackt, dann wieder bekleidet, auf dem Sofa liegend, wie der Meister sie anschaut, und wie sie sich in seinem Atelier betrachtet. Und schließlich Ionuţ, der die Tür öffnet und sie einlädt, einzutreten. Sie tat zwei, drei Schritte, konnte nicht mehr fliegen, gerne hätte sie ihr Schweben wiederaufgenommen, doch dann, in einer weißen Tunika, die keinen einzigen Nadelstich kennengelernt hatte, lud Ionuţ sie mit weit ausgreifenden ungewöhnlichen Gesten und einem plötzlich wie beleuchteten Gesicht ein, auf den Balkon seiner Einzimmerwohnung zu kommen. Der Wind rauschte ihnen um die Ohren, unter ihnen lag die Stadt in einer weiten Ansicht, und Cosmina verspürte das Bedürfnis, um jeden Preis zu fliegen. Sie wollte auf die Balkonbrüstung steigen, im Traum hatte bis dahin Stille geherrscht, doch nun hörte sie jemanden die Treppen hochkommen und wusste dann auch, dass es das zweite Cellokonzert von Penderecki war. Mit beiden Händen umfing sie die Stange über der Brüstung, aber als sie sich hochschwingen wollte, um – komme, was da kommen wollte – ihr Schweben wiederaufzunehmen, sah sie, dass der Meister wie ein Drahtseilartist auf dieser Balustradenstange einherschritt. Auf seiner Schulter saß die rundschwänzige Taube. Auf ganz und gar unglaubwürdige Weise das Gleichgewicht bewahrend, ermunterte er den Vogel, loszufliegen. Die Taube kreiste in sich weitenden Bögen, kam aber auch so nahe heran, dass die junge Frau sich die Wangen mit den Händen bedeckte. Und der Traum erstarrte und glitt hinab unter die anderen, längst schon vorhandenen Bilder und Daguerreotypien.

Und nun steckte Cosmina die Hand in den Beutel mit den Brotkrümeln, holte eine Handvoll davon heraus, um sie bis zur Wurzel des Baumes zu werfen und die rundschwänzige Taube herbeizulocken. Doch an der Stelle stand, an den Baumstamm gelehnt, Jacob, der Sohn des Zevedei.

Nein, Cosmina schüttelte den Kopf. Das kannst nicht du sein. Großväterchen hätte so etwas nie zugelassen!

Ich war bei der Beerdigung, sagte er. Ich stand beiseite, wollte dich nicht beunruhigen.

Ich hätte dich gesehen. Es waren wenige Leute. Ich hatte nicht gewusst, wie sehr seine Welt geschrumpft war …

Du hast ein schwarzes Kleid und darüber eine schwarze Lederjacke getragen. Auch hattest du ein schwarzes Kopftuch auf.

Alle Frauen ziehen sich zu Beerdigungen so an …

Aber du hattest einen Strauß gelber Blumen in der Hand. Hast ihn dir beinahe an die Brust gedrückt. Du hieltest sie, als hättest du damit etwas vor, ich habe nicht gewusst, was …

Es waren Chrysanthemen, Mutters Blumen. Damit auch sie dort anwesend sei. Warum wolltest du wissen, was ich beabsichtigte?

Jacob, der Sohn des Zevedei, näherte sich und bat, sich zu ihr setzen zu dürfen, sie rückte ein bisschen beiseite, und er setzte sich. Die Tauben, die einen Moment lang aufgeflattert waren, schlossen den Kreis wieder.

Ich glaube, wir sollten mal miteinander reden, sagte Jacob. Da ist, wie soll ich das sagen, ganz plötzlich allerhand geschehen, wir sollten den Faden dort wiederaufnehmen, wo wir ihn aus der Hand haben fallen lassen.

Cosmina schaute ihn teilnahmslos an. Dann, plötzlich, platzte es aus ihr heraus:

Wer bist du?

Ich war dabei, es dir zu sagen, antwortete er. Du hattest mich kennenzulernen begonnen.

Als ich klein war, ging ich mit Großväterchen in den Park. Wir spielten Äffungen.

Dieses Spiel kenne ich nicht.

Woher solltest du es auch kennen, es ist eines der Spiele, die wir selbst erfunden haben. Der eine geht auf eine bestimmte, vor allem komische Weise, beispielsweise wie Chaplin, und der andere muss dies nachmachen. Wir lachten uns die Seelen aus dem Leib, und die Leute schauten uns lange hinterher. Wenn das Spiel vorbei war, verfiel jeder wieder in seinen normalen Gang, er in den schwerfälligen Gang des alten Mannes, ich in meinen tänzelnden Kinderschritt. Wir wurden wieder die, die wir davor waren. Ich glaube, so ist es auch mit uns beiden geschehen … Ich war an der Reihe, und du musstest mich nachäffen. Nur dass das, was ich tat, mein wirkliches Leben war, verstehst du? Und dann geschah, was geschah, und jeder von uns ist wieder derjenige geworden, der er vorher war. Das heißt, du bist es wieder geworden, für mich wird es sich etwas schwieriger gestalten.

Und wieder streute Cosmina Brotkrümel aus, die Tauben schlossen den Kreis enger.

Gib auch mir etwas davon, bat er.

Nein, es reicht, genug der Nachäffungen …

Ich begreife nicht. Was willst du eigentlich sagen?

Das Jahr des Drachen, Beigbeder, das Penderecki-Konzert. Sie gehörten mir, und du hast sie benutzt, ohne ein Recht dazu … Woher weißt du das? Ich habe diese Übereinstimmungen der Vorsehung zugeschrieben, aber es waren bloß Nachäffungen … Ich spielte mit Großväterchen, und das machte großen Spaß, aber mit dir glaube ich nicht, dass ich Spaß haben würde zu spielen. Großväterchen war in gewisser Weise mein Vater. Wer ist dein Vater?

Was soll das mit dem Vater? Was fällt dir ein, fragte, völlig unvorbereitet darauf angesprochen, Jacob, der Sohn des Zevedei.

Nichts soll das, es ist nur eine weitere Frage ohne Antwort.

Hat es deinen Vater tatsächlich gegeben? Gibt es dich wirklich?

Ich …

Nein, nicht du …. Ich weiß nichts über dich. Wenn du mich morgen nicht mehr suchtest, ich wüsste nicht, wo ich dich finden könnte. Ich weiß nicht, wo du arbeitest, kenne deine Familie nicht. Du rufst mich von unterschiedlichen Telefonnummern an und schickst niemals eine Mitteilung von einem Mobiltelefon. Bist nicht bei Facebook, hast keine E-Mail-Adresse. Ich weiß nicht einmal, wo du wohnst. Ich war in einer Wohnung, die nicht dir gehört, ohne Hausschuhe im Flur und mit einer unbenutzten Zahnbürste im Bad. Eine Wohnung ohne ein einziges Foto, als versteckten die Bewohner ihre Vergangenheit, oder als hätten sie schlicht und einfach keine. Nicht einmal in meinen Träumen gibt es dich, selbst in meinen Träumen verwischst du deine Spuren. Als ich all dies gespürt habe, habe ich Angst vor dir gekriegt, aber dann habe ich mich wieder beruhigt, ich habe begriffen, dass eigentlich du Angst hast.

Wovor sollte ich Angst haben?

Vor den Menschen, davor, was sie sich über dich merken könnten. Ich weiß nicht …

Und trotzdem, sieh mich an … Jacob streckte die Arme aus: Ich bin überaus lebendig. Er lächelte: Vielleicht habe ich mich beeilt, ich war zu ungeduldig, und du hast meine Ungeduld missverstanden.

Cosmina zog sachte ihre Finger aus seiner Hand, verstreute die letzten Krümel, schüttelte ihren Rock und stand auf:

Warte nicht mehr auf mich, sagte sie. Wir beide können nicht zur gleichen Zeit lebendig sein.

Bevor sie das Spital betrat, schaute sie die Straße hinunter und über den mittlerweile vollbesetzten Parkplatz. Dabei fragte sie sich, wann sie aufhören würde, so über die Schultern zu blicken, doch die Antwort verlor sich in den Grüßen, die sie mal nach links und mal nach rechts hin austeilte. Das Zimmer der Anästhesisten war wie gewöhnlich leer, entweder waren sie schon in die Reanimationsräume gegangen, oder sie bereiteten sich in den Operationssälen vor. Sie nahm sich einen der beiden Kittel aus ihrem Schrank, steckte die Füllfeder vom Schreibtisch in die Tasche und holte einen Zettel hervor, der noch in der Tasche verblieben war. Sie faltete ihn auf, lächelte und legte ihn auf die Radiografien, die sie an Efrem erinnerten.

Ionuţ Penescu wartete, bis der Tag mit all seinen Verpflichtungen beendet war.

Ich habe heute überhaupt keine Zeit gehabt, sagte Cosmina, es war ein grauenhafter Tag. Was mag bloß heute Nacht los gewesen sein, wenn die Stunden solch einen schlechten Lauf genommen haben?

Die Menschen sind nicht vorbereitet.

Ionuţ sprach leichter. Auch bewegte er sich leichter. Stützte sich auf die Hände und setzte sich aufrecht.

Bravo, freute sich Cosmina.

Das ist nicht alles, fügte er hinzu.

Er mühte sich, schlug die Decke beiseite und ließ seine Beine aus dem Bett hängen.

Es geht besser als gestern, nicht wahr?

Sehr viel besser. Gestern konnte ich meine Zehenspitzen nicht spüren. Ich konnte die Fußsohle nicht auf den Boden setzen.

Cosmina bückte sich zu ihm hinunter und schaute ihm in die Augen.

Du erinnerst dich, wie es gestern war …

Gewiss, ich erinnere mich. Warum nicht?

Ja, richtig, sagte sie. Warum nicht? Dann erzähl mir.

Aber er hielt die Lippen nicht wirklich geschlossen. Ein Speichelfädchen sickerte ihm aus dem Mundwinkel. Er spürte das und wischte ihn mit dem Schlafanzugärmel weg.

Ich weiß nicht, was ich dir erzählen könnte. Ich denke, da ist nichts, was sich zu erzählen lohnte, ich habe nichts Besonderes erlebt. Besser, du fragst mich.

Cosmina zog den Schemel heran und setzte sich vor ihn.

Wenn du müde wirst oder Kopfschmerzen kriegst, sagst du es mir.

Der Verband drückt mich ein bisschen. Wann nehmt ihr ihn ab?

Wenn alles wieder dort sitzt, wo es hingehört. Aber nicht von diesem Schmerz habe ich gesprochen …

Ich befinde mich in einem neuen Zustand … bin neugierig. Es freut mich, aus Neugierde zu leben.

Sagen wir mal, auch ich bin neugierig. Du verstehst mich, ja?

Ionuţ schüttelte den Kopf, doch diese Bewegung schmerzte ihn, und er fuhr sich mit der Hand an den Nacken.

Sag mal, was ist an deinem Balkon so seltsam?

Ionuţ begann sich zu wiegen. Er wirkte abwesend, und Cosmina ließ ihn gewähren, bis er von allein stillhielt.

Es sind zu viele Leute da unten, sagte er schließlich. Man kann nicht zu allen gleichzeitig sprechen, auch hören sie einem nicht zu. Dort oben ist es wie auf einem Berggipfel, man kann genesen.

Ich habe geträumt, ich sei langsam zu deinem Balkon hochgestiegen. Du hast mir sogar den Weg gezeigt. Er war tatsächlich sehr hoch oben über der Stadt, sogar höher als die höchsten Wohnblocks. Ich hätte das nicht geglaubt, schließlich sind es doch auch nur fünf Stockwerke. Warum eigentlich lässt dich jener Ort genesen?

Die schlimmste Krankheit, flüsterte Ionuţ, ist das Fehlen jedes Sinnes. Es ist eine Art Berg der Glückseligkeiten. Man versteht vieles … für alle Ewigkeit …

Ionuţ nahm ihre Hand in seine. Seine rot unterlaufenen Augen, nach wie vor traumatisiert, wurden feucht.

Es ist die schlimmste Krankheit, weil du nicht weißt … Sie hat keinen Namen, die Ärzte wissen nicht. Es gibt keine Rezepte mit Medikamenten … Nur wenn du auf den Berg steigst und schaust …

Und was hast du gesehen?

Dass ich dreiunddreißig Jahre alt werde und keinen triftigen Grund habe, länger zu leben als Jesus Christus. Es erfordert eine große Verantwortlichkeit, länger zu leben als Jesus. Dazu muss man einen sehr ernsthaften Grund haben.

Also war es das … Der Balkon ist aber immer noch dort …

Ja, aber ich bin auferstanden … habe Kraft von oben bekommen … Jetzt ist alles anders, es ist das Leben nach dem Leben. Als wäre ich nicht mehr ich. Ich kann mich nicht mehr umbringen, weil ich befürchten müsste, aus Versehen jemand anderen mit umzubringen. Nun sind die Taten der Apostel dran. Und du, wenn du bis dorthin gelangt bist, warum bist du dann stehen geblieben?

Ich weiß nicht. Plötzlich bin ich aufgewacht, als wäre etwas auf mich zugeflogen und hätte mich zurückgehalten. Außerdem kann man sich im Traum nicht umbringen.

Ich denke schon. Wie auch immer, man kann nicht so mit einem Mal sterben. Ich, beispielsweise, ich war völlig wach. Ich erinnere mich an jede einzelne Bewegung und kann daran keinen Makel erkennen.

Ich hätte nicht gedacht, dass man es beim ersten Mal so weit bringen kann.

Alles geschah auf einmal, er bemühte sich zu lächeln. Es will schon was heißen, im gleichen Leben zweimal zu sterben.

Cosmina brachte den Schemel unter den Tisch und trat ans Fenster. Dort blieb sie stehen und schaute hinaus. Jacob, Sohn des Zevedei, wartete beim Tor des Spitals.

Was siehst du, fragte Ionuţ.

Nichts, Leute, die hereinkommen und hinausgehen.

Das Mädchen trat näher und streckte ihm die Hand hin. Er mühte sich, aufzustehen und blieb ein paar Augenblicke schwankend stehen.

Ich werde leicht schwindlig, aber das vergeht … Es kommt darauf an, die Augen offen zu halten, sonst klappe ich zusammen. Jetzt zeig mir …

Er schaute mit einer gewissen Gier. Cosmina fand, es sei etwa die gleiche Höhe wie auf seinem Balkon. Sie ließ ihn den Faden neu knüpfen.

Dort, sagte sie, als sie aufgrund seiner Kopfbewegungen begriffen hatte, dass er alles gesehen hatte und nun von vorne begann. Der Mann dort auf dem Bürgersteig jenseits des Torpfostens. Der jetzt auf seine Uhr schaut.

Ich sehe ihn. Was ist mit ihm?

Kennst du ihn? Erinnert er dich an jemanden?

Ionuţ fixierte ihn, indem er die Augenlider zusammenkniff.

Den habe ich mein Lebtag nicht gesehen.

Cosmina lächelte traurig.

Das hatte ich vermutet …

Ihr müsstet mich nach Hause entlassen, sagte Ionuţ. Und weil Cosmina ihn ungläubig anschaute: Spürst du das nicht? Ich habe ein neues Leben begonnen.

Das ist gut, beruhigte ihn Cosmina, wo dir das andere nichts mehr nützte. Nur dass wir dich nicht im Spital halten, weil dir in deinem neuen Leben etwas Schlimmes passieren könnte, sondern weil dir in deinem alten Leben etwas zugestoßen ist … Also wirst du noch eine Weile brav im Bett liegen bleiben.

Sie zog sich um, nahm das zusammengefaltete Blatt Papier hervor und legte es zwischen die Seiten des Heftes, bevor sie die Handtasche schloss. Der Innenhof war schon leer, sodass Pantelimon ihn ungehindert und mit großen Schritten durchqueren und sich auf seine Silbermünze konzentrieren konnte.

Heute werde ich durch das rückseitige Tor hinausgehen, erklärte das Mädchen vor seinem überraschten Blick. Ich gehe zu Fuß nach Hause, und da ist es näher.

Ich habe nicht daran gedacht, sagte Pantelimon und schaute trüben Blicks über sie hinweg. Ich bin auf neue Kombinationen gekommen. Das Schicksal ist wie ein wildes Tier, das sich selber zähmt … Ich zeig es dir! Jetzt knalle ich mit der Peitsche, sagte er und warf die Münze. Und jetzt, halleihapp!, kauert sich das Schicksal zusammen.

Er vollführte eine Pirouette und fing die Münze mit blindem Vertrauen hinter sich in der ausgestreckten Hand auf.

Solange wir die Hand geschlossen halten, flüsterte er, ist uns die Bestie ausgeliefert. Sie springt durch den Reifen, trommelt, reißt die Schnauze weit auf, ohne dir auch nur einen Kratzer zu verpassen. Erst wenn du die Hand geöffnet und gesehen hast, kannst du nichts mehr tun, sondern musst von vorne beginnen.

Er näherte sich ihr, ohne ihren wehmütigen Blick zu sehen.

Aber du musst aufpassen, zischelte er ihr ins Ohr. Das Schicksal ernährt sich von rohem Fleisch. Wenn du auch nur die kleinste Wunde hast, wenn du dich beim Rasieren ein bisschen geschnitten hast oder dir auf die Lippe gebissen hast, darfst du dich ihm nicht nähern. Es gibt keine Dressur, mit der man die Gespenster beherrschen könnte, die der Blutgeruch weckt. Er hob die Münze auf Augenhöhe: Allein dies kann dich beschützen, hellsichtige Trunkenheit …

Aus Cosminas Augen flossen die Tränen. Sie umarmte ihn und legte ihren Kopf auf seine Schulter.

Was ist mit dir geschehen, Professor, flüsterte sie.

Er schien den Sinn der Frage nicht recht zu verstehen. Er umfing ihre Schultern, schaute aber neben ihrem Ohr auf die Münze, die in seiner offenen Hand ruhte.

Nicht weinen, sagte Pantelimon ohne die geringste Spur von Wärme in der Stimme. Wenn du zu fragen verstehst, kannst du Pluspunkte sammeln, bis du alles zurückgewonnen hast. Beispielsweise, wenn du immerzu verdoppelst, wenn die Fragen stets tiefgründiger werden, da reicht eine für dich günstige Antwort, um alle verlorenen Hoffnungen wiederzugewinnen. Du musst zu fragen verstehen, das ist deine Waffe. Ich glaube, auch deine Auferstehung muss etwas von der Art gewesen sein.

Cosmina wischte sich mit dem Ärmel die Tränen weg.

Mit wem kämpfst du, mein Lieber? Wen siehst du dort?

Es ist wie beim Schach, fuhr Pantelimon fort, ohne sie zu hören. Die Fragen umstellen den König so, dass unweigerlich, wie er auch immer ziehen mag, das Matt folgt. Ich tue nicht, was geschrieben steht. Ich schreibe das, was ich tun werde.

Er winkte sie näher heran. Schaute sich aufmerksam um, dann flüsterte er:

Möchtest du Nachrichten von deinem Alten erfahren?

Nein, ich bitte dich … mach das nicht …

Möchtest du wissen, wo sich seine Seele befindet? Im Himmel oder in der Hölle …

Cosmina vergaß aufs Weinen. Sie trat etwas zurück, aber Pantelimon schritt hüpfend wie ein Dresseur auf sie zu und verringerte den Abstand …

Es ist ganz einfach, sagte er.

Geschickt warf er die Münze hoch und fing sie zwischen den senkrecht gehaltenen Handflächen wieder auf, als hätte er Beifall klatschen wollen. Er führte die Hände zur Brust, verharrte in einer meditativen Haltung wie die alten buddhistischen Statuen, dann hob er sie ans Ohr, ohne den Druck zu mindern.

Frage: Ist der alte Herr im Himmel gelandet oder in der Hölle? Er riss die Augen weit auf, und sie nahmen einen trockenen Glanz an. Antwort: Er ist weder da noch dort. Noch ist er hier unter uns …

Cosmina brach in Tränen aus und rannte los. Hinter ihr war das irre Lachen des Doktors ohne Silberlinge zu hören.

Man könnte meinen, es ist ein Kompliment, sagte die Stimme.

Was ist daran so schmeichelhaft, wenn dir jemand sagt, es gebe dich eigentlich nicht?

Das heißt, dass du in gewisser Weise deine Regeln beachtet hast. Auch wenn es im vorliegenden Fall nur danach aussieht. Denn eigentlich ist es ein Vorwurf. Dir durfte niemand sagen, dass es dich nicht gibt, dich hätte es für jene Person schlicht und einfach nicht geben dürfen. Wenn du ihr die Gelegenheit verschafft hast, es dir zu sagen, heißt das, etwas war nicht in Ordnung, du hast deine Aufgabe nur zur Hälfte erledigt.

Jacob, der Sohn des Zevedei, hob seinen Blick. Die Stimme schaute ihn wie eine an den Deckenbalken hängende Fledermaus an.

Gib mir das Papier, bat Jacob. Mal sehen, was jetzt zu tun ist.

Heute hab ich auch nicht das kleinste Stückchen Papier mehr, das ich dir geben könnte.

Also betrachten wir das Problem als erledigt!

Nein, antwortete die Stimme in dem gleichen trockenen Tonfall. Es ist nur so, dass diesmal das Papier bei mir bleibt.

Du weißt sehr wohl, dass das nicht geht! Jacob wurde lauter. Ich bin derjenige, der …

Bist du nicht mehr, fiel die Stimme ihm ins Wort, dabei stakste sie durch die Dunkelheit wie der Mittagsdämon.

Jacob stand auf und warf mit lautem Krach den Stuhl um, aber er drehte sich nicht um. Er streckte den Arm aus und öffnete befehlend die Hand … Die Stimme antwortete ihm mit ihrem rauen Gerassel, das die Arkaden füllte.

Zu spät, zischelte sie. Du hast keinerlei Macht mehr. Dein Papierfetzen vermag es nicht mehr, Wirklichkeit und Tod lediglich durch einen Buchstaben voneinander abzusetzen. Wenn du menschliche Gefühle hast, verlierst du diese Macht. Du bist zwischen den Welten gelandet, jede unserer Welten lehnt dich ab.

Ich bin Jacob, Sohn des Zevedei!, rief er mit aus den Höhlen quellenden Augen. Er umrundete den Tisch und machte noch einen Schritt: Ich bin Jacob, der Sohn des Zevedei!

Du bist Jacob Botez, der verheimlichte Sohn deiner Mutter. Kannst gehen. Zevedei bleibt hier bei uns.

Plötzlich erkaltete die Luft und ließ Jacob im Gehen erstarren, als wäre er gegen eine Glaswand gelaufen.

Ich habe alles so gemacht, wie es sich gehört, stöhnte er. Ich habe keinen Fehler gemacht.

Wir haben alles so gemacht, wie es sich gehört. Du aber bist bei ihnen zu weit gegangen. Du hast dich auf dem Rückweg verirrt. Sie wissen jetzt, dass du keiner von ihnen bist. Auf diese Weise hast du versucht, einer von uns zu sein.

Welche sie, fragte Jacob und starrte ins Leere, aber er konnte nichts mehr sehen, denn von den Ecken her hatte das Dunkel zugenommen. Es ist doch nur von einer einzigen Frau die Rede. Ich kann diese Angelegenheit allein regeln!

Es geht nicht nur um sie. Es hat auch noch andere Augen gegeben, die mehr gesehen und begriffen haben, als du glaubst. Und du willst immer noch nicht verstehen. Wir wollen die Welt nicht überwinden, wir wollen sie beherrschen. Eine eroberte Welt ist instabil, neigt zur Revolte, immerzu treten neue Anführer auf, auch wenn sie jetzt alles von weitem betrachten. Das hat Zevedei nicht verstanden, auch andere seinesgleichen nicht. Das hättest du verstehen müssen, wenn du wirklich der Sohn deines Vaters wärest, denn so hättest du etwas aus seinem unvollendeten Leben gelernt. Wir werden niemanden deinetwegen umbringen. Niemand wird an deiner Stelle sterben.

Die Luft geriet in Bewegung, die Stimme war nun eher wie das Säuseln des Windes zu vernehmen. Jacob hielt sich die Ohren zu, doch die Stimme schlüpfte ihm durch die Finger.

Die Toten können nicht mehr bezahlen, lachte die Stimme. Deshalb verwischen wir ihre Spuren. Die Lebenden werden sich ihren eigenen Spuren angleichen. Du bist nicht länger der Sohn deines Vaters. Bleibst der Sohn deiner Mutter, die dich beweint …

Jacob konnte den kräftigen Anhauch der Stimme nicht mehr ertragen. Er versuchte, sich am Tisch abzustützen, dann suchte er an der Kante des Wandschranks nach einem Halt, in dem es, wie in allen anderen Möbelstücken seiner Wohnung, weder Bücher noch Fotografien gab. Schließlich trat er etwas zurück und wartete auf die Wand, um sich daran abzustützen. Aber die Wände hatten sich geöffnet, die Arkaden krümmten sich zu einer Art Tunnel, an dessen Rändern die Stimme stumpf dröhnte und ihn in sich einsog, ihn absorbierte.

Suche nicht nach dem Rückweg, war noch zu hören. Von hier aus, wo wir sind, besteht der Weg zur Welt nur noch aus freiem Fall …

Cosmina tippte die Adresse aufmerksam ein, dann legte sie Efrems Zettel zurück ins Heft. Das Heft hatte sich an der Stelle geöffnet, wo der Zettel lag, den sie vom Restesammler geschenkt bekommen hatte. Sie hätte schwören können, dass der Drache von ihrer Hand stammte, wenn sie nicht gewusst hätte, dass dies unmöglich war, um nichts in der Welt hätte sie den Gedanken erkannt, den der Drache zum Ausdruck bringen sollte. Jetzt aber, da sie auf den Computerbildschirm schaut, der ihr anzeigt, dass die Nachricht rausgegangen ist, sieht sich Cosmina, den Drachen mit den ausgebreiteten Flügeln betrachtend, genötigt anzuerkennen, dass er eigentlich einer der ihren ist.

Filip wäre niemals ungebeten in das Apartment im Erdgeschoss getreten, doch als sie hinausging, ihn zu empfangen, fuhr sie erst einmal den Computer herunter und legte das Heft in die Schublade. Er blieb am Fuße der Treppe stehen, scheute sich, die erste Treppenstufe zu betreten, wo neben der Wand eine Vase mit gelben Chrysanthemen stand. Cosmina nahm ihn an der Hand.

Du kannst, sagte sie. Geh hoch …

Sie trat ein, er blieb auf der Schwelle stehen und schaute ins Zimmer, das aufgeräumt und mit weit zurückgezogenen und seitlich gerafften Vorhängen die ihm vertraute Atmosphäre eingebüßt hatte. Cosmina legte die Hand auf die Sessellehne.

Komm, sagte sie, setz dich hierhin …

Das kann ich nicht. Es ist sein …

Ebendeshalb. Du bist der Einzige, der das Recht dazu hat, hier zu sitzen. Setz dich! Wir müssen ihm beistehen zu gehen …

Filip zögerte, doch das Mädchen fasste ihn am Arm und zwang ihn, sich hinzusetzen. Er versank in der weichen Polsterung, lehnte den Kopf an die Rückenlehne und schloss die Augen.

Spürst du etwas, fragte sie.

Filip bejahte, ohne die Augen zu öffnen. Cosmina ging zum Fenster, die Taube war nicht dort.

Kennst du das Spiel der alten Wörter? Stell dir vor, wie man eine Pyramide bauen würde. Die Arbeiter reichen sich die Steine weiter bis zu dem, der sie oben absetzt. Von Hand zu Hand gereicht, erwärmen sich die Steine. Ebenso verhält es sich mit den alten Wörtern, die von Mund zu Mund gehen, seit langer Zeit schon und bis in unsere Tage, die werden heiß auf den Lippen. Und mit diesem Sessel verhält es sich genauso, er bewahrt die Energien dessen, der in ihm gesessen und, vor allem, in ihm geschlafen hat. Du wirst weiterschreiben können, und er wird nicht mehr zurückkehren müssen.

Ich werde über andere Dinge schreiben, sagte Filip. Aber nicht darüber. Ich habe es versucht, ich werde nicht weitermachen können. Wir waren an dem Punkt angelangt, an dem der Alte die Dinge hätte beim Namen nennen müssen. Und das kann niemand an seiner Stelle tun.

Cosmina zog einen Schemel heran und setzte sich vor ihn. Er griff nach ihren Händen, und sie legte sie über seine.

Du sagtest, du habest keine Bleibe mehr, sagte das Mädchen. Schau, was ich mir gedacht habe. Du kannst hier so lange wohnen bleiben, wie du willst. Ich habe die Wohnung im Erdgeschoss, hier wird dich niemand stören. Wir müssen bloß ein Bett herbringen, denn du wirst nicht im Sessel schlafen können. Und der Deckenkandelaber muss wieder mit Glühbirnen bestückt werden, das Nachtlicht wird dir nicht ausreichen.

Das musst du nicht tun, du kannst die Wohnung vermieten. Ich habe kein Geld, sie zu bezahlen …

Das ist keine große Sache. Und letztlich könnte ich die Vorstellung nicht ertragen, dass ein Fremder zwischen seinen Sachen lebt. Vielleicht stößt du beim Durchblättern seiner Bücher und Papiere auf die Namen, die du brauchst. Außerdem könnte es sein, dass ich für eine Weile weggehe, und dann brauche ich jemanden, dem ich vertrauen kann und der das ganze Haus hütet.

Du gehst weg? Wohin?

Noch weiß ich es nicht. Weit weg. Ich warte auf ein paar Antworten.

Filip streichelte ihr übers Haar. Sie entzog sich nicht mehr. Der Mann senkte den Kopf zu ihr hinab, aber Cosmina drehte sich langsam weg, sodass seine Lippen nur noch ihren Mundwinkel trafen.

Lass das bitte, flüsterte das Mädchen. Versteh mich nicht falsch, diesmal geht es nicht um dich.

Sie wusste nicht, ob sie jemals geheilt würde, aber sie war nicht darauf vorbereitet, jetzt etwas auszuprobieren.

In gewisser Weise fühle ich mich schuldig, dass ich eine Frau bin … Wenn ich bestimmte Dinge fühle, fallen mir gleichzeitig andere ein, die sich damit verbinden. Ich werde viel Zeit benötigen, bis ich dies überwunden habe.

Ich habe Geduld … Und ich würde dir helfen, wenn ich wüsste, wovon die Rede ist …

Du machst dich gut in diesem Sessel …. Auch du hast dein Labyrinth. Dann lächelte sie: Tatsächlich ähnelst du Großväterchen. Ach, ich darf nicht vergessen. Auf der anderen Straßenseite wohnt der seltsame Reliquiensammler. Du brauchst keine Angst vor ihm zu haben. Er schaut nur, tut nichts Böses. Geht nur bei Nacht herum. Er sieht dich immerzu, aber du kriegst ihn nur zu Gesicht, wenn du ihn suchst. Und jetzt lasse ich dich allein.

In der Tür blieb sie stehen. Er schaute sie auf eine Weise an, die ausdrückte, dass er dort so lange wie nötig auf sie warten werde.

Die Handtücher sind im Schrank, sagte Cosmina noch. Und schau, dort neben dem Vorhang die Pantoffeln. Großväterchen hatte große Füße. Als er ein Kind war, ist er barfuß gegangen, also werden sie auch dir passen. Du wirst seinen Spuren folgen können …

Ionuţ versuchte das Fenster zu öffnen, aber es ließ sich selbstverständlich nicht öffnen. Er lehnte die Stirn an die kalte Fensterscheibe. Sie hatten ihm den enormen Verband abgenommen, er hatte nur noch ein Pflaster von der rechten Augenbraue bis zur Schläfe behalten. Die Berührung schmerzte ihn ein bisschen, aber die Kühle tat ihm gut. Im Zimmer war es dunkel. In den vielen Nächten, die er schon den Weg ans Fenster und wieder zurück gegangen war, hatten sich seine Augen an die Dunkelheit gewöhnt. Er wusste, wenn er die Nachtlampe angezündet hätte, wäre gleich darauf die Tür geöffnet worden, und jemand hätte ihn gebeten, sich ins Bett zu begeben. Die Dunkelheit schützte ihn, von nun an würde die Nacht seine Welt sein. Er mochte es, den Tönen zu lauschen, die in den Deckenbalken stöhnten, die Ohren begannen, allerlei Geräusche zu hören, die von der Seele dieses großen Hauses, das ein solches Spital nun einmal war, herrührten, dann von der Seele der Straßen, der Schienen, die beim Auskühlen oder Erhitztwerden knackten, der Straßenlaternen, die summten, der Wurzeln, die unter dem Asphalt ausgespannt waren.

Er spürte, dass er jemanden seinesgleichen suchen musste. Eines Nachts wird er ihn finden, vielleicht in einer möglichst dunklen Souterrainwohnung, er wird auf dem Boden liegen, auf einen Arm gestützt, die Augen verloren. Mit den gespreizten Fingern der anderen Hand wird er sich vor den Dämonen zu schützen versuchen, die wie die Feuchtigkeit aus dem Fundament des Hauses hochsteigen oder aus den verweinten Dachtraufen rinnen und sich am Rande einer Ellipse treffen, denn diese gesamte Szenerie hatte zwei Zentren, je eines für jedes der beiden Ufer.

Der Lehrer seinerseits wusste, dass er kommen wird, wenn ihm die Reihe der Namen nicht mehr ausreicht, die Nachtgespenster zu vertreiben. Er sammelte die Überreste der in Unordnung geratenen Leben dieser Stadtbewohner ein, nahm die Krümel von ihren eiligen Mahlen an sich, die Spiegelscherben, in denen die darin gespiegelten Gestalten noch glommen, die alten Sachen nicht zur Vollendung gelangter Zeiten. Und solcherart vermehrten sich die Dämonen bis zu dem Tag, da sie die Zahl der ihm bekannten Namen überstiegen.

Aber noch nicht jetzt. Wieder war es still, der Meister ging und hielt die Knopfschlaufen seiner abgeschabten Jacke in den Fingern. Dem gegenüberliegenden Haus näherte er sich erst, als alle Lichter ausgeschaltet worden waren, auch die im ersten Stock, wo der neue Bewohner noch nicht jenes Lichtkreises der Nachttischlampe als Käfig seiner Ängste bedurfte. Beim Tor blieb er stehen. Aus der Brust nahm er ein weißes Knäuel, streichelte es mit der gekrümmten Handinnenfläche, bis es, erwacht, ein halbblindes Köpfchen sehen ließ, das die frische Luft beschnupperte. Er beugte sich, so tief er es vermochte, über den Zaun und ließ das Knäuel fallen. Dann schaute er zu, wie es zarte Stelzchen ausfuhr und seine Hundepfötchen schwankenden Ganges aufbrachen zur Türschwelle hin, wo es sich greinend auf dem Fußabtreter einrollte. So nahm unsere Geschichte noch vor ihrem Anfang neuerlich Fahrt auf.

Und aus dem gleichen Grund zog sich der Mann die Kapuze über den Kopf und ging seines Weges. Hin und wieder blieb er stehen und lauschte an den Kreuzungen, dann ging er gemächlich weiter. Hinter ihm flackerten die Straßenlaternen, wenn sie nicht gänzlich verloschen. Die Tür des Wohnblocks war offen. Er hatte die Namen auf der Mietertafel nicht gelesen, seine an die Dunkelheit gewöhnten Augen hätten es tun können, aber aufgrund der Vibrationen, die er verspürt hatte, wusste er, dass dies der Ort war. Auf allen fünf Stockwerken blieben die Wohnungstüren geschlossen, die Menschen hatten sich noch nicht aus dem Schlaf geschält. Er drückte auf die Türklinke, und die Tür, die er gesucht hatte, öffnete sich. An diesem Ort herrschte Ordnung, das Zimmer hatte jemandem gehört, der gewusst hatte, dass er geht. Er öffnete die Balkontür, vernahm die Nachtluft, aber auch das Flügelschlagen, das sich auf der Balustrade um ihn herum einstellte.

Die Stadt erstreckte sich weit, hier und da glommen Lichter. Der Menschensohn reckte die Arme nach oben und schloss die Augen, hoffte darauf, dass der himmlische Vater, wenn er sich beugte, seine Handhöhle über ihn lege. Die rundschwänzige Taube streckte die Flügel aus und umklammerte die Eisenstange mit den Krallen, bereit, sich einzunisten oder davonzufliegen. Noch schlief die Stadt. Da war niemand, der ihm hätte antworten können. Und doch sprach er mit einer Stimme, die gleichzeitig von sehr weit her wie ganz nahebei zu vernehmen war.

Glücklich die, die mehr lieben, als sie Leid ertragen können.

Glücklich die, die sich mit zusammengepressten Lippen sprechend vernehmlich machen.

Glücklich die, die in der Zeit auf- und absteigen, wie auf einer Lichtsäule.

Glücklich die, die sich genesend versehren und während des Sich-Versehrens genesen.

Glücklich die, die beten können, ohne etwas für sich selbst zu erbitten.

Glücklich die, deren Tränen sie nicht daran hindern, die Tränen in den Augen der anderen zu sehen.

Glücklich die, die sich in die Seele blicken können, ohne zu wissen, auf welcher Seite des Blicks sie sich selbst befinden.

Glücklich die, denen Erinnerung und Ermahnung eines sind und dasselbe.

# Beim letzten Gericht der Statuen

Zum ersten Mal fühlte Petrache an diesem Ort und vor allem zu dieser Stunde, dass er nicht allein war. Die Lebendigkeit, die er zu riechen meinte, war unbestimmt, als hätte die Himmelsweite selbst gepocht. Aber es war kein Lufthauch durch irgendein offenes Fenster hereingeweht, denn es gab ringsum keine Fenster. Auch Schritte waren in dieser Umgebung nicht zu hören, wo jedes Flüstern schon wie in Epidauros dröhnte. Wo auch immer er sich hinwandte, die Blicke anderer, sofern vorhanden, erreichten ihn von hinten, suchten das Auge, das er nicht mehr hatte.

Das Atrium war mit Steinplatten gepflastert, aus deren Ritzen schon zu Frühlingsanfang Grasbüschel und stellenweise gelbe Blümchen sprossen. An zwei, drei Stellen hatte Petrache die Steinplatten beiseitegeschafft und in die feuchten Lücken Quittensetzlinge gepflanzt. Sie waren gewachsen, hatten runde Kronen und fleischige Blätter, sodass man bis zum Herbst, wenn die Quitten in dem übers Jahr empfangenen Licht erstrahlten, nicht recht wusste, ob diese Kümmerlinge etwa Feigen oder Granatäpfel tragen.

Die Wände waren leer, aber unter dem Anstrich konnte man die Arkaden des alten Forts erkennen. Farblos hing ein noch wintermüder Himmel darüber, wie vergessenes Wasser in einem irdenen Krug.

Petrache las allerlei Bücher mit ganzen oder zerfetzten Seiten, die wie Stanniol raschelten und zwischen den Fingern zerbröselten. Er fand sie in den Kellergeschossen und hatte Mitleid mit diesen Schwarten, die niemand ansah. Ihm schien, als erstickten sie endgültig, wenn ihre Seiten nicht mehr umgeblättert würden, wie ein Haus, das gelüftet werden musste. Er schlug sie der Reihe nach auf, half ihnen, sich aus der Erstarrung zu lösen. Dann begann er zu lesen, sprunghaft, gewiss, wie stets, wenn man schnell von einem Ufer zum anderen gelangen will.

So erfuhr er beispielsweise, dass es einen Code der Denkmalbauer gibt, und zwar für jene Statuen, die gerüstete Pferde darstellten: Steht das Pferd mit allen vier Beinen auf dem Sockel, heißt dies, dass der kämpfende Reiter heil durch die Kriege gekommen und christlich in seinem Bett gestorben ist. Hatte das Pferd eines seiner Beine erhoben, vor allem, wenn es das rechte Vorderbein war, so bedeutete dies, dass sein Herr in der Schlacht verletzt worden war. Erhob der gesattelte Rappe beide Vorderbeine, hieß dies, dass der brave Reiter auf dem Schlachtfeld den Tod gefunden hatte.

Um welche Schlacht es sich handelte und wie der hohe Reiter hier geheißen hatte, vermochte Petrache nicht zu erfahren, und niemand konnte ihm das sagen. Als das Fort in ein Museum umgewandelt wurde, hatte man das Standbild dort vorgefunden und entschieden, es auch dort zu belassen, um die Besucher entsprechend zu empfangen. Nur drängten die Besucher sich nicht eben, den steilen Weg bis zum Fort hinaufzugehen, wo der Reiter in seiner Einsamkeit verblieb und sich angestrengt bemühte, sein Pferd im Zaum zu halten, wobei er mit dem fest umklammerten Schwert in eine unbestimmte Richtung wies, womöglich dorthin, wo er sein Ende gefunden hatte.

Petrache öffnete die schweren Torflügel aus beschlagenem Holz mit der Anmutung eines Schlosstors. Es war noch etwas Zeit, bis die anderen Angestellten kamen, die dann die düsteren Räume mit den schmalen Fenstern aufschlossen. Die

Fenster waren gerade einmal so groß, dass die Mündung eines Kanonenrohrs hindurchpasste. Aus den Bildern schauten einen steife Männer mit strengem Blick an und Frauen, die in ihren schweren, in der Taille eng genschnürten Kleidern erstarrt waren. Zu gewissen Stunden des Tages drangen die Sonnenstrahlen wie Messerklingen durch die Fenster und erreichten auch noch die verborgensten Winkel, wobei die Rüstungen kurz aufglänzten, als schlüge jemand Funken aus einem Feuerstein.

Petrache nahm den Wassereimer, streute ein weißes Pulver hinein, das sich rasch auflöste und einen dünnen grünlichen Schaum entstehen ließ, der nach frischem Gras roch. Dann begann er, die Steinplatten zu wischen, tauchte hin und wieder den Wischmopp in den Eimer, rührte im Schaum herum, bis er über den Rand des Eimers zu quellen drohte. Zum Schluss hatte das Pflaster einen bleigrauen Glanz, als spiegelten sich Himmel und Erde ineinander, sodass man nicht mehr hätte sagen können, was nun Himmel und was Erde war.

Der Himmel war tatsächlich auf die Erde herabgesunken, denn auf dem Schädel der Statue hatte sich ein schwarzer Vogel niedergelassen. Petrache fand, der Anblick von Vögeln, die auf dem Schädel des Reiters ihr Gefieder durchschüttelten, sei angesichts seiner würdigen Haltung ungebührlich. Da er jedoch nicht bis dorthin gelangen konnte und sich scheute, mit Steinen zu werfen, begnügte er sich damit, um die Statue herumzuhüpfen, mit den Armen zu fuchteln und zu versuchen, den Vogel aus Leibeskräften zu verscheuchen. Wer ihn von weitem gesehen hätte, mochte meinen, er tanze und erfülle damit irgendein Ritual. Aber die Vögel, vor allem die größeren, krähengroß, zeigten sich unbeeindruckt von seinen Bemühungen.

Was Petrache diesmal völlig außer Fassung brachte. Der

Vogel schaute ihn noch eine Weile an, dann, als ihm das Herumgehüpfe des Wächters vollends lächerlich erschien, erhob er sich mit gemächlichen Flügelschlägen. Er kreiste in stets weiter ausholenden Kreisen, krächzte und verlor sich jenseits der hohen Mauern. Petrache wischte sich den Schweiß von der Stirn, zerrte seine Kleider zurecht, stellte den Mopp in eine Ecke und öffnete das Tor, denn die Öffnungszeit rückte näher, und nun würden diejenigen eintreffen, die sich um die Säle kümmerten. Dann setzte er sich am Fuß der Mauern auf einen Schemel und wartete.

Mitunter hatte er sich gefragt, wohin der Reiter mit seinem Schwert wohl weisen wolle. Er war die Strecke bis ans Tor abgeschritten und hatte hinuntergeschaut, zum Fuß des Berges, wo die Stadt lag. Warum der Reiter die Stadt hätte erstürmen wollen, war nicht klar. Erst recht, weil zu der Zeit, als das Fort erbaut wurde und die Legenden über die geharnischten Ritter entstanden, es hier nur ein paar verstreute Erdhütten gegeben hatte, deren Bewohner zwei Hauptbeschäftigungen nachgingen: den Boden zu bearbeiten und hin und wieder, wenn die Trompeten von den Zinnen herab warnend ertönten, ihre Angehörigen und das wenige Vieh einzusammeln, in aller Eile den Berg hinaufzusteigen, um zwischen den Mauern Schutz zu finden. Petrache kannte die in den Schild eingeprägten Figuren auswendig. Er hatte die alten Bücher durchgeblättert, aber nirgends Erklärungen für jene Symbole gefunden. Mit seinem Kettenpanzer wirkte der Reiter in dieser Gegend fremd. Vielleicht war er hier in der Nähe gestorben, in einer der von den Polen geführten Schlachten oder einer Schlacht der Ordensritter vor vielen hundert Jahren. Vielleicht war er hier nur vorbeigekommen und hatte seinen Tod woanders gefunden. Oder aber er war gar nicht gestorben und suchte immer noch nach der Schlacht, die sein Schicksal erfüllen sollte.

Gerne hätte Petrache ihm geholfen, aber er wusste nicht, wie. Manchmal dachte er, er könnte ihn polieren, seine Stiefel mit Wachs einreiben oder ihn schlicht und einfach anstreichen. Aber er traute sich nicht, das jahrhundertealte, grünspanige Metall zu überdecken. Da er ihm nun anders nicht helfen konnte, rückte Petrache mit seinem Schemel näher heran und las ihm mit lauter Stimme etwas vor, sodass der Reiter sich nicht alleingelassen fühlte.

Er hörte die anderen gar nicht, als sie kamen. Auch die kleinen Türen wurden aufgeschlossen, drinnen waren flackernde Lichter angezündet worden, wie Fackeln. Es tauchten sogar ein paar Besucher auf, die ohne stehen zu bleiben an der Statue vorbeigingen, als hätte es sie nicht gegeben, dafür verweilten sie in den Räumen.

Als sich alles wieder beruhigte, verloschen die Lichter sanft wie mit der Hand abgedeckte Lampen, und die Türen schlossen sich. Petrache betrachtete seine Arbeit für den heutigen Tag als abgeschlossen. Er goss je einen Eimer Wasser über die Wurzeln der Quittenbäumchen, warf noch einen Blick ins Atrium und ging hinaus, die großen Torflügel hinter sich herziehend.

Der Weg in die Stadt war schmal und gepflastert. Er verbreiterte sich nur einmal beim Anblick der ersten Häuser. Wie aus dem Boden gewachsen, begannen Randsteine zu sprießen, und als sich der Asphalt unter den Sohlen glättete, schossen beidseitig Wohnblocks in die Höhe, Petrache betrat diese wuselnde und lärmende Welt mit Scheu. Dampfwolken der verschiedensten Art quollen aus den Mündern und Nasen der Leute, aus den Rohren der Autos, aus den Heizungsanlagen mit nach außen gebogenen Ofenrohren, aus den Funken der Oberleitungen und den Lichtbündeln, die das Dunkel durchpflügten. Trotzdem wurde Petrache mit einem Mal kalt. Er stellte den Kragen seiner an den Ellbogen abgeschabten Jacke hoch, vergrub seine Hände in den Taschen und schlich an den Wänden entlang. Erst im Lebensmittelladen ging es ihm wieder besser, wo er geduldig wartete, an die Reihe zu kommen.

Und sonst, fragte Herr Stănică und wischte das Fett vom langen Messer. Was gibt es Neues?

Petrache zuckte mit den Schultern.

Nun, immer das Gleiche, Herr Stănică, ich glaube, da gibt es nichts …

Bewahre uns Gott vor Neuigkeiten, nicht wahr, mein Junge?, lachte der Verkäufer. Dann, als er sah, dass sonst niemand mehr im Landen war, neigte er sich zu Petrache: Es heißt, die Zeiten werden wieder schlechter …

Wieder?, wunderte sich Petrache, wir haben sie doch eben erst verändert …

Jetzt verderben die Zeiten schneller als früher. Sag, was kriegst du?

Ich würde sagen, ein bisschen von der Salami dort, bat Petrache.

Herr Stănică glich die Waage aus und legte die Ware darauf, dabei rechnete er in Gedanken. Vierzehn Lei. Gut gewogen.

Petrache zählte das Papiergeld in der Hand. Dann kramte er noch in den Taschen und holte etwas Kleingeld heraus, das er mit dem Finger auf die Theke schob, als säuberte er Weizenkörner von Unkraut.

So viel habe ich nicht, geben Sie mir nur die Hälfte davon, in Scheiben geschnitten.

Ich schneide das Stück nicht auf, der Rest bleibt mir liegen und verdirbt.

Es wird schon noch einen wie mich geben, traute sich Petrache.

Heutzutage, und Herr Stănică beugte sich wieder über die Theke, gibt es viele wie dich, die ihr Kleingeld in der hohlen Hand zählen, aber sie kommen nicht zu mir. Sie gehen in die Metzgerei beim Markt und kaufen geviertelte Tiere zu zehn Lei das Kilo … Du kommst, weil du dich daran gewöhnt hast, als dich deine Mutter noch an der Hand geführt hat. Nimm das Stück, ich schreibe es an.

Ich mache keine Schulden, Herr Stănică … Was soll ich dann morgen tun? Gib mir lieber etwas anderes, was du halt aufschneiden kannst …

Schau, etwas Pariser. Die ist schwammig, da hast du mehr in einem Kilo.

Die Scheiben waren groß, Herr Stănică legte sie auf der Waage übereinander, dann rollte er das Paket ein wie einen Palatschinken und reichte es ihm.

Nimm auch zwei, drei Bonbons mit Kakaopulver und gib sie deiner Mutter, von mir …

Petrache steckte die Päckchen in die Taschen, dankte mit der Mütze in der Hand und schlüpfte hinaus. Er war eben dabei, sich die Mütze auf den Kopf zu setzen, es war doch ganz schön kalt geworden, aber er überlegte es sich und blieb stehen, die Mütze in der Hand. Die schmucklosen, schwarzen Pferde zogen lustlos, als wären sie überhastet angeschirrt worden, den abgenutzten Leichenwagen des Rathauses. Die zwei, drei Begleiter dahinter schauten eher etwas verlegen zu den Bürgersteigen als auf die abgeblätterten Engel auf dem Dach des Wagens, als wollten sie zu verstehen geben, dass sie eigentlich nichts mit dem Toten verband.

Es ist Steiner, der Schneider, hörte er eine Stimme im Vorbeigehen sagen.

Möge er ruhen im Herrn, sagte Petrache, obwohl niemand in der Nähe war, ihn zu hören.

Als der Leichenzug sich etwas entfernt hatte, setzte er die Mütze auf und ging los. Die Wohnblocks blieben zurück, die Straßen wurden enger. Hin und wieder kam hinter den schiefen Zäunen mit aufs Geratewohl eingefügten Latten ein bellender Köter angeschossen. Petrache hob das Tor mit beiden Händen hoch, doch auch so knirschten seine Ränder auf den Steinen. Auf die über dem Eingang verbliebene Klingel hin öffnete sich die Tür mit einem fröhlichen Klicken. Nach dem Krieg hatte seine Großmutter begonnen, Puppen herzustellen, um ihre verwaiste Brut großzuziehen, und die Kundschaft ankündigende Klingel hatte das Haus mit Freude erfüllt.

Seine Mutter war einmal schön gewesen, ein bisschen davon konnte man noch an ihrem weichen Profil und am Schwung ihrer Hüften erkennen, die in den verflossenen Jahren kaum fülliger geworden waren. Jetzt aber scherte sich die Frau nicht um ihre Schönheit. In einem dicken Hausmantel, flauschige Strümpfe an den Beinen, die Füße in Pelzpantoffeln, rührte sie in einem Topf auf dem Gasherd. Petrache trat von hinten an sie heran und küsste sie auf die Schläfe. Sie warf ihm einen flüchtigen Blick zu, unterbrach aber ihre Tätigkeit nicht.

Ich habe dir Pariser mitgebracht … Petrache legte das Päckchen auf den Tisch.

Hat Stănică nach mir gefragt?

Er hat dir Bonbons geschickt. Sagt, sie sind mit Kakaopulver überzogen …

Aber Schokolade hatte er keine?

Weiß nicht, wehrte Petrache ab. Ich hab nicht danach gefragt …

Würde er nicht rausrücken, der Geizkragen …

Was soll ich dazu sagen, flüsterte Petrache wie für sich und setzte sich an den Tisch. Bei Geschenken fragt man nicht nach …

Aber die Hände hast du dir gewaschen, mein Bübchen?

Habe ich, aber sag nicht mehr mein Bübchen …

Nun folgte der schwerste Teil. Seine Mutter stellte ihm das Kartoffelgericht hin, den Kanten Brot und auf einem Tellerchen eine saure Gurke. Und daneben, auf dem aufgeschlagenen Papier, die Pariserscheiben. Petrache begann resigniert zu essen.

Eines Tages wirst du dich nach diesen Worten sehnen, begann seine Mutter die wohlbekannte Litanei. Wirst nach mir suchen und mich nicht mehr finden. Wirst nur noch den Hausmantel am Nagel hängen sehen, die Ärmel werden schlaff herabhängen, und darunter die Pantoffeln. Du hast so etwas nicht erlebt, weißt nicht, wie schwer es ist, Kleider zu sehen, die keiner mehr anzuziehen da ist, und Schuhe, in die niemand mehr schlüpft. Das ist schlimmer, als den Deckel über dem Sarg zu schließen. Da treibst du vier Nägel rein, und basta. Aber die Kleider, schau, ich finde immer wieder mal ein Kleidungsstück von Mutter hinten im Schrank, gleich neben denen, die ich trage. Wenn ich den schwarzen Mantel mit dem Fuchskragen sonntags für die Kirche anziehe, ist es, als würde Mutter mich in die Arme nehmen. Also sieh, mein Bübchen, freue dich, dass du noch jemanden hast, der dich so nennt und zwischen dir und dem Tod steht … Nimm auch etwas Brot, mein Bübchen, das sättigt.

Der Schneider ist gestorben, sagte Petrache, beim Gesprächsthema bleibend.

Welcher von ihnen? Hier im Viertel gibt es vier davon.

Der Deutsche … Steiner … Ich habe gesehen, wie sie ihn zum Friedhof brachten … wenig Leute …

Plötzlich merkte Petrache, dass er einen Fehler gemacht hatte. Den konnte er jetzt keinesfalls mehr ungeschehen machen.

Wenn ich mein Bübchen zu dir sage, ergriff seine Mutter die Sache im Flug. Du weißt, wie der Mensch ist ... Wenn er dahingeht, ist es so, als holte man einen Eimer Wasser aus dem Brunnen. Das Wasser schließt sich und glättet sich wieder, als wäre nichts geschehen. Die Welt vergisst, du weißt doch, wie man so sagt, der gestrige Tag und der vor tausend Jahren sind gleich weit weg. Wenigstens du sollst dich an mich und an mein sauer Eingelegtes erinnern, denn Eingemachtes wie dieses wird dir niemand mehr machen ... Schau dir ab und zu die Fotos an und rede mit mir ...

Hat jemand nach mir gefragt, fragte Petrache schier verzweifelt.

Niemand, wer soll schon nach dir fragen? Wer klopft denn an unsere Tür außer dem Mann, der den Zähler abliest? Und selbst der kommt neuerdings nur noch einmal alle drei Monate, denn die lesen das nicht mehr ab wie früher, die rationalisieren. Wissen nicht, wie sie einen besser ausplündern können. Und wenn jemand nach dir fragt, was soll ich dem sagen?

Nichts, denn ich weiß ja gar nicht, wer das ist ... Ich spüre nur so, dass mir seit einer Weile jemand nachschaut. Aber wenn ich mich umdrehe, sehe ich niemanden ...

Vielleicht haben sie dich im Visier, mein Bübchen ... Ich hab ja immer schon gesagt, dass da etwas nicht in Ordnung ist mit diesem Schloss, das steht mir da viel zu hoch droben über der Stadt ... Und die Bücher, von denen du mir gesagt hast, dass du sie liest, die aus den Kellern ... Wer weiß, was du darin aufgeschnappt hast, und dann hast du in der Kneipe nicht das Maul halten können ... Hör nicht auf das, was die im Fernseher sagen. Diese Revolution hat nur das Heu gewendet, damit es nicht verfault. Es ist aber immer noch das gleiche alte Heu ...

Wer weiß, fügte Petrache hinzu und wischte den Teller mit

einem Stückchen Brotkrume aus. Vielleicht täuscht mich auch mein Eindruck …

Das mag auch von der Einsamkeit herrühren, sagte seine Mutter und sammelte die Teller ein. Du fängst an, Gespenster zu sehen. Willst du wie dein Onkel Tică werden? Ich hab ihm immerzu gesagt, heirate auch du, Mann, damit du eine Frau und dein Heim hast, denn bis du nicht heiratest und solange nicht die Frau wirtschaftet, wirst du keinen Schein auf den anderen legen können. Du hast ihn nicht mehr kennengelernt, ein Bild von einem Mann! Und was hat es ihm genützt? Von dem vielen Zuwarten hat die Gerste in ihm zu kochen begonnen und ist übergekocht. Er stand im Glockenturm und schaute auf das Feld hinaus, ob die Amerikaner kommen. Bis sie ihn schnappten und an den Kanal verfrachteten, zum Schilfschneiden. Damit er aufs Meer schauen konnte, von wo nur die Russen kamen. Wie solltest du ihn denn auch kennenlernen, da er ohne einen Zahn im Mund und mit zitternden Händen zurückgekehrt ist, selbst der Hund hat ihn verbellt, kannte ihn nicht mehr. Und plötzlich, an ihren Sohn gewandt: Heirate, was wartest du noch? Wir ziehen noch eine Handbreit Dach ein, denn im Garten ist Platz genug. Sieh, Aurica. Ein arbeitsames Mädchen. Nun mag sie nicht gerade eine Schönheit sein, aber was hat es mir genützt, dass ich schön war?

Petrache seufzte, schlug zum Dank schnell drei Kreuze und erhob sich.

Ich gehe noch in die Kneipe, sagte er, unterhalte mich ein bisschen mit Gevatter Fandarac.

Das passt ja gut, auch so ein Spinner … Und lenk nicht vom Thema ab!

Wie soll ich denn heiraten, ich habe nicht einmal Geld, ihr das Jasminsträußchen zu kaufen …

Tja, wenn du so rumhängst, wirst du auch nie welches haben …

Als er eben dabei war, hinauszugehen, erreichte ihn von hinten die Frage seiner Mutter: Was hat Stănică gesagt, kommt er am Sonntag in die Kirche?

Hat er nicht gesagt. Aber ich denke, er kommt …

Woher willst du das wissen, wenn er es nicht gesagt hat?

Einfach so, zu Ostern gehen die Leute in die Kirche …

Die Kneipe befand sich an einer Straßenkreuzung. Der sie dort eröffnet hatte, war sinnvoll vorgegangen, denn dies war der Weg zum Jahrmarkt. Dort versammelten sich sowohl die Glückspilze als auch die Geschädigten, dort trank man zur Besiegelung eines Geschäfts und drosch leeres Stroh. Mittlerweile sind die Jahrmärkte seltener geworden und liegen weiter weg. Während sich die Stadt in die Ebene hinein ausbreitete, wurden die alten Gassen abgerissen, die Laufkundschaft ging zurück, und die Stammkunden zogen in die Wohnblocks. Übrig geblieben waren nur die Kleinbauern aus den alten Gassen, deren Häuser sich aus Angst vor den Bulldozern eng aneinanderschmiegten.

Sommers wurden ein paar Tische und Korbstühle hinaus auf den Bürgersteig gestellt. Ansonsten verfügte die Kneipe über einen größeren Raum mit Linoleum auf dem Boden und einem hohen Tresen an der hinteren Wand. Das einzige Licht kam von einer Glühbirne, die an zwei umeinandergewundenen Drähten so tief herabhing, dass die größeren Männer sich bücken mussten, um nicht mit der Stirn dagegen zu stoßen. Jede Bewegung der an den Tischen Sitzenden wurde an die Wand projiziert, wie ein dunkler Vorhang.

Ich dachte schon, du kommst nicht mehr, Gevatter, sagte Fandarac und winkte ihm.

Petrache wusste nicht, wo in ihrer Beziehung der Gevatter hergekommen war, aber so hatte er es ererbt, und so hielt er es dann auch selbst.

Was trinkst du, Gevatter?, fragte er und ließ sich an seinem Tisch nieder.

Eines von diesen neuen Getränken, Gin, ist so eine Art etwas schärferer Wodka.

Haben sie keinen Schnaps?

Sie wissen nicht, wo sie ihn herschaffen sollten. Sagen, das kommt von der Akzise. Was auch immer das sein mag …

Petrache seufzte mit trockenen Lippen. Das kam vom sauer Eingelegten.

Dann werde ich mir ein Bier kommen lassen, sagte er. Was war das bloß für eine Revolution, wenn wir nicht einmal mehr Schnaps haben …

Damit ist's nicht weit her. Fandarac war älter, er hatte in seinem Leben schon viel gesehen: So treibt es die Welt eben, hin und wieder Revolutionen. Einfach so, um sich ein bisschen zu entkrampfen.

Das sagt auch meine Mutter …

Petrache setzte sich aufrecht hin, damit Şofronică Platz hatte, den Tisch abzuwischen und den Bierkrug vor ihm hinzustellen.

He, ist recht!, wunderte er sich. Woher wusstest du, dass ich Bier haben will, ich hab doch noch keines bestellt … Belauschst du uns etwa?

Jeder mit seinem Beruf, hob der Wirt die Arme und drehte den Bierkrug mit dem Henkel zu ihm hin. Ich muss nicht zuhören, ich lese es von den Lippen ab.

Da kannst du die Lippen sehr gut sehen bei diesem Funzellicht, grantelte Petrache wie für sich. Und dann zum Gevatter: Hast du gehört, dass Steiner gestorben ist, der Schneider?

Hab ich gehört, heute Nacht.

Und warum haben sie sich so beeilt, ihn zu beerdigen? Und was soll man davon halten, dass die Beerdigung am Abend war. Das hab ich noch nie gesehen … Beerdigungen macht man mittags …

Weißt du's nicht? Der Gevatter neigte sich zu ihm hin: Sie haben ihn heute Morgen aufgehängt vorgefunden. Der Pfarrer wollte ihm keine Messe lesen und ihn auch nicht beerdigen. Mit Müh und Not haben sie eine Badefrau überreden können, ihn zu waschen. Sie haben ihn etwas heimlich begraben, am Rand … Auf dem Kreuz steht nichts, wie bei den Armen, die auf den Straßen aufgelesen werden …

Was hat ihn denn so plötzlich gepackt?

Fandarac sah sich um, es gab noch zwei besetzte Tische, und der Wirt werkelte am Tresen herum, kehrte ihnen den Rücken zu.

Das ist nicht so plötzlich gekommen … Er hat seit einer Weile krumme Nähte gesteppt. Er hat Gespenster gesehen …

Und was genau hat er gesehen?

Die Sterne …

Alle sehen wir die Sterne.

Das sagst du. Wann hast du sie dir denn zum letzten Mal angeschaut?

Ich weiß nicht … Die sind halt dort, wo sie immer sind. Genauso, als wenn man hinschauen würde …

Das ist es eben, er hat halt immerzu hingeschaut … Und er sagte, sie seien nicht wie gewöhnlich. Sie würden immer größer. Und sie leuchteten stärker, vor allem einige davon.

Was soll das nun wieder bedeuten?

Das bedeutet, dass die Sterne immer näher kommen und eines Tages auf uns herabstürzen. Und dann werden sie die Erde verbrennen wie eine trockene Baumrinde.

Und deshalb bringt man sich um?

Schau … Wenn du überzeugt bist, dass etwas geschehen wird, quält dich diese Erwartung. Sind denn letztlich nicht auch wir eine Art Selbstmörder? Er wies auf das Glas: Selbst diese Plörre, die Şofronică mit Wasser verdünnt … Wir möchten besser leben und tun trotzdem etwas Böses. Einerseits heilen wir uns, und andererseits schädigen wir uns. Wo wir schon davon reden, hast du vielleicht eine Zigarette?

Ich rauche nicht. Lieber gebe ich mein Geld für Lebensmittel aus.

Şofronică kam wiegenden Schrittes auf sie zu und zog aus der Tasche seiner fettverschmierten Schürze eine Packung Zigaretten.

Wir sind eine seriöse Firma …

Der Friede sei mit dir, Leser, hellte sich Fandaracs Gesicht auf, und er suchte sich eine Zigarette aus der Mitte der Packung aus. Sag mal, in welcher Schule hast du das Lippenlesen gelernt? Denn in der Schule, in der wir waren, der Gevatter und ich, da las man in Büchern …

In der Schule des Lebens, Gevatter, spreizte sich Şofronică. Da lernst du, in allem zu lesen, auf den Gesichtern der Leute, auf den Lippen, nach der Art, wie jemand schreibt, danach, wie sich die Taschen der Leute ausbeulen. Wenn du mir nicht glaubst, bestellst du einen Kaffee, und wenn du ihn getrunken hast, drehst du die Tasse um und rufst mich, damit ich dir darin lese. Das Lesen ist umsonst, nur der Kaffee kostet das Doppelte.

Ihr seid mir ganz schöne Beutelschneider, ihr Zeichenleser, lachte Fandarac. Los, geh zurück zu deinem Tresen, pass auf, du vertrödelst zu viel Zeit hier mit uns, und die an den anderen Tischen reden, ohne dass du es merkst. Du verpasst ganze Seiten ungelesen.

Mach dir darüber keine Sorgen, sagte Şofronică und ging. Was das Auge nicht sieht, hört das Ohr.

Fandarac winkte überdrüssig ab.

Hast du gesehen?, sagte er zu Petrache. Auch das ist eine Krankheit, wie die des Schneiders. Plötzlich fängst du an, krumm zu schneiden. Die Sache aber ist, dass es dir so vorkommt, als schnittest du gerade mit deiner Schere, und der Rest der Welt ist schief. Schau, auch der Winter …

Was ist mit dem Winter, fragte er nur mäßig neugierig, denn statt auf die Antwort zu achten, hatte er noch einen kräftigen Schluck Bier zu sich genommen. Fandarac wartete geduldig, bis er den Bierkrug abgestellt und den Mund abgewischt hatte.

Eh, sagte er schließlich, dass er nicht mehr aufhört. Heute sind die Vögel in Formationen über uns weggeflogen, sie schwärmten wie die Bienen. Und sie flogen sehr tief, auf der Höhe der Schornsteine. Ließen den Rauch beinahe nicht mehr hochsteigen.

Und was soll das nun bedeuten?

Dass es wieder schneien wird. Oder wenigstens ein Raureif kommt, knackig wie Frost. So sagt man, denn der Himmel ist schwer, wenn die Krähen tief fliegen und krächzen. Wer hat denn schon von Schnee in der Karwoche gehört?

Petrache dachte nach.

Aber hast du Raben gesehen, fragte er.

Raben? Was meinst du damit, was für Raben?

Also Krähen, nur größere. Ungefähr so wie schwarze Enten.

Am verwunderten Blick des Gevatters konnte Petrache erkennen, dass er keine gesehen hatte.

Ich hab welche gesehen, sagte Petrache mit leerem Blick. Dort oben beim Schloss. Aber die fliegen nicht in Schwärmen wie die Krähen. Es kommt immer nur einer, als riefe ihn jemand. Und er fürchtet sich nicht vor mir. Ich verscheuche ihn, fuchtle herum, aber er haut nicht ab. Erst wenn er es will. Er kommt vor allem morgens, wenn ich die großen Torflügel geöffnet habe.

Wer sollte den denn rufen?

Schau, genau das weiß ich nicht. Denn zu der Uhrzeit bin nur ich allein dort. Das heißt, ich und die Statue. Er seufzte, als wüsste er, was er wusste: Ich bin weg, sagte er und legte etwas Kleingeld auf den Tisch. Mutter schläft nicht ein, solange ich nicht zurück bin.

Kommst du auch morgen?, rief ihm Fandarac hinterher. Wir könnten ja noch etwas plaudern …

Morgen treffe ich mich mit Aurica. Ich führe sie aus auf den Rummel. Übermorgen ist Karfreitag, und der Rummel wird geschlossen.

Die letzten Worte hatte er beim Hinausgehen nur so für sich gesagt, sodass nicht einmal der Zeichenleser Şofronică ihn verstand.

Tatsächlich, es war plötzlich kälter geworden, eisige Stille hatte sich ringsum niedergelassen. Kein Zweig regte sich, kein Hund bellte. In Erwartung der Raureifflocken, die kommen sollten, knirschten die Schritte auf den Steinen. Er schaute nach den Vogelschwärmen, aber diese hatten sich verzogen. Auf dem bleigrauen Himmel war kein Stern zu sehen. Er dachte einen Augenblick lang an Steiner, den Schneider, wenn er noch gelebt hätte, wäre dies eine ruhigere Nacht für ihn gewesen, ohne die Furcht vor den herabfallenden Sternen, die vielleicht gerade jetzt anderweitig verglühten.

Er tastete sich durch die Dunkelheit in sein Zimmer. Bis er die Bettkante erreichte, hatte er zwei Bücherstapel umgeworfen. Leicht vom Getränk benebelt, blieb er eine Weile sitzen und mühte sich, zu verstehen, warum die Leute so ausgiebig über den Tod sprachen. Dann seufzte er, krümmte sich mit dem Gesicht zur schattenüberzogenen Wand hin und schlief in seinen Kleidern ein.

In dieser Stadt ging die Sonne später auf. Sie brauchte etwas Zeit, um sich über die Mauern des Schlosses zu erheben. Dann aber strahlte sie, hatte sie schon alle Scheu abgelegt. Mit anderen Worten: In der Stadt ging die Sonne stufenweise auf. Zuerst irisierte rings um das Schloss eine bläuliche Aura, wie eine Erinnerung an die alten Feuersbrünste, die seine Mauern während der Tatarenstürme hatten erleiden müssen. Wenn sie sich den Stadtbewohnern zeigte, stand sie schon drei Speerlängen hoch am Himmel und thronte auf den Zinnen.

Petrache war der einzige Bewohner der Stadt, der den Sonnenaufgang ungehindert sehen konnte. Er hatte eine Ecke ausgekundschaftet, an der die Steinkanten im Abstand eines Ellbogens aus der Mauer herausragten und auf diese Weise eine Art Treppe bildeten – aber vielleicht war genau dies zu der Zeit, als die Wächter die Ebene zu überblicken hatten, ihre Funktion gewesen.

Sachte fuhr er mit der Handfläche über das Holz des großen Tores. Es war warm und glatt wie Fleisch, das man soeben aus der Räucherkammer geholt hat. Er legte die Wange daran und schloss die Augen, horchte. Aus den Eingeweiden des Holzes kam die Antwort, nicht mit der verschwiegenen Weite, die man vernimmt, wenn man sich das Gehäuse einer Kaurischnecke ans Ohr hält, sondern als eine verrammelte Stille. Dann beschloss Petrache, das schwere Schloss, das am Tor hing, aufzuschließen.

Das Atrium lag im Dunkeln. In seiner Mitte hatte die Dunkelheit einen Kern gebildet, der alles sein konnte, Statue oder Baum. Petrache wusste dies und grüßte ihn wie gewöhnlich, dann ging er, ebenfalls wie gewöhnlich, in jenen östlich gelegenen Winkel und kletterte behände auf die auskragenden Steine.

Unter den Mauern der Festung gähnte ein Abgrund, dessen Sohle noch im Nebel versunken lag. Der Himmel aber war klar wie eine Fensterscheibe ohne einen einzigen Dunstschleier. In seiner Tiefe atmete niemand. Dann plötzlich rissen die Ränder auf, und sie konnten sich anschauen, der Mensch auf der einen Seite und die aufsteigende Sonne auf der anderen, dazwischen der Abgrund.

Als das Licht kräftig genug war und seine Gestalt einen Schatten warf, wachte Petrache aus seiner Träumerei auf, wobei er sich nur noch an die verwunschene Müdigkeit erinnerte, die ihn gepackt hatte. Er richtete sich auf der Mauerkante auf, hob die Arme, damit sie sich lockerten, aber auch um die Sonne zu grüßen und seinen eigenen Schatten, der noch eine Weile oben blieb, bevor er ihm auch ins Atrium hinunter folgte, wo das Dunkel noch etwas verweilte. Petrache war aus einer Welt in die andere gewechselt, aus der Dunkelheit ins Licht, und nun ging er wieder aus dem Licht ins Dunkel hinüber. Diese Grenzüberschreitung zwischen den Welten spannte seine Gefühle sichtlich an. Denn diesmal pochte es nicht bloß im Himmel, er füllte sich geradezu an mit einem lebendigen Odem.

Er drehte sich im Kreis, schaute in den Himmel und auf die Bodenplatten, ließ seinen Blick über die Wände gleiten. Reckte die Hände hoch und spreizte die Finger. Die Luft strömte wie hauchdünnes Wasser zwischen ihnen hindurch. Er schloss die Fäuste und öffnete sie langsam wieder, fand aber nichts in den Handflächen. Vielleicht hatte er die Fäuste zu stark zusammengepresst, und es war ihm unmerklich zwischen den Fingern hindurchgeglitten. Wieder schaute er sich um, aber er sah nichts, hatte bloß den Eindruck, jemand anderer schaute ihm zu. Er wollte sprechen, doch bevor er entschieden hatte, was er wem sagen würde, vernahm er, als rannte jemand über trockene Zweige, das Gekrächze des Raben. Der Vogel drehte stets enger werdende Kreise und ließ sich schließlich auf dem Kopf des Reiters nieder. Er streckte Gleichgewicht suchend die Flügel aus, hüpfte, rutschte wegen seiner Krallen immer wieder weg und blieb schließlich mit leicht geöffnetem Schnabel und zur Seite geneigtem Kopf wie eine Verlängerung des Standbildes stehen. Petrache zischelte ihm verscheuchend mit spitzen Lippen zu, aber der Vogel schaute ihn halb verwundert und halb belustigt an. Dann überschritten die ersten Strahlen die Zinnen und drangen in das Atrium. Bevor sie jenseits der Mauern gelangten, hoch oben auf den Speeren des frühen Mittags, umhüllten die Sonnenstrahlen den Kopf des bronzenen Reiters mit einer Lichtgloriole. Die sich der Rabe aus den Federn schüttelte, er streckte die Flügel aus, als hätte er wenigstens noch einen Augenblick lang den Schatten auf dem Kopf des Reiters bewahren wollen, dann flog er davon und verschwand Richtung Norden.

Petrache dachte kurz an den unerwartet eingetretenen Beistand des Lichts. Nach wie vor verärgert, dass seine Bemühungen, den Raben zu vertreiben, von diesem mit einer solchen Gleichgültigkeit quittiert worden waren, beschloss er, nun selber eine Lösung dafür zu finden. Er holte die Werkzeugkiste, die er in einem Winkel unter den herabhängenden Zweigen eines Quittenbäumchens versteckt hielt, öffnete sie und nahm ein Knäuel dünnen Drahtes heraus, schnitt ein längeres Stück davon ab, flocht den Draht, schloss ihn zum Kreis und machte daraus eine Art Krone. Dann suchte er ein paar größere Nägel zusammen, steckte sie in die Öffnungen im Drahtgeflecht und klemmte sie fest, damit sie alle gleichermaßen die Fähigkeit zu stechen bewahrten. Nun schulterte er die lange Leiter, die sonst zum Entfernen der Spinnweben aus den Mauerecken genutzt wurde, und ging auf die Statue zu. Er lehnte die Leiter an den Sattel. Und wartete, wollte sehen, ob das Pferd etwa auswich. Der Reiter verharrte unbeeindruckt, schaute nach vorne, dorthin, wo sein ausgestreckter Arm hinwies und übrigens auch der Rabe hingeflogen war.

Umsichtig kletterte Petrache hinauf. Die Statue erwies sich jedoch als zu hoch. Als er das Ende der Leiter erreicht hatte, schwang er nach einem kurzen Zögern das eine Bein hoch und bestieg das Pferd. Dann rutschte er hinter dem Reiter in die Reiterstellung und versuchte, so wie er es als Kind getan hatte, als sein Vater ihn auf dem Moped mitgenommen und ihn angewiesen hatte, ihn fest in der Mitte zu umfangen, diesen mit seinen Armen zu umfassen. Eines Tages war sein Vater samt Moped verschwunden, und seine Mutter hatte in den Schubladen etwas betagtere Briefe aus dem Ausland gefunden, die sie vermuten ließen, er habe versucht, über die Grenze zu gehen. Weil die einzige Grenze, die man Richtung Westen überwinden konnte, die Donau war, hatte sein Vater das Moped wahrscheinlich verkauft oder in einem Waldstück zurückgelassen. Jedenfalls war es ihm gelungen, sagte seine Mutter, denn sonst wäre er zurückgekehrt. Entweder er war hinübergelangt, oder sie hatten ihn erschossen, auf jeden Fall aber war er auf die eine oder andere Weise hinübergewechselt. Was aber den Reiter betraf, so war dieser zu umfangreich, als dass er ihn mit seinen Armen hätte umfassen können. Petrache hielt sich an den Falten seines Mantels fest, legte den Kopf an seinen metallenen Rücken und schloss die Augen. Er spürte ein fließendes Schweigen, als hätte er sein Ohr an einen dicken Baumstamm gepresst. Er saß hinter dem bronzenen Reiter, und ihm war wohl.

Der Sonnenaufgang, wie eine Aureole rings um den Kopf der Statue, begann feucht und in dicken Schweißtropfen über Petraches Stirn herabzusinken. Dann fiel es ihm wieder ein, er beugte sich hinab und griff nach der Drahtkrone, die er an der Spitze der Leiter hatte hängen lassen. Er drückte die Rundung zurecht, prüfte einen nach dem anderen die Nägel, versicherte sich, dass sie fest saßen. Dann streckte er den Arm, bis seine Gelenke knackten, und setzte die Krone auf den Kopf des Reiters. Vorsichtig stieg er herab, stellte die Leiter zurück an ihren Platz und schaffte Ordnung in seinem Werkzeugkasten. Anschließend nahm er seinen Mopp und den schon am Vorabend gefüllten Eimer. Mit ungewöhnlichem Eifer begann er nun, die Steinplatten zu schrubben, wobei er hin und wieder einen Blick auf die Statue warf. Wenn man sich damit begnügte und nicht den Blick dort verweilen ließ, hatte man den Eindruck, es sei eine echte Krone, die immer schon dort gewesen ist.

Die bestens geschrubbten Steinplatten glänzten im Sonnenlicht wie ein dichtes Wassergespinst, bleigrau, es wirkte, als sollten die Besucher angesichts dieses schier reglosen Flusses eines Kahns bedürfen, der sie zum Schloss übersetzt.

Als die letzten Besucher und die Angestellten des Museums gegangen waren, war die verschwiegene Welt zwischen den Mauern eine andere geworden als im Morgengrauen. Morgens spürte man eine beseelende Stille. Abends verwandelte sich die Stille in Schweigen, sie war durchtränkt von einer gewissen Müdigkeit und nahm, während die Sonne auf der anderen Seite der Stadt versank, einen Schwermutston an. Und das Schweigen wirkte fort, als Petrache den gepflasterten Weg hinunterging, wobei er hin und wieder Abkürzungen nahm, die den Weg der Wagen und Kutschen schnitten.

Dann stürmte die Stadt auf ihn ein. Petrache hatte sich noch nicht daran gewöhnt, die neuen Lichter der Stadt beunruhigten ihn. Seit Jahr und Tag mit dem Atrium vertraut und wie in einem Aquarium geschützt, wagte er nur vorsichtige Blicke ins Licht der gleißenden Vitrinen, auf die unter den Rädern der Straßenbahnen kreischenden und funkelnden Schienen, auf das Quietschen und Röhren der an den Ampeln bremsenden und dann wieder losschießenden Autos, auf die unterdrückt an den Betonpfosten sirrenden Hochspannungsleitungen, schließlich auf die Menschen selbst, die stets mehr und mehr auf den Bürgersteigen durcheinanderwuselten und dabei einander immer ähnlicher wurden.

Jetzt musste er, anstatt zwischen den Wohnblocks hindurch Richtung Vorstadt zu gehen, auf das Zentrum zuhalten, scheu, die Kapuze über den Kopf gezogen und die Hände tief in den Taschen vergraben. Er kannte die Leute im Zentrum nicht, sie wichen ihm nicht einmal aus, als hätte es Petrache gar nicht gegeben. Er umging sie, als wäre er der Einzige gewesen, der sehen konnte. Und dennoch, er spürte, dass er an der Schulter berührt worden war, drehte sich erschrocken um, als hätte ihn jemand gesucht und endlich gefunden. Die Frau reckte ihm wie zur Erklärung einen Bund Veilchen entgegen. Er schüttelte den Kopf und ging weiter. Aber es tat ihm leid, und er kehrte um. Gegen etwas Kleingeld suchte er sich einige mit Nähgarn zusammengebundene Blumen aus und steckte das Sträußchen in seine Brusttasche. Bis ihm der Geruch nach verbranntem Öl und die Dämpfe verkündeten, dass er im Industriegebiet angelangt war, begegnete er niemandem mehr.

Es war eine andere Art Mauer, höher als mannshoch, die in einer undefinierbaren Farbe überstrichenen Betonfertigteile hatten nichts mehr von der Würde des Steins, aber sie war länger, so lang, dass sich ihr Ende im Rauch verlor, der sich aus in den Himmel ragenden Schornsteinen herabsenkte. Jenseits der Mauer machte sich eine andere Art Leben vernehmlich – Motorstapler, Anhänger, Ketten, Raupen, Förderbänder, zupackende Zangen, brennende Hochöfen, Schweißgeräusche, Pickhammer, Schreddern und Laminieren, Fließendes und doch auch ungerührt Bleibendes, der innerste Bauch der Welt.

Petrache wechselte auf die andere Straßenseite, ihm war, als sollte er all dies zu spüren bekommen, wenn er zu nahe an der Fertigteilmauer verbliebe. Er lehnte sich an einen Betonpfeiler, schaute nach oben zu den Sternen, aber es war offenbar noch zu früh für die Sterne, oder aber der Rauch aus den Schornsteinen hatte sie verdeckt.

Als sich die Tore öffneten, strömte die Menge auf die Straße. Er drückte sich etwas zur Seite hin, ins Dunkel, und schaute aufmerksam; eine unnütze Vorsichtsmaßnahme, denn ihn selbst beachtete niemand. Sie gingen mit gesenkten Köpfen dahin, in ihre Winterkleider gemummelt, die Männer schlurften in ihren hohen Schnürschuhen, die Frauen kämpften mit ihren Kautschukstiefeln, beinahe noch in Kolonnen eingereiht, wiewohl sie sich nunmehr jenseits aller Überwachung befanden. Eben aus der Fabrik getreten, in der sie einen ganzen Tag gearbeitet hatten, waren sie noch nicht bei sich selbst angelangt.

Petrache unterbrach einen Augenblick die resignierte Ordnung der Silhouetten mit den gebeugten Schultern und geneigten Köpfen. Er ging zwei Schritte auf sie zu und hob die Hand, aber er musste sie auch beim Namen rufen, dann erst wandte das Mädchen den Blick und trat aus der Reihe.

Schau, Aurica, sagte der Mann und breitete die Arme aus, als wollte er sich ihr in Ermangelung einer anderen Erklärung lediglich zeigen.

Du bist gekommen …

Ich habe dir doch gesagt, dass ich kommen werde …

Sie schob eine Haarsträhne unter das Kopftuch.

Das sagen die Männer so, versprechen vieles …

Petrache ging voran. Aurica warf ihren Kolleginnen, die weiterhin in jenem gleichmäßig wiegenden Rhythmus dahingingen, einen Blick zu und folgte ihm. Schweigend gingen sie bis zur ersten Wegkreuzung, er in dem linkischen Versuch, seine Schritte ihren kürzeren anzupassen, die Frau im Bemühen, mit ihm Schritt zu halten.

Lass uns zum Rummel gehen, sagte er, nachdem er kurz gezögert hatte, welche Richtung nun einzuschlagen sei.

Ist es nicht zu spät, fragte das Mädchen, ohne den Eindruck zu erwecken, es wollte ihm widersprechen. Lieber ins Kino, ich habe gehört, es gibt einen schönen Film, man muss dermaßen weinen …

Petrache überlegte einen Moment, aber weil er nicht daran gedacht hatte, beschloss er: Komm zum Rummel, als ich kam, war es dort noch laut, und allerlei Lichter brannten. Wir schießen an der Schießbude und fahren Karussell.

Ich kann nicht schießen, sagte sie, als stimmte sie zu.

Ich bringe es dir bei, das ist keine große Sache. Ich war ein guter Schütze, habe neun von zehn getroffen. Einmal habe ich sie sogar alle getroffen.

Was hast du getroffen?

Na, die Kartons eben, manchmal konnte man meinen, es seien Menschen. Sie können nicht abhauen, stehen still, als wären sie an den Beinen gefesselt.

Aurica blieb vor einem Schaufenster voller Girlanden stehen. Die Schaufensterpuppen in langen engen Kleidern schauten über ihre Köpfe hinweg.

Das dort, das rote mit den kleinen Volants, das ist das schönste, schmachtete sie. Wenn ich das anzöge, fühlte ich mich wie auf einer Hochzeit. Einmal habe ich sogar von ihm geträumt. Ich trug dünne, hohe Absätze. Sie lachte: Als wäre ich eine andere gewesen … Weißt du, dass ich in Farben träume?

Jeder Mensch träumt in Farben, oder nicht?

Ich weiß nicht, aber es ist schöner als in Wirklichkeit. Ich komme immerzu hierher, dieses Kleid ist seit beinahe einem Jahr im Schaufenster, alle wissen, dass es mir gehört. Sie lachte auf: Vielleicht ist es ja auch so teuer, dass es sich niemand leisten kann …

Dies war ein Gegenstand, mit dem Petrache nicht recht umzugehen wusste. Also ging er wieder los, Aurica ihm hinterher. An einer Straßenlaterne blieb er stehen.

Mit welchem Auge siehst du besser, fragte er und wies mit dem erhobenen Zeigefinger ins Licht.

Sie zuckte mit den Schultern, dann schloss sie je ein Auge und schaute auf den Finger.

Ich weiß nicht, sagte sie. Aber wenn ich die Augen nacheinander schließe, scheint sich der Finger von dem einen Auge zum anderen hinzubewegen …

Die Dinge bleiben gleich, wenn man sie nacheinander anschaut, klärte sie Petrache auf. Aber wie verteidigst du dich, wenn dir jemand eine runterhauen will?

Mit einem geschlossenen Auge, fragte das Mädchen verlegen.

Petrache lachte, dann aber wurde er ernst und ließ plötzlich die Hand gegen sie vorschnellen. Das Mädchen schrie auf, ließ ihre Handtasche fallen und riss den Arm hoch. Petrache freute sich und hob ihr die Handtasche auf.

Bist Linkshänderin, sagte er. Wenn du zielst, musst du das rechte Auge schließen.

Schweigend gingen sie weiter, sie nach dem Schreck noch nicht wieder ganz bei sich, er mit erhobenem Blick.

Es wird eine klare Nacht werden, sagte er. Die Sterne gehen schon auf …

Sie wollte sich bei ihm einhängen, aber sie unterbrach ihre Bewegung, er hatte den Ellbogen nicht geöffnet, um ihr den Platz anzubieten. Aber er hatte recht behalten. Auf dem Rummel war Licht, und um die Glühbirnen herum hatten sich Menschentrauben gebildet. Beim Karussell blieben sie stehen. Aurica ließ sich sogleich auf ihrem rosa Pony nieder und lachte.

Seit meiner Kindheit bin ich nicht mehr mit dem Karussell gefahren … Wir wohnen im Block, ich habe nicht viel gespielt. Da gab es ein paar verrostete Schaukeln, und wenn man nicht aufpasste, überschlugen sie sich. Die Meinen wurden hier vom Abriss erwischt, sie hatten hier am Fuße des Berges ein Haus, da, wo der Weg zum Schloss hinauf beginnt.

Wir auf der anderen Seite, zur Ebene hin, wir sind davongekommen. Das heißt, die Revolution hat uns davonkommen lassen. Einerseits hat sie uns geholfen, andererseits hat sie uns alles weggenommen. Alle Ersparnisse. Seit alle Preise gestiegen sind, ist uns nichts mehr übrig geblieben. Als wir das Geld abgehoben haben, konnten wir gerade mal noch ein paar Töpfe aus Edelstahl damit kaufen … Hei, rief er dann, halt dich fest, es geht los!

Das Mädchen hielt sich mit beiden Händen an der Stange fest, die Handtasche im Schoß. Sie lachte, warf den Kopf zurück und jauchzte, als das Pferdchen zu springen begann. Das Kopftuch zweimal unter dem Kinn verknotet, wirkte ihr Gesicht, als schaute sie durch das runde Loch in einer Mauer. Die kleine Stupsnase, wie noch nicht ganz fertig, runde Lippen, die, leicht zusammengepresst, in einen Ring gepasst hätten, die Augen, leicht schräg und grünlich, überstrahlten die etwas hohen Wangenknochen, die glatte kindliche Stirn, abgeschnitten je zur Hälfte von ungeschickt mit der Pinzette verschmälerten Brauen, blonde Haarsträhnen, die sich aus der Enge des Kopftuchs herauswagten und stets aufs Neue ihr Recht auf Leben einforderten, all dies wollte so gar nicht zu ihrer schweren grauen Kleidung passen. Erst nach einigen Runden merkte Petrache, wie gut ihre Waden und Arme aufeinander abgestimmt waren. Aurica tanzte im Rhythmus der Musik, die den Klang einer monoton mit der Handkurbel animierten Drehorgel hatte. Als die Pferdchen angehalten hatten, machte sie noch ein paar Augenblicke weiter. Vielleicht wartete sie auf ihrem Pferdchen noch auf etwas, jedenfalls wiegte sie den Kopf und reckte abwechselnd die eine und die andere Schulter hoch, doch dann traute sich Petrache, die Arme auszustrecken und sie unter den Achseln zu packen. Das Mädchen kreischte auf, sie verharrten ein paar Augenblicke in dieser Haltung, umarmt, die Wangen aneinandergeschmiegt, aber der Mann wusste nun nicht mehr, was zu tun wäre, also schaute er sich verlegen nach allen Seiten hin um und ging los. Sie wandten sich den Ständen mit den Süßigkeiten zu. Aurica kaufte sich Zuckerwatte an einem Stab und versenkte ihr Schnäuzchen in den glasartigen Schaum. Petrache betrachtete den bläulich glitzernden Wirbel, probierte ungeschickt mit der Zungenspitze, dann riss er sich ein Büschel aus und knetete es. Ein glasartiger Klumpen, wie Eis, blieb in seiner Hand zurück.

Das ist alles, fragte er.

Das isst man nicht so, lachte Aurica, schau … Sie streckte die Zunge heraus, schlängelte damit durch die Zuckerwatte und holte sich die pulverisierten Partikel geschickt zwischen die Lippen. Wie viel ich im Unterschied zu dir noch habe! Geschieht dir recht, wenn du unbedingt wissen musst, wie die Dinge gemacht sind.

Besser, man wusste es nicht. Sie fuhr fort, die funkelnden Knäuelchen mit behänden und weichen Zungenbewegungen herauszulösen, während Petrache sich weiterhin verlegen die klebrigen Finger ableckte. Und bevor er den Gewehrkolben ergriff, wischte er sich die feuchten Hände gründlich an den Hosenbeinen ab. Das Mädchen schien aufmerksam seinen Erklärungen zu lauschen, aber beim ersten Mal gelang ihr nichts, also lud er die Waffe neu. Der Budenbesitzer nickte, freute sich, nicht von seinem Schemel aufstehen zu müssen, und mümmelte an dem Stummel zwischen seinen Lippen.

Petrache legte mit der einen Hand die Schulter des Mädchens an den Gewehrkolben und umfing es mit der anderen um die Mitte, dabei stützte er ihren Ellbogen mit seiner offenen Hand. Sie dergestalt in den Armen haltend, fühlte er sich von einem Wärmestrom durchzogen, der aus seinem Brustkorb durch sämtliche Kanäle seines Leibes bis in die tiefsten Regionen seines Bauches hinabrieselte, wo er verweilte und pochte. Dem Budenbesitzer war es recht, er hatte ohnehin keine anderen Kunden und gewiss schon mehrfach solche Szenen gesehen, die kleine Konspiration derer, die Vorwände suchten, um ihre Mutlosigkeit zu kompensieren.

Keine Regung jetzt, flüsterte Petrache, ohne zu merken, dass sein schneller Atem ihr Ohr noch vor den Worten erreichte. Schau, schieß ein Häschen.

Ich habe Mitleid mit ihm … lieber den Pilz …

Sie versuchte es ein paarmal, aber sie traf nicht. Was Petrache nicht entmutigte, in dessen Weichteilen es unvermindert pochte. Schließlich gab sich Aurica mit einem begehrlichen Blick auf den Plüschbären geschlagen. Petrache tastete nach dem Kleingeld in seiner Tasche und schaute mal auf die verdrießliche Miene Auricas und mal auf das mümmelnde Grinsen des Alten.

Wie viele, fragte dieser und streckte die Hand nach dem Kleingeld aus.

Neun von zehn, schlug Petrache vor. Schlägst du ein?

Der Alte erhob sich, nun erst sah Petrache, dass ihm ein Bein fehlte, er hüpfte in die Tiefe der Bude und zählte eilig zehn Kapseln, die er vor ihm aufhäufte. Der junge Mann nahm eine nach der anderen und wies jedes Mal auf das Ziel, das er sich wünschte, was allerdings nicht nötig war, denn nach jedem Schuss kippten die Häschen, Entlein oder Wölfe, die an der Wand aufgereiht waren, und erstarrten mit dem Kopf nach unten. Der Alte gaffte mit offenem Mund, an der Unterlippe klebte ihm der Zigarettenstummel. Petrache reichte ihm das Gewehr zurück und machte Platz für Aurica, damit sie den Plüschbären in Empfang nehmen konnte.

Auf dem Jahrmarkt verlöschten allmählich die Lichter. Die Läden wurden geschlossen, die Wahrsagerinnen in den bunten Zelten wischten den Kaffeesatz aus den Tassenböden, die lahmen Bettler hatten ihre Behändigkeit wiedererlangt und eilten nach Hause, die Pferdchen waren mit leeren Augen verholzt, die Ketten des stärksten Manns der Welt lagen ineinandergerollt da wie eine satte Schlange. Petrache sah mit einer gewissen Genugtuung, wie Aurica ihr Gesicht an die weiche Puppe schmiegte.

Ist dir kalt, fragte er.

Sie sah darin eine Ermutigung und fasste ihn am Arm, und zwar so eng, dass sie ihren Bären weiterhin mit beiden Händen an die Brust drücken konnte.

Vom Rummel aus begann der bebaute Stadtrand. Der Asphalt endete, hier waren die Straßen gepflastert, alte Kastanien traten an die Stelle der Betonpfeiler, Straßenbahnschienen und Bus-Oberleitungen wurden seltener, ab und zu hörte man noch einen Hund bellen. Schweigend gingen sie in dieser seitlichen Umarmung dahin, irgendwie bemüht, den Rest der Welt hinter sich zu lassen. Sie gelangten in die Nähe der Lichtung, wo, jenseits der Bäume, das freie Feld begann. Dort aber, hinter ihrem Gatter aus geflochtenem Draht, zusammengekauert wie auf einer ziellosen Lauer, die einen mit seitlich weggekippten Köpfen, die Schwänze unter sich eingezogen, andere mit abgefallenen Greifarmen, zu Stummeln zerriebenen Zähnen, die Krallen in den Schaft eingefahren, die Artikulationen erstarrt, die Monster von einst. Petrache zerrte am Schloss, das unverzüglich aufsprang. Und die Ungetüme erhoben nicht einmal die Augen.

Als ich ein Kind war, fürchtete ich mich vor ihnen, sagte er. Alle fürchteten wir uns. Man sah sie nicht plötzlich am Ende der Straße auftauchen. Man spürte sie von weitem, an den dichten Staubwirbeln. Du weißt das nicht mehr, warst noch kleiner, aber der Staub war überall. Es war nicht einmal möglich, einen Teppich über dem Zaun auszuklopfen, denn bis man ihn hineintrug, war er wieder eingestaubt. Morgens konnte man mit dem Finger auf den Fensterscheiben schreiben. Wenn man durch den Mund atmete, knirschte einem die Luft zwischen den Zähnen wie trockenes Brot. Am besten konnte man das sehen, wenn sich Tau gebildet hatte. Die Bürgersteige und die Blätter und alles, was sonst noch draußen war, wurden von körnigen Pollen überzogen, wie Schmirgelpapier.

Aurica schaute mit großen Augen umher und drückte sich an den Arm des Mannes. Sie stieß an ein Metallstück, schrie auf und rieb sich das angeschlagene Bein. Die verrosteten Maschinen ließen wie jedes Wesen ihr Blut sehen, sie waren noch nicht gänzlich erstarrt.

In meiner Straße hatten alle Angst, fuhr Petrache fort. Selbst wenn die Ungetüme stillstanden, hatte man den Eindruck, sie kämen näher. Als sie hörten, dass die Versammlung bei der Revolution aus dem Ruder gelaufen ist, haben alle Lastkraftwagenfahrer, Baggerfahrer und Gabelstaplerfahrer aus Angst vor den Leuten ihre Maschinen stehengelassen und sich davongemacht. Selbst die Schlüssel haben sie in den Zündschlössern zurückgelassen. Keiner ist mehr zurückgekehrt, weder am nächsten Tag noch irgendwann später. Anfangs haben sie nicht gewusst, was geschah, dann haben die Leute sich allmählich herangetraut. Bis sie begriffen, dass alles vorbei und die Vorstadt gerettet war. Es reichte ein etwas mutigerer Mann, und sie begannen zu mehreren auf die Maschinen zu klettern, irgendjemand hatte sogar eine Fahne mitgebracht, eine von jenen durchlöcherten, und hat sie ins Gitter auf dem Dach des Schaufelbaggers gesteckt, wie in eine Redoute.

Sie gingen auf einen Lastkraftwagen zu, der ohne Räder mit dem Bauch auf dem Boden kauerte. Petrache spürte, dass sich das Mädchen noch stärker an ihn drückte, und fuhr fort: Da war niemand, der ihnen hätte Einhalt gebieten können, sie rissen alles fort, was sie konnten, zerschlugen die Windschutzscheiben, zerschnitten mit den Messern den Kunststoffbezug der Sitze. Hört auf, gute Leute, rief der eine oder andere, wie sollen wir sie denn von hier wegschaffen, wenn ihr sie kaputtmacht? Man wird die nochmal brauchen können, denn die kann man nicht nur zum Einreißen benutzen … Wer aber sollte nach all den Ängsten und Ärgernissen, die sich mit der Zeit angehäuft hatten, noch zuhören? Eine Weile standen sie einfach herum, als warteten sie darauf, dass die Arbeiter zurückkämen und ihre Arbeit wiederaufnähmen. Aber sie kehrten nicht mehr zurück, dafür kamen andere mit ein paar Maschinen, die ebenso groß waren, als wären es Straßenbahnen gewesen, und die zogen sie durch die Straßen wie erlegte

Wildschweine. Als sie den Kran wegschafften, gab es einen richtigen Auflauf, die ganze Vorstadt versammelte sich und ging hinter ihm her, wie bei einem Leichenzug, bis hierher, wo du ihn jetzt noch sehen kannst.

Die Kabine des Krans zeichnete sich wie ein erstarrter Hubschrauber am Himmel ab.

Die einen sagten, es wäre besser gewesen, sie hätten sie ganz weggeschafft, fuhr Petrache fort und wunderte sich, wie viel er geredet hatte. Um uns aller bösen Erinnerungen zu entledigen. Andere wiederum meinten, es sei besser, dass sie hiergeblieben sind, damit die Leute niemals vergessen und damit sich das, was war, niemals mehr wiederhole. Also sind sie hiergeblieben, damit sie schlafen, bis der Rost sie zerfressen hat, aber sie können auch wieder zum Leben erwachen und sich noch einmal über die Stadt hermachen. Wir sind noch nicht gänzlich genesen. Aber was weißt du, Aurica, du warst damals noch klein.

Nein, ich erinnere mich. Wenn es nach Orangen roch, war Weihnachten. Wir hatten einen Pflaumenbaum vor dem Wohnblock, und ich träumte davon, dass er mal Orangen trägt …

Die Dunkelheit hatte sich verdichtet. Ein Windfädchen trieb die Kälte von einer Seite auf die andere. Aurica kauerte sich noch enger an den Mann und den Plüschbären. Petrache spürte wieder die Wärme, die sein Herz dazu verführt hatte, pochend mal zur Stirn hinauf und mal zwischen seine Hüften hinunter zu wandern.

Ich kam hierher, als ich ein Junge war, sagte er mit zitternder Stimme und fliehendem Atem. Er wies auf die Kanzel des Krans: Von dort oben kann man die ganze Stadt sehen, bis zum Schloss. Dort oben, das ist meine geheime Stube. Komm, ich zeig sie dir …

Ich habe Angst, flüsterte Aurica und schaute zur schwarzen Spinne der Kabine ein Dutzend Meter in der Höhe.

Sie hatte dies aber so nahe an seinem Ohr ausgesprochen, dass Petraches Eingeweide sich zu einem Knäuel zusammenzogen.

Es ist nicht schwer, sagte er, ich habe es viele Male getan. Du schaust nach oben, egal was geschieht. Ich steige hinter dir her im Abstand von einer Stufe. Wenn du Angst hast, sprichst du, sagst irgendetwas, aber du schaust nicht zurück.

Er öffnete seine Jacke, steckte den Plüschbären hinein und schloss den Reißverschluss, sodass nur der Kopf herausragte. Dann gab er dem Mädchen das Zeichen, es möge vorangehen. Sie schaute auf den langen Hals des Krans, an dessen Rückseite wie eine Wirbelsäule die Leiter klebte, dann packte sie zu. Die ersten Stufen stieg sie beseelt hinan, aber nach ein paar Augenblicken hielt sie inne und schien zu zögern.

Ich möchte etwas sagen, aber ich weiß nicht, was, sagte sie und schaute nach oben, als hätte ihr jemand den Kopf an den Haaren in den Nacken gezogen.

Und sie stieg weiter.

Warst du schon einmal am Meer?

Nein, da war ich noch nicht. Bloß einmal in Bukarest, mit der Schulklasse, den großen Zirkus aus Moskau besuchen. Doch, ich war auch einmal am Meer, aber da war ich noch sehr klein. Die Meinen hatten damals Karten durch die Gewerkschaft bekommen, die waren sehr billig, später ging das nicht mehr. Und ich habe jetzt noch keinen Urlaubsanspruch, ich bin noch in der Probezeit.

Das heißt, du hast noch nie die Sonne aufgehen gesehen …

Vielleicht habe ich sie gesehen … ich weiß nicht …

Du hast nicht, wie und wo … Bei uns kann man den Sonnenaufgang nicht sehen. Das ist eine Stadt, in der die Menschen niemals den Sonnenaufgang sehen können. Sie wissen dies nicht einmal.

Und woher weißt du es?

Ich bin der Einzige, der ihn sieht. Die Sonne geht hinter dem Schloss auf. Ich klettere morgens auf die Mauer und schaue. Die Aufgänge sind anders als die Untergänge auf der anderen Seite, zur Ebene hin. Es ist wie ein fließendes Wasser, und du stellst dir vor, wie es auf der anderen Seite fließt.

Man hätte ihnen nicht erlauben sollen, das Schloss vor der Sonne zu errichten, sagte sie mit müder, aber nicht weicher, sondern angespannter Stimme.

Da war niemand, der es ihnen hätte erlauben oder verwehren können. Das Schloss war zuerst da. Die Häuser sind später gebaut worden. Die Leute fragen sich nicht einmal, wie es sein kann, dass die Sonne untergeht, ohne aufgegangen zu sein … Unsere Stadt ist eine ziemlich schiefe Welt.

Von nun an wird es mir jeden Morgen leidtun, murmelte sie.

Ich werde dich mal zum Schloss mitnehmen, wenn du aus der Nachtschicht kommst. Wir steigen auf die Zinnen. Da wirst du sehen, was du noch niemals gesehen hast …

Aurica hielt ratlos inne. Sie war an der Kabine angelangt, Petrache stieg bis auf ihre Höhe, breitete die Arme aus, damit er sie, an der Leiter klebend, umfassen konnte, und öffnete die Tür. Sie krochen hinein.

Wir passen hier nicht herein, lachte sie.

Dreh dich mit dem Gesicht zu mir, sagte Petrache und setzte sich auf den Sessel, das eine Bein hierher und das andere da, als rittest du auf mir …

Doch, schau an, wir passen herein, flüsterte sie und legte ihre Arme um seine Schultern.

Sie schaute zur Seite und legte ihre Wange an seine.

Wie schön es ist! Wie viele Lichter es in der Stadt gibt … Und die Sterne … Als wären wir zwischen den Himmeln … Die ganze Welt könnte uns hier oben sehen, so wie auch wir sie sehen … Aber das weiß niemand, nicht? Ich war noch nie allein mit einem Mann …

Das weiß niemand, denn es kann sich niemand vorstellen, dass jemand so über der Stadt schweben könnte …

Wie nahe die Sterne sind, flüsterte Aurica. Als könnte man sie mit der bloßen Hand berühren … Als ob sie sogar größer wären …

Kommt es dir auch so vor? Damit ist nicht zu scherzen, wenn die Sterne größer werden. Manch einer stirbt sogar daran, aus Angst … Die Sterne wachsen und verbrennen, sagen sie, der Himmel kann sie nicht mehr halten, und sie fallen auf uns herab …

Aurica warf den Kopf in den Nacken und schaute durch das Fenster hinauf in den Himmel.

Fallen auf uns herab wie die reifen Birnen, lachte sie.

Er streichelte ihr über die Wangen und ließ seine Hand unter ihr Kopftuch gleiten, suchte nach der Herkunft der Strähnen. Sie band das Kopftuch auf und ließ die Haare über die Schultern fallen. Dann schaute sie ihn plötzlich verwundert und ernsthaft an. Als ihre Lippen sich berührten, schlossen sie die Augen. So verweilten sie und raubten sich lange gegenseitig den Atem. Mit einem Mal schloss der Mann sie kräftig in die Arme und begann, sie heftiger zu küssen, ihre Lippen verwickelten sich ineinander, als würden sie schreien, aber jeder durch den anderen, sodass die Laute, wie ein im Wasser versinkender Stein, nicht zu hören waren. Seine Finger wanderten den Hals entlang, dann weiter hinunter, verhedderten sich an der Mantelkante mit den Knöpfen, die sich widersetzten, sie zog sich ein, sodass seine Hände gleiten konnten. Er suchte noch tiefer, stocherte bebend mit den lüsternen Fingern in ihren Kleidern herum, als hätte er einen Haufen Blätter weggewedelt. Zur Hüfte hin traf er auf einen Flecken Haut, er nestelte ihn verzweifelt weiter aus und brachte ihre Kleider durcheinander, das eine nach oben, das andere nach unten, aber schließlich gelang es ihm, sie mit beiden Händen zu umfangen. Er empfand nun die frühere Weichheit nicht mehr, als schösse in seinem Inneren eine Faust hoch und zöge drunter und drüber Gefühle und Innereien mit sich. Ohne seinen stummen Schrei zwischen ihren Lippen zu bändigen, packte er die Frau an den Schultern und drückte sie über sein männliches Zucken. Sie stöhnte auf und erstarrte für einen Augenblick. Aber er hatte sich zu bewegen begonnen, und die Frau passte sich dem Mann an. Sie umarmten sich noch enger, als es ihnen der Kuss erlaubte, legten die Schläfen aneinander. Sie stöhnten, versuchten jeder, der andere zu sein, und schafften es doch bis zum Ende nicht. Aber sie bemühten sich aus Leibeskräften.

Schau, wie die Kabine schaukelt, flüsterte Petrache und öffnete kaum die Augen. Beweg dich langsamer …

Wenn mir aber danach ist, keuchte Aurica.

Dann schrei lieber …

Vielleicht hörte sie seine Anregung gar nicht, und sie war auch nicht nötig. Sie waren grenzenlos, schwebten über der Welt, purzelten zwischen den Himmeln herum, zerteiltes Wasser, wie rohes Fleisch. Als das Licht aus allen Richtungen auf sie einstürzte, als strömte es gleichermaßen aus den Tiefen des Himmels wie aus den Weichteilen der Erde auf sie zu, gab Aurica einen kurzen Schrei von sich. Dann schlug ihr Beben in Weinen um, als hätte sie alle Luft, die ihr Keuchen aus ihr herausgepresst hatte, wieder einsammeln wollen … Ihr Weinen ging in katzenartiges Schnurren über. Kurz darauf, als auch dieses aufhörte, merkte Petrache, dass Aurica, so halb entblößt auf ihm sitzend, mit dem Kopf auf seiner Schulter eingeschlafen war. Er legte ihr den Mantel über die Schultern und schloss ihn über ihrem Schoß. Dann schaute er durch die Windschutzscheibe des Krans lange auf die Sterne und die Lichter der Stadt in die durchmischten Himmel und suchte mit dem Blick nach dem Schloss, das sich als erstarrter schwarzer Umriss in der nächtlichen Landschaft abzeichnete, ein Raabe mit angelegten Flügeln. Und dann schlief auch er ein.

Nach einiger Zeit schreckte er hoch und schaute sich verstört um, bis er begriff, dass er die schlafende Frau in den Armen hielt und sich die Stunde näherte, da er auf den Zinnen gegen Osten hin Wache zu stehen hatte. Er weckte sie auf, geduldete sich, bis sie wieder bei sich war, und half ihr dann beim Abstieg, wobei sie wieder nach oben schaute und er ihr von dem Schloss und dem Reiter erzählte, der auf ihn wartete. Er schaute ihr hinterher, als sie langsam zwischen den Wohnblocks davonging, mit der einen Hand stützte sie sich an den Hauswänden ab und drückte sich mit der anderen – ein verspäteter Schmerz – auf den Bauch.

Dann ging er auf sein Haus zu, rannte beinahe, schlüpfte durch das halboffene Gartentor, ebenso durch die Eingangstür, nur dass die Türglocke keine Rücksicht auf ihn nahm und unverzüglich anschlug. Seine Mutter erschien so schnell in der Tür des Wohnzimmers, dass Petrache sogleich wusste, sie hatte die ganze Nacht auf dem Sofa gedöst und auf sein Kommen gelauert.

Wo bist du gewesen, fragte sie erfreut, ihn zu sehen.

Ich habe mich mit Aurica getroffen, flüsterte er, ohne sie anzuschauen. Ich hatte es dir doch gesagt, ich habe bei der Fabrik auf sie gewartet.

Er ging in sein Zimmer und legte sich aufs Bett, das Gesicht zur Wand. Hörte, wie sie die Tür öffnete und ihn von der Schwelle her anschaute.

Was hast du ihr versprochen, damit sie so lange bei dir blieb?

Petrache hatte die Augen geschlossen, zog die Knie an, drückte sie beinahe an die Brust.

Ich habe ihr gesagt, dass ich ihr den Sonnenaufgang zeigen werde …

Die Frau schien nicht zufrieden zu sein, aber seine Antwort hatte sie auch nicht überrascht.

Sieh zu, dass du nicht einer von denen wirst, die sie aushalten, aber nicht nehmen! An meinem Tisch kriegst du nichts mehr zu essen … Zieh dich wenigstens aus, sagte sie noch und schloss die Tür.

Ihm aber war kalt, und er konnte die Augen nicht von der Wand abwenden, wo ihn von unter der Tünche her der Reiter unverwandt anschaute, sein langes, byzantinisches Antlitz.

Es war das erste Mal, dass er auf dem Weg hinauf den Eindruck hatte, am Ende des Weges warte jemand auf ihn. Einen Moment lang dachte er, vielleicht ist ein Baum erblüht. Doch das war es nicht. Der Frühling sollte unerwartet kommen, ungestüm. Was er jetzt aber begriff, war auf menschliche Weise lebendig. Es war kein Pochen mehr, es war Atem. Jedoch eine ungewöhnliche Art zu atmen, bloß zur Hälfte, jemand sog in regelmäßigen Abständen Luft ein, atmete aber nicht aus, es war die Begierde eines ungelebten Lebens, das soeben erwacht war und schier plötzlich seine Melancholien zurückgewinnen wollte. Auch er fühlte sich von der Macht dieses Atems angezogen, der die Luft ringsum mit einer Gewalt entleerte, die kein Windstoß war, aber trotzdem die Baumwipfel bog, sie rundete und die Welt ecken- und kantenlos erscheinen ließ.

Vor dem Tor blieb er stehen. Er holte den Schlüssel hervor und steckte ihn in das von einer geschmiedeten Eisenplatte umfangene Loch. Die Torflügel öffneten sich selbsttätig, als hätte von innen jemand daran gezogen. Der Hof sah aus wie immer. Und war es doch nicht. Die Sonne, mittlerweile fast schon an dem Mauerrist angelangt, hatte einen Lichtkranz um die Stirn des Reiters gelegt. Der mit Nägeln gespickte Drahtring sah aus wie eine Krone, und wenn man nicht ganz genau hinschaute, hätte man nicht gemerkt, dass es eigentlich ein Flechtwerk war, das die Raben fernhalten sollte. Petrache ging nahe heran und empfand die merkwürdige Regung, das Pferd streicheln zu wollen. Er schlug ihm sachte auf den Bauch und bewunderte wieder einmal den Schwung seiner Kruppe. Mit der Hand strich er über die glatte, grün angelaufene Bronze unter der Sattelkante. Er ließ seinen Blick über die Waden abwärts bis zu den fest im Boden stehenden Hufen gleiten und erstarrte. Einige Augenblicke war er wie benommen, dann trat er ein paar Schritte zurück, schaute mal auf das Pferd, mal auf den gepflasterten Boden und mal in die Runde, suchte eine Antwort, die nicht anders denn absurd ausfallen konnte, und dann wäre sie nur wiederum eine neue Frage gewesen.

Denn unten, vor seinen ratlosen Blicken, lag ein Haufen Pferdeäpfel. Und nach seinem Verständnis, dem eines Stadtkindes, das jedoch seinerzeit alle Jahrmärkte und Viehmärkte durchstreift hatte, handelte es sich hier um die gewöhnlichsten Pferdeäpfel der Welt. Einen Augenblick dachte er, jemand habe sich einen Scherz mit ihm erlaubt und die Pferdeäpfel absichtlich an den bestens dafür geeigneten Platz direkt unter dem Schweif des Pferdes gelegt, und zwar so akkurat, als habe jener sich eines Senkbleis bedient. Im Schloss war niemand zurückgeblieben, er hatte alle Türschlösser überprüft, und die Mauern konnten nicht einmal von den Leitern der Feuerwehr überwunden werden, wenn es denn eines ihrer Autos auf dem schmalen Weg bis hier herauf geschafft hätte. Man hätte die Mauern lediglich mittels eines Katapults überspringen können, aber sich solch eine Maschinerie aus dem Mittelalter vor dem Tor des Schlosses vorzustellen war eine noch größere Posse als ein bronzenes Pferd, das Pferdeäpfel fallen ließ.

Reglos stand das Pferd da, reglos saß der Reiter darauf, nicht einmal ein Faden an dem von Grünspan überzogenen Schweif des Pferdes schien sich von seiner Stelle wegbewegt zu haben. Petrache stach in den Rundlingshaufen, der wie die Kokshäufchen vor dem Herd in seiner Kindheit aussah. Alles war so wirklich wie möglich. Unter der kalten Kruste dampften die warmen Ausscheidungen des Tieres sogar noch.

Da er nicht wusste, was er sonst tun könnte, holte Petrache einen Eimer und schaufelte die Pferdeäpfel hinein, dabei wunderte er sich über den lebendigen Tiergeruch, der sich ringsum ausbreitete. Dann wischte er verzweifelt darüber, als wollte er sich durch ständiges Reiben und die Beseitigung aller Spuren davon überzeugen, dass es letztlich doch nur eine Einbildung gewesen sei. Und weil er nicht wusste, wo er den Mist verstecken könnte, hob er unter Mühen in dem gefrorenen Boden eine Grube aus, warf die Pferdeäpfel hinein und trat anschließend die Stelle wieder fest. Nun schien alles wieder in bester Ordnung zu sein, sah man einmal von seinen verstörten Gedanken ab. Und von dem Flug des Raben, der darüber kreiste, als schlüge er nur mit einem Flügel. Weil er wegen dem Stachelkranz keinen Platz fand, an dem er sich niederlassen konnte, entfernte er sich im Zickzackflug wie eine Fledermaus.

Der Kraft entbehrend, die er gewöhnlich beim Betrachten des Sonnenaufgangs auf den Zinnen empfing, fühlte Petrache sich erschöpft. Der Raureif war weggeschmolzen und hatte seine Nässe auf dem Pflaster zurückgelassen, also bemühte er sich nicht mehr, es abzuwaschen. Er kauerte sich auf seinen Schemel, zog sich die Kapuze über den Kopf und verharrte so, spähte hin und wieder zur Statue hinüber, um auch den geringsten Hinweis darauf zu erhaschen, dass die Bronze aufgehört hätte, Bronze zu sein, die Steine aufgehört hätten, nur noch Steine zu sein, und etwas darin sich bemühen würde, ans Tageslicht zu treten. Aber die Statue, mag sein, dass sie die Beobachtung merkte, stand reglos in der Luft, die anscheinend zerfallen war.

Kaum dass Petrache die Ankommenden grüßte, die nach und nach die Türen zu den Räumen des Schosses aufsperrten. Sie waren schön gekleidet, in frisch gebügelten Uniformen, ohne Lächeln, versuchten, so gut es ging, den steifen Gestalten an den Wänden zu ähneln. Er fürchtete, sich vor ihnen zu verraten, fühlte sich durch ein Geheimnis mit dem Reiter verbunden, von dem er lediglich wusste, dass es vorhanden war. Deshalb schlich er durch die langgestreckten Säle und stieg die Wendeltreppen hinab in die Kellerräume zu den Büchern. Von dort aus konnte er sich bei Dienstschluss überzeugen, dass sich niemand über Nacht in den Räumen verborgen hatte, und dass es keine anderen Fragen gab als jene, die er sich selbst stellte.

Nachdem er noch einmal ausgiebig das Atrium überprüft hatte, und bevor er hinter sich das große Tor zuzog, blieb Petrache in dem Gefühl vor dem Reiter stehen, er müsse sich von ihm wie von einem alten Bekannten verabschieden. Wenn am Morgen das Tor sich beinahe von allein geöffnet hatte, musste er sich nun gehörig anstrengen, es wieder zu schließen, als leistete innen jemand heftigen Widerstand. Plötzlich gingen in der Stadt zu seinen Füßen die Lichter an, eine Feiertagsbeleuchtung, die sich, wie ihm schien, sinnlos verausgabte. Die Straßenbahnen torkelten auf einem einzigen Schienenstrang, die Hochspannungsleitungen verschlangen sich wie Nattern ineinander, die Wurzeln der gefällten Bäume schwollen unter dem Asphalt an, gingen wie verkrustete Lava unter den Bürgersteigen auf, die Schaufensterpuppen begannen miteinander zu sprechen und wiesen grinsend auf die Passanten, und die Vorbeigehenden trugen Masken. Aber nicht vor dem Gesicht, sondern am Hinterkopf, sodass sie ihn im Vorbeigehen und auch danach noch eine ganze Weile im Blick behielten.

In der Kneipe winkte Fandarac ihm aus seiner Ecke zu: Was ist denn los mit dir, Gevatter, so bleich? Als hättest du dir Kalk ins Gesicht gestrichen …

Petrache hatte weiche, wirre, maishaarfarbene Haare. Manchmal versuchte er, ihnen eine Form zu verpassen, indem er sie sich mit gespreizten Fingern aus der Stirn schob. Was er auch jetzt tat, aber es nützte ihm nichts, denn sein längliches Gesicht mit der gewölbten Stirn wirkte im Licht des Wirtshauses, das auch das Blau seiner Augen verwässerte, noch blasser.

Es geschieht etwas in dieser Welt, flüsterte Petrache. Es ändert sich etwas, ich spüre es in den Schläfen.

Wenn du es in den Schläfen spürst, gab Fandarac zu bedenken, kannst du nicht wissen, ob es außen oder in dir drin geschieht. Denn es kann sich doch beispielsweise ringsum die Luft verdünnen, aber es kann auch davon herrühren, dass dein Blut zu heftig pocht … Und den Blick zum Wirt erhebend, der mit weichen, katzenartigen Schritten näher gekommen war: Und du, was stehst du da so herum, beweg deinen Nachrichtendienst und bring einen großen Wodka, siehst du denn nicht, dass dem Gevatter schlecht ist? Los, mach schon, dass er ein bisschen Farbe auf die Wangen kriegt.

Ich habe keine Sorgen, sagte Petrache wie zu sich selbst. Das heißt, ich weiß nicht, was ich habe. Als spürte man einen Luftzug auf dieser Welt, und wenn man genauer hinschaut, sieht man, dass da nichts weht, nirgends.

Die Zeitläufte werden gealtert sein, die Armen. Die Welt ist eben auch wie die Menschen, sie wird geboren, lebt und altert. Als die Welt jünger war, brauchte sie nichts, jetzt, da sie älter geworden ist, braucht sie Autos, elektrischen Strom, diese, wie nennt man die, Computer. Wie der Mensch, wenn er gebrechlich wird, mal Brillen, mal den Stock …

Petrache erhob das Glas und nahm einen kräftigen Schluck.

Ich bin durchs Zentrum gekommen, sagte er. Ich hatte den Eindruck, alles geht durcheinander. Schau, ich stehe morgens auf und gehe zur Arbeit. Dort halte ich mich den ganzen Tag auf, ohne mit jemandem ein Wort zu wechseln, ich komme zurück, wir trinken etwas, und Schluss. Und am nächsten Tag geht es von vorne los. Welchen Sinn hat das alles?

Gevatter Fandarac schaute tadelnd über Petraches Schulter hinweg zu Şofronică, der die Ohren gespitzt hatte. Dann sagte er mit leiser Stimme: Den gleichen Sinn, den die Dinge immer hatten. Nur die Welt altert, die Menschen bleiben sich gleich. Aber vielleicht musst du doch zu Frauen gehen.

Sieh an, ich muss auch das. Damit ich Aurica in die Arme nehmen konnte, musste ich bis in den Himmel hinaufsteigen. Aber du hattest recht, die Sterne sind anscheinend größer geworden und brennen stärker. Vielleicht hat der Schneider etwas gewusst, der Himmel fällt auf uns …

Der Gevatter bestellte noch eine Runde. Şofronică kam gemächlich zwischen den Tischen hindurch, versuchte, den einen oder anderen Wortfetzen aufzuschnappen. Fandarac bedeutete ihm, er möge sich bücken, und flüsterte ihm ins Ohr:

Richte ihnen meinerseits aus, sie sollen sich zum Teufel scheren!

Wem?, erschrak Şofronică.

Ich weiß nicht ... Sag es ihnen halt ...

Dann wandte er sich befriedigt Petrache zu.

Jetzt geht er und denkt nach, sagte er, dabei wies er auf den Wirt, der sich verdrießlich hinter seinen Tresen zurückgezogen hatte, und das wird ihn viel Zeit kosten. Es reicht eben nicht, Augen und Ohren zu haben, man muss auch über Verstand verfügen. Und wenn wir Verstand haben, müssen wir uns fragen: Warum, glauben wir, hat sich die Welt mit einem Mal verändert? Die Welt ist kein Fahrrad, mit dem man auf einem Rad die Richtung wechseln kann. Sie ist wie eine Lokomotive, sie braucht lange, um umzukehren. Vielleicht hat sich nicht die Welt verändert, sondern du.

Petrache kniff die Augen zusammen, um ihn anschauen zu können. Die Lichter hatten sich dem Gevatter um den Kopf gelegt, glitten ihm wie Melonenschalen über den Schädel. Sein Gesicht war lang geworden, wie ein Wolfsgesicht, und seine Zähne hatten einen elfenbeinernen Glanz.

Lass uns spazieren gehen, stammelte er. Mir ist warm geworden von dem Wodka.

Ich zahle, sagte Fandarac, und schlug ihm auf die Schulter, es ist dein Glückstag. Şofronică!, wandte er sich an den Wirt, der hochschrak und ihn zwischen den Flaschen hindurch anschaute. Schreib alles bei mir an und denk nach, ob es sich nicht lohnen könnte, zu tun, was ich dir gesagt habe ...

Er lachte und folgte dem Burschen hinaus auf die leeren Straßen. Die Dunkelheit tat Petrache gut, offenbar spielte ihm das Licht Streiche, jetzt war es nicht mehr weiß, wie er es kannte, es löste sich in Farben und Formen auf und zitterte, als bestünde es aus Sandkörnern. Die Dunkelheit hingegen war dick und weich, wie ein kühler Teig. An der Hauptstraße blieben sie stehen und setzten sich auf eine Bank, die Hände in den Taschen.

Wem gilt die denn, fragte Petrache, den Blick starr auf eine Statue gerichtet, die er bis dahin noch nicht bemerkt hatte.

Die Statue wirkte nicht unglücklich, denn die sie hatten in Bronze gießen lassen, verfügten offenbar über ausreichend Geld, ihr auch Arme und Beine machen zu lassen, darüber hinaus hatten sie ihr noch einen Zylinder auf den Kopf gedrückt. Und selbst bei den gekrausten Barthaaren waren sie nicht knauserig geworden. Der Mann, nicht größer als ein Knabe, hatte den Kopf leicht in den Nacken gelegt, den rechten Arm erhoben und das linke Bein vorgereckt. Er schien etwas Wichtiges mitteilen zu müssen. Eine angesichts der schmächtigen Statur des Tribuns unverhältnismäßig große Frau schaute ihn hingebungsvoll an, sie hatte nur eine Schärpe über der Hüfte und auf dem Gipfelpunkt ihrer Bewunderung vergessen, ihre Brüste zu bedecken.

Schreibt er nicht, fragte Fandarac in einem Ton, als stellte er sich diese Frage zum ersten Mal.

Im Mondlicht wirkte die Bronze wie neu, ohne die grünen Oxydationsstreifen, mit denen ihn der Reiter im Schloss vertraut gemacht hatte.

Ob er schon tot ist, fragte Petrache, als ob die Antwort auf Fandaracs Frage nur negativ ausfallen könnte.

Diese Welt ist nicht weit genug, als dass gleichzeitig der lebendige Mensch und sein Denkmal darin Platz fänden. Wenn es trotzdem mal geschieht, müsste einer der beiden schleunigst daraus verschwinden. Gewöhnlich beide.

Petrache ging näher ran und schaute.

Ich denke daran, was der wohl sagen würde, wenn er zum Leben erwachte … Was will der uns wohl sagen in der Positur, wo wir ihn nicht hören können? Was würden die Statuen sagen, wenn sie plötzlich erwachten?

Gevatter Fandarac war ratlos, die Frage hatte ihn offenbar überrascht.

Tja, ich weiß nicht, was sie sagen würden, versuchte er ein bisschen Zeit zu schinden. Vor allem weißt du nicht, in welcher Sprache sie sprechen: in der Sprache der Menschen oder in der Sprache der Steine. Es ist wie mit den Toten: In ihrer Welt verständigen sie sich nur in einer Sprache, der Sprache der Toten. Sie brauchen keinen Übersetzer, um sich miteinander zu verständigen. Darum können sie sich herumtreiben und wir nicht. Sie brauchen weder Dolmetscher noch Übersetzer.

Petrache berührte die kalte und glatte Wange der Frau zu Füßen der Statue. Sie würdigte ihn keines Blickes.

Glaubst du, Gevatter, dass die Statuen zum Leben erwachen können?

Der Gevatter Fandarac kam heran, als wäre die Antwort auf die Frage in die Konturen der Statue eingeschrieben gewesen.

Warum sollten denn, wenn die Toten wieder zum Leben erweckt werden können, die Statuen nicht wieder ins Leben zurückkehren?

Und etwa wann, glaubst du, könnte dies geschehen?

Nun ja, ich würde meinen, ebenfalls beim Jüngsten Gericht. Die Toten kehren beim Jüngsten Gericht ins Leben zurück, und die Statuen beim Jüngsten Gericht der Statuen. Und weil wir den Statuen gleichen, vielmehr die Statuen uns gleichen, glaube ich, dass der Gott der Menschen und der Gott der Statuen der gleiche ist. Wenn wir bedenken, wie viele Denkmäler der Erlöser hat, sollte der Jesus der Statuen so ziemlich der gleiche sein wie unserer.

Petrache schaute in den Himmel. Er war klar und eisig wie das Wasser auf den Steinen. Und die Sterne hatten zu funkeln begonnen.

Du musst dich nicht wundern, wenn das Jüngste Gericht der Statuen etwas früher anbricht, überlegte Fandarac weiter und bedauerte, dass dieses Gespräch nicht in der Kneipe stattgefunden hatte, es hätte Şofronică auf die Folter gespannt. Was sind die Statuen schließlich anderes denn ebenfalls eine Art Toter? Aber sie sind unbestattete Tote. Und wenn dann die Trompeten ertönen, werden die Statuen weniger Zeit verlieren und schneller da sein. Das Jüngste Gericht der Statuen wird gewissermaßen die Generalprobe für jenes der Menschen sein. So wird es dann leichter sein für uns. Viele unserer Sünden werden schon vergeben worden sein und viele Geheimnisse aufgeklärt.

Ich werde mich nicht wundern, flüsterte Petrache, der seine kannte.

Gevatter Fandarac wies darauf hin, dass es spät geworden war, und ging die Allee hinab und davon.

Ich bleibe noch ein bisschen, sagte Petrache, obwohl der Gevatter ihn nichts gefragt hatte.

Dann, plötzlich, rannte er hinter dem anderen her: Hör mal, Gevatter … Haben die Pferde Zähne?

Gott behüte dich vor einem Pferdebiss, vernahm er im Dunkeln. Der ist schlimmer als ein Huftritt …

Man sagt, an Karfreitag, Ostern der Toten, regnet es gewöhnlich. Aber der Himmel war nicht regenschwer, viel eher von einer bläulichen Helligkeit. Petrache schaute auf den blühenden Aprikosenbaum und fragte sich wie jedes Jahr, welches

Geheimnis diesen Baum nächtens mit einem Mal erblühen lässt. Er hatte ihn in früheren Jahren auch schon beobachtet, aber es war ihm noch nie gelungen, ihn blühen zu sehen. Seit einiger Zeit hatte er ihn schlicht und einfach vergessen, und nun erinnerte ihn der Aprikosenbaum daran, dass wieder ein Jahr vergangen und das Rätsel immer noch nicht gelöst war.

Mühsam stieg er den Weg hinauf, das Säckchen auf dem Rücken. Den ganzen Weg lang dachte er, wie er seiner Mutter das Verschwinden so vieler Äpfel aus der Kammer erklären sollte. Diesmal ging das große Tor wie von allein vor ihm auf. Die Luft schien nun nicht mehr bloß aufgesogen zu werden und wie das Wasser in einem Waschbecken zu verschwinden, sie kam und ging wie von einem gewaltigen Brustkorb bewegt. Er versteckte das Säckchen mit den Äpfeln hinter dem Werkzeugkasten und wandte sich dem Reiter zu. Etwas war anders als sonst, aber Petrache begriff nicht, was. Und wie immer in solchen Situationen stieg Petrache auf die Mauer, um mit der Sonne Zwiesprache zu halten.

Waren die frühen Morgenstunden neblig, so wirkte das Tal wie ein Abgrund zwischen ihm und dem Sonnenaufgang, diesmal aber entfaltete sich das Licht wie ein Teppich bis zu den Grundmauern des Schlosses hin und kletterte mit Tausenden kleinen Beinchen die Wände hoch. Es war dermaßen dicht, dass Petrache fühlen konnte, wie es sich an ihn klebte, über seine Brust und bis auf die Stirn hinaufkroch. Er wandte die offenen Handflächen der Sonne zu, um so viel Licht wie möglich zu empfangen. Hinter sich spürte er den gleichen Atem, der Steine vielleicht oder der Bäume, und er passte seinen eigenen Atem diesem Rhythmus an. Er dachte an nichts mehr, war nur noch bereit, zu empfangen. Schließlich öffnete er die Augen, und ein leichtes Schwindelgefühl packte ihn. Er schaute hinab, und der Abgrund blickte zurück. Ebenso der

Rabe, der hoffnungslos über der Statue gekreist war und sich nun zwei Schritte von ihm entfernt auf der Mauer niedergelassen hatte und die Flügel in der Sonne schüttelte. Diesmal vertrieb er ihn nicht, der Vogel kam näher herangehüpft und blieb schließlich reglos, die Flügel angelegt, neben ihm stehen, schaute mit dem Mann ins Weite. Als sich ihre Schatten in die Länge zogen und in den Innenhof fielen, stieg der junge Mann hinab, und der Vogel flog davon.

Weil die Quittenbäumchen später blühen würden, war der Morgen, an dem der Aprikosenbaum erblüht war, der beste Moment, die Knospen zu beobachten, die kurz vor dem Aufplatzen standen. Petrache entnahm dem Werkzeugkasten Handsäge und Gärtnerschere, prüfte die Zweige aufmerksam und schnitt die trockenen ab. Er ordnete sie zu einem Bündel und trug dieses an eine schattige Mauerecke. Worauf er, von der gleichen Ungewissheit gelenkt, sich zum bronzenen Reiter umwandte. Und als hätte der Rappen dies erwartet, streichelte er ihm über den Kopf, den Bauch, die Kruppe, und ließ sich nicht von der Kühle des Metalls täuschen. Wieder schaute er zum Arm des Reiters, der sich in der Schwertschneide verlängerte. Dann erst begriff er, was nicht stimmte. Die Schwertspitze wies nicht mehr über die Mauern hinweg in die Ferne. Der Arm des Reiters war herabgesunken, das Schwert wies nicht mehr hinaus in die Weite, sondern zeigte auf das Tor. Und dann, mit den Augen der Klinge folgend, sah Petrache.

Rings um das große Schloss am Tor gab es ein paar Kratzer, die von der Schwertspitze herzurühren schienen. Als hätte jemand versucht, hinauszugelangen, oder lediglich prüfen wollen, wie sicher das Schloss war. Er fuhr mit den Fingern über diese Kratzer, unter denen sich das Holz zeigte, es hatte die Farbe getrockneten Fleisches. Er lehnte sich genau über diesen Zeichen ans Tor. Auf diese Weise schauten sie sich lange an, bis der junge Mann anscheinend verstehend beipflichtete und zu seinen Angelegenheiten zurückkehrte.

An diesem Tag kamen viele Leute. Kindergruppen, lärmende Paare, sogar ein paar Ausländer, die sich immerzu lachend verneigten und unablässig fotografierten. Petrache schaute sich das Durcheinander abwesend an. Als auch der letzte Besucher gegangen war und die Angestellten die Räume mit den Rüstungen und Bildern zugesperrt hatten, blieb er noch eine Weile, um sich zu überzeugen, dass er allein geblieben war. Oder besser gesagt, dass er sich in der merkwürdigen Einsamkeit befand, die ihm eigen war, dem Bronzereiter oder ihnen beiden gleichermaßen.

Er holte das Säckchen mit den Äpfeln aus seinem Versteck hervor. Warum er all dies tat, wusste er selbst nicht, aber er trat an die Statue heran, setzte das Säckchen auf den Pflastersteinen ab und öffnete es. Er legte die Äpfel so hin, dass sie dem Ross zupasskamen. Dann sagte er sich, nach so vielen Hunderten von Jahren könnte es vergessen haben, die Dinge zu unterscheiden, also griff er sich einen Apfel, wischte ihn mit dem Ärmel ab, bis er glänzte, zeigte ihn dem Pferd und biss hinein. Dann legte er ihn, damit es leichter begreife, mit der angebissenen Stelle nach oben auf die anderen. Und streichelte den Hengst noch einmal bis zu den beidseits der Mähne hochgereckten Ohren, worauf er zu seinen letzten Betätigungen vor dem Einbruch der Dunkelheit zurückkehrte. Er schulterte das Bündel mit den Zweigen und ging damit, eine eher schwierig zu handhabende denn schwere Last, durch das Schlosstor. Und wieder machte es ihm Mühe, das Tor abzuschließen, wieder kam es ihm so vor, als widersetzte sich jemand.

Nach etwa zwanzig Schritten verließ er den gepflasterten

Weg und schlug einen Pfad ein, der den Berg umrundete. Kurz darauf weitete sich der Pfad um etwa zwei Klafter in der Länge wie in der Breite. Im Halbdunkel, das sich nun stetig verfinsterte, suchte er ein paar Steine zusammen und umkränzte damit eine wenige Handflächen große Stelle, über der er sein Reisigbündel öffnete. Er goss ein kleines Fläschchen Petroleum darüber und zündete sie an. Die Zweige brannten sofort, als hätte das Feuer bis dahin in ihnen gewartet und sich nun befreit gefühlt. Die Flammen stiegen immer höher, kletterten eine über die andere, die Funken schossen noch höher hinauf und zerstoben in der Luft wie herumschwirrende Glühwürmchen. Die Zweige knackten und wehrten sich, als hätte das Feuer sie belebt und zu einer blendenden Säule vereint. Ebenso schnell, wie sie aufgeflammt waren, zogen sich die Feuerzungen zwischen die aschgrauen Lippen zurück. Petrache hatte so nahe an diesem Scheiterhaufen gestanden, dass sein Gesicht nun glühte. Er wusste nicht, dass seine Wangen die Glut wie eine Haut bewahrt hatten. Er begriff bloß unwillkürlich ein paar Dinge, die ihm noch vor wenigen Augenblicken als völlig unglaubwürdig vorgekommen wären.

Statt hinunterzugehen in die Stadt, stieg er wieder zum Schloss hoch. Und weil die sechste Stunde vorüber war, blieb Petrache vor dem Tor stehen, schlug das große Kreuz, schloss auf und stieß beide Torflügel so weit auf, dass zwei Mann Schulter an Schulter hätten hindurchgehen können. Dann erst ging er in die Stadt hinunter und zwang sich, sich nicht umzuschauen.

Es war neun Uhr. Petrache sah von weitem, wie die Leute aus der Kirche traten und sich hinter den Fahnen- und Epitaphträgern einordneten. Die Weihrauchfässchen gaben ein metallisches Klappern von sich, als öffnete sich bei jedem Schritt ein bis dahin mit eisernen Riegeln verschlossenes Fenster. Aus dem Himmel des neuen Zeitalters kam kein frischer, nach Wald duftender Hauch, sondern ein gelblicher und süßlicher, der nach Weihrauch roch. Deshalb schienen die Sterne riesig und wellten sich, als würden sie in einem fließenden Gewässer gespiegelt. Übrigens hatten die Bezugspunkte sich umzukehren begonnen, die Kirchenfahnen, wiewohl sie vornweg zogen, beschlossen eher den Umzug, als dass sie ihn eröffnet hätten. Die Epitaphträger schienen dieses nicht anzuheben, sondern sich vielmehr darum zu bemühen, die Tischbeine festzuhalten, und die Dinge starben so, als würden sie soeben geboren. Seine Mutter musste sehr froh gewesen sein, Herrn Stănică in der Menge zu begegnen. Er, in seinen Mantel mit Pelzkragen gekleidet und die Mütze aus dem gleichen Tierfell auf dem Kopf, hat beim Umzug gewiss die Mütze nicht abgenommen, um das stimmige Arrangement von Mütze und Kragen nicht zu zerstören. Nur dass keiner den anderen ansah, jeder ging hinter der vorgestellten Totenbahre einher, als folgte er den eigenen Spuren. Als ginge die Welt weiter, während jeder zum ersten Zeugen des eigenen Todes wurde.

Dieser Junge beunruhigt mich, sagt seine Mutter und weist zur Seite, als ginge Petrache neben ihr. Vielleicht war er es auch, wie hätte er sonst die bei ihren Umarmungen über der Stadt zerquetschten Blumen aus der Brusttasche genommen? Jenem Ort, an dem die Anziehungskraft der Erde und des Himmels gleich sind, ein Universum von der Größe einer Kranführerkabine. Wie schön, sagt Aurica in ihrem roten Kleid, führt die Blumen an die Lippen und anschließend an den Bauch, als habe darin etwas zu keimen begonnen. Ich werde sie zwischen Buchdeckel packen, damit es Immortellen werden … Aber du wirst mich nicht mehr aufsuchen, nicht wahr? Die himmlische Liebe ist nicht zu vergleichen mit der

Liebe auf Erden … Doch, doch!, ruft Petrache und versucht, sich einen Weg durch die Menge zu bahnen, um sie einholen zu können. Er fragt sich, wie es geschehen könne, dass sie sich entfernt und ihre Stimme trotzdem so nah klingt. Ich liebe dich!, ruft er, aber sie schaut nicht zurück. Ich werde dir den Sonnenaufgang zeigen, und danach werden wir heiraten … Sein Blick suchte die Mutter, als wollte er sie bitten, das Gesagte zu bekräftigen, aber sein Ruf blieb ihm im Halse stecken, denn statt seiner Mutter sah er in die forschenden Augen von Şofronică. Wiederum wollte der junge Mann etwas rufen, er hielt Ausschau nach dem geblümten Kopftuch Auricas, aber vor seinen Augen hatte er plötzlich das wie eine sich verjüngende Höhle gähnende Ohrloch von Şofronică, in dem nicht nur das Flüstern, sondern sogar die Gedanken ohrenbetäubend laut zu hören waren, sie prallten gegen die Wände und kehrten als Echos wieder. Warum solltest du dich fürchten, Gevatter?, vernahm er Fandaracs Stimme so nahe, dass er sich nicht einmal umdrehen musste. Sie sehen alles, aber sie sind blind wie Maulwürfe, wenn man sie an die Erdoberfläche holt. In unserer wirklichen Welt würden sie vertrocknen wie in der Sonne liegende Melonenschalen. Sie hören alles, aber sie verstehen nichts … Lerne, ohne Worte zu denken, und sie werden ganz und gar hilflos sein … Und sie werden uns nicht aufhalten können, nicht wahr, wenn wir zum großen Rendezvous gehen, die Statuen, die in den Menschen wachsen, und die Menschen mit dem Gesicht von Statuen … Erst jetzt schaute sich Petrache aufmerksam um. Sie schritten beinahe humpelnd voran, zogen stets ein Bein nach, behalfen sich mit den Händen und Armen, als hingen sie an den Fäden eines unsichtbaren Puppenspielers. Sie trugen keine Masken, aber ihre Gesichter waren erstarrt, jedes in Gestalt eines Wortes. Der Zug stieg langsam aufwärts, in der Stille jener, die ihren

Weg gefunden hatten. Während sie den Weg zum Schloss hochgingen, waren das Epitaph und die Kirchenfahnen von allen Seiten zu sehen. Und im Licht der Sterne, die brennend herabsanken, leuchtete das goldbestickte Epitaph wie eine mit Duftöl eingelassene Grabplatte.

Es hatte sich aufzuhellen begonnen, diesmal verbarg sich der Sonnenaufgang nicht mehr hinter den Mauern des Schlosses, sondern kam aus allen Richtungen. An der Stelle, an der er die Zweige verbrannt hatte, fiel Petrache nicht auf, dass die Zweige wieder Feuer gefangen hatten. Schließlich fand er sich vor dem Tor wieder. Es stand halboffen, wie er es am Abend verlassen hatte. Er zögerte, schaute zur Seite, als wollte er Mut fassen. Der Weg war leer, und so sollte er den ganzen Tag über bleiben, denn es war Samstag, und das Schloss blieb für Besucher geschlossen. Erst am Sonntag, dem ersten Tag der Woche, würde es frühmorgens wieder geöffnet werden.

Petrache fasste an die Torflügel, die sich schon bei der leichtesten Berührung weit öffneten. Er hätte verwundert sein müssen, aber im Gegenteil, seine Seele war überfüllt von grenzenloser Versöhnung. Langsamen Schrittes trat er ein, suchte anscheinend nach einer Spur auf dem Pflaster. Er setzte sich an die nunmehr leere Stelle der Statue und schaute durch das offene Tor auf die Stadt. Vielleicht handelte es sich nur um schlichte Vorboten, ansonsten hatte sich die Welt nicht verändert. Auch sah er keine weiteren Zeichen mehr, nicht einmal Apfelreste. Die Zeit und der Raum hatten sich voneinander abgespalten und je einen anderen Weg eingeschlagen. Ohne den Bronzereiter wirkte das Atrium nun weitläufiger. Befreit von den vertrockneten Zweigen, bereiteten sich die Quittenbäumchen auf die Blüte vor. Die Pflastersteine glänzten wie nach einer Ölung.

Dann erst sah er zwei Schritte weiter den Kranz, aus dem

die Nägel herausragten, wie eine Dornenkrone. In dieser neuen Welt empfand er nichts als Güte und eine alles umfassende Traurigkeit. Ringsum schien alles bestens geordnet zu sein und in Erwartung, sodass er kein Versteck fand, in dem er das Drahtgeflecht verbergen konnte. Und dann, da die Welt es noch nicht annehmen wollte, nahm er es an sich und setzte es sich auf den Kopf. Es passte so gut, als wären Petrache und der bronzene Reiter sich gleich gewesen, jeder in seiner Welt.

Plötzlich fühlte er sich, auch mit dieser neuen Kraft, äußerst erschöpft. Er schloss die Kleider über dem Leib, der Wind pfiff hindurch, als wären sie zerlumpt gewesen. Er kauerte sich an die Mauerkante und schlief ein. Vielleicht träumte er, und der Traum verwunderte ihn, denn sein Kopf neigte sich zur Seite, und das Gleiche geschah mit der Dornenkrone, wie ein nur halb ausgesprochenes Wort.

# Inhalt